CAP-VERT

NOTES ATLANTIQUES

DU MÊME AUTEUR

AUX ÉDITIONS ACTES SUD
Le Roi d'Afrique et la reine mer, 1994.
Cap-Vert, notes atlantiques, 1997.
Lisbonne, dans la ville noire, 2003 ; Babel n° 1257.
Coup de théâtre à São Tomé, 2007 (prix Littérature RFI-Témoin du Monde 2008).
Pépites brésiliennes, 2013.

OUVRAGES CONSACRÉS À L'AFRIQUE CHEZ D'AUTRES ÉDITEURS
Le Port, roman (Guinée), Vents d'ailleurs, 2014.
La Dernière Colère de Sarabuga, un conte du Cap-Vert, Gallimard Musique, 2012.
Le Coureur dans la brume, roman (Cameroun), Folio junior, 2011.
Les poissons viennent de la forêt, roman (São Tomé), Belin, 2011.
Le Voyage de l'empereur Kankou Moussa, album (Mali), Le Sorbier, 2010.
Douk le Malin, roman (Mali), Donniya-Bamako, 2006.
Les Lettres de Tombouctou et de Gourma Rharous, récit, Donniya-Bamako & La passe du vent, 2006.
Le Fantôme du bagne, roman (Cap-Vert), Tipik Magnard, 2003 – traduction brésilienne *O fantasma do tarrafal*, Alis editora, 2008.
Je t'offre ma ville : Ouagadougou, récit, La passe du vent, 2000.
Ana Désir, roman (Cap-Vert), La passe du vent, 1999.
Dialogue en noir et blanc (co-auteur Prince Kum'a Ndumbe III), essai, Présence Africaine, 1989.

Bibliographie complète sur le site :
www.loude-lievre.org

ISBN 978-2-7427-3819-9

JEAN-YVES LOUDE

CAP-VERT

NOTES ATLANTIQUES

avec la collaboration
de Viviane Lièvre

gravures en taille-douce
de Carlos Moreira Gonçalves

BABEL

Ponta do Sol
SANTO ANTÃO
SÃO VICENTE
Mindelo
SANTA LUZIA
SÃO NICOLAU
Ribeira Brava
OCÉAN
ATLANTIQUE
FOGO
BRAVA
São
Filipe
Vila Nova Cintra

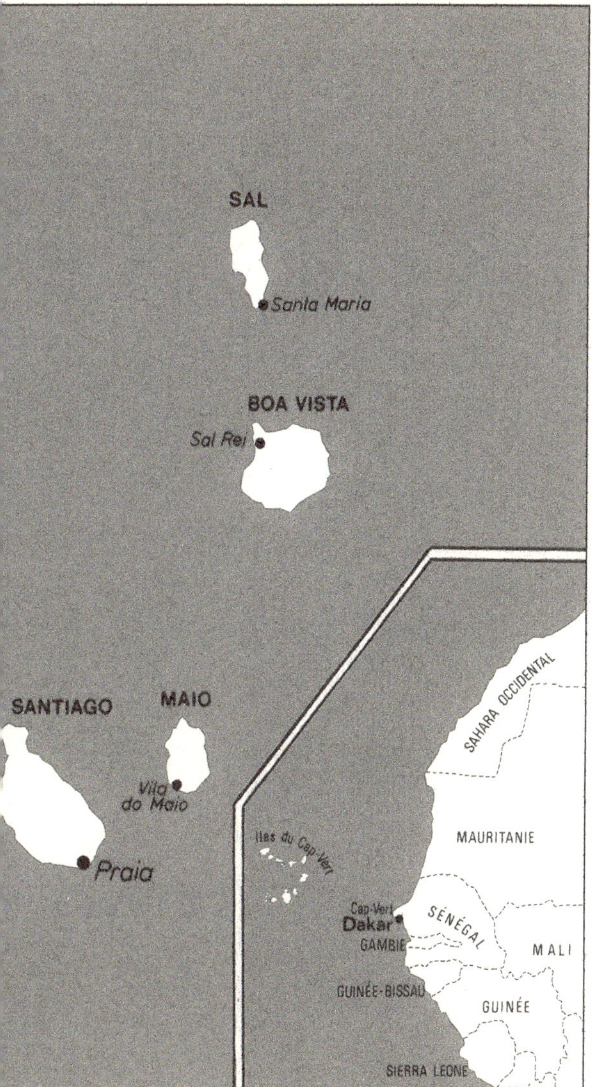
SAL
Santa Maria
BOA VISTA
Sal Rei
SANTIAGO
MAIO
Vila do Maio
Praia
SAHARA OCCIDENTAL
MAURITANIE
Iles du Cap-Vert
Cap-Vert
Dakar
SÉNÉGAL
GAMBIE
MALI
GUINÉE-BISSAU
GUINÉE
SIERRA LEONE
LIBÉRIA

La première carte que Carlos abattit lentement comme un atout représentait un musicien de dos jouant de la guitare devant un cargo échoué. Dans chaque angle, un petit violon noir se substituait aux couleurs du jeu conventionnel, pique ou trèfle.

Il tenait encore neuf cartes dans sa main, déployées en éventail, plus grandes qu'à l'ordinaire, et il nous regardait avec une gravité teintée de jubilation. Il avait bien préparé son coup. Les heures de paroles et la nuit avaient aiguisé nos yeux. L'attention à vif, nous étions dans l'évidence du dénouement. Carlos respectait l'attente qui prélude au geste théâtral d'étaler son jeu. D'un sourire, nous avons signé notre accord.

— Cette carte, précisa-t-il, livre ma perception de l'île de Boa Vista.

Il n'en dit pas plus.

La seconde qu'il posa montrait un visage de femme noire cerné par un foulard blanc : traits pleins de femme accomplie qui a dominé les épreuves de son existence et signale à tous son autorité. Quatre haches aux angles de la carte honoraient une dame d'action. Carlos répéta le nom de Santiago, île de Santiago, mais ne fournit pas plus d'indications.

Le plateau sur lequel se jouait la partie avait la dureté du métal, une plaque pour manipulations chimiques. Carlos avait gardé son tablier de caviste dont le tissu épais était couvert d'une croûte au niveau du ventre à force d'essuyer ses mains tachées d'encres. Le tablier noir, déformé par ce kyste luisant comme du cuir poli, allongeait sa silhouette déjà imposante et renforçait le désir de lui prêter un destin d'alchimiste. Carlos Moreira, graveur, originaire du Cap-Vert, reconnu en Europe parmi les gardiens d'un art menacé d'effacement, la taille-douce. Ce soir-là, nous étions venus à sa rencontre pour évoquer un film et une émission de radio, afin de recomposer son parcours d'apprentissage jusqu'à l'initiation. Toute la nuit, sous la verrière étoilée de son atelier lyonnais, il avait ébauché devant nous les traces exemplaires de son existence et les quelques sillons de son désarroi.

— Du Cap-Vert, je ne connais que l'île où je suis né, Santiago. Les autres îles, je les ai longtemps imaginées à travers les propos des colporteurs de mon enfance. Des marchands ambulants livraient du sel, du fromage, des peaux, du poisson séché, des poteries à la boutique de mon père ; ils déchargeaient aussi des paroles marines embarquées sur les *faluchos* à voiles. En ce temps, les paroles cabotaient.

Plus tard, émigré parmi d'autres Cap-Verdiens éloignés de leur bout de terre, j'ai retenu les images que l'amour et la nostalgie du pays avaient fixées dans leurs mémoires et qui surgissaient à chaque occasion de chanter ou de boire ensemble à nos horizons dispersés. On jouissait alors d'un sentiment d'union réconfortant. J'élargissais ma vision. Petit à petit, j'ai construit mon archipel personnel.

Etait gravé sur la troisième carte un acacia solitaire que le vent d'est à force d'acharnement avait rendu difforme ; sa ramure semblait vouloir échapper au tronc et couvrait d'une voûte étroite une route pavée déserte. Quatre éoliennes en miniature complétaient à chaque angle de la carte cette évocation assoiffée de l'île de Maio.

— Quelques grammes de sel de Maio ou quatre allumettes pour un *tostão**, on trouvait de tout dans la boutique de mon père, aussi bien des chapeaux en feutre du Portugal que des pincées de sucre, tous les produits manufacturés jusqu'au détail le plus détaillé. J'appartenais à une lignée de commerçants ; c'est grâce au commerce que mon père a pu m'élever, se projetant lui-même dans cette ascension.

Je suis fier de mon père. J'ai vu la famine réduire les gens à l'errance, moi enfant, j'ai vu les passants poser leurs mains vides et maigres sur le comptoir comme seule garantie de reconnaissance ; et mon père leur faisait crédit. Il me surprenait toujours, mon père. Mon goût pour le dessin vient de lui. Le dessin qui a marqué ma vie, le premier, représentait une femme noire, et c'était lui qui l'avait fait. Plus tard, j'ai su qu'il collectionnait mes dessins, oui ceux de mon enfance auxquels je ne prêtais pas attention. Il les gardait comme des choses de valeur. Il me les a montrés un été, lors d'un retour à Santiago. Il approuvait secrètement mon acharnement à modifier le cours de mes études, de l'agronomie aux beaux-arts, de Coimbra à Lisbonne puis à Lyon. Il sentait que je m'installais dans ma raison d'être.

Mais quand j'y pense, cela me paraît si étrange. Comment moi, un *Badiu* de l'île de Santiago,

* *Tostão* : fraction d'escudo.

badiu, c'est-à-dire noir, fils de l'Afrique déportée sur une terre jetée en Atlantique, comment ai-je fait pour me retrouver aujourd'hui à quarante ans parmi les détenteurs d'une pratique qui honore le patrimoine culturel des Européens, la gravure ?

Alors que je ne sais rien de mon héritage africain, a-t-il ajouté après le silence qui marque l'amorce d'une confidence. Rien. Le colonisateur m'a dépossédé de mon passé, l'a soigneusement extrait de mon être jusqu'à la racine. Rien ne nous laissait supposer notre origine. A l'école, nous apprenions par cœur les lignes des chemins de fer au départ de Porto ou de Faro ; et quand il fallait dessiner la beauté, nous n'avions pour modèle que des images d'Européens. Le beau était blanc.

Nous, nous avions poussé sur ces étoiles arides tombées du ciel. Certes nous étions noirs, mais les Africains qui gesticulaient sur les écrans de cinéma, nous étions sûrs de ne pas leur ressembler. On s'en moquait presque. On les désignait du doigt : "Ah ces Noirs de Guinée !" Ils auraient pu être des Esquimaux, ce n'était pas nous. En revanche, nous n'avions plus d'ancêtres, de clans, de berceau. Il nous restait un corps. Quand il s'élançait pour la danse, ce corps s'animait, poussé par une énergie spontanée et une volupté que le baptême réprouvait. Nos tambours furent confisqués, cachés derrière les églises, et nos danses finirent reléguées dans la clandestinité. Dans le maquis de notre âme, seule résista la conscience d'être cap-verdien, différent, être unique mais rompu en dix éclats séparés par la mer et les regards qui s'attardent sur les nuances de peau.

Ici en France je cherche à me rassembler.

Je grave intuitivement la chronique d'une rencontre brutale. Je trace les conséquences d'un accouplement contraint entre deux continents antagonistes : l'Europe et l'Afrique. Je suis issu de cette union. Je fais partie de cette parcelle d'humanité promue sur une terre déserte. Mon histoire est brève : cinq siècles, pas plus, mais suffisamment sombres pour vouloir les éclairer par l'art, trop hantés par la violence, la faim, la déchirure pour ne pas vouloir les exprimer en taille-douce.

Ici, je tente de me rassembler.

A l'Ecole des beaux-arts, ma double qualité de Noir et de Cap-Verdien sema le trouble et attira sur moi clichés et fantasmes. Certains enseignants ne voyaient pas en moi l'homme tout court, mais le Noir qui devait porter des boubous et façonner des masques comme ceux qui envahissent les marchés aux puces. "Lui, il est noir, mais cette espèce de Noir nous pose des problèmes, on ne voit pas comment le circonscrire, on ne sait pas quoi lui apprendre…"

Je suis toujours en cours d'assemblage.

Je connais la messe en latin, je peux chanter des dizaines de fados, mais ma dignité se nourrit de la résistance du *batuque*, de nos pulsions païennes qui ont rampé clandestinement dans le profond des vallées de Santiago. Le créole, notre langue, a tenu bon. A Lisbonne, même après cinq siècles d'emmêlement avec le Cap-Vert, personne ne connaît le *batuque*, ne comprend le créole, qui pourtant dérive du portugais archaïque. Pendant si longtemps, le créole a été interdit, le *batuque* proscrit. Il est respectable le peuple qui a su préserver son patrimoine dans de telles conditions.

Carlos évoqua alors son maître, le graveur suisse Pietro Sarto, qui, dès le premier jour, le prévenait : "Ce que tu sais faire, ne le mets pas à la disposition de celui qui risque de le banaliser. On donne à qui se montre digne de savoir, c'est-à-dire apte à faire fructifier les connaissances."

J'ajoutais spontanément :

— Les sages en Afrique ne parlent pas autrement de la transmission des secrets de la tradition.

Pendant quelques heures encore, il réunit à notre intention des musiques que son île avait engendrées et que les colporteurs n'avaient pas réussi à arracher à l'isolement des *ribeiras* de l'intérieur. Des musiques pratiquement inédites qui naviguèrent brièvement à l'indépendance quand les valeurs de la terre profonde furent proclamées héroïques. Et puis, la parole cédant la priorité à la silencieuse dégustation du *grogue*, l'alcool de canne, nous décidâmes de célébrer l'aube.

— Le rhum vieux aide à l'imprégnation des mots, déclara-t-il.

C'est au bord de cette aube dont le nom chante si bien en créole et portugais, *madrugada*, que Carlos déclara sa volonté de nous remettre les dix gravures, jeu de cartes de sa géographie intime, projection d'un Cap-Vert imaginé. Il les dévoila une à une, île par île, puis nous confia cette étrange mission. Il nous demandait de partir au Cap-Vert, de voyager à sa place ; lui ne pouvait pas s'éloigner, il était rivé à sa presse, bateau magnifique, immobile, ancré.

— Je voyage pourtant, mes pays sont sublimes, je voyage en "chine appliqué", le papier qui garantit les plus belles sensations au graveur.

Nous partirions, justifia-t-il, pour l'aider à se rassembler.

Nous irions dans chaque île à la recherche d'une histoire édifiante pour la lui rapporter. Lui raconter la fin de la nouvelle que chacune de ses gravures amorçait.

Parcourir les dix îles du Cap-Vert en dix semaines et récolter dix nouvelles : tel était le défi. D'évidence, nous ne partirions pas pour jouer à la marelle en Atlantique et sauter d'une île à l'autre à cloche-pied, négligemment, en rivalisant avec le temps. S'il fallait à tout prix rapprocher ce projet d'un jeu, ce serait le puzzle, entreprise qui requiert plus de patience que de hâte. Le sens des aiguilles d'une montre désignait l'île réputée la plus éloignée des agitations du monde comme point de départ : Boa Vista. Ensuite, il nous faudrait rejoindre selon notre gré et les disponibilités des transports, bateaux ou avions, les autres terres de l'archipel : Maio, Santiago, Fogo, Brava, Santo Antão, São Vicente, Santa Luzia l'inhabitée, São Nicolau et Sal. Munis des dix gravures de Carlos, précieuses comme des portulans, nous tenterions de détecter le carrefour du réel et du merveilleux et de nous placer là pour observer la vie. A Carlos, il était convenu d'adresser une lettre de chaque île pour lui faire part de cette prospection de matières premières à usage littéraire et des péripéties engendrées par la situation d'enquête. Et une fois les éléments de la nouvelle réunis dans une île, en changer pour une autre.

Le pacte nous convenait. Leuk, ma compagne, et moi avions coutume de nous retrouver à l'autre bout du monde, de traîner nos habits d'ethnologues à des rendez-vous inattendus dès que la vie proposait une énigme qui remettait en cause le confort de la pensée établie. Hindû-Kûsh longtemps, Afrique du Nord souvent, Afrique de l'Ouest dorénavant. On avait l'espoir d'avancer ainsi en partageant des interrogations essentielles et un désir irrésistible d'y répondre, quitte à emprunter des sentiers peu battus et des chemins encore moins tempérés. Carlos le savait. Notre amitié avait traversé de nombreuses saisons des pluies, joyeuses ou ascétiques comme elles alternent au Cap-Vert ; cette nuit-là, elle prenait un autre tour. En nous confiant ainsi la découverte de son archipel, quelque cinq cent trente-cinq années après Ca'da Mósto le Vénitien, ou Antonio Da Noli le Génois ou Diego Gomes le Portugais, il instaurait une manière exceptionnelle d'approcher l'identité cap-verdienne. Et pour lui, et pour nous.

— J'insiste sur l'île inhabitée, pria Carlos, elle est la part vierge de moi-même. Ma carte de Santa Luzia est blanche. J'attends votre retour pour la graver.

En effet, la huitième carte était vide, sauf aux angles où volaient quatre frégates.

BOA VISTA

Une femme frotte du linge sur sa planche à laver. Elle réveille le soleil. Le va-et-vient du savon sur la surface de bois crénelée rythme la dernière danse des étoiles. La nuit nous a déposés à Boa Vista. Une bourgade sert de capitale à l'île : Sal Rei. La baie de Sal Rei à l'aube est royale : col immaculé de plages doublé d'une couronne de collines que l'éloignement anoblit en montagnes. Leurs crêtes dessinent des profils de dormeurs, la nuque dans les dunes et le front face au ciel strié. Des nuages couvrent de suaires ces visages imaginés ; à moins que ce ne soit des fumées qu'exhalent les nez de ces géants opiomanes. Quoi qu'il en soit, cher Carlos, cette aube du 16 octobre 1995 est parfaite. La baie rondement tracée ressemble à s'y méprendre à un cratère effondré ; un îlot aux modestes falaises barre le large et tient lieu de paroi à la caldeira brisée. Des barques harmonieuses justifient l'existence du port. Une femme noire frappe son linge. Un homme verse sur son corps le contenu d'un bidon en plastique. Douche de rue. Des gestes furtifs balancent les usures de la nuit par-dessus le parapet du port. Il n'est pas sept heures. Le soleil carambole déjà les nuages comme une boule de billard sur le tapis bleu. Soleil roi sur Sal Rei.

Il est temps de raconter la nouvelle version de la Genèse. “Au commencement, Dieu créa le monde. Il voulut le peupler d’humains. Il façonna les êtres avec de l’argile. Quand il eut accompli son œuvre, il secoua ses mains. Des doigts divins, se détachèrent des parcelles d’argile qui échouèrent en Atlantique. Ainsi fut créé le Cap-Vert.”

— On en profite ici pour clamer que l’argile de Boa Vista est une des meilleures du monde, complète le *padre*.

Le *padre* vient d’ouvrir sa papeterie. Le *padre* n’obéit pas à l’image convenue du curé. En bermuda de jean et chemise flottante, il vend des carnets, des cartes de vœux, des cartouches, des stylos, des piles, des autos miniatures, des livres de compte, des graines d’oignons rouges… Il tient la boutique du bon Dieu. Ici le bon Dieu parle créole.

— *Então como está ? Tud’drête.* Et comment va ton mari ? *Sabi.*

La boutique plonge sur la rue, battants grands ouverts.

— J’ai choisi ce moyen pour me rapprocher des gens, les rencontrer. Les fournitures scolaires attirent tout le monde.

Des enfants métis, des femmes coiffées de fichus, des fonctionnaires s’encadrent dans l’embrasure. Notre conversation hoquette. Le *padre* sert, calcule, apostrophe, conseille. Sa légère barbe grise frémit, ses mots cascadent, ses lunettes trépignent, son énergie bouillante est offerte. Dans son dos, un grand Christ sulpicien darde la douceur féminine de son regard dans les yeux du visiteur. Une autre affiche avise la population qu'un Cristo dessiné en desperado est recherché pour ses idées subversives : *"Procurado !" "Wanted !"* Griefs retenus : prêche la pauvreté, prône la non-violence, fréquente les démunis.

— C'est une île en voie de déchristianisation. Elle est restée sans prêtre pendant quinze ans. Les vieux se sont tournés vers le *racionalismo cristão*, une science, une philosophie, plus qu'une religion. Un mouvement spirite venu du Brésil qui implique des réunions dans la pénombre, le dialogue avec les défunts et la participation de médiums. Pour les adeptes, Dieu n'est pas un être extérieur, mais une force dont nous sommes tous les émanations. Ce spiritisme croise d'anciennes croyances locales dans le retour des morts, *gongons*, et dans la possession d'individus par des âmes en souffrance, *finados*. Les jeunes, eux, ne font rien ; ils attendent l'argent de l'émigration. Mon église est déserte, ils ne croient plus en rien.

Passent deux rastas qui saluent le *padre* avec une désinvolte tranquillité. Le *padre* est français, a étudié à Rome, a appris l'arabe, a enseigné en Algérie, s'est retrouvé au Cap-Vert, heureux dans l'île de Santiago parmi les fervents *Badius* de l'intérieur, mais a exprimé l'envie de lier son sacerdoce à une île en difficulté, atteinte par le syndrome de l'abandon.

— Quand j'ai quitté Santiago, l'évêque m'a embrassé et m'a dit : "Bon courage !" Ça m'a inquiété. A mon arrivée à Sal Rei, on s'est gentiment moqué de moi parce que je parlais le créole de Santiago. Ici les gens ont une haute considération d'eux-mêmes, et leur orgueil est fondé. Boa Vista a longtemps été l'île la plus avancée, cultivée, policée de l'archipel. Elle a fourni des hommes politiques et d'église, des artistes de haut niveau, elle a engendré des fortunes. La certitude de sa splendeur passée rend cruelle sa décadence actuelle. Mais on ne décèle guère de signe de sursaut. Tous ceux qui avaient les moyens de leur ambition sont partis. L'île est à nouveau livrée aux chèvres comme aux premiers temps. Elle est charmante, séduisante, belle, mais dure à vivre.

Je dis :

— Nous sommes venus y prélever une histoire. En voici le début.

J'abats à mon tour ta carte, Carlos. Le *padre* considère le cargo échoué, le guitariste anonyme et l'encadrement de violons.

— Je n'ai pas de peine à traduire cette image, annonce-t-il. Boa Vista est à la fois un cimetière de bateaux réputé et la terre de naissance de la *morna*, la musique devenue célèbre dans le monde grâce à des artistes comme Titina, Bana, Celina Pereira et la diva Cesaria Evora. Le navire naufragé, vous le trouverez facilement ; le *Cabo Santa Maria* n'en finit pas d'agoniser sur une plage déserte au nord de l'île. Quant à la *morna*, personne à ce jour n'en a trouvé la source. Votre ami a gravé un guitariste de dos : en effet, la *morna* a-t-elle eu un inventeur ou est-elle le produit de l'effervescence d'une époque donnée ? Il faudrait fouiller la mémoire de l'île, sonder les façades de Sal Rei qui témoignent d'une société aisée, et à la fois gratter la croûte de la saline jusqu'au souvenir du labeur des cueilleurs de sel. Vous devrez traverser les pâturages vides de l'intérieur, accéder aux villages écartés du Nord, retrouver les traces des ports disparus, pour approcher l'esprit de la *morna*. Mais sachez-le bien, ce n'est pas un hasard si elle est née à Boa Vista. Toutes les conditions étaient requises...

La phrase en suspens sous-entend une part cachée. A nous de nous débrouiller.

— Vaste enquête pour une semaine, prévient le *padre*, vous visez d'emblée l'âme du pays. La *morna* s'est tant compromise avec le peuple de l'archipel que la recherche de ses origines semble inscrite en tout Cap-Verdien. C'est ainsi que je lis la carte de votre ami et comprends sa demande.

Nous te rendons grâce, Carlos : le Cap-Vert dans sa globalité s'interroge sur l'émergence de la *morna*, et c'est nous qui, dès notre arrivée, plantés sous le très officiel soleil de la mi-journée, devons triturer une énigme qui tourmente les musicologues depuis des lustres.

— Dans l'île de São Vicente, déclare Leuk, la *morna* est devenue une musique sentimentale que les couples enlacés écoutent sans presque bouger, laissant glisser en eux la volupté ambiguë des déchirements du cœur.

Leuk a tout lu sur la *morna*, précis d'ethnomusicologie, livrets de disques et déclarations de chanteurs. Leuk est une encyclopédie nomade, un personnage selon Jules Verne qui dotait ses groupes d'explorateurs d'un érudit de cet acabit. Aussi théorise-t-elle naturellement tout en photographiant un oiseau noir et blanc qui plane sur la grand-place de Sal Rei :

— Chants qui pleurent les départs, déplorent l'immobilisme, égrènent les douleurs venimeuses de l'amour. Chants de l'expérience qu'apportent les retours aux désirs apaisés ou abrasés. La *morna* courtise la tristesse parce qu'elle la reconnaît comme une compagne fidèle de la vie. On se régale de la nostalgie, car la joie est trop volage pour qu'on lui fasse confiance ; elle ne laisse pas assez de souvenirs pour inspirer les poètes. Voici un résumé de la *morna*, maîtresse créole des joueurs de violon, de guitares, de *cavaquinho*, sorte de ukulélé...

— C'est bien ainsi qu'elle s'est développée en migrant vers les autres îles, en se posant à Brava la romantique, en se chargeant d'influences à São Vicente. Mais est-elle apparue ici à Boa Vista le cœur déjà gonflé de chagrin ?

L'oiseau photographié, sculpture de béton peinte, vole au-dessus du bassin vide de la fontaine publique. Hommage au *rabil*, *Fregata magnificens*. D'après la notice du *BirdLife International*, "des oiseaux qui se reproduisent au Cap-Vert, le *rabil* est un des plus rares. Et encore ne se reproduit-il que sur les îlots satellites de Boa Vista : Curral Velho et Baluarte, seuls lieux élus par cet oiseau dans toute l'Afrique. Actuellement, sa population se réduit à cinq couples. Bien que son corps ne dépasse pas un mètre, ses ailes peuvent atteindre une envergure de deux mètres et demi. Le mâle adulte arbore une tache rouge au cou qui gonfle à la saison des amours. Les jeunes et la femelle ont la poitrine blanche."

La *morna* a donc pris son envol depuis Boa Vista. Mais qui l'a couvée ?

Aujourd'hui Sal Rei guette sur une butte un improbable frisson du temps. Ne crois pas, Carlos, que j'insiste indûment sur une impression de langueur. Au contraire, j'aime ces décors travaillés par l'usure et le silence qui choquent nos existences pressées et les renvoient à l'exigence de l'attente. Sal Rei est figée dans l'attente. Au sommet de la butte, une tour métallique attrape les ondes. Les maisons basses du siècle se serrent sous la silhouette antique de ce donjon rouillé. Dans la plaine comprimée par la mer, la ville et une pointe volcanique, le sable parachève la défaite de la saline qui donna gloire et nom au lieu : "Sel Roi." La place principale et les rues qui lui échappent pour filer au port prônent la géométrie à angles droits de l'assurance commerciale et de l'ordre bourgeois. Les belles demeures à étage confirment le prestige du siècle précédent. Mais les entrepôts ont fermé leurs portes et nombre de maisons ont perdu leurs balcons comme des vieillards leurs dents.

— C'est beau et pathétique comme une *morna* ! s'exclame Leuk.

— Ecoute : "Le village de Sal Rei est remarquable par la noblesse et la grande beauté de ses maisons et magasins, de construction européenne ; il commence à rivaliser avec la ville de Praia, la capitale."

La relecture des notes calme le désir impatient de poisson grillé au bar *Rosalida*, la meilleure table de l'île à condition d'y accéder, d'abord par l'escalier escarpé qui mène à l'étage, puis par la volonté de la charmante Rosalida qui n'œuvre que sur commande très anticipée. Je poursuis :

— L'auteur de ces louanges rédigées en 1843, Lopes de Lima, proposa même en 1834 de transférer la capitale de Santiago à Boa Vista, tant Sal Rei comptait "de maisons de trop", où “les employés pourraient trouver à se loger pour eux et leur famille”.

— Contraste étonnant entre cet enthousiasme et l'ironie, certes britannique, de Mrs Bowdich débarquant à Boa Vista en 1823 avec son naturaliste de mari…

Leuk feuillette son carnet :

— Prière de se reporter aux lignes acides qui célèbrent l'arrivée dans l'île du couple scientifique en route vers l'Afrique : Boa Vista ou “Belle Vue”, “nom sans doute donné par dérision parce que jamais terre plus triste n'a affligé les yeux. Elle est formée d'un simple banc de sable avec deux pics de basalte au milieu. Ne se distinguent ni vestiges humains ni traces de végétation. La réunion de cabanes qui prétend s'appeler «ville» est tellement cachée dans le fond de la baie que des étrangers comme nous, munis de cartes pleines d'erreurs, sommes passés deux fois sans en remarquer la position.”

Je calcule :

— De 1823 à 1843 : les vingt années décisives du développement de Boa Vista. C'est au cours de ces décennies d'ébullition qu'il faut chercher la genèse de la *morna*.

— D'autant plus, intervient Leuk, qu'Eugénio Tavares, le grand poète de l'île de Brava, confirme, dans la préface de son livre dédié à la *morna*, que celle-ci est bien originaire de Boa Vista et qu'elle est au moins centenaire en 1930, au moment où il rédige son texte…

— 1930 moins cent égale 1830. Le compte est bon.

Les poissons servis par Rosalida sont en fait des *fasolas*, notes gourmandes bienvenues en pleine enquête musicale.

Un fait appréciable au Cap-Vert est la disponibilité courtoise des hauts responsables. Le président de la chambre municipale est généralement un homme accablé de tracas. Cependant, si des étrangers en mission passent en brandissant des questions d'ordre culturel, il n'est pas un maire qui refuse la discussion. Eutropio Lima da Cruz interrompt la rédaction du bilan de son mandat pour clarifier une histoire que peu d'écrits supportent.

— En 1830, commence l'apogée de Boa Vista, mais laissez-moi revenir aux premiers pas de l'homme sur cette île pour expliquer sa réussite. Longtemps après sa découverte en 1462, cette île étendue – la troisième en taille de l'archipel – est restée déserte. Elle servait de libre pâture au bétail de capitaines portugais qui versaient des dividendes à la Couronne en échange de concessions. Il faut attendre 1542, début de l'extraction du sel, pour que des humains établissent leurs cabanes. L'eau avait la réputation d'être savoureuse. En 1580, cinquante bougres erraient sur cette terre de dunes et d'herbes rases. Tous esclaves, gardiens de chèvres et de bovins, chasseurs, écorcheurs de bêtes et saleurs de viande. Ce furent les Anglais qui déclenchèrent la ruée vers l'or blanc. Les navires vinrent se remplir le ventre de sel, sans rien payer en échange, sinon le prix de la main-d'œuvre. En 1657, Boa Vista reçut son premier curé, le peuplement commençait. Une minorité de Blancs mâles prit le contrôle de l'espace et du corps des femmes noires, sans aucune espèce de limitation. Par ce diktat de la libido, la population mulâtre grossit, celle des "Blancs de terre", parlant encore la langue d'Europe, rétrécit. En 1800, sur les deux mille deux cents habitants, une poignée de Blancs et de mulâtres influents occupaient l'étage des privilèges. En dessous, coexistaient métayers, petits commerçants, fonctionnaires, libres de servitude. Tout en bas, au sous-sol d'une société qui persista longtemps à nier leurs droits et à souligner leurs devoirs : les esclaves. Mais pour ce qui est de l'expansion dont vous voulez connaître la clé, l'île attendait son maître. Survint du Portugal un aventurier que la tempête détourna vers Boa Vista. Manuel António Martins va littéralement faire main basse sur l'île, d'aucuns diront sur l'ensemble de l'archipel. Avec lui, l'histoire prend une autre tournure...

En ce temps-là, Boa Vista détenait quelques produits naturels convoités par l'industrie européenne en pleine croissance ; Martins en fait des matières précieuses dont l'exportation profite enfin à l'île. Les salines étaient considérées comme "dépôts naturels de sel" ; il en prend le contrôle, les divise en bassins d'évaporation et fosses d'exploitation carrées, organise une armée d'extracteurs et remplace les marchés infidèles d'Europe par ceux d'Afrique et du Brésil. Les rochers de l'île soumis aux embruns abondent d'orseille de mer, lichen entrant dans la préparation d'une teinture rouge prisée par l'industrie textile anglaise ; alors Martins s'arroge le monopole de son commerce. Aussitôt, le poids de ces "longues chevelures glauques" augmente dans la balance économique, ainsi que celui des noix de pourguère, fruits d'un arbuste des zones arides dont l'huile sert à la fabrication de savon et de médicaments. Martins crée une affaire de pêche quand l'île ne compte encore qu'un bateau ; il favorise les premières constructions de fours à chaux qui cuiront une nouvelle richesse pour quelques décennies. Sous son impulsion, Boa Vista devient le phare de l'archipel. Son rayonnement attire des maisons de commerce étrangères qui ouvrent des succursales ; des pays envoient des délégations diplomatiques, et des familles juives marocaines la choisissent comme lieu d'exil et de reconstitution vers 1850…

Cher Carlos, voici un bref aperçu de l'action de Manuel António Martins, dit Martins Velho, le "maître des îles", un homme qui a cousu son destin avec le fil tendu de l'audace et celui d'une morale plus lâche. Un vrai héros en sorte. Il émerge, flanqué de légendes, du lot des âmes anonymes qui ont maintenu la vie sur l'île pendant des siècles. Assurément, il prend rang parmi les personnages de la future nouvelle que nous te destinons. Il est l'homme par qui l'effervescence arrive, les bateaux accostent, les influences débarquent, la culture forge son identité. Son époque est toute désignée pour entendre les premières mesures de *morna*. Guidés par les indications de ta gravure et le musicien qui ne montre pas son visage, nous cherchons toujours les sources de la *morna*. Quant au bateau échoué de ta carte, ce 18 octobre brûlant, nous l'approchons.

Aucune route ne conduit au vaisseau fantôme, le sable l'a effacée. Une piste pourtant avait été tracée dans l'urgence de récupérer en 1969 la précieuse cargaison du *Cabo Santa Maria* venu à toute vapeur planter son nez dans la plage, une nuit relâchée de fin d'année. Des voitures, de l'ail, des panneaux en bois destinés à une église brésilienne et des milliers d'exemplaires d'une revue pornographique espagnole furent sauvés des eaux.

La direction du nord traverse la saline boueuse, puis une banlieue de cases en tôle couvertes de filets de pêcheurs ; ce quartier est réservé aux ânes, chèvres et porcs. La solitude est complète, passé le premier pli du relief. Seul le grognement lointain de l'océan nous guide. Boa Vista mise sur le charme de dunes ponctuées par les exclamations ébouriffées de palmiers pour entretenir l'illusion de Sahara. Sur le pourtour de l'île, le campement des montagnes en forme de tentes complète la magie du désert. Nous foulons les pâturages pierreux en rassemblant des références bibliques, croisons des bêlements. Le vent gifle, cet ennemi desséchant du nord-est. Les collines finissent en erg à l'approche de la mer. Un mât dépasse d'une crête. L'apparition inspire un sentiment de terreur sacrée : sur une plage de pureté primordiale, la Bête a choisi sa fin. On s'en approche prudemment à la manière de guerriers nains qui, rassurés par l'agonie d'un géant mythique, osent longer ses flancs interminables. Les vagues ont largement suppléé la voracité des vautours ; elles sucent la carcasse. Leurs langues rageuses découpent dans la tôle rouillée les formes grimaçantes d'un théâtre d'ombres javanais. Spectacle tragique, la mort est turquoise. On se retient de murmurer, hypnotisés par l'œil sans chaîne de la proue. La présence ancienne de l'ancre a dessiné sur la paroi la silhouette de la Gitane qui danse sur les paquets bleus des cigarettes françaises. Le soleil martèle la ferraille.

Le naufrage du *Cabo Santa Maria* est le dernier d'une série riche peut-être de trois cents épisodes en cinq siècles. Les eaux de Boa Vista étaient très fréquentées et ses abords truffés de pièges, hauts-fonds, affleurements, pointes vers lesquels les vents traîtres rabattaient leurs proies. Les courants lâchaient rarement prise. Même le capitaine Cook faillit se laisser happer le 11 août 1776. Les relevés cartographiques manquaient de précision et des anomalies magnétiques au large de la côte est brouillaient les instruments de mesure. Les lieux doivent souvent leurs noms au naufrage d'un bateau : îlot du Hollandais, baie du Queen ou du Vauban, plage Santa Maria… Les fonds sous-marins de Boa Vista sont des musées engloutis. Mais Carlos, quel rapport lie épaves et *morna*, hormis l'honneur d'appartenir au patrimoine de l'île ?

— La *móia* ! murmure Leuk. La *móia*.

Nous fixons l'incessant trafic de crabes minuscules à l'ombre de la proue gigantesque. Leuk reprend :

— Eugénio Tavares, le poète de Brava, affirme, je le cite, que "la *morna* sublimait la comédie païenne de la *móia*". Le mot "païen" dans la bouche d'un chrétien dénonce toujours quelque rituel outrancier. On laisse entendre que les habitants de Boa Vista alliaient les vertus de naufrageurs et de pilleurs d'épaves, qu'ils baladaient des ânes porteurs de torches le long des reliefs les plus acérés du littoral et attiraient les navires vers la côte. Activité proche du sacrifice. La *móia* représente la récolte arrachée à un bateau éventré et le bateau lui-même, dépecé jusqu'au dernier clou. Comme tous spécialistes, les îliens jugeaient la qualité d'une année selon le nombre de naufrages et la générosité des cales vidées. La *morna* primitive justifiait-elle cette activité trouble qui forçait la main de la providence ou s'en moquait-elle ? Il nous reste à le découvrir.

Il n'est pas simple de sillonner Boa Vista. Aucun transport régulier ne relie Sal Rei aux autres peuplements de l'île. Quand un véhicule utilitaire s'échappe du chef-lieu, c'est par surprise. La chaussée pavée n'atteint pas Povação Velha, “le vieux village”, premier site habité, au sud. Le Nord ne bénéficie d'une route que depuis quelques années. Trente kilomètres creusent une distance problématique. Le Nord se situe sur l'autre versant de la réalité, pays presque imaginaire que l'on cite pour l'incongruité de ses jardins. Les gens disent aussi que les anciens ports ne sont plus que ruines léchées par le vent : Porto do Canto, “le port du chant”, Curral Velho, “le vieil enclos”, Derrobado, “le lieu caché”. Les feux se sont éteints. On rêve bien sûr de les approcher comme on désire fouler *Le Rivage des Syrtes* à travers les pages de Julien Gracq. Nous espérons une occasion. Le *padre* nous a promis l'arrivée d'un étrange convoyeur du Nord et de son tout-terrain, *tio* Bel. Nous guettons sa matérialisation à l'extrémité de la ligne droite qui fend les dunes au sortir de Sal Rei…

Attente. Nous lisons :

… Une Ford tressaute sous la pression des garnements qui la poussent. La voiture est vieille et corrodée. *Nhô* David se rend à sa plage favorite. Quand le moteur consent à tourner, il distribue des sachets de sucre aux gamins. Un ivrogne, natif xénophobe, gueule que *nhô* David s'est emparé de la plage pour son usage personnel et, pire, lui a volé son nom puisque le peuple l'appelle désormais "la plage de David" au mépris du choix des ancêtres...

La Ford roule dans les premiers paragraphes rieurs du roman que l'avocat Germano Almeida a consacré à sa planète natale, *A Ilha fantástica*. On y apprend que Boa Vista a connu un second souverain, un siècle après le règne de Martins Velho : David Ben'Oliel.

"Un Juif renégat en plus !" insulte l'ivrogne du roman.

David Ben'Oliel est pourtant le dernier des exilés de Rabat à s'éteindre juif en 1950 à Boa Vista. Son père, Abraham, est arrivé en guenilles au milieu du XIXe siècle, mais a rapidement fait fortune en vendant des cornets de sucre de porte en porte. David hérite de magasins, d'immeubles, de bateaux de transport, de barques de pêche. Il prolonge le commerce déclinant du sel et de la chaux, de la viande et des peaux, des poteries et du fromage, jusqu'à l'ultime chute des cours. Sa disparition est pour l'île comme une digue qui se rompt, laissant les temps modernes tout emporter.

— C'était le richard ! nous confie la rumeur au cours des conversations de bar, toujours en chemise blanche et costume ; il fumait le cigare. Sa femme était d'une exquise beauté, blanche comme lui. Elle sortait chaussée de talons hauts. Son mari lui offrait des poupées qu'elle ornait de colliers. Que sont-elles devenues ? *Nhô* David possédait des meubles incroyables. Il prêtait de l'argent contre des bijoux que l'on venait déposer chez lui en cas de besoin. La famille Ben'Oliel faisait attention à ce que les gens aient suffisamment pour que leur prospérité soit bien servie.

Le *padre* nous précède dans l'escalier de bois de la demeure de *dona* Alice, proche parente et ancienne secrétaire du roi David. Nous grimpons à l'étage comme on s'immisce au grenier pour ouvrir le coffre des souvenirs. Au débouché des marches : la véranda. Sur cette coursive élégante, persiste le confort d'antan. Uni au plancher en bois, aux colonnes et à la rambarde peintes, le fauteuil à bascule rappelle les méditations sur la fraîcheur des ramures quand l'heure crie de soif. La cour est muette. Le temps des domestiques est révolu. Un tamarinier en profite pour occuper tout l'espace et déployer une voûte de branches contre le colportage insistant du soleil. *Dona* Alice est assise sur un banc, maigre et distinguée, pâle et réservée :

— Je suis africaine, je suis blanche. L'Afrique est peuplée de gens différents et même de Blancs.

Les portes entrouvertes laissent apercevoir le luxe démodé des salons, les photographies dans les cadres massifs, les lustres.

— Les maisons comme celle-ci, montre *dona* Alice, étaient habitées par de grandes familles. L'île comptait des médecins, des fonctionnaires, des officiers de douane. On se recevait. On partait pour l'étranger aussi. Personne n'était étonné par le monde extérieur, on ne vivait pas les yeux fermés, nous avions des livres. Boa Vista a eu un bon début, les bateaux pour le Brésil s'arrêtaient ici. Mais depuis, le sable a envahi la saline, l'île décline…

Dona Alice effeuille les pétales épars de sa mémoire. Elle dit : la judaïté de la famille Ben'Oliel s'est dissoute dans l'union avec des filles chrétiennes. Là-bas, près de la chapelle en ruine de Notre-Dame-de-Fatima, vers "la plage de David", reposent isolées les quelques âmes juives de l'île sous une épitaphe rédigée en hébreu et en portugais. Elle vante le dévouement de *nhô* David qui, en plus de ses charges commerciales et politiques, enseignait à l'école pour soutenir l'éducation. *Dona* Alice n'a pas dépassé la quatrième classe ; mais a appris l'art de conduire une maison, le piano, le crochet. Les filles ne partaient pas à São Nicolau, l'île du grand lycée. Des fêtes populaires, elle entendait la rumeur des tambours, huit jours à l'avance, mais jamais ne s'est mêlée aux danses. Elle ne s'est pas mariée. Vient soudain la précision qu'autrefois la pluie était plus régulière ; Boa Vista n'a pas connu la famine, la nécessité sans doute, mais pas cette misère cruelle qui fauche les affamés sur les routes. Avant, la vie était calme et humble. Elle lève les bras au ciel pour toute définition du présent.

Sur son banc l'ont rejointe deux femmes noires, des voisines qui s'annoncent comme des légionnaires de Marie, avec pour mission d'assister leur prochaine au moins une fois par semaine. Toutes trois sur le même banc, la maîtresse de la grande maison, celle dont la mère venait laver les planchers, et celle qui portait les sacs de sel sur la tête de la saline au port. "Il faut comprendre, nous avait expliqué le maire, que Boa Vista n'a pas subi de convulsions sociales comme dans les îles agricoles marquées par l'emprise des latifundiaires. Certes la population était pauvre, elle dépendait entièrement des ressources de l'île et de leur exploitation par quelques grandes familles. Mais celles-ci eurent la sagesse de vendre les marchandises au peuple à juste prix. Les gens trouvaient toujours du travail et de quoi manger. La hiérarchie sociale en fait s'est effondrée à cause des écoles. Boa Vista détenait le record de scolarisation, et même les enfants démunis ont eu un jour la chance de partir étudier ailleurs."

— Je portais dix sacs de cinq kilos sur la tête, évoque une des compagnes de *dona* Alice. A vingt ans, j'en portais davantage. J'entends encore la voix de mon grand-père qui chantait à tue-tête des chants d'église tout en raclant son carré de sel avec un râteau de fortune. Tout le monde l'appelait *padre* Serafim.

Padre Serafim : beau nom pour le héros d'une nouvelle. Je note.

Un jour plus tard, un camion jaune apparaît dans la ville. *Tio* Bel, le convoyeur espéré, nous salue avec un fort accent d'Afrique du Nord ; et pourtant son français vient d'Abidjan et du Québec. *Tio* Bel est un septuagénaire métis et alerte, en short et débardeur, célibataire et retraité, rentré au pays avec la double nationalité cap-verdienne et canadienne, plus un tout-terrain. Cette machine roulante représente le patrimoine d'une vie d'émigré. N'ayant pas de permis, il loue les services de chauffeurs et use sa liberté au profit de villages sans eau, de pêcheurs isolés. "Bénévolement !" insiste-t-il avec l'air sévère d'un homme qui ne plaisante pas sur le sens du devoir. C'est ainsi qu'il rend à Boa Vista un amour inexprimé pendant trop d'années d'exil. Belarmino Brito trimbale les enfants du Nord sur le plateau de son véhicule et jouit du plaisir d'être appelé *tio*, l'oncle de tout le monde. Il accepte de nous emmener en tournée pour respirer l'air de l'île et, qui sait, capter le parfum de la *morna*.

La route du nord part au sud. Fantaisie des contournements. Le nord est en fait à l'est ; Boa Vista fait un usage anarchique des directions. Charme discret de plus. Le ruban de pavés noirs sépare des amoncellements de sable blanc, enjambe un oued épuisé, longe les miroitements de la baie, traverse Rabil la rivale de Sal Rei et plonge dans sa palmeraie. Rabil est un beau village d'une seule rue qui aligne ses maisons colorées sur une étroite crête. Malgré son nom de "frégate", Rabil garde ses distances avec la mer ; les pirates sont trop souvent passés à l'abordage, la prudence est de mise. De toute façon, les dunes du littoral ne sont bonnes à rien, qu'à l'enchantement ; elles sont hémisphériques, de forme et de teinte exemplaires. Derrière l'une d'elles, se dresse une tour de briques ; l'œil la perçoit cheminée, mais la voudrait minaret. Du sable, émergent des engrenages, la gueule d'un four, des cloisons de bureaux. Ces friches industrielles de la briqueterie de Chave, fermée en 1927, émeuvent autant que des fouilles au Proche-Orient. On est troublé par la rapide dissolution de notre siècle et par la voracité de la concurrence qui abat toute chance de développement alternatif dans les marges du monde. Dommage, la qualité des tuiles et des azulejos de Chave était remarquable.

Carlos, tu associes à Boa Vista l'image de ton père se régalant d'une eau fraîche contenue dans une poterie de cette île à l'argile noble. Tu dis : "On imagine la gentillesse de ses habitants à travers la qualité de ses pots qui aidaient à apaiser notre soif dans la chaleur de mai." Les caboteurs et les colporteurs portaient les cruches de Boa Vista d'île en île et jusqu'à la boutique de ton père. Garde ton souvenir, Carlos, les potières ont vieilli et le plastique n'a pitié de rien.

La route plonge dans la palmeraie de Rabil, véritable oasis coulée dans la faille d'un canyon, dotée de dattiers et d'éoliennes. Une barrière levée signale un changement de région ; le camion passe cette frontière sans garde et se hisse sur le plateau central éperdument sec, comme nettoyé par des générations de chèvres et la langue des quatre vents. On croit rouler dans le fond d'un chaudron volcanique, cernés de murailles. Je pense aux cinquante esclaves du XVIe siècle abandonnés sans bateau dans cette aimable prison de sable et de ciel.

— Le pays vert ! s'exclame *tio* Bel au vu d'un horizon surligné d'acacias, le Nord !

Deux maisons anciennes dans un champ de pierres renseignent sur la dispersion de l'habitat, avant.

— Ici vivait *dona* Prisca Lima Melo. Elle cultivait des choux. Mais l'âne de son voisin venait régulièrement les boulotter. Le propriétaire de l'animal niait le forfait. Un jour, *dona* Prisca prit le coupable en flagrant délit et lui jeta un sort. L'âne resta paralysé, bouche bée au-dessus du chou. Le voisin admit le fait, mais amplifia sa réputation de sorcière.

Feiticeira, murmure *tio* Bel. Ce sont des personnes qui se distinguent par un pouvoir dont elles peuvent abuser. *Dona* Prisca devinait l'avenir. Elle dépêchait les hommes vers le littoral quand elle sentait venir un bateau. Et c'était vrai, chaque fois, il en approchait un.

Le Nord se résume à trois villages coquets aux maisons badigeonnées à la chaux ou vivement colorées. Les verts et bleus denses, les jaunes et rouges exubérants, les murs piqués de galets peints en noir, désignent un retour d'émigration. Beaucoup de marins sont rentrés au port natal après avoir couru le Pacifique, longé l'île de Pâques, connu Tôkyô... On parle anglais dans les épiceries-bars du Nord, ou hollandais, parfois norvégien. On évoque Rotterdam et la démesure de ses quais rétrécit les rues d'ici.

Une allée d'acacias de plusieurs kilomètres relie João Galego, le village de Jean le Galicien, un ancêtre sans doute, à Fundo de Figueiras et à Cabeça de Tarrafa. Cette année de 1995, le ciel a si peu donné que les jardins restent damiers vides ; les palmiers, gris comme des gueux, mendient la pluie.

Tio Bel ne s'arrête pas. Il veut porter de l'eau aux pêcheurs qui hantent les restes d'une conserverie portugaise sur la côte. Dans la benne du camion, compagnons de la chaleur et de la poussière, sautant sur chaque bosse comme des osselets dans la paume d'un enfant, nous analysons sereinement le paysage à la manière d'œnologues départageant les arômes d'un vin :

– montagnes abrasées à la robe pastel des hauts plateaux afghans ;

– formes tabulaires du Sud tunisien ;

– plus un soupçon de steppes d'Asie centrale parsemées de bouses de basalte dans l'herbe rase ;

– et des dizaines de fours à chaux délaissés comme des tours de guet inutiles dans le désert des Tartares...

Ruines encore du premier port de l'île, Porto do Canto, si fréquenté jadis en raison du sel et de la chaux, si dangereux pour cause de récifs à l'affût et de mer agitée. En face, l'îlot du Hollandais, sinistre aimant des bateaux en perdition. Dix pêcheurs vivent entre les colonnes de la conserverie sans toit de la "plage aux requins". Ils écorchent, taillent, salent, exposent le poisson au soleil sur le dos d'une barque. Ils viennent d'une autre île, Sal, pour fuir la concurrence. Ils ont fait la traversée en ferry, et leur barque aussi, par crainte d'une mer malintentionnée.

Carlos, dans les ports, débarquent les influences clandestines qui chahutent les mœurs et font naître d'autres modes. Porto do Canto a un nom musical, je pense à la *morna* ; elle est née dans l'effervescence. Les vestiges de Boa Vista orientent le visiteur vers une archéologie poétique. L'île mue. Le ralentissement des affaires a condamné la vie dispersée. Le soutien financier de la diaspora a renforcé les centres. On se serre aujourd'hui autour des boutiques et de l'eau. La semaine galope vers son terme. Boa Vista est une belle endormie ; j'essaie de l'imaginer au temps où elle chantait.

— Demain nous irons au sud, annonce *tio* Bel. Il n'y a plus personne là-bas. Nous dormirons près d'un village fantôme. Curral Velho est magnifique, vous verrez.

Il est quatre heures du matin quand nous sautons dans le camion jaune, midi torride quand nous démarrons après une double crevaison. Nous cahotons vers la zone des pâturages sans roue de secours mais avec le recours des saints, nombreux dans l'île.

— Il n'y a pas plus bel endroit pour pâturer. Quand il pleut, tout est vert.

En effet, des vaches grasses ruminent, impassibles sous les banderilles du zénith. Mais d'herbe, nulle trace. Cependant, aux premières rumeurs du ressac, le miracle se produit. Une pâle verdure conteste l'autorité de la pierraille. Le camion, taureau poussif, s'ébroue sans vergogne à travers des corrals délimités par d'admirables murs de pierres sèches, et foule un tapis d'herbes frêles dont jouirait un peintre impressionniste.

— Causse ! estime l'un de nous.

— Ecosse ! complète la seconde voix pour ajuster les références.

Les montagnes se sont rapprochées ; elles ont une allure de pyramides, tombeaux du soleil couchant. Puis le moteur a la décence de s'éteindre, la vision commande le silence. Au premier plan : Curral Velho, village de pierre aux ruelles chaussées de lave. Deux toits de chaume résistent. Toutes les autres maisons sans couverture ont régressé à l'état de berceaux, gîtes pour les âmes des ancêtres ; j'imagine leur réticence à quitter les lieux après d'éprouvantes incarnations passées à concilier pêche, élevage et jardinage en cette aride solitude. Au second plan, inscrite dans une cuvette aux berges de dalles et de sable, une saline étincelle, vierge et sauvage. Personne ne s'aventure à récolter si loin, à moins de nourrir une écurie d'ânes ou de s'assurer la complicité de *tio* Bel. Trois fourmis à chapeaux de paille raclent la surface infinie et font des châteaux de sel. Le transport de ces monticules constitue l'objectif de notre voyage. *Tio* Bel vient rechercher des jeunes qui préfèrent s'esquinter à la tâche plutôt que s'abîmer dans l'ennui.

— Et ma part de sel, que croyez-vous que j'en fasse ? Je la porte aux gens de Baforeira qui manquent de tout, clame l'oncle Bel sans vanité.

La mer invisible vaticine derrière une ligne de dunes. Ses prophéties n'ont guère été douces. Naufrages et pirates ont occupé l'actualité du Sud. Les pillards des mers venaient s'abriter ici. Les dunes servent de scène à un groupe de cocotiers hirsutes et dégingandés comme des rockers décadents. Les vagues mugissent en coulisses, le décor inclut les ruines d'une conserverie. Et là, à quelques brassées de la côte : l'îlot aux Oiseaux, le sanctuaire de la frégate rarissime.

Carlos, la beauté de Curral Velho inspire le recueillement. Les êtres qui nous entourent ajoutent à la paix intérieure. Cette nuit-là, nous sommes douze, parqués dans la pièce unique d'une bergerie, pasteurs, cueilleurs de sel et convoyeurs, à partager le riz aux coquillages, le fromage et le lait. L'assemblée des chèvres et des vaches entame la veillée ; on entend souffler et ronchonner dans les enclos.

— Un événement marquant dans la vie de l'île ?

Le patron des pasteurs pèse notre question, perplexe. *Nhô* Fortès est un Noir sexagénaire de belle taille, au corps sculpté par une jeunesse persistante.

— Un événement, répond-il, c'est l'absence de pluie qui ruine l'espoir. Autrement, la vie nous convient. Un héros qui ait émergé ? Non, je ne me souviens pas. La communauté était restreinte, tout le monde partageait le même sort.

Je demande :

— La nuit est-elle hostile dans ces étendues vides ?

Tio Bel proteste :

— Non, non ! Je ne crois pas aux revenants. Mes parents étaient commerçants, ils tenaient une boutique pour le compte de David Ben'Oliel, ils étaient éduqués, "civilisés". Tout ça n'est que bêtise ; rien ne m'empêche de sortir la nuit. Les *Badius* de Santiago, eux, croient aux esprits.

Les considérations sur les écarts linguistiques et culturels entre les îles font partie des sujets de conversation favoris au Cap-Vert. Le créole et les coutumes des interlocuteurs du moment s'avèrent toujours les plus authentiques. Les pratiques des autres inspirent une ironie à peine dissimulée. Ce soir même :

— Ah change de station ! Il ne passe que de la musique *badiu* sur cette radio.

— Ce que l'on raconte volontiers, reprend *nhô* Fortès avec un large sourire, ce sont les histoires de *capotonas.*

Et puisque ce jour béni a rempli sa bergerie d'une véritable assemblée, il l'honore selon l'usage :

— Histoire, histoire ! lance-t-il.

— Fortune du ciel, amen ! répondent les autres.

Le *capotona*, tel que le décrit le natif de Boa Vista enclin à la plaisanterie, est un spectre maléfique qui s'échappe de l'autre monde pour chercher querelle aux vivants. Il ne tue pas, mais aime jouer des tours aux promeneurs nocturnes ou les provoquer à la lutte. Le *capotona* colle à l'image populaire de la mort : squelette couvert d'un manteau à capuche, mais sans faux. Le spectre compte sur son aspect pour paralyser de frayeur sa victime. L'homme courageux s'en débarrasse aisément : comme le *capotona* ne court qu'en ligne droite, il suffit de fuir en changeant de direction. Dans les virages brusques, le squelette se disjoint et ses os s'éparpillent. Aussi le *capotona* fait-il très attention à ses déplacements et s'aide-t-il des murets pour prendre les tournants serrés.

Le répertoire est vaste et truculent, truffé de poursuites haletantes et de combats allégoriques au clair de lune entre l'homme et la mort. *Nhô* Fortès rapporte comment trois braves de Rabil ont donné une bonne leçon à un revenant qui s'entêtait à revenir. Ils se postèrent sur des toits distants et le sifflèrent à tour de rôle. Le *capotona*, qui n'a pas la faculté de grimper, s'épuisa à courir d'une maison à l'autre comme un chien débile.

Une autre histoire met en évidence les vertus musicales de Boa Vista.

Il était une fois deux *capotonas*, l'un de São Vicente, l'autre de Boa Vista. Le second visitait l'île du premier et s'émut du coût de toute chose dans la ville de Mindelo, en particulier du prix d'entrée au bal. Il invita alors chez lui son ami urbain pour qui la fête était affaire de commerce. A Boa Vista, on dansait en liberté, les réjouissances étaient gratuites, les filles faisaient des sottises et remuaient bien des jambes ; le revenant de la grande ville n'en croyait pas ses orbites. Aussi s'exclama-t-il dépité :

— Ah si j'avais connu Boa Vista plus tôt, je me serai arrangé de mon vivant pour venir y mourir !

— Aujourd'hui, il n'y a plus de *capotona* à Boa Vista, plaisante *tio* Bel, ils ont tous émigré en Hollande.

A Boa Vista, l'humour s'attaque même au spectre de l'exode.

Dans un contexte traditionnel, le conteur dirait :

— L'histoire est finie, que le petit aille poser une petite pierre couverte de caca dans un mur ; demain matin il trouvera une chaussure d'or.

Toutefois, j'ignore pourquoi une lumière a éclairé la pièce toute la nuit.

Ce qui est sûr, c'est que les revenants ont bon dos. Ils servent de coupables idéaux quand, par exemple, deux hommes règlent leur différend en s'assommant réciproquement dans une palmeraie à quelques mois d'écart. A la justice insistante, les ennemis répondirent chacun à leur tour :

— Je n'y suis pour rien, monsieur l'administrateur, je présume que la victime a reçu une volée de coups assenés par un *gongon*.

Gongon : autre variété d'esprits qui se mêlent des affaires des vivants.

Nous connaissons le cas des morts frappeurs, mais traversons impavides la palmeraie en question. Nous avons gardé pour le dernier jour l'excursion à Estancia Baixu, village perché sur un promontoire au nord de Rabil. Les gens ont une réputation d'indépendance, le mouvement spirite s'y développe, et le site est attractif. De loin, à travers les palmes des dattiers, et en contre-plongée, on pense rapidement à un village du Yémen en bordure de falaise. Un escalier permet d'y accéder. Dans la pente : un lavoir du temps de l'eau courante et des chansons portugaises. Et au sommet, assises à l'ombre d'une façade, des femmes rient en nous voyant souffler et plus encore en goûtant notre hésitant créole. L'une d'elles parle français, elle a passé trente ans à Dakar.

— Je viens de rentrer, mais je n'ai plus d'amies de mon âge pour évoquer nos aventures de jeunesse. Elles sont toutes dispersées, émigrées.

Les temps d'avant sont en principe meilleurs.

— On s'amusait plus, confie-t-elle, on respectait les parents. Maintenant, les jeunes s'embrassent devant père et mère. Nous avions des petits amis, mais on les cachait. Le soir, sur la place, il n'y avait pas de lumière. Les jeunes d'aujourd'hui doivent détester cette clarté. Les mamans nous suivaient au bal, elles n'aimaient pas nous voir collées aux garçons. Je préférais accompagner mon père qui jouait du violon ; ma mère l'autorisait, mais vous savez, quand un musicien joue, il ne peut surveiller en même temps…

Avant, on se mariait à l'église, les filles se devaient d'être vierges. Le lendemain des noces, le drap était exposé, la maman vérifiait la chemise et le garçon était fier. Il y avait des vierges à trente ans. Allez trouver une fille vierge aujourd'hui…

Leuk demande :

— Et Maria Barba ?

Ce nom est associé à une vieille *morna*.

Le titre de la chanson fait pouffer les femmes qui claquent des mains. J'ajoute :

— Nous cherchons à savoir comment est née la *morna*.

— La *morna*, la *morna* qui se conclut par un cadeau de neuf mois, fredonne une des femmes qui se met à danser au milieu de la rue.

Une autre chante à mi-voix, comme s'il s'agissait d'une confidence :

— *Jon Dalomba cendê-m ess cander*
Pá-m bem odjá, oh nha manhe !
'sgraçôde ê ess, oh nha manhe !

João de l'Ombre, allume cette lanterne pour que je voie, pour que je puisse voir quelle est cette canaille qui m'a si bien embrassée, bien caressée, et encore voulait me faire autre chose. Ah cette canaille-là n'est pas João Tunda (mon mari) parce que João Tunda ne sait pas ces choses-là...

— Voici la *morna* de Boa Vista !

Celle qui danse tourne vivement sur les pavés, serrant dans ses bras un cavalier invisible.

— Ici la *morna* se moquait des amours ridicules, renchérit une autre. On dit des *Badius* qu'ils frappent avec des couteaux, nous, nous frappons avec des mots. La *morna* est née coupante.

— Eh jolie fille, tu te maries avec un vieux singe pelé ! chantonne la danseuse.

— La *morna* critiquait, et la musique suivait à bonne allure. Ce sont ceux de Brava et de São Vicente qui l'ont ralentie.

Et la danseuse mime un couple qui paraît s'endormir sur place. Les femmes se balancent d'avant en arrière sur le banc tant elles rient. Nous sommes tombés sur des expertes.

— Et Maria Barba ? insiste Leuk.

— Ah Maria Barba chantait dans les bals. Sa voix faisait frémir un officier portugais. Au moment de retourner au pays, le lieutenant Ténent supplia Maria de chanter pour lui une dernière fois.

— La *morna* est fille de l'amour, mais chez nous à Boa Vista, l'amour remue, l'amour nous garde vifs. En voulez-vous la preuve ? Je vous conduis chez la doyenne, Maria Lucia Ben'Oliel, cent deux ans. Tout le monde l'appelle Dada. Elle habite tout près.

Dada est une petite femme rétrécie par l'âge, mais debout. D'énormes lunettes mangent son visage noirci comme un parchemin. Je me présente devant elle pour la saluer, je la crois fragile, je me penche, elle m'enlace, non pour une accolade affectueuse, mais pour une danse colléeserrée, bassins rapprochés, comme au bal. Elle éclate de rire, et par trois fois heurte le bras de Leuk pour qu'elle pardonne son audace.

Il n'y a plus de doute, Carlos, la *morna* est bel et bien née à Boa Vista, tonique et mordante. Nous quittons l'île rassurés, et le musicien anonyme de ta gravure peut se retourner. Je te confie la nouvelle.

23 octobre

LE RIRE SANS FIN DE *PADRE* SERAFIM

Je préfère me présenter sans détours : *padre* Serafim, cueilleur de sel, chanteur et gloire en son temps parmi les esclaves de Boa Vista. Si d'autres se chargent de ma biographie, elle risque d'être réduite à mon dernier acte : mort le 7 juillet 1843, et les lecteurs selon des croyances bien ancrées risquent de me renvoyer sans ménagement au Purgatoire ou dans les salons cotonneux d'un Au-delà somnolent, ce que je ne veux absolument pas. L'Au-delà est bien plus marrant qu'on ne l'imagine, et mérite des visites régulières qui, vous le verrez forcément, ne manquent pas de charme. Croyez ma solide expérience, j'aurais plutôt tendance à m'y incruster aux dépens d'une nouvelle aventure terrestre. Enfin à chacun ses choix…

Je m'entoure désormais de précautions verbales pour disserter sur la vitalité des morts, car, je le confesse, je n'ai peut-être pas été assez prudent lors de ma dernière irruption parmi les vivants. Volcanique était mon caractère sur terre, tempétueuse reste mon âme par-delà les nuages. C'est vrai, l'autre soir, la colère m'a saisi et je me suis mis à gueuler :

— Le lâche ne meurt jamais à la guerre, il meurt en butant sur une pierre !

Ma déclaration a pétrifié l'assemblée spirite. Même le président de séance a perdu contenance devant la véhémence de mes paroles qui sortaient de la bouche du médium. Il a fini par reprendre ses esprits (jeu de mots que nous autres, les désincarnés, nous affectionnons particulièrement), et m'a apostrophé à travers son micro :

— Que veux-tu nous dire ? Précise ta pensée !

J'ai lâché en rafale :

— Qui a le doigt n'a pas l'anneau ; qui a l'anneau n'a pas le doigt !

Qui a le lit n'a pas sommeil ; qui a sommeil n'a pas de lit !

Qui a l'aiguille ne sait pas coudre ; qui sait coudre n'a pas l'aiguille !

Il faut apprendre à faire avec ce que l'on a !

J'avais bien conscience que mon intempérance mettait à rude épreuve le corps (plaisant par ailleurs, mais ce n'est pas l'heure de le préciser) de ma messagère. Qu'importe ! Je m'étais retenu trop longtemps. Ce soir, j'explosais ; la jeune femme médium en faisait les frais.

Je ne suis pas esprit à fréquenter assidûment les réunions spirites et à venir exposer en public mes difficultés à remonter, au ciel, la pente que je n'ai pas forcément descendue sur terre. Ne me taxez pas d'orgueil, non, je ne suis pas considéré parmi les miens comme un esprit "en retard" qui passe sa mort à gémir. Je m'avoue satisfait de ma dernière existence charnelle en date, dont vous hériterez du récit, cela va sans dire, mais gardons cela pour plus tard. Pourquoi ai-je donc rugi de colère ?

Voici. Flânant par hasard au crépuscule près de l'assemblée du *racionalismo cristão*, mon attention a été attirée par la masse sombre du nuage mental qui s'en dégageait. Les pensées des participants avaient des teintes tristes et nourrissaient une atmosphère maussade. La nouvelle année de sécheresse était de trop. Seul poussait l'accablement. Le président de séance avait beau ressasser l'image rassurante du "long chemin", qui ne grimpe jamais assez haut pour le montagnard hardi, qui ne fend jamais assez de vagues pour le pêcheur déterminé, rien n'y faisait. Les préoccupations des vivants sentaient la poussière. Leur concentration les ramenait sans cesse dans les champs de melons ratatinés et de maïs flétris ; ou bien ils restaient captifs du cadre où souriaient les enfants expatriés, posant devant la tour Eiffel, sur les canaux d'Amsterdam ou au pied de la statue de la Liberté. Je percevais distinctement ce troupeau de soupirs ; leur foi en l'avenir ressemblait à une palmeraie de cocotiers fauchés.

J'ai fait dire au médium :

— Je n'ai pas inventé la *morna* pour l'abandonner à un peuple qui renonce !

Sa voix déformée traduisait mes intonations d'indignation. L'assemblée a répondu par un frisson à cette inattendue révélation. Je ne lui ai pas laissé de répit.

— J'ai créé la *morna* pour me moquer de moi-même et de vos faiblesses. J'ai détourné des musiques venues d'ailleurs comme les pirates s'emparaient des voiliers. Puis j'ai chargé la cale des guitares de nos pauvres horizons limités par la mer et la misère ; et je me suis mis à rire du peu de poids de nos vies. J'ai tout tourné en drôlerie : les duperies, mesquineries, jalousies et amours interdites. Ça vous redonnait de l'énergie. D'où je suis, je vous ai vus danser, ventres collés, sur ces récits gaillards. Comme est la musique, va la danse. La *morna* a chauffé vos corps quand le soleil brûlait trop vos champs. Elle a fait ruisseler en vous des désirs quand la pluie oubliait ses devoirs ; sa tendance au dérisoire servait de miroir quand il n'existait pas dans l'île de glace pour se voir. La *morna* vous donnait une raison de croire en votre pouvoir. Elle était la force de résistance créole. Qu'en avez-vous fait ?

La jeune femme inspirée (par moi) haletait. Son beau teint de mulâtre se brouillait, elle était parcourue de spasmes. Le président s'inquiétait :

— Où veux-tu en venir à la fin ? Délivre ton message et notre sœur de son harassante mission.

— Si le vase n'a pas d'anses, c'est l'amphore qui rapporte l'eau ! répliquai-je dans un portugais raffiné.

Il faut savoir que les conversations entre les étages du monde, visible et invisible, se passent toujours chez nous en portugais, même si le médium ne le pratique pas couramment. Moi-même, quand j'étais au service du *senhor* Martins au siècle dernier, je me contentais de le comprendre. Nous autres, esclaves, on chevauchait une langue créole indomptée dont le sens profond échappait la plupart du temps aux Blancs de terre et aux étrangers. Ce qui décuplait notre plaisir de la satire. Mais, entre ciel et terre, il est convenu d'user d'un moyen de communication international.

J'ai rajouté :

— Arrêtez de vous plaindre de ce qui vous fait défaut, et cessez d'ignorer vos qualités ; car ce que vous avez, nul autre ne le possède. Je vous entends dire : “Nous ne pouvons plus rien, le sable a envahi les salines.” Ce sont vos désirs que vous laissez ensabler. Le Cap-Vert a résisté cinq siècles à tout ce que la Création a conçu de mieux en matière d’épreuves. De l’éminente position où je me trouve, je suis bien placé pour savoir que chaque île de l’archipel a nourri des destins exemplaires qui ont préféré agir plutôt que gémir. Des destins dignes de *mornas*, à danser avec allégresse et volupté ! Je veux bien me retirer ce soir, mais je vous préviens, je reviendrai ! Je vous laisse, le temps de rassembler le récit de ces vies dont la force demeure pour vous édifier. Une brève tournée à travers le pays me suffit. Attendez le retour de *padre* Serafim ! N’oubliez pas : *padre* Serafim !

La jeune femme se tut épuisée, la tête penchée sur la poitrine. Le président frappa trois coups de règle, et la longue invocation des forces de l’univers conclut la séance.

Vous estimez peut-être que je n’y suis pas allé de main morte (autre trivialité assez prisée chez les trépassés) ? A quoi pensez-vous que nous servions, nous les défunts, si ce n’est à houspiller les vivants, à redresser leur penchant au découragement ? Si les charnels nous appellent au secours au cours de réunions, nous rappliquons ; il n’y a aucune raison de leur refuser notre aide. Les morts ont de l’expérience. La vie file vite et les mortels oublient dans la foulée les héros anonymes qui ont brûlé leur étoffe à vouloir éteindre les abus sociaux d’hier. Ce que j’apprécie chez nous, les esprits, c’est notre capacité de migration. Les siècles sont pour nous comme les continents pour les oiseaux longs voiliers. Nous nous laissons porter par les vents ascendants ou descendants de l'Histoire selon les renseignements à aller chercher dans le passé ou le futur pour le profit des vivants. Je parle bien sûr des âmes sympathiques comme la mienne qui s'incarnent dans un médium pour exprimer leur compassion en aidant le genre humain. Les spirites parlent de nous avec reconnaissance. Nous sommes, disent-ils, les vedettes de l'invisible, inspirant une assemblée d'adeptes ou le travail isolé d'un artiste. D'un écrivain par exemple. Qu'est-ce que la grâce de la création sinon un état de transe ? Et moi *padre* Serafim, j'affectionne particulièrement ce moyen d'action qui consiste à prendre possession d'un cerveau propice et à dicter par le prolongement de sa plume des idées novatrices afin de stimuler la réflexion générale.

Bon, je finis de me présenter puisque vous êtes tenus de me supporter désormais. Moi, *padre* Serafim. Je ne suis ni ange, ni prêtre. C'est le petit nom qu'on a collé à ma peau quand j'en avais une, noire et suante. Je chantais à tue-tête des cantiques dans la saline. Ça m'aidait à racler, et tout le monde en profitait. Le rendement augmentait, si bien que le contremaître m'a ordonné de ne plus travailler, mais seulement de chanter. Certes, le fait que je clame bien fort avoir inventé la *morna* tient de la vantardise destinée à frapper les esprits (que Dieu nous garde des formules au premier degré !). Cependant, je suis mêlé à son apparition. J'étais donc l'esclave chantant. Je chantais à la saline, et sur la route du port, j'accompagnais les femmes qui portaient cinquante kilos de sel sur la tête, je chantais à l'embarcadère, je chantais pour les marins étrangers, et pour le plaisir de mon maître, *senhor* Martins, plus connu pourtant pour aimer la musique de l'argent que la mélodie des beaux sentiments. Je chantais dans la cour à destination du balcon pour les personnes du beau salon. Pas que des cantiques, oh non, plutôt des airs à la mode qui venaient du Portugal. On me réclamait des *modinhas*, ces chansons populaires qui charriaient depuis Lisbonne une cargaison de déboires amoureux et de nostalgie étirée. Ma capacité à retenir toute chanson à peine débarquée me valait d'être estimé plus qu'un chœur de femmes.

Mais je n'étais pas qu'une voix, j'avais surtout deux oreilles qui ne tenaient pas en place. Quand mon oreille droite lambinait du côté du port et enregistrait les airs que sifflaient les marins brésiliens, la gauche traînait dans l'escalier et s'arrangeait pour capter de jolis secrets qui au lit auraient dû rester couchés. Rien ne m'a jamais échappé de la vie des uns et des autres. Quand j'étais jeune à Boa Vista, tout le monde vivait dans le même chaudron. On partageait chaque goutte de pluie et la même crainte de l'harmattan. La menace des pirates aussi nous rapprochait. Quand, à Santiago, les canons s'époumonaient à l'annonce du drapeau noir, ici à Boa Vista, maîtres et esclaves emballaient le linge et, fraternellement devant le danger commun, filaient se caler le dos contre une dune de l'intérieur en attendant que razzia se passe. A l'arrivée de *senhor* Martins, les distances se sont creusées. Martins avait l'âme d'un seigneur et sa maison a pris de la hauteur. L'étage nous fut interdit, à nous gens de la cour, des cuisines et du poulailler. Martins a réglé le problème des pirates en élevant un fort en face de Sal Rei, puis, tout simplement, il est passé à l'abordage de l'île. Il a arraisonné Boa Vista et détourné la cargaison à son profit : sel, lichen tinctorial, chaux et peaux. Même les tortues lui appartenaient. Plus question de maraude : dès qu'une carapace fendait les vagues territoriales, la bête lui revenait et repartait salée, vendue sur le marché de la viande pour marins ou esclaves. Mais son autorité a fécondé l'île. La richesse attire. Et les étrangers plus nombreux sont venus pointer leur proue.

Je me rappelle de 1823 comme l'année des Anglais aux nez pincés. La mémoire choisit ses repères. Les nez de ce couple de naturalistes échoués à Boa Vista palpitaient de façon tragique à chaque traversée des cuisines et leurs yeux imploraient le ciel tant ces gracieux sujets redoutaient d'associer nos préparations à l'idée de les déguster. Ils clamaient leur fébrile envie d'atteindre l'Afrique, mais dès que nos musiques métisses, qu'ils croyaient africaines, se prolongeaient et empiétaient sur leur sommeil, ils les traitaient de boucan infernal. Pauvres Anglais ! Le tintamarre a duré. Leur hôte, Martins, leur promettait sans cesse un bateau pour une autre île ou vers la Gambie, mais il s'arrangeait toujours pour envoyer la barque ailleurs. Caprice de despote ou façon de se venger sur d'innocents savants de la piraterie britannique ? Je ne saurais répondre. Nous autres, les yeux que personne ne regarde, nous guettions avec délice leur mine déconfite, chaque matin, après une nouvelle requête infructueuse. Et moi, je me suis mis à chanter :

— Oh barbe gonflée, oh barbe raide, oh visage d'ânes de Mme et de M. Bowdich...

Le chœur des femmes a aussitôt entonné la rengaine ; elles ont pilé mes mots en même temps que le maïs ; et la ville entière s'est mise à rire, et la saline à fredonner, et les corps à chalouper : "Oh barbe gonflée, oh barbe raide..." Si bien que l'expression a duré jusqu'à ce jour à Boa Vista pour désigner toute personne dont la demande a été rejetée. Ainsi naissent les choses ; on n'y prête guère attention sur le moment. Et moi, je n'en suis pas resté là. La moquerie habitait ma bouche, et l'afflux croissant d'arrivants me donnait chaque jour matière à saliver quelque insolence. Belles façons par-dessus et morale douteuse par-dessous : les maîtres ont toujours fait l'inverse de ce qu'ils nous disaient de faire au nom de Notre-Seigneur Jésus-Christ. Mes chansons se sont multipliées sous le couvert d'airs à danser. Les bals de *padre* Serafim sont devenus célèbres parmi ceux dont le destin est voué à l'anonymat. Nous reproduisions, en agitant les fesses, les danses des belles robes du salon ; les déformer faisait partie du jeu. La mazurka, le galop, la traversière, subissaient des interprétations agitées. Hommes et femmes noirs se heurtaient le nombril comme d'autres trinquent pour sceller un accord. On scellait nos ventres pour un accord des corps qui ne nous appartenaient pas encore. C'était la mode du *lundu*, un style venu du Brésil et que même son passage à Lisbonne n'avait pas réussi à assagir. Nous l'avions tout de suite adopté.

Rassurez-vous, mes accès d'ironie n'épargnaient pas non plus nos travers et nos amours créoles.

Je traquais les petites colombes mulâtres effrontées, les Zabel dévergondées et les Maria plus dévouées au culte de la sainte nuit qu'à celui de la Vierge. J'improvisais : "Femme sans robe est comme navire en mer sans voiles, femme sans homme est comme guitare sans cordes..."

Mais mes ennuis ont commencé quand le vent du succès a porté mes paroles vers des oreilles plus élevées. J'avais confié à ma guitare, ce bel instrument portugais que je tentais d'apprivoiser, les malheurs du gouverneur de l'archipel. Il faut dire que le pauvre n'avait pas mérité les fonctions qu'il occupait. Plutôt que d'affronter la rébellion de sa garde, qu'il ne savait comment payer et nourrir, il était venu se réfugier chez le puissant Martins sous le prétexte d'une cure de santé. Et les révoltés lui furent livrés enchaînés, affamés et défigurés jusque dans sa retraite. Pardonnez-moi, mais le spectacle de ces dégradés squelettiques mourant dans des trous surchauffés m'a ordonné un air à danser qui interrogeait la condition humaine, dont, faut-il le rappeler, nous ne faisions pas tout à fait partie en ces années pas si lointaines. Je chantais :

Morceau de couteau n'est pas couteau
Nègre n'est pas homme
Dégradé n'est plus blanc
Le gouverneur est bien malade
Il a besoin de repos à Boa Vista...

Les autres couplets étaient dédiés à ses déboires amoureux ; car sa jeune épouse, Felicia, appréciait sans mesure les opérations délicates que pratiquait sur elle son chirurgien personnel.

Je n'ai pas chanté longtemps. Un matin, alors que j'accompagnais des porteuses de sel de ma voix séraphique et qu'elles me répondaient de gaillarde façon, trois gardes me saisirent et, sans explication, m'emplirent la bouche de sel. De ce jour, la saline fut ma geôle. La grille des carrés d'exploitation, ma limite territoriale. Ma langue fut mise à prix ; et mon bel organe directement menacé si mes paroles continuaient à se répandre. Ma présence en ville fut interdite. J'étais un esclave dégradé.

Je suis mort le 7 juillet 1843, épuisé, relégué, le corps crevassé par le sel et l'absence de repos. Ce jour-là à Sal Rei, Boa Vista, la commission bilatérale anglo-portugaise commençait ses travaux en vue de l'abolition de l'esclavage. La mort est ironique, si la vie manque parfois d'humour. La mienne n'en a pas manqué, Dieu merci ; et la fleur que j'ai semée dans le jardin de sable de Boa Vista, elle a poussé après moi ; cette fleur de rire et d'énergie qu'on appelle aujourd'hui *morna*.

SANTIAGO

Padre Serafim voyage clandestinement dans mon esprit, personne ne le sait et l'avion a décollé. Nous quittons Boa Vista chargés. Leuk a la garde d'un enfant de huit ans, le temps du passage au ciel, et moi d'une caisse de poissons que *tio* Bel m'a confiée pour son frère. Cette pratique d'entraide est normale. Bien souvent, les Européens peu encombrés épongent la surcharge de bagages des Cap-Verdiens qui rentrent au pays. Entre Paris et l'île de Sal, nous avons convoyé un fauteuil roulant. De jeunes émigrés donnent un concert de rires et de claquements de paumes. Ils défilent dans la travée comme des mannequins, épousent la silhouette swingante du saxophoniste de *big band* : pantalons larges et veste trapèze avec épaulettes gonflées et col à damier noir et blanc. Tout brille : les chaînes, la gourmette, le sourire. S'ils le pouvaient, les vacanciers défileraient sur les ailes de l'avion. Ici la mode de Fribourg, de Francfort, d'Amsterdam. Les modèles ont le crâne planté d'un gazon crépu, et sur la nuque rasée, ils laissent pendre les lunettes de soleil accrochées à l'envers. Un frimeur arbore un chapeau tyrolien hérissé d'une plume blanche ; son gilet et sa chemise brodés de géraniums importent l'élégance bavaroise à Santiago. Le vol est joyeux.

Santiago, ton île, Carlos. Tu aimes à répéter :

"Je n'oublie pas la terre qui a reçu mon cordon ombilical. Est *badiu* celui qui a son cordon enterré à Santiago. Le *Badiu*, par la force de son origine africaine, demeure éloigné de l'idéal portugais que la colonisation voulait imposer. Il ne tergiverse pas ; il a toujours refusé d'être un Européen de deuxième rang. Il n'a pas d'autre choix que d'être lui-même. C'est sans doute la source de son orgueil, l'orgueil du résistant !"

Tu nous prévenais :

"Cette résistance de plusieurs siècles est retournée dans l'ombre après l'indépendance en 1975. Ne croyez pas qu'elle se lise comme un chapitre clair écrit en gros caractères."

Tu voulais que nous allions à la découverte de ce qui s'était passé sur ta terre initialement vide : un choc dont la culture *badiu* est une des conséquences.

Santiago depuis le hublot montre d'abord pattes de sphinx à peau rouge qui oppose à la mer rageuse un dédaigneux immobilisme. Les vagues, comme des fauves affamés, mordent les falaises, les découpent en phalanges. Les plateaux ocre sont nus, scarifiés par les travaux de reforestation comme des corps d'initiés africains. Des acacias ont triomphé malgré les étourderies de la pluie ; on les prend pour des touffes de coton éparpillées sur le sol calciné qui, au nord, se soulève en cratères et cordillères, ou se fend en mille crevasses.

Leuk, férue d'hydrographie, rêve tout haut :

— Ces îles sont nées sous la pluie. Les pluies du tertiaire ont rendu fou ce relief tranchant toujours prêt à découdre le ciel.

— Aujourd'hui : Hoggar dans l'Atlantique, points de suspension du Sahara en marge de l'Afrique…

— "O mère endormie, continue Leuk, qui cite de mémoire un poème lyrique d'Amilcar Cabral, Mère endormie, nue et oubliée, sèche, fouettée par les vents au son des musiques sans musique des eaux qui nous enchaînent…"

— Nous survolons la terre aride, mais qui n'a pas vu Santiago fécondée par trois jours de pluie ne connaît pas le Cap-Vert répondant soudain à son exigence étymologique.

Leuk lit à mon adresse d'autres vers de Cabral ; la pluie a inspiré le penseur de la libération du Cap-Vert qui, toute sa lutte durant, clama que la protection de la terre était le processus le plus efficace pour défendre l'homme :

Notre amie la pluie, Vieille Maman la pluie
qui depuis longtemps ne frappait pas ainsi…
On m'a dit que la Vieille Cité – l'île tout entière –
est devenue en peu de jours un jardin…
On dit que le champ s'est couvert de vert
de la couleur la plus belle, celle de l'espérance
La terre est désormais le Cap-Vert
c'est la tempête devenue abondance.

— C'est Cabral qui nous a dit de creuser la terre…

Je me souviens, Carlos, d'un jardin au printemps dans la banlieue de Lyon. Tu nous avais conduits à une réunion de Cap-Verdiennes qui frappaient *batuque* sous les cerisiers en fleur. Notre initiation commençait par l'énergie rebelle des femmes. Les participantes avaient roulé des pagnes, les avaient glissés dans des sacs plastique coincés entre leurs cuisses, et elles les tapaient à deux mains, débridées, délivrées de l'environnement pavillonnaire, projetées soudain dans les escarpements de l'intérieur de Santiago. Le rythme s'appelait simplement *ban-ban.* Le résultat tenait du crépitement de l'orage sur la tôle ondulée, du galop de chevaux sauvages. Et les voix plus fortes encore criaient des mots d'ordre :

— C'est Cabral qui nous a envoyées creuser la terre…

Chaque chant s'épuisait dans le rire. Le *grogue* et la bière rapportaient des paroles du village lointain. Les maris polygames faisaient les frais de ces batteries infernales.

— Les hommes ne frappent pas *batuque* ; vu la position du pagne entre les cuisses, ils ont bien trop peur de se faire mal !

Les quelques spectateurs mâles protestaient mollement.

"Madame Dounda, dites-moi qu'est-ce que le *batuque* ?"

Cet après-midi-là, Carlos, tu nous remis un poème composé par ton voisin de Santiago.

Mon enfant, je ne sais pas ce que c'est que le batuque, *on l'a trouvé en naissant et on le laisse en mourant. C'est là, immense comme le ciel et profond comme la mer, et solide comme un roc. C'est notre tradition et notre bonheur.*

Les filles dans la cour – déhanchements et claquements effrénés –, le corps s'emporte et je le suis. Je le suis, mon âme m'appelle : des morts par douzaine enterrés dans la fosse, enveloppés dans des linceuls. Des gens vendus par milliers vers le sud. Des gens brûlés dans la lave du volcan. Le corps peut être éliminé, mais l'âme demeure. L'âme, c'est la force du batuque. *Dans la tourmente de la famine comme dans l'exaltation du bonheur et dans la nostalgie des enfants exilés :* batuque, *c'est notre âme. Sens-le, mon fils. Celui qui nous aime, aime le* batuque. Batuque, *c'est notre âme.*

Tu as conclu :

— La carte de mon île, que j'ai gravée à votre intention, contient tout cela. Nous autres, *Badius* de l'intérieur, entretenons un feu qui brûle. Ses flammes s'appellent *batuque, tabanka, funana* ; elles désignent des musiques, mais sont plus que des musiques, et elles ne doivent rien à la *morna.* Cette femme aux quatre haches que j'ai dessinée habite au cœur de Santiago. A vous de la trouver.

J'anticipe, mais la carte a bien fait rire ta mère, Carlos, quand nous avons fait étape chez elle à Santa Catarina dès le lendemain de notre arrivée. Elle aussi portait un fichu blanc et elle regardait ta gravure comme on fixe un miroir.

— *Mudjer matchado, homi faca, mininos tudo ta djunta pedra...*

Elle riait en fait pour dissimuler une fierté. Elle a répété :

— Femmes à la hache, hommes aux couteaux et enfants tous munis de pierres...

Puis elle a désigné une route en face de la cour, une crête en plein couchant et l'ouverture d'une vallée au-delà : Ribeira Manuel.

— C'est le portrait de *nha* Ana la victorieuse, Ana da Veiga. Elle a gagné la guerre de Ribeira Manuel. Mais rien n'a été écrit à son sujet, rien ne se dit en dehors d'ici. Les gens de Praia l'ignorent. Il faut revenir dimanche avec le cousin de Carlos qui est originaire de là-bas. Depuis que les Portugais ont pénétré par traîtrise dans la vallée, et même s'ils en ont été chassés avec pertes et fracas, on n'entre plus si facilement à Ribeira Manuel. Je veux dire, l'accès à la parole n'est pas évident sans l'appui d'un habitant.

Mais reprenons le récit dans sa chronologie. L'avion atterrit à Praia. Nous remettons enfant et poissons à leurs destinataires. Nous ne resterons pas longtemps à la capitale. Praia n'est pas le lieu d'expression de la culture *badiu*. Il serait jugé primitif d'exhiber un accordéon diatonique dans un bar et de jouer *funana* devant le comptoir comme les chanteurs de *morna* font sonner leurs guitares à Mindelo, l'autre grande ville de l'archipel dans l'île de São Vicente. *Funana* est lié à la terre, mais Praia tourne le dos à la terre. Ce sont les paysans aux rêves asséchés qui viennent à elle et s'insèrent dans ses failles entre les hauteurs officielles de la ville. Le centre historique se singularise par une majuscule : le Plateau. La mer est son horizon. Sur ce balcon étroit, que sillonnent trois artères parallèles, s'additionnent les monuments du pouvoir et le patrimoine architectural de la colonie. Partout, au pied de cette éminence, sur les plateaux rivaux, dans le lit des rivières mortes, poussent des maisons. Crue subite de l'habitat aussi anarchique que dans un film néoréaliste italien. Praia explose. Quatre-vingt mille, cent mille habitants… Les brillances du discours libéral, succédant à vingt ans d'intervention de l'Etat, ont attiré à la capitale les illusions rurales par nuées. Aujourd'hui, les flots d'une marée électrique recouvrent d'une modernité brouillonne les racines ancestrales. Pour entendre en ville le tonnerre authentique du *batuque*, il faut s'aventurer dans le quartier des pêcheurs, sur le plateau d'Achada Grande. Bien dissimulés par les murailles des entrepôts, les gens de mer protègent leur différence ; et les vendeuses de poissons campent avec une verve corrosive des personnages de femmes libres sur le littoral de la société. Leurs mots cinglent et leurs mains battent encore les tissus roulés entre les genoux. Leur énergie vient du ventre de l'île, là où se sont retrouvés il y a plusieurs siècles les premiers esclaves fugitifs pour y terrer leur liberté.

Notre voyage à Santiago tente de reconstituer ce cheminement de la liberté, de repérer les cases d'un jeu de hors-la-loi. *Badiu* est la forme créolisée de *vadiu*, le mot portugais pour vagabond. Le parcours du vagabond commence à Cidade Velha. Il doit nous mener à *nha* Ana la téméraire dont tu nous as confié le portrait.

Mercredi 25 octobre

Le minibus tressaute sur des pavés noirs au son des synthétiseurs qui à la radio plagient l'accordéon des joueurs paysans de *funana*. Quinze kilomètres séparent Praia de Cidade Velha, la nouvelle de l'ancienne capitale. La route longe le littoral du sud-ouest entre le désert mouvementé de l'océan et des pâturages stériles. La zone côtière désolée est bonne pour des caprins errants dont la recherche d'une herbe hypothétique fut longtemps pénalisée par une indemnité à verser au propriétaire de ces étendues usées appelées *montados*. Le taxi collectif nous abandonne sur le bord d'un plateau avant de plonger vers la vieille ville invisible, prise dans les tourments d'une falaise. En quelques pas, le plateau est épuisé ; la mer le harcèle, le vent le râpe et un gigantesque canyon le casse. La faille miraculeusement verte d'une ancienne aiguade file en amont ouvrir la terre jusqu'en son nord intérieur ; c'est une coulée de manguiers, de cannes et de maïs. Dans le lointain, la rude dentelle d'une cordillère limite l'austérité de planèzes poussiéreuses et débarrassées de toute vie. Devant nous, le ciel traverse les portes d'une invraisemblable forteresse dont la masse impeccable a résisté à l'écroulement de sa vertu dissuasive. Fortaleza reale de São Felipe : 1593.

Nous pénétrons à la suite du ciel dans l'enceinte érigée après le sac de la ville en 1585 par l'Anglais Drake, sir et corsaire, et bien avant celui du pirate français Jacques Cassard que les épaisses murailles n'entravèrent nullement en 1712. Le vent scelle nos bouches et clôt notre étonnement. Nous sommes éperdument seuls. La citerne en briques et sa coupole intactes ressemblent au tombeau d'un marabout du Maghreb. Des rampes énormes, prévues pour l'ascension d'attelages de bœufs, relient les chemins de ronde. Les gueules des canons, toujours prêtes autrefois à injurier la mer, gisent aujourd'hui muselées par la rouille et la défaite, tandis que les vagues fanfaronnes agitent leurs pavillons d'écume.

— Tout commence là ! claironne Leuk.

Elle se penche par-dessus les créneaux et désigne une plage de galets qui sert de litière noire à des barques rouges, couchées sur le flanc. Nous dominons de deux cents mètres une ville presque éteinte. Des maisons basses, modestes, certaines couvertes de chaume, d'autres de tuiles rouges, enserrent les restes puissants d'une cathédrale. Même profanées par les pillages du temps et des hommes, ces ruines autoritaires parlent d'un ordre ancien, broyeur de vies minuscules. Du haut d'un promontoire, la cathédrale surveille la place où, à défaut de foule, les cocotiers, spectateurs aux bruissements bruyants, s'agglutinent autour du centre d'attraction d'antan : le pilori.

— Voici le point de départ de l'aventure capverdienne !

Le ton exalté d'une déclaration trahit chez Leuk l'excitation du passage de la connaissance livresque à la vérification du vécu.

— La première ville et la première cathédrale construites en terre africaine par des Européens. Ribeira Grande au temps de sa splendeur, Cidade Velha à l'heure de la retraite.

Le moment frise le lyrique. Tous deux, assis dans le large fauteuil d'un créneau, les jambes dans le vide, les yeux plissés pour faire abstraction des réalités contemporaines, nous recréons l'arrivée des caravelles dans la baie déserte et vierge. Un poème s'impose. Leuk déclame une traduction de *Prélude* de Jorge Barbosa, le père de la poésie moderne au Cap-Vert :

Quand le découvreur posa le pied sur la première île
Aucun homme nu
Aucune femme nue
N'étaient là à épier
Innocents et apeurés
Derrière l'écran de la végétation.

Mais quel découvreur pour cette terre vide ? Ils sont trois navigateurs à revendiquer le titre. La première page de l'histoire du Cap-Vert est brouillonne ; on y trouve ratures et polémiques. Les faits remontent à 1456. Ca'da Mósto le Vénitien écrit dans ses carnets qu'il touche Boa Vista en mai de cette année-là après une tempête, puis aborde Santiago le jour de la Saint-Jacques ; il gagne l'estuaire d'un fleuve large (sans doute le canyon sans eau d'aujourd'hui), vante une pêche miraculeuse, apprécie la chair des serpents carrés ou tortues marines, et trouve ce qu'il faut de sel pour les transformer en "munitions de bouche". Jugeant l'archipel vide et sans intérêt commercial, il s'en éloigne sans laisser de marques et ne publie ses notes qu'après l'exploration de Santiago par deux concurrents. Ce qui nuit à la crédibilité de son témoignage soupçonné d'avoir été inventé *a posteriori*. Les relations et datations des voyages de ses successeurs (1458 ? 1460 ?) ne sont pas claires non plus. Le Génois Antonio Da Noli et le Portugais Diego Gomes naviguent-ils ensemble ? Le Génois est-il seul dans un premier temps ou, comme le veut la rumeur, prend-il son compagnon de vitesse et rentre-t-il plus vite à Lisbonne livrer au roi la connaissance de ces terres nouvelles ? En tout cas, c'est Da Noli qui se voit attribuer la capitainerie de Santiago, à une époque où les Portugais redoutaient déjà l'installation d'étrangers sur les territoires fraîchement annexés par la Couronne. Le geste du roi semble donc reconnaître au Génois le mérite de la découverte.

Et celui-ci fonde dès 1462 une paroisse à l'embouchure de la *ribeira grande*. Mais pourquoi avoir bâti une ville dans un endroit pareil ? se demanderont plus tard les chroniqueurs et capitaines étrangers. Tous pestent contre les fonds rocheux et l'ancrage dangereux, même s'ils admettent que les falaises protègent la baie des vents du nord-est et que la rivière débite suffisamment d'eau en ces temps pour alimenter les bateaux de passage et les colons. Adossés à de rudes parois, les premiers installés se croient à l'abri des attaques extérieures, mais pas des moustiques qui déciment la population à la saison des pluies. Or la mise en valeur agricole des îles atlantiques entre dans les priorités du Portugal expansionniste en cette fin du XVe siècle ; objectif qui implique des colonies de peuplement. Madère et les Açores reçoivent ainsi des migrants portugais qui développent la culture des arbres fruitiers, de la vigne et de la canne à sucre. Mais l'âpreté du climat et du sol au Cap-Vert attise peu les vocations pionnières en métropole ; et les envois sans appel de condamnés, criminels, *degredados*, flanqués de quelques femmes indésirables, ne suffisent pas à la transformation de l'île en jardin de cannes. L'affaire est vite entendue. Les corps africains œuvreront au développement de Santiago, puis de Fogo, en toute logique. Depuis 1455, l'autorité pontificale autorise le roi du Portugal à asservir tous "les Maures, païens et autres ennemis du Christ". Lisbonne a pris l'habitude de côtoyer une population noire servile dans ses rues, sur ses quais. Santiago offre un nouveau débouché au trafic d'esclaves avant de devenir la plaque tournante de la traite en Atlantique. Les négriers portugais veillent jalousement à leur monopole. Pendant plus d'un siècle, ils contrôlent les mers et traquent les concurrents.

Par une ironie grinçante de l'Histoire, les esclaves de Santiago, habiles tisserands, produisent des pagnes de coton d'une telle qualité qu'ils remplacent bientôt toute autre denrée pour l'achat d'esclaves sur la côte africaine. Le labeur d'asservis précipite des congénères dans l'asservissement. Des négociants de tous horizons viennent s'approvisionner en pagnes à

Santiago, quitte à les payer plus cher que les commerçants portugais. Les protestations de ceux-ci déclenchent un décret protectionniste : vendre un pagne de Santiago à un étranger devient un délit passible de la peine de mort. En fait de condamnation, c'est l'île qui va subir la peine capitale. Mise à l'écart par les marchands, son industrie cotonnière périclite, ses entrepôts d'esclaves ferment avant la fin du XVIIe siècle. Les méfaits des pirates accentuent la décadence ; la Couronne se désintéresse alors d'un archipel peu rentable. Situation propice à l'émergence du fait *badiu*. L'appauvrissement cause le départ de propriétaires blancs, déjà peu nombreux, ou la cession de terres à des métis. Des esclaves en profitent pour s'absenter des plantations et s'enfoncer dans le relief haché de Santiago. Le marronnage amorce le vagabondage des *Badius*. Ils sont les premiers hommes libres, même s'ils cachent leur acquis dans les plis de l'intérieur du pays. Contre l'indiscipline et la tentation de désertion, le maître avait pourtant érigé, dès le début de la paroisse, le pilori, colonne de grès finement torsadée, gracieuse, mais dont la cime est ornée de crochets pour y pendre les corps coupables. Cependant, contrainte par les difficultés de l'existence, la main blanche se décrispe ; son relâchement durera plus de cent ans avant qu'elle ne trouve les moyens de ressaisir l'île vers la fin du XVIIIe siècle. Une humanité créole met ce temps à profit pour tisser la trame de son identité.

26 octobre

Cher Carlos, je poursuis cette lettre depuis Fontelima, village logé au fond d'une cuvette profonde que je me plais à considérer comme le ventre de Santiago, lieu de fécondation de l'être *badiu*, refuge d'une graine d'humanité singulière. Fontelima a dû rester longtemps à l'abri des inquisitions.

Pour l'atteindre, les minibus remontent l'axe sud-nord qui relie Praia au port de Tarrafal. Ils filent d'abord entre les rangées d'acacias maigres qui dansent, envoûtés par le vent. D'habitude la poussière maquille le paysage côtier, mais cette année, la pluie a visité Santiago comme une fille prodigue revenue d'émigration sans prévenir, chargée du plus appréciable des cadeaux. Les premiers reliefs disparaissent sous la couverture du maïs. Aucun degré ne rebute les planteurs. Le paysage entier est mobilisé : pentes audacieuses, crêtes, crevasses, caniveaux. Le maïs ne renonce qu'à quelques mètres des cimes de basalte sculptées par le vent et les pluies anciennes. Fabuleuse galerie de formes furieuses ou de figures anthropomorphes. La fantaisie locale reconnaît dans telle découpe l'arche de Noé ou les tables de Moïse. A Picus, bourgade montée sur le fil d'une arête, un méhariste gargantuesque s'est figé en rocher au moment où son dromadaire s'apprêtait à enjamber l'unique rue. L'effet est saisissant. L'interprétation des silhouettes de pierre constitue un des attraits du parcours vers l'intérieur. Une première chaîne de montagnes en complique l'accès ; le pico de Antonia, sévère patriarche, culmine à mille trois cent quatre-vingt-quatorze mètres. La route, au prix de savantes contorsions, se hisse sur des cols d'où le voyeur voyageur glisse des regards furtifs dans l'échancrure de vallées pudiques. La vie y semble inaccessible. Ainsi est Fontelima. On quitte l'axe principal qui file vers Assomada, seconde ville de l'île, pour plonger par une piste farineuse dans le gouffre de ce site enclavé.

Des casseurs et des porteuses de pierres saluent notre descente par des harangues prosélytes ; les élections législatives approchent et mobilisent une population fière de la réputation démocratique du pays. Notre passage est prétexte à des démonstrations partisanes chantées et dansées. Je dis : "Nous voulons voir les potières." Et dix mains se tendent pour désigner en contrebas la fumée d'un four. Au fond de l'entonnoir, le village étale sa tradition : cruches, jarres, plats en terre brute suivent la courbe de la rue. Sous une halle, une bouchère grande et noble comme une femme peule découpe un porc éventré. Sa beauté lui confère une allure de prêtresse. Sur la débauche écarlate du sacrifice, tombent depuis la cour-terrasse de l'école des chants d'enfants soutenus par les battements d'une potière qui frappe l'argile. La musique de son travail fait écho à de lointaines percussions africaines.

Tu insinuais, Carlos, en nous dirigeant vers Fontelima et en évoquant les gestes de la potière noire, que le *Badiu* n'était pas arrivé là les mains vides, délesté de tout héritage. Cet héritage africain si difficile à reconnaître au Cap-Vert et que toi-même, selon ton propre aveu, tu ne perçus que tardivement. Quand tu étais aux Beaux-Arts, les professeurs auraient voulu te voir peindre des masques yorubas. Ils t'associaient aux fétiches fans et s'attendaient à ce que tu modèles des calaos sur un casque sénoufo. Cette méprise t'irritait. Tu étais autre, un Noir sans masque ni fétiche. Mais tu finis par admettre que cet assaut d'ignorance te pressait d'ouvrir une porte bien verrouillée depuis l'enfance. Tu pressentais que l'éclosion de ta démarche artistique impliquerait une incursion dans les zones d'ombre de ta culture.

Tu disais :

"Un jour, je suis entré au musée des Arts africains à Lyon. Je tenais à savoir ce qu'on voulait que je sois. Tout d'abord, je vois des objets en déportation qui vivent leur agonie. Mais soudain, une vitrine me retient. Des mannequins, parents fantômes d'une famille peule, présentent pagnes et chapeaux. Je sens dans la pièce une odeur de sueur et de lait. Ce n'est pas pour moi une fragrance étrangère, mais celle de *nha* Grégoria qui m'a porté et allaité. La même senteur. Je suis cet enfant de la vitrine ballotté dans le dos de sa nourrice. Je murmure alors tous les usages du pagne au Cap-Vert et que je vois exposés là : *bâmbu minino*, le port des bébés, *sulada*, serrer les hanches pour le travail de force, *lâmbu pano*, se couvrir du pagne et s'en servir de poche, *rapica batuco*, battre le rythme sur l'étoffe roulée…

Mortiers et pilons ont aussi traversé la part d'Atlantique qui sépare l'archipel du continent pour aider à moudre le maïs quotidien du *Badiu* de Santiago, *se Deus quiser**. On dit : *fazê kinkin*, quand les femmes en batterie s'amusent à alterner les coups de pilon. Ce rythme riche en contretemps me réveillait doucement les matins de vacances.

Tout me revient en mémoire, ce jour de visite en solitaire au musée des Afriques. Les Portugais ont tant rabâché qu'on avait besoin d'eux

* Si Dieu le veut.

pour ôter le créole de nos bouches et le paganisme de nos têtes, qu'ils ont fini par extirper l'Afrique de nos âmes, fil par fil, note par note. Des moqueries condamnaient l'usage d'instruments de musique jugés primitifs parce que d'origine soudanaise, comme le *berimbau* ou le *cimbôa*. Des métis chantaient :

Sa mère est une chouette
qui habite le creux d'un arbre.
Son père est un nègre d'Angola,
joueur de berimbau.

Et le *berimbau*, le violon unicorde, a disparu.

Au temps de mon adolescence, il était exclu d'évoquer un lien quelconque entre l'Afrique et nous. On n'avait pas de problème à être noirs, mais pas Noirs de Guinée. Et pour ne pas être en reste, nos bouches enfantines participaient à la dépréciation de l'Autre, le sauvage des tropiques.

Noir de Guinée
lave sa figure avec le café.
Il a honte d'aller à la messe
avec des chaussures de liège.

C'était un étrange catéchisme.

Il a fallu qu'un voisin policier soit arrêté pour un délit dont j'ai oublié la cause, et qu'il soit interné au bagne de Tarrafal, au nord de l'île, pour qu'on découvre l'existence de l'Afrique. La prison détenait des condamnés angolais que les gens de notre village apercevaient lors des visites. Ils racontaient au retour qu'ils avaient vu des Noirs d'Afrique sculpter des noix de coco avec une rare habileté. Et ces témoignages secouaient nos convictions : ils savaient faire des choses, ces nègres-là ! Dans son application à diviser, le colonisateur avait réussi à fabriquer des hiérarchies ; et du métis le plus clair au peu mélangé le plus sombre, chacun cherchait à dénoncer plus arriéré que lui au lieu de revendiquer l'originalité d'une culture commune avec une légitime fierté. La culture créole. L'homme cap-verdien n'a cessé d'être un artisan doué : plus il subit, plus il crée. La langue créole, pure invention, lui a permis de survivre en entendant les ordres du maître, mais surtout en communiquant avec les autres déportés. Plus on a bâillonné sa bouche, plus son verbe a déniché des tournures libres pour continuer à parler par-dessus les intimidations. Plus on a retenu son corps, plus il l'a déguisé, comme dans les fêtes de *tabanka*, pour parodier une société qui prêche le paradis mais copie l'enfer. Et on a beau lui avoir imposé l'art de la génuflexion, il a conservé son penchant pour les dialogues pluriels avec le surnaturel. Aucun coup de fouet ne saurait arracher des soutes de l'esprit les bagages mystiques qu'il traîne depuis le départ de son long voyage.

Le *Badiu* est sans doute celui qui au Cap-Vert s'est le plus servi de sa double composition, africaine et européenne, pour s'exprimer. Les musiques de *finaçon* et de *funana* n'existent qu'à Santiago. Leurs derniers grands représentants ne craignent plus les brimades des petits chefs de districts ni les procès de l'administration répressive, mais les valeurs d'une modernité conformiste et abrasive charriées aujourd'hui par l'émigration et les médias."

Tu nous exhortais, Carlos, à ne pas traîner en route si nous voulions encore les rencontrer.

27 octobre

Ribeira Seca, malgré ses éoliennes, est une vallée qui attend la pluie à jours continus. Et pourtant les paysans binent avec ferveur, même si seul le travail est à l'heure et l'aide du ciel toujours en retard. Des murets de pierres sèches quadrillent l'espace. Cet automne, les maïs tanguent dans les champs et les plumets des cannes à sucre en fleur époussettent les rayons du soleil. Année souriante dans ce large espace qui traverse l'île d'est en ouest, des bananeraies du port de Pedra Badejo aux contreforts du pico de Antonia, le point culminant qui observe la vie. Le pico de Antonia voit la misère du peuple, les persécutions passées, les résistances dignes et garde tout en mémoire, insinuent certaines chansons *badius*.

Nous cherchons la maison d'une chanteuse, Nacia Gomi, celle que le pays nomme "la reine du *finaçon*". Mais aucun signe souverain ne distingue son habitation d'une autre. La campagne est piquetée de taches blanches à toits rouges. Les indications mènent à une demeure simple aux murs lézardés où la vie se plie en deux pièces. Le long de la façade, court une banquette en moellons. Des femmes assises tapent déjà sur des pagnes roulés entre leurs cuisses. Il est intimidant d'arriver sous les salves d'une telle salutation. Notre visite a été annoncée par l'Institut national de la culture ; et cette recommandation nous vaut le déploiement d'un chœur. La femme noire qui nous tend les bras ne peut être que Nacia Gomi, une septuagénaire imposante dont l'étreinte ne laisse aucun doute sur sa vigueur. Elle nous presse contre son opulente poitrine avec une manifeste autorité. Nacia Gomi est une matriarche. Elle affiche par son élégance l'attention qu'elle porte à la rencontre de ce jour : chemisier crème, collier de perles, jupe plissée noire, chaussettes et chaussures de tennis neuves. Un foulard aux motifs floraux encadre un visage sombre, modelé sans façon pour exprimer des émotions franches, gaieté ample, ironie cinglante ou colère bien sentie. Les yeux de Nacia Gomi agrippent l'interlocuteur et ne lui laissent aucune chance de détour. Une rare vivacité y voisine avec la malice la mieux cultivée.

Ta gravure, Carlos, le portrait de la dame aux quatre haches, contient aussi ce visage.

Nous apportons de l'huile et du riz, du vin blanc pour les femmes du chœur et du sucre, comme il se doit quand on va en visite solliciter un savoir. Nous espérons enregistrer pour produire un disque qui sortira si l'éditeur confirme son intérêt.

— Evidemment qu'il aimera ! Tout le monde aime Nacia Gomi, réplique-t-elle sans ambages.

Et c'est vrai, cette paysanne endimanchée à la voix rocailleuse a beau habiter une masure branlante, posée sur le rebord d'un val caché, elle n'en est pas moins une figure nationale, représentant le Cap-Vert à l'Exposition universelle de Séville ou à un festival des cultures à Washington. Rien ne saurait l'étonner et ébranler sa solide conception du monde, pas plus l'Alhambra que le Capitole. Depuis cinq décennies, elle caracole au sommet de l'affection de la communauté *badiu* comme interprète majeure de *finaçon*, "un art d'improvisation qui doit un peu aux qualités humaines et beaucoup à l'intervention de Dieu".

Les femmes se sont remises à battre les pagnes en signe d'impatience, renvoyant la palabre à plus tard. La fièvre s'empare du *terreiro*. La traduction "terrain" restitue faiblement le sens que prend le mot quand chœur et spectateurs tracent le périmètre de la place quasi sacrée où va se dérouler la séance. Le *batuque*, c'est cela, la séance, l'ensemble de la cérémonie, la réunion des voisines et parentes, les claquements de mains, les percussions sur tissus, les sursauts des rythmes et les élans du chœur qui poussent à la danse et appellent l'intervention de la "prophétesse", en l'occurrence Nacia Gomi. Elle va imposer sa chronique de l'existence, sa pédagogie sociale, le *finaçon*, développées à l'aune des principes moraux universels. Le *batuque* martèle une manière d'être *badiu* ; le *finaçon* est sa part philosophique.

— On a beau écrire droit sur le papier, la vérité reste dans l'encrier !

La gorge de Nacia Gomi émet une plainte prolongée, les mains des femmes se déchaînent. Le chant commence, poésie psalmodiée. Nacia Gomi se cite elle-même ; sous couvert de son nom, elle voile des événements survenus à d'autres afin d'augmenter la portée de ses critiques ou de ses recommandations. Personne n'est dupe. Ses phrases s'achèvent par des tremblements de la voix, bouche fermée. La chanteuse pose ses incantations sur le galop des percussions. Ses mots fondent en gémissements qui cousent entre elles des paroles dont le sens ne doit pas échapper à l'auditoire. Et les battements incrustent aussi les leçons de vie qui constituent la raison d'être du *finaçon*. Quand l'intensité de l'improvisation atteint un paroxysme, la soliste appelle le soutien du chœur dont les voix grimpent les unes par-dessus les autres pour toucher la cime de l'aigu. Le *batuque* est sous l'emprise de femmes qui entretiennent le feu d'une tradition sans pareille. La famille des saints chrétiens et un Père divin venu de Lisbonne se tiennent sans gêne sur le seuil de la transe africaine. L'exaltation des corps est au service de la santé morale. Le rire monte avec le régal du vin. Nacia roule les yeux et jouit des effets que provoque sur nous son sens éprouvé de la théâtralité. Nous recevons, immobiles au bord de l'extase, la vague claquante de cette musique venue du grand large. Les habitants du hameau affluent, ralliés par les battements. Le petit mari de Nacia rentre des champs, juché sur un âne. Il a la tête ronde, le sourire de l'homme bon et un crâne lisse que les jeunes filles caressent par affection. Il s'est exilé quatorze ans à São Tomé pour récolter de quoi épouser dignement une femme. Nacia a attendu son retour jusqu'à l'âge de trente ans, car en ce temps, dit-elle, la fidélité avait un sens.

A propos de mariage, *batuque* et *finaçon* accompagnent depuis des générations les rites officiels de la vie, baptêmes et noces. Mais, jusqu'à l'indépendance, les diverses autorités ont toujours méprisé cette manifestation de femmes dévergondées qui font chauffer jusqu'à ébullition des rythmes de diable à la veille d'un serment devant Dieu. Le *terreiro* concurrence l'église dans l'idée de certains prêtres ; la sensualité des danses ne sied pas à la préparation d'un sacrement. Mais le plus insupportable pour l'autorité européenne, c'est de constater que la plante africaine triomphe à travers le *batuque* comme une ronce indestructible. Cisaillée, elle donne des rejets. Et puis, il y a d'autres motifs d'irritation. En effet, le chœur s'adonne à des divertissements qui, en ces veilles d'engagements conjugaux, abusent de métaphores espiègles pour rappeler que, la messe passée et la nuit venue, l'innocence n'a pas sa place dans la chambre nuptiale. Le plus célèbre des dialogues chantés entre une soliste et le chœur s'appelle le *batuque* de Tuta Cimbrom. Tuta Cimbrom représente une vieille, lubrique, qui cherche à enrôler des filles vierges pour aller cueillir le *cimbrom*, fruit comestible d'un épineux de Santiago. Les adolescentes répondent qu'elles sont prêtes à la suivre, mais que virginité n'implique pas naïveté ; elles savent bien que la récolte cache un prétexte pour aller à la rencontre du loup, comme on nomme le sexe sous d'autres latitudes.

De l'Afrique subsiste encore la part de louanges contenue dans le chant de *finaçon*. Sans être calqué sur la pratique des griots mandingues, le discours du *finaçon* inclut néanmoins de nettes références aux mérites d'un donneur de fête, un appel aux vivats.

C'est au cours d'une fête de mariage que Nacia Gomi a confirmé le talent juvénile remarqué par son entourage. Elle avait quatorze ans. Elle aime à répéter l'histoire de ses débuts, car ils ressemblent à une élection divine. La petite Nacia menait une enfance dure. Dès l'aube, elle filait par les chemins escarpés, bananes sur la tête, livrer les fruits à la prison de Tarrafal. Son gain était aussi peu élevé que son âge. Mais à chaque pas, son expérience croissait. Elle n'a pas connu l'école et s'en félicite car, ainsi, rien n'a perverti sa mémoire. A quatorze ans donc, sa mère lui fit part d'une invitation à un important mariage où elle devait se produire. Impossible de refuser. L'adolescente tremblait de se mesurer à des talents confirmés. Elle s'adressa à Dieu pour qu'il la "comble" d'une maladie, juste le temps d'échapper à l'épreuve. Faveur accordée, mais trop courte. Nacia guérit la veille de la fête et ne put reculer. Elle fut accueillie par les sarcasmes de la vedette de *finaçon* du moment, glissés au cœur des improvisations. Tout le monde comprit :

— Là où est la poule, il n'y a pas de place pour les poulettes ! Quand arrive le requin, la sardine doit s'enfuir...

Mais, paradoxalement, l'ironie stimula la poulette qui donna de la voix. La jeune Nacia broda un chant allégorique sur l'entente conjugale, resté célèbre :

— Le mariage est comme une maison à deux portes, l'une devant, l'autre à l'arrière. Quand le vent s'engouffre par l'avant, l'autre porte doit rester fermée, et inversement, quand il souffle depuis la cour. Car si les deux portes étaient ouvertes en même temps, le vent jouirait de toute son arrogance et causerait le maximum de préjudices. Les deux portes symbolisent l'homme et la femme. Quand l'un parle, l'autre a le devoir d'écouter sans interrompre, et réciproquement. Si les conjoints parlent simultanément, les conditions du dialogue s'envolent sous la tempête de la dispute qui se lève aussitôt.

Ainsi Nacia prêcha-t-elle le respect et la compréhension mutuels entre les époux. Et les gens s'exclamèrent : "Credo, quelle gamine ! Elle ne sera plus malade ni ne mourra !" Formule qui inaugurait le règne sans partage de la plus célèbre "prophétesse de *finaçon*".

— Quand je pénètre sur l'aire du *batuque*, les paroles affluent en moi comme l'eau ininterrompue d'une source claire. Je chante et la jouissance me traverse. Je sens un soulagement, la félicité.

Nacia Gomi dit aussi que l'inspiration la saisit parfois en plein travail, au cours d'une récolte. Elle ressent un état proche de la transe et doit interrompre son activité, s'asseoir, considérer les paroles qui descendent en elle, car assurément ces mots sont œuvres de Dieu.

— *Amor ka branca ka pretu*... L'amour n'est ni blanc ni noir, ni anglais ni portugais, c'est une croix qui va du doigt de pied à la tête. Qui connaît l'amour, connaît la douceur...

Il y a plus de deux heures que les femmes assises, jambes tendues, tapent les pagnes et que Nacia chante. Plusieurs fois, le nom de Leuk, "petite femme blanche", a été assorti à des vivats. Moi-même et le technicien du son, sommes gratifiés de mérites, selon nos fonctions. La prophétesse porte les mains à son cœur pour bien indiquer la provenance des sentences, puis les tend vers leurs destinataires. Ses chants racontent l'attente amoureuse d'une femme comblée par le retour de son mari émigré ; elle fustige l'orgueil d'une "allumeuse" qui fait la fière après un séjour à Lisbonne ; elle déplore les conditions de survie du peuple sans incriminer Dieu qui de toute façon est "miracle". Proverbes et dictons alimentent sa poésie imprégnée de religiosité et d'exigence morale.

Pour l'heure, les acacias déchirent les derniers rais de soleil ; les enfants captivés n'ont pas quitté le *terreiro*. Une adolescente en jupe courte danse, le dos d'une main appliqué sur le front, l'autre posée sur les vagues houleuses de sa hanche, le bassin agité des mêmes secousses violentes qui déclenchent la joie érotique des fêtes de rue au Sénégal, sur le rivage peu distant du continent. Les dernières improvisations de Nacia associent le crépuscule au déclin de sa vie, la fatigue du jour à la sienne. La lumière vacille et sa santé fléchit. Elle chante l'imminence de la confrontation avec Dieu. Elle saura marcher avec une élégante assurance grâce aux prières des vivants et à l'aide des saints.

Mais qui fera fructifier l'héritage ? Je devine, Carlos, que Nacia Gomi est la présente incarnation de l'esprit frondeur des femmes de Santiago, indispensable relais pour remonter jusqu'à *nha* Ana la résistante de Ribeira Manuel et comprendre le caractère de la "dame à la hache". Mais demain, après elle, qui portera la vitalité provocatrice du *finaçon*, maintenant que les sonos braillardes sont préférées aux voix nues du *terreiro* ?

28 octobre

A la lisière sud-est de Praia, le chemin défoncé pour São Francisco s'immisce dans un paysage cabossé. Le village n'est pas loin de la capitale, quinze kilomètres, mais aucune raison valable ne plaide pour l'entretien de cette route déchaussée. Il y a bien tout au bout une plage de sable attirante, mais les nantis de la ville sont équipés de tout-terrains qu'ils lancent le dimanche sur ces pavés dessoudés à côté desquels ceux de l'enfer de Paris-Roubaix sont couverts de bonnes intentions. Peu de spectateurs sur notre passage. Quelques vaches échappées se font happer par le peloton d'acacias. Sur les hauteurs ventées, des éoliennes géantes agitent leurs pales comme des commissaires de course leurs drapeaux. Nous circulons entre ravins et boursouflures volcaniques. Partout des acacias, témoins de l'effort de reforestation. Le but de notre étape est la maison d'un célèbre garde forestier dont le rôle est de débusquer les maraudeurs coupeurs de branches. Mais quand il ne bat pas la campagne, Kodé di Dona troque son bâton contre un accordéon et joue *funana*.

— Kodé di Dona est le *Badiu* par excellence, le vagabond magnifique ! lance Vladimir Monteiro, jeune journaliste culturel qui nous accompagne. Il est le père du *funana*...

Peut-être t'étonneras-tu, Carlos, de notre rapidité d'action, un jour à Ribeira Seca, un autre à São Francisco. Je te rappelle que les délais imposés par le jeu d'enquête sont courts, huit jours par île, et condamnent la flânerie. Aussi, pour cette filature de l'être *badiu*, nous bénéficions de l'aide précieuse du Centre culturel français qui met véhicule, preneur de son et informateurs à notre disposition. De plus, chaque personne sollicitée au Cap-Vert est anxieuse de notre réussite, aussi bien le directeur des Archives nationales que les responsables culturels, universitaires, artistes, consommateurs anonymes de bars... Rarement au cours de nos périples à travers le monde, nous avons ressenti un tel désir d'échange.

— Comment le père du *funana* ? Il en est l'inventeur ? demande Leuk, le doigt posé sur la touche d'enregistrement du magnétophone.

— Non pas son inventeur, mais Kodé di Dona est celui qui, par le nombre et la qualité de ses compositions, et par son obstination à jouer, a préservé l'existence du *funana* quand cette musique était interdite par le pouvoir colonial.

— Musique censurée pour cause de "sauvagerie" comme le *finaçon* ?

— Oui, musique arriérée, musique à étouffer. On ne connaît pas vraiment les origines du *funana*. Elles remontent sans doute au début du siècle avec l'arrivée de l'accordéon dans l'archipel pour, dit-on, remplacer l'harmonium dans les églises. Des Noirs de l'intérieur s'emparèrent de l'instrument et le détournèrent du bon usage. On reconnaît bien une valse, une mazurka, une contredanse, une samba quand ils jouent, mais en passant par le soufflet *badiu*, ces danses prennent des allures canailles voire débauchées. A cela s'ajoute la rugosité des voix attaquées par l'acide des souvenirs et l'abus d'eau-de-vie ; sans oublier la nervosité du rythme imposé par le compagnon de l'accordéoniste, le joueur de *ferrinho* qui gratte inlassablement une cornière métallique ébréchée avec le dos d'un couteau. Cela donne un son aigrelet, proche de celui du triangle, obsédant.

— Et le nom même de *funana* ?

— On ne sait rien non plus. Certains tentent un rapprochement avec le mot portugais péjoratif *fungaga* qui associe air d'accordéon malmené et endroit mauvais. Ce qui reflète bien l'opinion des gens de Praia à l'égard du *funana*. Car si l'accordéoniste et son compère animaient baptêmes et mariages, ils se produisaient surtout dans les bals de campagne, synonymes de beuveries, de bagarres au couteau et de danses collées-serrées mimant la copulation. Le *funana* a fini par être confondu avec ces fêtes jugées indignes. Mais le terme désigne aussi le mode de vie du musicien lui-même, itinérant, libre, donc suspect. Un vagabond. On ne peut nier l'euphorique tendance du chanteur à célébrer ses exploits sexuels par monts et par vaux, à vanter ses chasses aux jolis "pigeons" dans le creux des failles cachées, *amizadi la korason*, l'amitié au cœur. Le *funana* trouve pour les accords amoureux les meilleurs supports mélodiques. Mais la poésie de Kodé di Dona ne se cantonne pas à ce seul exercice. Comme les prophètes de *finaçon*, le compositeur dénonce orgueil et égoïsme, assène des vérités amères enrobées dans de subtiles métaphores, ou improvise sur la lassitude des victimes de la misère. Toutefois, ses codes de langage sont tellement embrouillés pour un malentendant du créole *badiu* que l'administration portugaise a continuellement soupçonné le *funana* de colporter des messages de rébellion. D'où son interdiction...

Les habitations de São Francisco laissent paraître leurs signes extérieurs de modestie. Vladimir s'enquiert de la présence du garde forestier auprès de femmes qui pilent le maïs. Des enfants noirs détalent, effrayés par la monstrueuse automobile. Une longue façade de maisons accolées dissimule un canyon où languissent des milliers d'acacias. Kodé nous attend. Il a été prévenu. C'est un petit homme maigre et sec comme les arbres dont il est responsable. Son visage anguleux est contenu entre les guillemets de rouflaquettes poivre et sel. Son regard semble posé sur l'horizon lointain comme s'il scrutait en permanence la scène où s'est déroulée sa vie. On dirait un *blues man* du Mississippi. D'une voix voilée, il nous invite à entrer dans l'unique pièce de trois mètres sur quatre, séparée de la seule chambre par un rideau. Kodé reçoit nos cadeaux de *grogue* et de riz sans démonstration ; il sait qu'en échange il va nous offrir des mots. Il pose la bouteille sur le buffet près d'une énorme pendule. Des tasses, des cuvettes en émail, des verres et couverts, des bols en Pyrex sont exposés derrière une vitrine. Au mur : la photo encadrée de Kodé et de son fils parue dans la *Revue noire*, des autocollants de joueurs de foot, des posters d'acteurs américains et de caïds du karaté, plus le portrait du pape Paul VI. La porte du fond donne sur la cuisine et une cour où se croisent des cochons noirs et des poules. Kodé suggère qu'un petit verre de *grogue* serait bénéfique avant toute parole. Et il sourit pour la première fois. Une colonne de valises s'élève dans son dos, sa casquette posée au sommet. Monument dédié à l'idée de départ. Kodé di Dona pourrait lui-même servir de modèle à une sculpture érigée en hommage au paysan pauvre de Santiago, statue à laquelle une majorité des cent quatre-vingt mille habitants de l'île pourrait s'identifier.

L'accordéon est posé sur le lit, une dame-jeanne d'alcool rangée dessous. Une image pour générique de film. Cet accordéon diatonique, Kodé di Dona l'a reçu par surprise. Invité en France en 1993 aux Nuits de Nacre à Tulle, il séduit le public par l'originalité de son chant, le style de son jeu, sa simplicité. Et pourtant il manie un appareil à bout de souffle, aux touches rafistolées. Un désir parcourt l'assistance comme une onde : lui offrir un accordéon neuf. Une chaîne de solidarité se crée et, tandis que Kodé visite les ateliers du fabricant Maugein, les techniciens notent discrètement chacune de ses remarques, la position particulière de ses doigts sur les boutons. Plus tard, l'initiateur du mouvement apportera à São Francisco un instrument fait sur mesure, digne de lui.

— Mon premier accordéon, je l'ai échangé contre un tonneau de maïs à une femme qui revenait de São Tomé. J'avais dix-sept ans. Et un baril de maïs à l'époque, c'était beaucoup...

Tout l'après-midi, Kodé di Dona nous raconte sa vie, illustrant ses souvenirs par les chansons qui en découlent. Son fils Zizito, âgé de vingt ans, attend en silence le moment voulu pour racler la barre de fer. Des enfants accoudés à la fenêtre coulent leurs regards ensoleillés dans la pièce sombre. Nous savourons la faveur de ce concert autobiographique donné à notre seule intention pour compléter notre initiation à la culture *badiu*.

— Je m'appelle en fait Grégorio Vaz. Je suis né en 1940 près de São Domingos au cœur de l'île. Dernier petit-fils de ma grand-mère, on m'a surnommé Kodé di Dona. Dans les années quarante, la sécheresse ravageait l'archipel, la famine décimait la population. Les villageois fuyaient vers Praia, mais les forces les quittaient et ils mouraient en marchant. J'ai grandi dans ce climat. 1947 fut l'année la plus terrible. Et comme si la faim ne suffisait pas au malheur, un jour de tempête, l'abri de secours s'est effondré sur les réfugiés à Praia. Mémoire de ces cadavres...

Une lampée de *grogue* annonce les premières mesures de *Fomi 47*, la plus célèbre des compositions de Kodé di Dona, que beaucoup d'orchestres ont reprise après l'indépendance en l'adaptant pour guitares et synthétiseurs. Il fallait à la jeune génération un *funana* puisé aux sources campagnardes mais émancipé grâce à l'électricité. *Fomi 47* est un chant d'une tragique beauté. Kodé y décrit ses mésaventures en 1959 quand le cycle infernal sécheresse-famine reprend et le pousse à son tour vers l'exil. Il chante :

— Découragé, j'ai pris ma tête entre les mains et j'ai réfléchi à mon destin...

Quand le ventre est vide, la conscience s'amenuise. On accepte le contrat qui condamne aux "travaux forcés volontaires" dans les plantations de São Tomé, île cacaoyère en face du Gabon. Peu de candidats revinrent de cette nouvelle déportation qui rouvrait la blessure de l'esclavage à peine cicatrisée dans un pays où la déclaration d'abolition fut un long bafouillage. En définitive, Kodé ne partira pas. Profitant d'un retard du bateau, *L'Ana Mafalda*, il s'engagera comme casseur de cailloux.

J'imagine les enlacements des danseurs sur un tel air de nostalgie ; les corps jouissant de l'étreinte alors que la voix éraillée balance à l'auditoire cette chronique amère. Au Cap-Vert, les larmes sont métisses, car Africains et Portugais ont partagé la souffrance du déracinement. Mais le *funana* ne laisse pas le pleur façon portugaise, *choro*, l'emporter. Les accords nerveux, les paroles chantées-criées, le son de la cornière grattée titillent les sens et exaltent l'énergie.

— Je n'en veux pas au bateau ou à l'avion qui m'emporte, mais à la chaloupe et au taxi qui se sont faits les alliés de mon départ. O le chemin lointain !

Kodé n'est pas parti, mais toute sa vie, il a chanté la hantise du chemin lointain, l'exil vécu par tant de Cap-Verdiens. Ses chemins à lui passèrent par les cols, les corniches, les hameaux perchés de Santiago.

— Il n'y a pas une seule pierre de l'île où je n'aie posé mes fesses. On recevait une somme dérisoire pour jouer toute la nuit quand les petits adjudants collaborateurs autorisaient la fête.

Sur la portée politique de ses paroles, Kodé ne veut rien dire ; son geste invite à fouiller ses chansons. Entre les phrases hachées, des images se glissent, miroir d'un temps où les flaques étaient nombreuses. Vladimir traduit "flaques" par mouchards au service de la police. La seule *morna* que Kodé interprète est une complainte traditionnelle dont les notes s'égrènent, aussi lentes que les heures en détention :

— J'ai passé six ans au bagne, gémit-il, gens de Tarrafal, ouvrez-moi la porte que j'aille saluer ma mère.

C'est beau comme un cantique, mais le maître du *funana* ne s'appesantit pas. Ses doigts s'impatientent et le rythme suivant s'emballe pour une variation sur le dernier exil : la mort.

— Le chemin lointain, on ne le fait pas à pied, le chemin lointain, on ne le fait pas en voiture, celui qui y a pensé est monté aux cieux, grâce de Notre-Seigneur dans les cieux, il va son chemin.

Kodé di Dona, sur le pas de sa porte, soulève légèrement sa casquette et pointe le ciel du doigt. Le vagabond magnifique va son chemin. A quoi bon regarder en arrière. Il nous salue.

Dimanche 29 octobre

Cher Carlos,

La grille de ta maison grince comme un portail dévoué qui souhaite la bienvenue et prévient la maisonnée d'une visite. Nous retournons chez ta mère. C'est elle qui, en début de semaine, a fixé le rendez-vous avec Ana da Veiga : "Zé Maria, un cousin de Carlos vous mènera dimanche auprès de ceux qui peuvent encore parler d'elle." Nous espérons que son histoire se prêtera à la nouvelle que nous te devons. A ce jour, nous avons vagué à travers le jardin de la culture *badiu*, mais ne savons toujours rien de la dame à la hache, alors que le temps réservé à l'île de Santiago touche à sa fin. Ta mère nous a rassurés : Zé Maria sera là. Il est un descendant direct d'Ana da Veiga et voue un culte à son aïeule qu'il présente comme une figure emblématique de l'identité *badiu*. Et il est soucieux d'œuvrer à sa reconnaissance.

La cour est vaste, carré d'asile pour une colonie d'arbustes et de plantes vertes que ta mère soigne avec une tendre obstination, comme pour obliger la pluie, lui reprocher ses absences. Des bouteilles de Butagaz sont postées en sentinelles devant l'épicerie, en sommeil depuis que la route principale a été déviée et que ton père a emprunté l'ultime chemin lointain. Une fenêtre est ouverte, celle de la chambre. Je sais qu'à chaque retour, pour te refixer en ce lieu, tu commences par contempler le lit de ta naissance. Un lit rapporté d'Amérique par ton grand-père.

Dans ton idée d'enfant, l'Amérique, c'était des chaussures, un sac, une veste, un tas de valises magnifiques. Tu entendais dire par les adultes : "Quand tu es cap-verdien, *badiu*, noir, aller aux Etats-Unis, c'est la chance de devenir quelqu'un."

Ta mère est là : sa robe noire, son foulard noir, sa haute stature, son sourire lumineux, sa voix rieuse qui chante les mots destinés au confort du visiteur. Elle ouvre les portes du salon et puis ses bras comme si nous étions des enfants revenus. Ses enfants sont au loin. Elle dit qu'ils ne verront pas sa fierté quand, dans cette cour, s'arrêtera la procession de la Sainte-Catherine, sera exposée la statue, le 25 novembre prochain. L'évêque viendra la saluer. Et la foule, goutte à goutte, défilera pour se prosterner sous l'épée de la sainte romaine lévitant au-dessus d'un parterre de tulipes en tissu. Une haie de dévots chantera à sa porte, le temps de la station, puis une volée d'enfants de chœur entourant un calvaire précédera le cortège qui ramènera la sainte vers l'église, son abri habituel. Fierté du choix de sa maison. Elle vient d'apprendre la nouvelle. Les *Badius* sont croyants et pratiquants. La fête attire tous ceux qui ont leur cordon enterré sous le sol de l'immense commune de Santa Catarina.

Je repère l'église juchée sur un pain de sucre voisin, au-dessus des cassures et pliures du relief. Dans le fond d'un val, survit un baobab, graine d'Afrique transportée par le vent ou un oiseau. Je reconnais aussi la butte qui soumet le soleil couchant et sur laquelle tu grimpais par temps clair lorgner les îles de Maio et de Fogo pour élargir ton monde. Car le mur de ta maison étant mitoyen avec l'école, tes pas vers le savoir ne t'entraînaient pas loin.

— C'est là que Zé vous attend. Il a profité de l'occasion pour se faufiler dans la classe où il n'a pas pénétré depuis vingt-cinq ans.

Un papayer dans la cour surveille une récréation sans élèves. La porte est entrebâillée, les volets clos. Le parquet craque, les bureaux en bois, massifs, tournent le dos au tableau mais font face au portrait d'Amilcar Cabral. Zé est abimé dans la lecture d'une affiche. C'est une déclaration de l'école qui parle d'elle à la première personne :

— *Sou a escola*... Je suis l'école de Cabeça Carreira, j'ai deux classes de trente-six et trente-deux places, etc.

Avec Zé Maria Veiga, ingénieur conseil de profession, il n'y a pas long entre les présentations et le vif du sujet. Tout est vif en lui, son élocution, son français, ses quarante ans, ses yeux, ses gestes, sa passion pour la culture en général et son ancêtre en particulier. Il a prévu un dimanche trépidant : une tournée d'enquêtes chez les derniers témoins de la "guerre de Ribeira Manuel", des bambins à l'époque en 1910, des octogénaires aujourd'hui, puis une longue marche pour traverser Ribeira Manuel de part en part, depuis le col de Gadjo Monti qui verrouillait la vallée autrefois, jusqu'au débouché du port de Ribeira da Barca.

— Nous serons obligés de jouer les équilibristes sur les flancs du monte Brianda, mais ainsi nous suivrons la piste de contrebande qu'empruntaient Ana da Veiga et ses compagnes quand elles filaient au port vendre en cachette leur récolte de pourguères à des commerçants portugais complaisants.

Zé écrit au tableau avec une graphie d'instituteur : pourguère, plougue, noix de médecine, pignon d'Inde, *Jatropha curcas*...

— Cet arbuste des escarpements arides est la plante la plus caractéristique de l'archipel ; à l'époque, ses noix oléagineuses étaient exploitées au profit des savonneries ou pour des préparations pharmaceutiques. Une activité rentable à condition que la main-d'œuvre ne coûte pas. Cependant les femmes assignées au ramassage ne se privaient pas de subtiliser des graines. C'est à cause de ce trafic sévèrement réprimé par les propriétaires des arbustes que la guerre de Ribeira Manuel éclata. On dit que c'est la seule fois où le pouvoir colonial sentit ses bases vaciller. Peut-être parviendrons-nous à recueillir les bribes d'une épopée que les habitants, résolus à défendre l'intégrité de leur territoire et de leur mémoire, ont gardée pour eux jusqu'à ce jour. Les archives portugaises n'ont toujours pas livré leur version des faits.

Les manuels scolaires n'en parlent donc pas, conclut Zé Maria en refermant la porte de votre école. Ce qu'il faudrait faire pour divulguer cette histoire, c'est un film.

LA DAME A LA HACHE

La première image du film sur Ana da Veiga serait un gros plan sur des mains noires frappant un pagne indigo. Et puis la caméra suivrait d'autres battements en un long mouvement presque exagéré, comme si cent femmes s'étaient alignées, et même plus, je voudrais faire croire à une offensive du genre féminin.

Le cadre fixe les mains, les pagnes, les jupes légèrement troussées, les genoux découverts. Le bourdon des voix indique une colère rentrée dans les gorges, les bouches sont prêtes à s'ouvrir. Un chant éclot. Au bout de cet obsédant panoramique, la soliste de *finaçon* chante debout. Elle est grande, elle a le "corps plein" selon l'expression créole. Les rafales de la misère peuvent bien souffler, il faut croire que le soleil suffit à la nourrir. Sa jupe fut noire, sa blouse est flétrie. Les paumes de ses mains sont tournées vers le ciel, mais n'implorent rien, elles jaugent la légèreté des êtres. La futilité des possédants ne pèsera pas lourd quand se tiendra le marché final des âmes. La chanson se moque des nantis, des perdants. Nhana da Bega dit que la façon dont on lui a tout pris, terres, récoltes, liberté, finit par faire rire celle qui croit à la récompense du Jugement dernier. Si chaque escudo de sa dette était un grain de maïs, elle aurait de quoi cuisiner une *cachupa rica* pour le restant de sa vie. Même la chemise qu'elle porte s'est usée avant que son prix ne soit effacé dans le livre de crédit du vendeur.

— *Quem espera por sapatos de defunto morerá sem calçado.*

La phrase est reprise en chœur :

— Celui qui convoite les chaussures d'un mort mourra les pieds nus.

Les femmes pouffent. Les chaussures, c'est bien la dernière chose qu'on pourra leur prendre, vu qu'elles n'en n'ont jamais porté. Que leur reste-t-il à perdre ? Plus elles travaillent, plus le loyer du terrain augmente.

Le premier plan a permis au spectateur de bien repérer Nhana da Bega, alias Ana da Veiga, sa force physique, son humour, son autorité, son âge aussi, une quarantaine d'années.

Une femme surgit de l'alignement des batteuses. C'est Kumá Borges, commère d'Ana da Veiga qui lui cède la place. Elle agite un foulard blanc, elle expose la virginité du tissu : ô maman ! celle qui laisse brandir ce drapeau sans tache a perdu sa vertu. Aïe, comment ne pas l'avouer ?

Je voudrais que la séquence du *batuque* soit complétée par une suite de scènes comiques.

Les femmes d'âge mûr procèdent à l'éducation sexuelle d'une jeune fille. Sa nuit de noces est le thème de la pièce. La fiancée gênée garde les yeux baissés ; sa marraine assise à ses côtés la console et lui souffle à l'oreille des conseils d'une plus sérieuse teneur. On entendrait en voix off :

— Réfléchis et pars bien. Ne t'en va pas pour revenir dans trois jours !

Mais les moqueries couvrent ce chuchotement :

— Ah ma fille, le drap blanc est une épreuve pour celle qui craint de décevoir l'homme. Voici la recette pour éviter le pire, retiens bien la leçon. Kumá Borges mime l'ouverture d'une boîte. C'est un poussin que l'on y cache et que l'on égorge au moment crucial. Ah le sang répandu, c'est ce que le mari veut. Il n'a rien vu. Fais vite disparaître les restes du petit animal. L'honneur est sauf, le drap taché.

Bombolom, une autre femme de taille enviable, bourre un pagne sous sa jupe et vocifère qu'un mal la ronge de l'intérieur. Le guérisseur a dit que ce ne sont ni les haricots, ni le malin qui font gonfler son ventre. La comédienne se laisse tomber au sol, elle geint et se tord au rythme des claquements de mains, elle est la parturiente qui se roule de douleurs jusqu'à ce que le pagne tombe d'entre ses cuisses. L'enfant ! L'enfant ! crie la compagnie. Bombolom berce son bébé en tissu. Le rire ride les visages. La fiancée pleure.

Après cette introduction, j'ai besoin de dépeindre le mariage, mais en deux tableaux seulement. Je devrais parler plutôt de mise en ménage. En 1910, les ressources des gens de Ribeira Manuel n'auraient pas suffi aux dépenses d'une fête religieuse et, de toute façon, l'église refusait sa bénédiction aux pratiquants du *batuque*. Reste à faire semblant de revenir de la messe.

Lumière du matin à travers les champs de maïs naissant. Un cortège bruyant soulève un voile de poussière, le seul que puisse espérer la fausse mariée. Les proches parents serrent de près le couple qui marche devant. Ana da Veiga est là : le concubin est son fils. La procession frappe des mains, traîne les pieds. Une chanson répète quelque chose comme : "Félicité pour le marié, félicité, il n'a pas les jambes de pantalon relevées." Le jeune homme concerné est ravi. Gros plan sur son visage radieux. Il est le premier à amarrer le corps de celle qu'il a choisie. Il n'a pas les jambes de pantalon relevées, c'est un code bien sûr pour déclarer la virginité de l'élue. Gros plan sur le visage du marié : il ne sourit plus.

Venant à la rencontre de la fête, le sinistre sergent Machado sur son cheval conduit une demi-douzaine de gardes montés. Il porte une tenue militaire portugaise, une casquette rivée sur sa tête bien nourrie. Sa moustache lui sert de balafre virile, un sourire ironique lambine entre ses joues grasses. Sourire qu'il jette comme une fleur empoisonnée à la mariée. La bonne humeur du cortège meurt d'un coup.

Le sergent Machado remplit d'office le rôle de méchant du grand écran. C'est lui qui surveille les champs de Ribeira Manuel parce que les propriétaires ne vivent pas sur place. Il contrôle les semailles de maïs et les récoltes de fruits, deux périodes où les métayers sont soupçonnés de frauder ; il prévient les rapines de noix de pourguère en dehors des campagnes de cueillettes et punit cruellement la moindre incartade. Il préside à l'acquittement de la rente et harcèle les *rendeiros* insolvables.

La cavalerie occupe la largeur du chemin. Les noceurs doivent s'écarter pour la laisser passer. Le sous-officier traverse la haie des paysans sous la toise de regards haineux. Devant la mariée, il s'incline et complimente :

— Mes félicitations, mademoiselle. Pour tes beaux yeux, je vous accorde la poursuite de votre raffut sauvage. Mais sachez bien que c'est une faveur exceptionnelle, le *batuque* est interdit !

Il s'éloigne. Kumá Borges crache entre ses dents :

— *Nha cherém ka ta lançado ! Quem qui lança'l ta codje'l !* Si tu renverses mon maïs, je te préviens, tu le ramasseras grain par grain !

Sur le seuil de leur maison, les parents de l'épousée attendent le nouveau couple. Ils bénissent leur fille puis, d'un mouvement brusque, la tirent à l'intérieur et bloquent l'entrée. Son mari voudrait la suivre, mais il est repoussé sans ménagement. Les cousins, les alliés forment une barrière contre laquelle il se rue en vain. Sa hargne lui vaut des quolibets :

— Tu dois te rendre à l'évidence, la femme est faite pour tenir l'intérieur, toi le mâle, il te faut la rue. Il n'est pas bon qu'un homme reste à la maison !

La lutte peut durer une heure. Le plan-séquence s'attarde sur les ébats, puis le champ s'élargit pour englober un homme assis à l'angle de la maison, et qui parle à un enfant de douze ans. Tous deux semblent étrangers à la furieuse mêlée dont les cris gardent la présence quand la caméra s'arrête sur le visage de l'homme, aveugle. Il joue de l'accordéon.

— Ses yeux-là t'ont vu naître, dit l'aveugle à l'enfant. Et aussi la famine s'installer à Santiago alors que le siècle était à peine assis. Les maîtres qui nous emploient n'avaient rien prévu pour nous garder en vie. Une idée leur est venue pour réduire le nombre de bouches : envoyer les garçons les plus costauds en Guinée-Bissau pour faire la guerre aux Noirs de là-bas et éteindre nos protestations ici. Honte et malheur. Moi, Luciano, j'ai souffert d'être exilé dans cette brousse ensanglantée. Il y avait un animal *djigunji* qui mangeait les cadavres et un major qui ne valait pas mieux qu'un chien. Il nous maltraitait tant que nous nous sommes ligués avec les Noirs de Guinée pour le faire disparaître, mais c'était un homme que les fétiches protégeaient. Tu vois mes yeux blanchis, c'est le piment qui les a récurés quand nos chefs ont cru découvrir le complot. Ne va jamais en Guinée, même si l'on te recrute de force, fuis au mépris de ta vie, saute de la barque s'il ne te reste que les vagues pour t'aider…

— Toi Luciano, on n'a pas su te protéger, mais crois-moi, un frère c'est déjà trop, mes fils n'iront pas en Guinée !

Ana da Veiga a surpris la fin de la conversation. Elle prend son fils cadet par les épaules et le faisant pivoter lui ordonne de filer aux champs chasser les corbeaux qui ne font pas grève les jours de mariage.

— Mais ne casse pas de branches de pourguère en remontant les pentes. Machado le mouchard rôde dans les parages pour nous surprendre.

Luciano l'aveugle reprendrait son air d'accordéon interrompu.

Ainsi mes personnages principaux ont tous été présentés. Il manque juste une description du paysage. Narciso, le fils cadet d'Ana da Veiga, poursuit les corbeaux à la lisière des champs plantés, muni d'une fronde. La trajectoire démesurée de la pierre lancée commanderait à la caméra un vaste plan général. Ribeira Manuel, d'un côté, est un pays retranché derrière des parois franches ; de l'autre, c'est un plateau qui penche vers la mer, mais sa chute est prévenue par une montagne aux formes bienveillantes, obstacle à toute pénétration depuis la côte. Le monte Brianda, la montagne, ressemble à une madone serrant dans ses jupes trois rochers-enfants, Maria, Cocolela et Landi, qu'elle aurait eus du pico de Antonia, le point culminant à la suffisance machiste, avant de se brouiller avec lui et de s'en éloigner. J'aime cette histoire de montagnes personnifiées aux conflits olympiens. Je trouverai le moyen de la faire raconter par un personnage du film.

La caméra récupère dans la brousse un groupe de femmes occupées à ramasser des bouses de vache, combustibles précieux. Elles cueillent aussi des noix de pourguère, furtivement. Les arbustes abondent. Il suffit de reconnaître Ana da Veiga et sa belle-fille Maria-Céleste, Kumá Borges et Bombolom la fausse parturiente. Dans leurs paniers, elles cachent les noix sous les bouses. Maria-Céleste guette, les femmes s'activent, sur le qui-vive. Machado est caché derrière une croix, elles ne le voient pas, mais seul, il n'intervient pas.

Un autre matin, la même compagnie de femmes, paniers sur la tête, progresse en file sur un sentier escarpé dans les plis de la jupe du monte Brianda. Une sorte de passage secret virevoltant au-dessus du vide. Une propriété isolée pointe son toit rouge dans l'immensité d'un fond de vallée perdue.

— Charco, murmure Ana da Veiga en se signant. C'est là qu'autrefois un esclave a tué son maître.

Dans une grotte, coule une source, *água di tchota*, les oiseaux viennent s'y abreuver. Les femmes posent leur lourde charge et se désaltèrent.

Quelques plans suffiront à décrire leur descente vers la côte à travers un plateau d'herbes rares, sous une paroi de roches rouges, au bord de l'oasis d'Achada Leite, à travers les cocotiers qui annoncent Ribeira da Barca, le port.

La scène des tractations m'intéresse d'abord pour camper le personnage d'António Macedo, commerçant portugais soucieux de ses gains, mais pas au point d'en oublier toute humanité. Il accepte de traiter avec des contrebandières auxquelles il achète moins cher. Le marchandage qui suit la pesée des noix de pourguère renseigne le spectateur sur la valeur qu'attribuait la métropole à cet oléagineux, et donc sur les raisons de la surveillance jalouse dont il faisait l'objet. Macedo se plaint forcément de la baisse des cours de la pourguère dans l'industrie du savon et de la chute de son utilisation pour l'éclairage des demeures de Lisbonne. Les femmes argumentent. Ana da Veiga a prévu une fiole d'alcool de canne. Le marchand aime discuter avec les femmes. Il boit et paie.

Une barque entre dans la baie de Ribeira da Barca cernée par des falaises noires. Un pêcheur découpe un thon énorme sur les galets de la plage. Des enfants nus chassent des chiens au museau rouge de sang. Les vendeuses de pourguère échangent des parts de poisson contre quelques mesures de maïs. Deux ou trois plans de leur passage dans les escarpements du monte Brianda décriront leur retour vers Ribeira Manuel.

A la séquence suivante, le sergent Machado étale la fourberie qui lui permet de satisfaire ses desseins personnels et de soigner sa réputation de serviteur zélé de la colonie.

Près de la croix où on l'a déjà vu se cacher pour épier les femmes, Narciso, le fils cadet d'Ana da Veiga, fait brûler des bouses de vache dans un petit trou et s'apprête à griller des grains de maïs. *Talina.* C'est une des occupations favorites des gamins chargés de dérouter les corbeaux. Narciso caresse les grains comme s'il comptait son plaisir. La caméra s'attarde sur sa main, au ras du sol. Soudain, une botte entre brutalement dans le champ. Un coup de pied magistral fait dinguer bouses et braises. L'enfant protège son visage avec le bras. Le sergent s'accroupit. Impassiblement, il secoue le chiffon, disperse le maïs et remplace les grains par des noix de pourguère qu'il sort de sa poche. Alors, il s'anime. Machado saisit le poignet de Narciso comme s'il le prenait en flagrant délit :

— Non seulement tu chapardes, mais tu casses des branches !

Le militaire tire le gamin vers un arbuste, brise lui-même une tige chargée de noix et la brandit sous son nez.

— Et tu veux me faire croire à un accident, que tu ne l'as pas fait exprès, alors que je t'ai vu. Petit malin, sais-tu que ce délit peut coûter sa place de métayer à ton père. Tu as de la chance d'avoir affaire à moi.

Machado pousse vers les maisons l'enfant qui crache sur ses bottes. Le sergent le force à s'agenouiller et à essuyer le crachat avec sa main ; il lui souffle au visage :

— Tu verras, ton père me remerciera à genoux, je pourrais vous faire chasser, mais je vais arranger ça. Ton frère, le jeune marié, partira en Guinée pour réparer tes bêtises. Tu le rassureras, moi je reste, je veillerai sur sa colombe…

La dernière phrase de Machado s'entend sur l'image de Maria-Céleste, "la colombe", en train de subtiliser des noix de pourguère. 12 novembre 1910 : la date s'inscrit sur l'écran. La lumière de l'aube suggère un moment favorable à la maraude. D'autres femmes se hâtent, prenant soin de prélever un peu sur chaque arbre afin de n'en dégarnir aucun.

Un coup de sifflet précède l'encerclement des cueilleuses par la cavalerie. Les femmes sont aussitôt ligotées comme des animaux, sans ménagement, à l'exception de Maria-Céleste. Le sergent Machado se charge de lui lier les mains. Il jouit de l'opération, s'applique à la faire durer, débitant de mièvres propos de séduction. Il insinue que les liens et l'attachement ont un double sens, et veut la persuader qu'il rendra son cœur captif quand il aura libéré son corps. Il la contraint à monter en croupe pour exhiber sa domination aux yeux des villageois, parfaire l'humiliation. La traversée de la troupe suscite huées et réactions violentes. Harangués par Ana da Veiga, les hommes s'en prennent à deux jeunes recrues qu'ils déséquilibrent et commencent à fouetter. Machado crie l'ordre de pointer les fusils sur les otages. La population recule. Les cavaliers honteux, l'uniforme poussiéreux, courent après leur monture. L'escouade se presse vers les éboulis de Gadjo Monti, protégeant sa retraite par des coups de fusil tirés en l'air. Le dernier cheval disparaît derrière la crête.

Un plan de coupe montre Ana da Veiga ramassant une hache. Aucun discours didactique ne double son geste. Aussitôt, on voit une troupe impressionnante traverser le col à son tour. Elle marche et danse. Les hommes frappent des couteaux, lame contre lame ; les femmes brandissent des haches ; parfois elles tournent sur elles-mêmes. Leurs chants préludent à une action guerrière. Ana da Veiga trépigne en tête du cortège.

— *Nha Bonga ! Nha Bonga !* O madame Costaud ! crient les hommes, le sourire brûlant de fièvre. Le courage ne leur a jamais manqué, mais cette femme aujourd'hui le fait déborder.

La rumeur joyeuse et brutale heurte les murs de la prison de Cruz Grande. La caméra en plan fixe s'attarde sur la construction coloniale, belle et blanche. La porte est close. La musique se fait insistante. Un garde entrebâille la porte et risque un regard. Le son s'amplifie. La porte s'ouvre et livre passage aux prisonnières. Les voix ne sont plus qu'à quelques mètres. Maria-Céleste est poussée dehors. La porte claque. Une clameur lui répond.

J'aimerais traiter de la même façon l'attaque des réserves de pourguère, en montrant la peur des gardes, la faiblesse des effectifs de défense. Il fait nuit. La pleine lune fait briller les lames et les sourires des révoltés. Les chants de haine font fuir les sentinelles.

— La pourguère est à nous !

La phrase est criée, répétée, et aussi :

— C'est nous qui l'avons cueillie, elle nous revient !

Hommes et femmes se chargent de ballots. A l'aube, le convoi repasse le col et descend vers Ribeira Manuel. Le paysage associe champs de maïs, brousse à pourguère et hameaux dispersés, une nébuleuse de toits de paille. Un homme crie encore que toute cette terre où ils vivent leur appartient désormais. Ana da Veiga murmure :

— Voyons comment nous allons la défendre.

13 novembre 1910

Une nouvelle aube trop silencieuse succède au bouillonnant matin du retour. Quelques coqs s'égosillent. On entend des pas de chevaux. Les images correspondent au regard subjectif d'un cavalier : champs vides, hameau désert. La caméra cadre la porte d'une masure, on perçoit le son de cavaliers qui mettent pied à terre. Contrechamp : à l'intérieur de la maison, Narciso fait semblant de dormir, mais ses yeux mi-clos fixent la porte qui soudain vole en éclats. Un soldat se rue, renverse un bidon vide. Aucun meuble à casser, il coupe la corde où pend le linge. D'un coup de crosse à l'épaule, il force Luciano l'aveugle à se lever. Il crève l'accordéon. Il arrache Narciso à sa paillasse et le lance dehors comme une balle dans les bras du sergent Machado qui crie :

— Où sont tes parents ? Réponds macaque si tu ne veux pas que ton frère goûte à mes douceurs avant son départ en Guinée !

— Au travail, répond l'enfant.

— Répète encore ton mensonge, éructe le sergent qui pousse le gamin vers la trentaine de femmes, de vieillards, d'enfants déjà ligotés. Il va le frapper avec sa cravache quand une première conque retentit derrière une crête proche. Un son dramatique.

— Tirez ! ordonne Machado qui montre la crête.

Une salve répond à l'appel qui se tait. Mais aussitôt une autre conque gémit derrière un rocher, puis une troisième, enfin un concert d'alarmes se déclenche. Les gardes se sentent cernés, tirent de façon désordonnée. Une poterie vole en éclats, un coq s'effondre. Un appel naît, un autre s'éteint. Les balles sifflent et s'épuisent. Paniqués, les soldats sautent en selle mais n'ont pas le temps de fuir. Des hommes torse nu émergent des champs, couteaux en mains, les femmes lèvent des haches et les enfants lancent des pierres. Un géant furibond accroche la jambe d'un cavalier et le jette à terre. Les femmes fouettent les soldats désarçonnés. Les paysans forcent les assaillants au corps à corps. Les vieux exhortent les résistants à épargner leurs adversaires : "Pas de massacre sinon ils reviendront plus nombreux !"

Machado abandonne sa troupe. Il atteint déjà l'étroit défilé de Gadjo Monti. Il ralentit l'allure quand trois femmes surgissent et lui barrent le chemin. Kumá Borgès saisit les brides et immobilise le cheval. Ana da Veiga frappe le fuyard avec un tabouret, Bombolom arrache son pied de l'étrier. Le petit chef tombe à la renverse, le dos aussitôt cloué au sol par deux furies qui le chevauchent. Kumá pince le nez du sous-officier, Bombolom comprime son ventre. Il est au bord de l'asphyxie. Ana da Veiga relève sa longue jupe bleue et lui pisse dans la bouche. Puis, méthodiquement, elle arrache les boutons de sa veste, énumérant un à un les sévices qu'il a fait subir à la population ; elle coupe ses bretelles. Quand la lame du couteau attaque le premier bouton de la braguette, le sergent jure que son fils ne partira pas en Guinée. Son visage, maculé de poussière et d'urine, n'est plus qu'un masque ridicule. Au second bouton, il promet la libération du jeune marié. Au troisième, il implore grâce.

Les trois commères ont traduit en acte l'injure suprême qu'une femme réserve à un homme qu'elle méprise : "Je te pisse dans la bouche !"

Ana da Veiga, montée sur le cheval capturé et guidée par ses compagnes, scrute l'horizon avec inquiétude comme si elle cherchait à déceler l'avenir dans les miroitements de l'océan lointain.

L'allusion à la mer m'autoriserait un raccord avec le passage d'un bateau le long de la côte tailladée de Santiago à la hauteur d'Achada Leite. Deux hommes discutent sur le pont. L'un braque ses jumelles au-delà du rivage sur Ribeira Manuel.

— N'ordonnez pas le canonnage, ce sont de braves gens, je les connais bien.

L'avocat des rebelles n'est autre que le commerçant portugais António Macedo. Son altruisme est dicté par la défense de ses intérêts, mais ses accents sont convaincants :

— Vous risquez de tuer des justes. Vous venez d'arriver, monsieur le gouverneur, et le premier représentant de la toute jeune République portugaise ne peut se permettre d'employer les mêmes méthodes qu'au temps de la monarchie.

— Je ne peux pas non plus abandonner les propriétaires et donner l'impression de les trahir.

— Craignez surtout que le feu ne se répande dans toute l'île. Déjà en 1822, les métayers d'Engenhos ont refusé de payer les rentes, et en 1841, ceux d'Achada Falcão ont battu tambours comme à la guerre pour clamer leur droit aux terres qu'ils cultivaient. J'ai peur que le troisième mouvement ne balaie l'autorité de Lisbonne si vous ne parvenez pas à calmer les protagonistes. Encore faut-il qu'aucun n'ait le sentiment de perdre la face.

Les événements qui suivent cette conversation seront difficiles à adapter à l'écran. Enfin, tout dépend du budget accordé à la production. Il faudrait filmer le débarquement à Ribeira da Barca des canonniers du Zambèze appelés à la rescousse. Et aussi la marche de la police indigène et du peloton de police rurale vers Santa Catarina. Aura-t-on les moyens d'une telle figuration ? Ce déploiement correspond à la campagne de pacification décrétée par le gouverneur et notifiée dans les archives.

On retrouverait le gouverneur Marinha de Campos attablé chez un des riches propriétaires comme Anibal dos Reis Borgès. Décrire en quelques plans le confort de ces maisons aux vérandas élégantes, aux murs blancs, aux tuiles rouges. Le gouverneur est flanqué d'un conseil d'hommes qui usent de leur corpulence pour imposer leur autorité. L'un d'eux s'est levé, et tel un procureur général requiert une sanction exemplaire à l'encontre du curé António Duarte da Graça, responsable selon lui – mais tous les convives opinent – d'avoir incité la population à entrer dans les brousses à pourguère.

— C'est lui qui a prêché l'idée qu'avec l'émergence de la République les terres deviendraient publiques.

Le gouverneur contemple la robe du vin à travers son verre à pied.

— Me livrez-vous un coupable ou un bouc émissaire idéal, messieurs ? Dois-je m'en laver les mains ?

Le gouverneur boit, s'essuie la bouche et se frotte les mains dans sa serviette.

Sur le parvis de l'église de Santa Catarina, le gouverneur s'adresse à une délégation de Ribeira Manuel. Ana da Veiga et ses compagnes en font partie. Narciso conduit Luciano, son oncle aveugle. Une foule accourt des environs. Un régiment déployé contrôle la place.

— Je ne suis pas venu à votre rencontre pour prendre des sanctions contre vous, mais bien pour faire la paix, régler un malentendu. Car nous tenons le vrai responsable de ces déplorables excès. Je connais vos relations privilégiées avec le père Duarte, mais vous vous êtes laissé abuser par ses sermons, œuvres d'un esprit égaré loin de ses devoirs sacerdotaux.

Le gouverneur donne un ordre de la main. Deux soldats sortent de l'église poussant le prêtre par les épaules. Le père Duarte da Graça, sur le devant de la scène, est livré à la foule ; il explique d'une voix brisée ce que signifie la

République : un changement de régime au Portugal sans incidences au Cap-Vert.

La caméra lit la consternation sur les visages.

Je sais que les rebelles de Ribeira Manuel se sont opposés à cette version des faits, innocentant le prêtre, alléguant que la misère était la seule inspiratrice de leurs actes. Tour à tour, les meneurs disent les outrages subis par les femmes, décrivent les portes défoncées, les abus contre les vieux, le martyre de Luciano l'aveugle.

— Venez chez nous, monsieur le gouverneur, et frappez sur les bidons dans nos réserves ou nos chambres, leur son est creux. Creux depuis si longtemps. C'est sur ces tambours vides que le soir nous battons un rythme doux pour endormir nos enfants affamés.

Ana da Veiga dirait cela dans le film, même si je doute qu'une femme, si respectée fût-elle, ait pu s'exprimer ainsi en public en 1910.

Ses allusions aux tambours en ferraille induiraient un raccord-son avec le raclement d'un couteau sur une barre métallique. Un vieil habitant, témoin des événements, m'a confié que la paix fut scellée par une fête entre un régiment venu en renfort de São Vicente et les *Badius* de Ribeira Manuel. Une grande fête, insista-t-il.

Accompagné par un joueur de *ferrinho*, Luciano exécuterait une mazurka sur un accordéon neuf. Des soldats rieurs dansent, entraînés par les filles dans un corps à corps sensuel.

Je vois un jeune homme seul dévaler la pente depuis le col de Gadjo Monti, guidé par la musique. Maria-Céleste danse, elle ne l'a pas encore aperçu. Bientôt elle va lâcher son cavalier et crier son nom. On n'assistera pas à leur étreinte.

Les battements du *batuque* couvrent l'accordéon. Ana da Veiga improvise alors un chant de *finaçon* où l'on reconnaît :

— *Homi faca, mudjer matchado, mininos tudo ta djunta pedra…*

Et les femmes reprendraient en chœur :

— Hommes aux couteaux, femmes à la hache et enfants tous munis de pierres. *Mudjer matchado, mudjer matchado…*

Quelques lignes en épilogue signaleraient que le gouverneur Marinha de Campos, accusé de flagrante bienveillance à l'égard du peuple de Santiago, fut rappelé au Portugal cent trente-cinq jours plus tard. Il aurait même exprimé publiquement son regret de ne pas être un fils du Cap-Vert.

*

Et le générique défilerait sur ta gravure de la dame à la hache, Carlos, mais ceci n'est qu'une nouvelle écrite à ton intention, une libre vision d'événements reconstitués fragment par fragment, un dimanche à Ribeira Manuel avec ton cousin Zé Maria Veiga. Zé rêve d'un film sur son aïeule parce qu'un hommage à la quête de liberté d'un peuple en 1910 rappelle que celles du Chiapas ou du Tibet sont toujours d'actualité à l'heure où je t'écris.

FOGO

Sonnerie électrique, clé de contact, moteur, tressaillement des hélices. Plus l'avion est petit, plus grande semble l'aventure. Des *Americanos* occupent la plupart des dix-huit sièges de ce vol du premier novembre pour Fogo. Ils rentrent visiter la famille, en provenance de Boston, Providence, Long Island, chefs-lieux de l'immigration cap-verdienne aux Etats-Unis. On dirait des supporters de basketteurs yankees calant leur corpulence dans les fragiles fauteuils. Ceux qui sont restés au pays attachent leur frêle silhouette, habitués à serrer leur ceinture.

Trente milles nautiques seulement séparent Fogo de Santiago, mais l'équipée maritime dure une pleine nuit souvent houleuse. De toute façon, les liaisons régulières sont momentanément suspendues faute de bateau. Leuk disserte, fascinée par les nageoires argentées des vagues :

— Il semble que la distance psychologique entre les deux îles a toujours surpassé l'écart géographique. Au XVIIe siècle, Lisbonne menaçait les gens de Praia de deux ans d'exil à Fogo en cas de désobéissance : verdict assimilé à une peine de prison plus dure qu'un envoi en Angola. J'ai lu ça dans Bentley Duncan.

— Voilà qui ne peut faire plaisir aux habitants de l'île du feu, déjà qu'ils se sont toujours sentis à l'écart du mouvement transatlantique, faute de port rassurant.

— Rassurante, la réputation de l'île ne l'est pas. Le volcan a craché vingt-six fois depuis sa découverte en 1460, soit en moyenne cinq fois par siècle !

Leuk a constitué un indicateur des éruptions aussi fiable qu'un horaire de chemin de fer :

— En 1680, un tremblement de terre chasse la moitié des habitants ; dix ans plus tard, le chroniqueur français Robert Challe témoigne d'une activité éruptive permanente et en 1720, le capitaine Roberts décrit l'irrigation des pentes par une lave incessante. Les nuits sont rouges. La dernière explosion remonte au mois d'avril 1995. La terre doit encore être chaude par endroits à l'heure qu'il est. On a parlé de mille réfugiés.

Et ta gravure de Fogo, Carlos, ne nous propose rien d'autre qu'une confrontation avec ce Vésuve multiplié par deux. Les grappes d'angle et le pampre bucolique au premier plan n'estompent pas la sévérité du rendez-vous : le cratère ! Enfant, tu grimpais sur la butte en face de ta maison pour contempler à distance cette grande chose qui semblait dormir, inoffensive, mais qui, d'après les adultes, tenait l'île sous son contrôle.

— *O pico !* s'exclame Leuk comme une vigie aurait crié “Terre !” ou un harponneur “Cachalot !”.

Une apparition en effet. Un cône parfait, gigantesque, émerge de la mer comme une des monstruosités magnifiques qui balisèrent le périple d'Ulysse. On jouit d'une bouffée de terreur sacrée qu'avive la trajectoire de l'avion, nez pointé vers la paroi de ce crassier pour dieux forgerons. Le volcan définit l'île ; rien d'autre n'est encore perceptible. Au dernier moment, le petit appareil vire à quatre-vingt-dix degrés, longe la sombre muraille, survole des cratères domestiqués, encombrés de plantations, frôle les toits rouges des maisons de Mosteiros, posées sur un étroit tapis de mâchefer entre une implacable falaise et une mer acariâtre. Le bout de la piste en terre noire n'est séparé des vagues que par une ligne blanche. L'avion s'ébroue puis s'immobilise. Le ciel est sombre, l'atmosphère grise ; le passager déboussolé pense avoir perdu le sud et croit débarquer dans un hypothétique port nordique. Sur le pas des portes de la rue unique, l'Afrique est blonde, l'Europe brune ; l'Histoire a emmêlé les latitudes. La peau des filles invente une couleur entre tabac et miel de forêt, des flammes dorées incendient leurs cheveux, leurs yeux ont la limpidité verte des sources et le bleu de l'eau des joyaux. Leuk tempère mon début d'ivresse :

— Il semble que l'air de Fogo tourne la tête dès les premières inhalations. Revenons aux origines de la vie sur l'île. Je tiens une sulfureuse légende du capitaine Roberts, marin anglais ballotté par les remous du commerce jusqu'en ces rivages et qui, lui-même, la doit aux habitants trouvés là en 1720.

Mosteiros signifie monastère. On dit que deux moines choisirent de s'installer dans l'île encore déserte pour parachever leur vie érémitique. En ces temps-là, dans l'idée des anciens, le pic culminant n'existait pas, l'île ne nourrissait pas le feu. Les deux ermites allaient forcément déranger l'ordre naturel. Etaient-ils minéralogistes ou alchimistes ? La tradition retient qu'ils étaient sorciers. Ils découvrirent une mine d'or et aussitôt bafouèrent leurs vœux de solitude, cherchant à attirer la première barque pour rejoindre l'Europe. Ils n'en eurent pas le temps. L'aîné se considérant le chef réclama une part supplémentaire du trésor. La discorde couvait, elle éclata et se régla à coups de sortilège. L'île en fit les frais. Prise sous une grêle de maléfices, elle s'enflamma de toutes parts et enfla en son centre. Le feu châtia d'abord ses auteurs avant de se retirer lentement, ne laissant qu'un foyer bouillonnant dans le chaudron sommital.

Les séquelles de ce combat mythique et plus encore la réalité volcanique confèrent à l'île une beauté suffocante, une gravité excessive, un charme convulsif. Fogo subjugue et génère des amants fascinés, ou rejette à la mer ceux que son climat dramatique afflige.

Nous rejoignons São Filipe, la ville principale, par l'unique route de corniche taillée dans les coulées de lave. Le saxophone virevoltant du bien-aimé groupe des Requins, Os Tubarões, assiste le chauffeur qui en découd avec les mille sinuosités du trajet. Les *Americanos* en bermuda, chemises hawaïennes et casquettes de base-ball dissipent la joie des retrouvailles. Le minibus bruit des échanges de nouvelles. Dans les villages traversés, de prétentieuses bâtisses en béton aux volets fermés dorment en attendant le retour d'un retraité d'outre-Atlantique. Elles sont couleurs de cocktail, Get Mint ou bleu curaçao, projettent une suffisance clinquante de feuilleton télévisé texan dans un décor de fière rudesse.

Des torrents de blocs informes dévalent depuis le barrage ébréché du cratère. Impossible de détacher ses yeux de cette effarante cheminée. Les nuances de noir renseignent sur l'ancienneté des déversements. La grande coulée de 1951 semble une langue de tamanoir semant la panique dans une fourmilière active ; elle a pourfendu une zone fertile, recouvert un village, anéanti des cultures en terrasses, grillé les arbres. Sans désemparer, la vie s'est reconstituée des deux côtés du glaive. Une humanité hante les éboulis ; ses maisons s'inscrivent dans le paysage fracassé. Des murets endiguent les parcelles cultivables. Et si la pluie veut bien venir, la terre n'est pas avare, le maïs s'efforce. Mais plus on s'approche de la côte ouest, plus les vents abrutissent la campagne. Des femmes en jupe et corsage noirs extraient un sable aussi endeuillé qu'elles, pour l'entretien de la route. Une autre colonne laborieuse transporte fagots de bois ou feuilles sèches de sisal. La route se détache du littoral, le manteau du volcan s'étale, le maïs s'étiole. Un figuier surréaliste croule sous des grappes de bidons jaunes suspendus aux branches et dévolus à la quête quotidienne de l'eau aux réservoirs municipaux. Abandonnées au soleil létal sur des collines pelées, de vieilles exploitations meurent avec élégance, patrimoine négligé d'une époque consumée de rigide hiérarchie. Le bus plonge vers São Filipe, orgueil esthétique d'une société à étages. Ce n'est pas fortuit si la bourgade monte ou dégringole des gradins : à chaque classe sociale correspondait un palier de cette capitale de huit mille habitants, suspendue au-dessus des flots, retenue *in extremis* par le parapet de son ultime balcon qui maçonne la cime d'une impressionnante falaise.

C'est là que nous attendrons l'opportunité de nous rendre dans le cratère pour répondre à ton incitation, Carlos. Aucun transport régulier ne dessert le terminus de l'île sur la ligne du ciel. On nous dit que parfois à midi, près de la halle aux poissons, part une camionnette.

Attendre à São Filipe est une douce contrainte, mais les risques sont grands de s'y laisser bercer par la brise chaude qui amenuise les élans, caresse les façades gracieuses, vide les places, laisse le kiosque sans fanfare, libère les enfants sur le tard, endort l'Histoire. C'est une ville en trompe l'œil ; celui qui l'arpente ne sait jamais à quel angle du temps le mènera la prochaine rue.

Nous la visitons avec Fausto Rosario, délégué de l'Education nationale, épris de littérature et fou du volcan, amoureux de la ville et de ses contradictions, de sa morgue aristocratique comme des réponses populaires à l'inéquitable. Avec lui, nous suivons le parcours des fêtes de saints, de l'avenue des cavalcades au salon bourgeois qui entrebâillait sa dignité une fois l'an pour y admettre les gens de la chaussée. Grâce à son verbe sensuel, les pilons des nuits de juin résonnent en novembre, les bannières des saints Jõao, Pedro, António, Filipe flottent dans les rues désertes, les paysans masqués et torchonnés de blanc frappent tambours et notre imagination, le *grogue* coule à flots. Ses mouvements de bras enthousiastes écartent une foule absente pour que nous puissions accéder à la splendeur passée de ces manifestations et mesurer ce qu'il en reste aujourd'hui.

Nous parcourons São Filipe avec Ernesto Alves le douanier qui confirme cette fascination pour les fêtes ; avec Artur Cardoso, adjoint du maire, qui promet de nous faire rencontrer les meilleurs musiciens du canton ; avec Khalil et son oncle Abdou, intellectuels oranais rescapés de l'orage algérien, qui s'abritent à Fogo, enseignent le français, parlent le créole comme des mulâtres natifs, se sont installés.

Pour approcher São Filipe, commençons à l'altitude du ressac. Les rouges, jaunes et blancs des barques contrastent avec le charbon de la plage. Les pêcheurs, membres incontestés du peuple, habitent dans les combles de la ville des cahutes en béton, à la limite des champs secs, au plus loin des vagues. L'épave d'un cargo, l'*Eugénio Tavares*, rappelle à l'entrée du port que trop souvent les déferlantes font régner la terreur. A vingt kilomètres au large, une baleine fait le gros dos. La brume parfois l'efface de l'horizon. C'est Brava, l'île cadette qui vaque en toute indépendance à son destin fleuri. On l'appelle tendrement la république des hibiscus. Elle nous est promise si le bateau prévu n'est pas dérouté.

Une rampe pavée barre la falaise comme une bandoulière. On passe de la plage sauvage à l'amabilité de la ville basse, sa promenade ombreuse, son église mauve, son cimetière réservé à la bonne société. São Filipe est la ville des *sobrados*, maisons cossues à un étage souligné par des balcons de bois ouvragés. Façades de couleurs pastel, toits de tuiles rouges, cour enclavée, rez-de-chaussée aux portes hautes des entrepôts et magasins : le *sobrado* affiche la condition du maître, propriétaire terrien et commerçant. Et le maître était blanc initialement, fils du Portugal ou de Madère. Et ses descendants s'efforcèrent de rester blancs dans la mesure des alliances possibles entre gens des salons. Salons fermés au fils mulâtre, bâtard admis dans la cour paternelle, jamais dans l'escalier. L'histoire sociale de Fogo tourne autour de la défense frileuse des marches de l'escalier. Mais il arriva que l'inconséquence du climat mit à mal des fortunes blanches et favorisa des ascensions métisses. Il est bien connu que l'argent atténue l'évidence des pigments. Et quand l'Amérique recracha à Fogo des fils d'esclaves enrichis, on entendit dire que des Noirs étaient blancs. Longtemps, la *gente branca* s'accrocha à ses prérogatives : la maison à étage et le patronage des fêtes. Mais l'endormissement de l'île, éloignée des courants d'échanges internationaux, a précipité la fin des apanages. Les possédants déchus ont préféré assister à la ruine de leur *sobrado* plutôt que de le vendre à un parvenu, *moreno* – brun ou noir. En revanche, la maîtrise des fêtes leur a échappé, la bannière des saints a changé de mains, des donneurs de festivités se sont déclarés parmi ceux qui autrefois avaient coutume de recevoir. Seul le paysan sans terre et le pêcheur n'ont pas bougé de case ; ils entretiennent les rythmes africains des pilons, sauvegardent les danses équivoques et les mascarades des inquiétants *canizades*.

— Voilà, soupire Fausto Rosario, le minimum à savoir pour lire dans les fissures des *sobrados*. La société de Fogo est sens dessus dessous. Teixera de Sousa, écrivain originaire de l'île, avait résumé l'affaire en une cantilène prophétique qui a fait le tour de l'archipel : "Le singe est dans la brousse, le Noir habite la case, le métis occupe le magasin et le Blanc règne à l'étage. Un jour, le singe poussera le Noir hors de la case ; le Noir prendra la place du métis au magasin qui délogera le Blanc de l'étage et le jettera à la mer."

São Filipe doit à ce luxe tourmenté, à ces vies dominées, à la raideur de ses pentes, à ses poètes provocateurs, une beauté unique qui mériterait un sauvetage à l'instar de Saint-Louis du Sénégal ou de Gorée.

A la tombée du jour, une vieille femme blanche aux longs cheveux gris nous poursuit dans la rue. Elle nous prie :

— Je suis seule au monde, je n'ai plus rien à moi sur cette terre. Prenez ma photo en souvenir de ma vieillesse.

Leuk prend la photo, la femme s'efface, apparition furtive de l'esprit de la ville. Un air de violon prévient le soir, *morna*, nous cédons à l'étreinte de la nostalgie.

Le lendemain, le chauffeur du taxi collectif a les yeux couleur d'ambre, la moustache et les cheveux blonds.

— Moi aussi je suis français, claironne-t-il, je m'appelle Adriano Montrond, mon arrière-arrière-grand-père, *nhô* Erman Montrond, est venu de France !

A vrai dire, la nouvelle ne nous surprend pas. Pierre Sorgial, auteur d'un guide sur le Cap-Vert, avait attiré notre attention sur une présence française dans l'île, laissant planer le mystère de son implantation. Nous nous attendions donc à croiser tôt ou tard un des nombreux rejetons de la lignée. De sa langue ancestrale, le chauffeur n'a retenu que les salutations. Il doit se rendre au cratère. On tourne deux heures dans São Filipe pour grappiller des passagers. A l'heure chaude, le taxi surchargé attaque la pente sud du volcan. Une double rangée de murets trace la route jusqu'au renoncement du maïs. Puis les lacets pavés cousent un audacieux galon sur le manteau sévère de la montagne que les flammes vertes des sisals égaient d'infinies fioritures. On domine l'océan. Des dizaines de cônes adventifs sortent de la base et des flancs du grand modèle ; une couverture végétale et les acacias de la reforestation attestent leur caractère inoffensif, leur long sommeil. Un berger sur le bord du chemin vend des boules blanches de fromage de chèvre. Le taxi atteint l'ultime virage, celui qui précipite la route à l'intérieur du cratère à mille sept cents mètres d'altitude grâce à un effondrement du rempart. L'immonde coulée de 1951 est passée par là. Un vieux pleure dans sa main, comme chaque fois qu'il revient là, il ne supporte pas de voir ses champs sous les décombres.

— Il y avait une source abondante, le volcan l'a prise, il ne l'a jamais rendue.

Un jeune émigré envahi par l'émotion du vieux étouffe un sanglot. Fogo cisèle les sensibilités. Adriano roule doucement. Il ménage ses effets. La surprise est totale. En pénétrant dans le cratère, nous quittons l'humain. Mais, sur la tête d'Orphée, que l'enfer est beau ! Une muraille en hémicycle contient le chaudron. Dans le fond de neuf kilomètres de diamètre, stagne une mer obscure de laves éteintes. De cette confusion, un pic s'élance vers le ciel qu'il touche à deux mille huit cent vingt-neuf mètres, volcan gigogne, pyramide pure et puissante qui écrase et exalte. On suspend sa respiration quelques minutes, sans aiguille ni repère. Le silence ne s'apparente pas à celui du monde extérieur. Il est lourd comme un gaz, on pleurerait volontiers, intoxiqués. La route file droite comme une digue sur la mer des scories. Pas longtemps. La coulée d'avril 1995 l'a engloutie. Deux cônes adventifs ont surgi, blessures vaginales au bas-ventre du grand mont androgyne. C'est de là que la terre a éjaculé. Les mamelons fument encore. Des plaques de soufre recréent sur la cendre les taches de lumière que les vitraux jettent au sol des cathédrales. Le véhicule contourne l'extrémité de la coulée. Pour un peu la crue butait contre la paroi de la caldeira. Un village se trouvait sur la trajectoire des flots torrides, Boca Fonte. Aujourd'hui, ses maisons naufragées dégueulent des concrétions cordées par portes et fenêtres. L'éruption a chassé la vie, plus loin elle l'a épargnée. Car, suprême extravagance, le cratère est habité !

Un clan surtout s'est fixé sur cette planète insensée : les Montrond. Leur installation comptera bientôt cent ans de solitude. En débarquant dans ces villages de basalte, comment ne pas se croire égarés parmi les premières pages du roman de García Márquez ? Chã das Caldeiras vaut Macondo. Son fondateur fuyait-il aussi la tristesse d'un fantôme pour avoir mis un tel écart entre le monde et les siens ?

Carlos, cette question pourrait bien nous mener au sujet de la troisième nouvelle. Nous sommes dans le cratère et on nous sert du vin. Ta carte joue pic atout vigne. Adriano nous a propulsés dans sa famille. Il n'y a pas d'autre hébergement. On ne peut rêver meilleure position pour remonter la filière Montrond jusqu'à l'ancêtre éponyme : *nhô* Erman. Le père d'Adriano, Sukuru Montrond, patriarche enjoué, entretient la légende dynastique : deux femmes, deux foyers, une vingtaine d'enfants, un beau métier, vigneron. Sa table est généreuse, le vin qu'il tire des ceps et des cendres tapisse les papilles de velours lourd, sa maison est la nôtre, et en plus, il invite à rire. *Nhô* Sukuru vendange l'optimisme. Le noir de la vie, la gravité de l'environnement, il les broie à pleines dents et souffle autour de lui la sagesse caustique du dérisoire, un humour volontiers libertin. La fréquentation quotidienne de sa poésie modifiera notre rapport à la caldeira : de la stupeur première à un attachement irrésistible. Nous quitterons Chã, comme Orphée quitta l'Enfer, incapables de ne pas nous retourner. *Nhô* Sukuru jouit de sa vie au-dessous du volcan. Et son expérience de réfugié lors de la récente éruption, dans la touffeur de la ville, a renforcé ses convictions. Contre l'avis des scientifiques et des politiques, lui, les siens et tous les habitants du cratère sont revenus se glisser dans leurs maisons de lave sous l'emprise du *Pico*.

— Ici nous sommes près de Dieu. Que l'un de nous meure, il arrivera au ciel plus vite que celui qui trépasse au ras de la mer.

J'ai aimé cette aube.

Leuk et moi entourons *nhô* Sukuru, dos collés au mur rugueux de sa maison. L'ombre rumine et couvre encore l'échine des blocs noirs ; les animaux dorment dans les enclos de lave au cœur de la lave. Seul le pic décroche la lumière. Il coiffe un chèche de nuages. Les paysans aiment ce signe de pluie. *Nhô* Sukuru lâche des petites grappes de savoir, ce qui se dit ici.

— Le pic est le seul général au Cap-Vert capable de gagner une guerre ! Il rit. Il n'y a pas de guerre au Cap-Vert. Pourquoi avoir peur du volcan ? Il est notre ami. Il prévient chaque fois avant de se mettre en rogne. Et pendant ses longues siestes, il fournit tout : un sol fertile pour nos cultures, des pierres pour nos constructions, du soufre, des plantes médicinales. Il attire des grimpeurs assidus qui enrôlent nos fils comme guides. Mon père prétendait que réussir l'ascension permettait de rajeunir de dix ans.

— Si j'écris cela, c'en est fini de la paix à Chã das Caldeiras.

— Je n'ai pas peur de ceux qui viennent. En revanche, si l'on refait la route, les jeunes d'ici ne resteront pas. Ils bougent comme la mer.

Et l'arrière-petits-fils de *nhô* Erman, râblé comme un paysan d'Algarve, se prend à danser devant nous, transistor collé à la joue pour se moquer des jeunes d'aujourd'hui qui "s'accouplent à l'individualisme".

— Les temps ont si vite changé.

Une telle phrase convoque des images anciennes : la tradition d'entraide, les fêtes qui suivaient les travaux collectifs, la lutte pour l'eau.

— Les sources abondaient avant leur détournement par les Portugais au profit des besoins de la ville de São Filipe. Dans les années quarante, les gens du cratère n'eurent droit qu'à onze litres quotidiens par famille et encore, pour les obtenir, il fallait parfois attendre trois jours à la source.

— Et avant, qui s'est installé ici en premier ?

— Manuel Montrond da Cruz et son demi-frère Simiano. Ils étaient fils de *nhô* Erman. La première maison a été plantée en 1917, et la vigne en 1920. Avant le lieu était connu comme pâturage pour les ânes, les chèvres et les moutons.

— Et *nhô* Erman, d'où venait-il ?

La réponse est pleine d'oublis.

C'était un aristocrate parti de France sans raison évidente. Ou plutôt, trop de motifs sont avancés, on ne sait plus auquel se fier. Je diffère, Carlos, l'exposé des premiers indices. L'enquête commence. *Nhô* Sukuru arrange déjà notre programme. Le maire de Mosteiros est un Montrond. Deux petits-fils d'Armand vivent encore dans de redoutables perchoirs isolés. A nous de retrouver la tombe du premier de lignée au cimetière qui jouxte l'aéroport ; elle peut fournir des dates, nous manquons de repères. Notre objectif est bien d'ôter le drap blanc qui couvre le portrait d'Armand de Montrond. Peut-être en fin de séjour...

Après l'ascension.

Le sommet appartient à ceux qui se lèvent tôt. La chaleur et la déshydratation ont vite fait de renvoyer les Tartarins en retard au point de départ. Simiano Montrond, un des vingt-cinq enfants de *nhô* Sukuru, jeune guide aguerri, impose dès la base un rythme de chèvre sauvage. Il monte en Kroumir, les mollets façonnés par des dizaines d'escalades, il saute de pierre en pierre. Pas question de lambiner parmi les vergers que le soleil jardine tendrement au point du jour. Les écarts photographiques de Leuk parmi les ceps de vigne inquiètent notre meneur souvent confronté au découragement des clients dès que les pentes de cendre et d'éboulis défalquent un pas en arrière de deux pas en avant.

Une fois hissés à mi-pente, Simiano consent à notre retournement. La beauté fait chavirer. La muraille qui borde la caldeira rivalise en altitude avec le pic à deux cents mètres près. Les deux villages de Bangaira et Portela, blottis au pied de la cordillère, comptent sur les croix de leurs églises pour tenir le dragon de la lave à distance. Les éruptions de 1951 et 1995 ont bouffé une énorme part de l'aire cultivable, repérable aux touffes vertes jetées au hasard sur les pentes des cônes usés. L'heureuse fertilité de Chã s'étale sur ces nappes de cendre. Il ne pleut pas, mais la vigne pousse, magnifique. Les pommiers, poiriers, grenadiers, cognassiers fleurissent deux fois l'an. Le ricin prend des allures d'arbre. L'énergie des haricots, pois, fèves, patates douces, manioc garantit celle des récoltants. C'est la nuit que s'opère le miracle. La cendre capte la condensation de l'air que l'altitude et les vents d'est favorisent, puis conduit l'humidité vers les racines plongées dans un sol ferreux, et forme une couche isolante contre la dessiccation. Résultat : les ceps rampants déploient une envergure de rapaces en plein vol et leurs sarments désordonnés cachent en leur forêt jusqu'à soixante kilos de raisins.

Le vin du cratère est légendaire, parlons-en tandis que l'effort nous assoiffe. Son appellation, *manécon*, est incontrôlée. On lui prête une robe de lave et un caractère ombrageux. Il provient d'un cépage hybride américain, le jacquez, à petits grains très noirs qui résistent au phylloxéra mais développent une forte quantité de méthanol. Autrement dit, le *manécon* est un vin qui “rend fou”. Sur place, personne ne se plaint de cette variété de folie, mais elle est frappée d’interdiction à l’exportation. “Des vins dont les grands défauts de vinification n’arrivent pas à masquer les potentiels”, conclut le rapport encourageant du comte de Saint-Victor. Producteur de bandol au château de Pibarnon, le comte est venu expertiser ce cru particulier à la demande des producteurs. Mérite-t-il un transfert de technologie ? Les tests d’arôme font état de nez peu référencés : caoutchouc brûlé, cambouis, voire bulldozer chaud. D’autres échantillons rappellent le porto ou le madère oxydés. Toutefois, il nous est arrivé de goûter des bouteilles attrayantes, des vins profonds comme les failles du relief, chargés du drame tellurique de leur terroir. Certes, les conditions de conservation compromettent l’espérance de vie du *manécon* qui, bu sur place, embrase l’amitié. La veille, en guise d’entraînement avant l’ascension, nous avons dansé dans l’épicerie. Le tenancier a sorti une bonbonne. Les jeunes ont lâché les manches du baby-foot pour ceux des guitares et du *cavaquinho*. L’un d’eux s’est mis à racler la pelle à riz avec son peigne métallique. Le patron, cousin créole de Brassens, a chanté. Les clientes pouvaient bien attendre, la *morna* a tous les droits. Le vin riche en acidité volatile nous faisait virer entre des fûts et le comptoir. Les femmes, faute d’être servies, ont recruté des adolescents et les ont enlacés.

Ce souvenir gouleyant donne du corps pour attaquer le dernier tronçon. Les retombées de cendres lors de l'éruption d'avril ont déposé une couche de poudreuse sombre dans laquelle les pieds enfoncent. Simiano décrit un crachat de trois mille mètres lancé vers le ciel. Le sommet s'est retrouvé couvert d'un drap fuligineux, grandiose catafalque.

— Avant, l'usage voulait que chaque grimpeur arrivé tout en haut, descende de deux cents mètres dans la cuvette pour inscrire son nom sur les plaques de soufre. Le fond du cratère sommital était devenu un immense tableau de graffiti.

Nous sommes perchés sur une lèvre étroite au-dessus de la bouche béante du pic, incommodés par l'haleine du vent.

— La veille de l'explosion, le groupe Finaçon de Santiago est venu tourner un clip vidéo dans la gueule même. Les musiciens ont fait cracher la sono et balancé le *funana* le plus électrique. La chaleur est devenue éprouvante. Ils ont plié bagage. La nuit suivante, le volcan est entré en fureur. Des vieux au village ont dénoncé un manque de respect.

— Cela veut-il dire que la montagne abrite des génies ou une divinité agissante ? s'enquiert Leuk.

— Non, les habitants fréquentent trop l'église pour s'exprimer ainsi.

"Compère général Volcan", comme l'interpelle *nhô* Sukuru.

Simiano balaie fièrement le territoire de son regard bleu, sa planète en fer à cheval, les brisants, les hauts-fonds de ses champs ténébreux, les douceurs du vert si minoritaires.

— J'ai planté des géraniums. Il montre un point très loin. Derrière, je ferai pousser ma maison. Ma femme sera une Montrond. Une Montrond forcément.

Il a pourtant fallu quitter Chã das Caldeiras.

En empruntant le sentier qui dévale la façade nord-est, on a l'impression de sortir du cratère par l'escalier de secours. La muraille est effondrée ; le fleuve de lave se précipite et cascade. Cependant ce versant brutal est aimé des alizés. Est-on dans la même île ? Eucalyptus et jacarandas invitent en ce jardin à degrés. Le promeneur solitaire glisse le long d'une allée creusée par les pas et l'humidité entre des cloisons d'agaves. Des voix parcourent ce fouillis de bananiers, orangers, haricots grimpants, caféiers. Sans conteste, le café de Fogo est un cru, rare et raffiné, l'équivalent d'un clos ou château pour un vin talentueux. Des femmes noires aux yeux clairs migrent entre les courbes de niveau, des charges excessives sur la tête.

Mosteiros est au bout de cette dégringolade de mille sept cents mètres.

Le maire, Hugo Duarte Fontes Rodrigues Montrond, déclare d'emblée :

— Je suis fier d'être un Montrond.

Et il conclura :

— Oui, Armand de Montrond est un héros pour nous à Fogo qui avons tant besoin de références et essayons de démêler l'écheveau de nos origines.

Entre ces deux éloges, nous enregistrons un nouveau chapitre des aventures de *nhô* Erman, toujours plus romanesques. Les mots fuite, passion, science, magie pimentent l'intrigue.

Hugo Rodrigues Montrond, le teint sombre, le port distingué, la quarantaine énergique, est cadre de l'aviation civile. Il a mis momentanément sa carrière en veilleuse pour s'occuper de son district natal. Il doit son esprit d'entreprise, dit-il, à son ancêtre Armand qui fut un inlassable agent de progrès. Il veut participer à son tour à l'œuvre de développement entamée par ses prédécesseurs, renouveler les infrastructures, eau, électricité, qui datent des Portugais, et doter Mosteiros d'un vrai port pour que la pêche ne se limite plus aux seuls trois mois par an de mer conciliante.

Notre enquête le concerne. Il nous propose un véhicule pour atteindre les retraites d'autres témoins et un compagnon, Manuel Fontes, professeur de français passionné par le sujet.

— Ah quel malheur ! Celle qui aurait pu vous renseigner vient de mourir, il y a deux mois. Elle était douée d'une mémoire phénoménale.

Nous avons l'habitude. Les informateurs trépassent toujours la veille des débuts d'enquête. C'est une règle. Et personne ne s'est soucié du précieux de leurs connaissances jusqu'à ce cri de regret.

Manuel Fontes pousse la grille du cimetière. Les vagues perpétuent le chant des pleureuses, les laves assurent un deuil éternel.

— Les tombes racontent les famines de l'île, les massacres de la sécheresse. Les mausolées exposent des richesses américaines. Les marbres viennent du Portugal. Longtemps j'ai cru que la dernière demeure d'Armand de Montrond était cette petite chapelle de basalte à portée des embruns, mais la mer et le peu de soin des hommes ont effacé les signalements. Je n'ai pas retrouvé non plus l'acte de décès. C'est curieux ce manque de repères pour un homme qui mériterait une statue. Il a dû mourir aux alentours de 1900.

Manuel Fontes aménage son programme en fonction de nous. Notre mission est prioritaire. Ses mots, ses gestes, son exubérance le confirment. Sa faconde est intarissable, son français si rapide que ses phrases dansent à la manière d'ici, collées-serrées. Il a la corpulence bienheureuse d'un Latin nourri de poésie succulente, sensuelle et romantique. Il a écrit une tirade sur le machisme du volcan, des odes à la grâce des femmes créoles ; il chante en vers les suavités de la vie.

— Voulez-vous entendre une histoire d'amour hors du commun. Elle vous aidera à comprendre le climat sentimental de l'île qui n'a pas manqué d'enivrer M. de Montrond à son arrivée.

Voici. Un jeune homme vivait à Achada Grande. C'était au temps des esclaves. Il en détenait beaucoup, il jouissait de grands biens. Mais ce qu'il aimait par-dessus tout, c'était la pêche. Un soir, accompagné d'un serviteur, il part pêcher à Baia de Corvo. Soudain, au mitan de la nuit, il aperçoit un voilier approchant du rivage. Une barque est mise à la mer. Discrètement, des hommes accostent, déchargent un volumineux paquet, le dissimulent sous un arbuste puis prestement regagnent le voilier qui prend le large. Les deux spectateurs cachés s'inquiètent aussitôt de la nature de la cargaison abandonnée. Stupéfaits, ils délivrent une adolescente grelottant de fièvre. Elle est blonde, ses cheveux longs et ses yeux bleus la désignent comme une sirène nordique. C'était sans doute la peur de la contagion qui avait poussé l'équipage à un acte aussi barbare. Le prince charmant amena la belle malade à sa mère qui la soigna. Elle guérit. Le jeune homme riche en tomba amoureux. Ils se marièrent et bâtirent une longue lignée.

Avec Manuel Fontes, on ne traîne pas. Le véhicule bringuebale sur une piste qui n'a pas connu d'entretien depuis moult éruptions, et qui grimpe outrageusement. Estancia Roque porte bien son nom : séjour parmi les roches. Les cônes forment une congrégation austère. Les cratères bavent une lave ancienne. Le paysage est épileptique. En comparaison, Chã das Caldeiras semble un lieu de villégiature. Le doyen des Montrond, visage émacié, peau rose, vit là parmi une rimbambelle de descendants blonds, Blancs maigres aux sourires étonnés. Une visite est un événement rare. Amarou Montrond, armé de quatre-vingt-cinq ans, défend chèrement son souffle. Trois épis blancs rebelles aux lois de la pesanteur forment une couronne de joker sur son crâne. La grande marée lugubre de 1951 a emporté sa maison là-haut à Chã, il s'est réfugié ici. Tout le hameau écoute sur le seuil de la masure le vieux raconter les tribulations de l'ancêtre et son cortège de légendes pleines d'amours et de pouvoirs occultes. Une photo de lui existe, confie-t-il, chez Rosa qui vient de mourir. Mais le deuil rive encore les volets. Les parents nous laisseront-ils la voir ?

C'est mal connaître Manuel Fontes. Il ignorait l'existence d'une telle photo. Il nous fait arrêter à l'entrée de Tinteira, le village de la défunte. Des volets bleus, une croix noire, le silence. Des femmes auréolées d'un fichu noir s'effarouchent à la vue de ce commando fébrile demandant la permission de voir une photo, et éventuellement de la faire reproduire. Impossible, ce document est enfermé avec les affaires encore intouchables de la morte. Nous regrettons, partons. Elles nous rattrapent, une timidité souriante au bord des lèvres, tendent la photo, la confient à nos soins. Oui, ce que nous tentons est bon pour la famille. Que le succès nous accompagne.

Dans un cadre ovale à la façon des tirages du début du siècle : le portrait sépia d'Armand de Montrond.

Manuel a un cousin célèbre, Jimmy Fontes. Il est à la fois le plus gros producteur de vin de l'île et l'exemple de la réussite en Amérique. Son père, Néné Denti d'Oro, figure prééminente en son temps, a bien connu Armand de Montrond. Nous faisons halte à Cova Figueira et trouvons le richissime propriétaire assis modestement dans sa boutique, épuisant son après-midi à vendre des sodas et des bonbons aux gamins. Jimmy Fontes est un colosse de quatre-vingts ans. On ne saurait juger s'il parle créole avec un fort accent américain ou l'inverse, mais assurément, sa voix de stentor s'échappe de l'échoppe et emplit le village. Il a son avis sur *nhô* Erman, mais ramène la conversation à l'ascension édifiante de sa famille via les Etats-Unis. Le phénomène des *Americanos* est caractéristique de l'île.

— Néné, mon père, était beau et smart. Il est allé en Californie en 1911. Il fut le premier Cap-Verdien à porter une dent en or. Il envoyait des billets, des aigles de deux cents dollars. Ses chaînes de montre, ses boutons de chemise étaient en or. Pour tous, il est devenu Néné Denti d'Oro. Il eut quarante-huit enfants, cent deux petits-enfants. Il lisait la Bible et la racontait la nuit aux gens émerveillés. A son retour au pays, il installa un commerce à Santiago du côté de Santa Catarina. Son charme attirait hommes et femmes, son magasin ne désemplissait pas. En revanche, les affaires de son concurrent noir périclitaient. Pour s'en sortir, le commerçant malheureux commença à répandre auprès des femmes la rumeur que Néné était un démon et que sa séduction tenait à des pouvoirs occultes. La médisance vida sa boutique.

Jimmy laisse son récit en suspens, le temps d'imprimer l'idée que la fortune n'est pas un acquis éternel.

— Moi, j'ai fait mon premier voyage aux Etats-Unis en 1935. Je suis resté dix-sept mois. J'ai travaillé pour Plymouth. J'y suis retourné en 1969 pour cinq ans et huit mois. Je ne fume pas, je ne bois pas. Je n'ai fréquenté le bal que trois fois. Tout mon argent, je l'envoyais à ma mère et à ma femme, restées au Cap-Vert. J'ai acheté une voiture. Je suis rentré avec beaucoup d'argent. J'ai acquis des terres dans le cratère. Je produis jusqu'à soixante hectolitres de vin par an, du raisin, des figues, des oranges, des coings. Je donne du travail à quinze personnes au moins. Tout va bien. Je suis droit et plein de force, je travaille avec Dieu et Dieu m'aide. Avec l'histoire du volcan et tout le tremblement, je l'ai appelé : "Faites qu'il n'arrive rien à mes terres !" Il m'a entendu, les laves m'ont épargné…

Au nom de cette protection divine et de l'amitié, Jimmy Fontes nous offre du vin, le meilleur, dans sa confortable demeure, Xanadu aux murs bleu cobalt, couronné d'une auréole parabolique.

Le lendemain, nous courons à Atalaia avec l'infatigable Manuel Fontes. Le nord de l'île, riche et cultivé, était le domaine de prédilection d'Armand de Montrond. Un de ses petits-fils habite dans les étages perdus de ce versant en gradins. L'épicerie où nous nous renseignons est imprégnée d'airs de violon. Une réunion spontanée s'est formée autour d'un vieux ; l'âme lui démangeait, alors il s'est mis à frictionner ses cordes avec son archet juvénile. Leuk est embarquée dans une valse. Le patron aligne de minuscules verres de *grogue* sur le comptoir, il les remplit souvent. Tout à coup, le vieux tape du pied et interpelle en français. On croit que c'est à cause de notre présence. Pas du tout. "En avant ! En arrière ! A genoux ! Galop !" sont les ordres de la *xotice*, fille vagabonde de la scottish. Les talons exagèrent la pression sur le plancher, marquent les volte-face. On se croit soudain dans un cercle mondain à Paris au siècle dernier. Leuk s'essouffle à remonter le temps. Le patron nous avertit que les gens de São Filipe ne connaissent rien à cette musique. Elle est d'ici, d'Atalaia et Ilhéu. Ailleurs, les violons ne parlent pas le même créole. Le vieux s'arrête quand il comprend que nous sommes venus pour lui, Pedro Montrond da Pina. Nous exhibons la photo de son ancêtre. Le petit violoniste maigre la contemple longtemps en silence, puis s'excuse en riant de n'avoir pas le visage aussi joli, de n'être pas blanc comme *nhô* Erman. Il dit : "L'ocre de ma peau vient de mon père."

— Comment considérez-vous votre ancêtre ? lui demande-t-on à la fin d'un long interrogatoire.

— Avec admiration ! Je prie pour lui.

Il doit s'en retourner. Le village d'Ilhéu est un escalier posé contre la paroi du volcan. Il y a des boutiquiers Montrond. La vente s'arrête pendant l'enquête. On achète des cordes de violon pour remercier *nhô* Pedro de ses mots.

Le vieux musicien se hisse à pas lents dans les aigus de la pente avec des *ré* et des *mi* dans la poche. Là-haut, à Achada Mauricio, gardé par des agaves, sentinelles aux hampes fleuries, il a adossé sa maison aux ruines de la première demeure d'Armand de Montrond, un *sobrado* que la tornade de 1942 a privé de son "toit de Marseille". Quel dommage, un si bel ensemble de tuiles françaises envolé. Au moment de l'accolade, il murmure :

— Il y a des gens qui passent, d'autres qui restent dans les cœurs.

— Dieu vous garde *nhô* Pedro.

Sur son conseil, nous achevons le tour de Fogo à pied afin de boucler le séjour et l'enquête. Au septentrion de l'île, Armand de Montrond aurait apposé sa signature, gigantesque, en pleine nature, au terme de ses activités. Le tracé d'une route dont il aurait décidé et dirigé les travaux dessinerait ses initiales en capitales : la *volta-volta*. Leuk, dubitative, flaire un emportement de l'imaginaire populaire.

Au lieu dit Atalaia de Frente, une terrible cassure emporte le confort du chemin plat. Trois canyons presque parallèles, maigres et profonds, se succèdent. On se fait attaquer par la chaleur dans les gorges. Le lieu est redoutablement désert. Un tunnel abandonné et un pont rouillé installent un décor de mine désaffectée. Mais, si incroyable que cela puisse paraître, en s'élevant au-dessus des fantaisies du relief, on discerne bel et bien un A et un M écrits en pavés de basalte. Paraphe trop beau pour ne pas accréditer la collection de vies prêtées par la rumeur à un jeune aristocrate parti de France au milieu du XIXe siècle pour des raisons encore incertaines… Mais ceci, Carlos, est une autre histoire.

LE MAÎTRE ENCHANTEUR

Je pense haïr la chaleur, et en vrac, la désolation noire des volcans, le sentiment d'être prisonnier d'une île, la permanence de la soif. La pétillance d'un *vinho verde* frais appelle inexorablement une autre bouteille. Réflexe coûteux. Et le *manécon* me donne des hallucinations. Ce que je déteste surtout, c'est le goût d'échec. Celui que je vis est long en bouche. Mes pensées madérisent, ma mission tourne au vinaigre. Que pouvais-je attendre de bon d'un client originaire d'une ville d'eau ? Montrond-les-Bains, Loire, son château en ruine, son casino, son eau effervescente… Je n'ai même pas rencontré mon commanditaire. Le courrier contenait une demande convaincante, une avance substantielle et des titres de transport me désignant comme l'heureux bénéficiaire d'un séjour dans l'île de Fogo, Cap-Vert, Atlantique. Bon sang, mon métier est de monter aux arbres, pas de faire le singe sous les tropiques ! Pardonnez mon humour élagué : je suis généalogiste, habitué aux forêts de feuillus et de résineux, pas aux plantations de caféiers. Il me faut mes cimetières bien rangés, mes archives départementales, mes greniers de mairies, mes registres de sacristie, mon bureau encombré, mon beaujolais… Pourtant, j'ai accepté. Les billets gratuits m'ont donné l'impression d'avoir gagné un prix. Moi qui ne suis jamais parti, j'ai volé, vomi, atterri.

Mais voilà, à Fogo, mon sujet de poursuite, Armand de Montrond, est un nom qui file de bouche en bouche, souvent béates à son évocation, qui emplit l'oralité de l'île, mais pas une seule page d'écriture. Pas un papier prouvant son mariage ou son décès. Autant chercher une bague en onyx dans un champ de lave. Rapporter un mythe à un client qui attend, près de Saint-Etienne, d'accrocher une branche manquante à l'arbre familial, est du plus mauvais effet.

Je renâcle devant le maïs au lard de la pension *Vulcão*. Mes dernières déconvenues m'ont coupé l'appétit. Le *sobrado* d'Armand à São Filipe a été rasé au profit d'un restaurant, ses livres ont été dispersés. Je sais qu'il appréciait la lecture.

J'ai l'impression de vivre un cauchemar, je cours après des aigrettes de pissenlit que le vent éloigne sans cesse.

Ma main se referme sur mon verre.

— Vous n'auriez pas du pastis ? J'entends que vous réfléchissez en français.

J'ai dû abuser du *vinho verde*. Mes soucis me montent-ils à la tête ? J'ai soudain devant moi la réincarnation du consul de Malcolm Lowry. De tels fantasmes ne croissent qu'"au-dessous du volcan". Je repose mon verre. L'homme à l'équilibre incertain assoit à ma table sa silhouette longiligne.

— Pas de pastis ? Tant pis. Pour moi, ce sera un double *grogue*.

L'alcool javellise ses yeux. Ses mâchoires peinent à se superposer. Son français anisé provient de longues années passées à Dakar. Sa mise est raffinée, de la soie blanche de ses cheveux à ses bottines impeccablement cirées. Ses mains, fines comme celles d'un pianiste, décrivent les cercles emphatiques d'une attaque de scherzo avant de se plaquer sur son paquet de cigarettes.

— Je sais que tu cherches *nhô* Erman. La ville te voit errer à ses trousses. Ecoute, c'était un réfugié, un intellectuel opposé au régime français. Il est venu à Fogo pour bénéficier d'un abri sûr. *O refugiado da França !* clame le sosie du consul.

— J'ai tout entendu sur les causes de son départ, duel d'honneur, déception amoureuse, sauf celle-ci.

— Ecoute ! Les éruptions politiques de votre France entre 1840 et 1870 étaient aussi fréquentes que les coups d'éclats de notre volcan qui a manifesté en 1847, 1852, 1857. Imagine : un jeune homme instruit et réfléchi s'insurgeant contre la lave de la réaction qui recouvrait sans cesse les poussées d'une nouvelle pensée sociale.

— Mais il avait un château en France, on ne lui connaît qu'une sœur, il était comte, héritier d'un nom et de richesses. Il se serait vanté auprès d'un gouverneur de Fogo : "Ma maison en France est tellement riche que vous n'oseriez y entrer." En effet, quand ce gouverneur se rendit en France, il se présenta chez les parents d'Armand ; la bonne ouvrit, mais ne le laissa pas pénétrer…

— Il faut être fils de nantis pour faire un bon rebelle. Je dirais même plus : il n'y a que des privilégiés pour dénoncer, parfois, ce que leur confort coûte aux autres.

Le *grogue* mouille les rouages de la syntaxe. Le consul s'enivre de ses mots. Ses mains volent comme des oiseaux, comme ses idées, se perchent dans ses cheveux pour les lisser davantage. Ses yeux bercent des larmes. Toutes ses phrases commencent par : "Ecoute !" Je m'emballe, je révise mon rapport :

— C'était un scientifique. Il est en seconde ou troisième année de médecine quand il quitte la France. Des conférences à Paris et des articles ont assuré la publicité du volcan de Fogo. J'imagine des titres : "L'Atlantique fume !" Et la curiosité lui fait plier bagage.

— Ecoute, ton médecin n'est pas volcanologue. S'il avait communiqué un article, nous l'aurions lu. D'ailleurs, il ne fréquente guère les hôpitaux à son arrivée au Cap-Vert. Il dirige la construction de routes dans l'île de São Vicente. Est-il ingénieur en génie civil ou disciple d'Hippocrate ? En tout cas, franc-tireur, car il trouve le moyen de se battre en duel.

— Donc il y a du vrai dans la rumeur d'un duel qui l'éloigne à jamais.

— Oui, un duel ici. En France, je l'imagine investi dans des joutes oratoires, ferraillant avec des idées. Ecoute ! Il dînait dans une auberge quand un commensal anglais s'avisa qu'il était français. Au milieu du siècle dernier, les Anglais établissaient le port charbonnier de Mindelo. Le sujet de Sa Majesté se versa un verre de vin rouge et, fixant Montrond dans les yeux, déclara : "Je bois le sang des Français !" Le vin du bouillant Armand a dû tourner dans son verre qu'il leva à son tour. Il répliqua : "Malgré mon dégoût, je bois le sang répugnant des Anglais !" Ils vidèrent leurs verres, déchargèrent insultes et pistolets. Le provocateur britannique eut la jambe fracassée. Armand sauta dans un frêle esquif, fila à l'anglaise, si j'ose dire, et mit quatre-vingts milles nautiques de distance entre d'éventuelles représailles et sa nature belliqueuse.

— Objections, monsieur...

— Double-Grogue. On m'appelle "Tout Va Bien-Double Grogue".

— Très bien monsieur Double-Grogue, Armand de Montrond est un opposant au sang chaud, je l'admets, cependant sa qualité d'exilé ne l'empêche pas de rentrer en France par deux fois pour l'enterrement de ses parents. La justice ne le poursuit pas. Et, à son arrivée à Fogo, les autorités portugaises ne rejettent pas à la mer ce trublion.

— Les régimes changent, soupire le consul "Tout Va Bien". Les amnisties servent de masques souriants aux nouvelles coalitions. Armand a dû en être informé, même si la fréquence du courrier fluctuait selon le bon vouloir des vagues. Quant aux autorités portugaises, écoute, soyons raisonnables ! Un riche coq débarque avec des idées et des envies d'entreprendre dans une île déshydratée, secouée par les éruptions, et vidée de sa jeunesse. Il est accueilli libéralement, surtout à Fogo où l'on a l'habitude de recevoir des agitateurs encombrants. Celui-ci se présente sans contrainte, il n'est à la charge de personne ; en plus, il veut acheter des terres, on le laisse faire.

La phrase a épuisé le consul. La ville étouffe des bâillements. La chaleur se vautre sur le canapé pelé du paysage. Parfois un *Americano* agresse la torpeur en parcourant les pentes à bord d'un rutilant tout-terrain dont il pousse à fond la radio, comme s'il annonçait la venue improbable d'un cirque ; il fait son numéro, braillant ainsi son retour d'un pays où chrome et fric camouflent souvent une absence de culture. Le consul chasse ce vrombissement d'un revers agacé de la main. Je reviens à la charge doucement :

— L'arrivée d'Armand fuyant sur une modeste embarcation, un *lambote* limité au cabotage, me déçoit. Je le voyais, certes exilé, mais à bord d'un fringant voilier voguant vers le Brésil afin d'y reconstruire son destin. Cette version que j'ai recueillie me plaît davantage. Le bateau relâche à Fogo. Le vif jeune homme descend à terre le temps de l'escale. Ce n'est pas l'île qui le capture, mais un visage. Une femme d'une telle beauté qu'il devient impossible de chercher plus loin une raison à sa vie. Les étendues du Brésil maigrissent devant la démesure de cet amour. Je vois la scène comme dans un film : le voilier file vers l'horizon, Armand de Montrond le regarde s'éloigner sans regret.

— *Um grande conquistador !* beugle Double-Grogue, les deux bras accordés dans un mouvement ascensionnel. Ecoute ! Don Juan foule la terre créole, il prend langue avec sa sensualité exaltée. Prenez garde Josinha, Maria Clementina, Dimitilla, Josepha et toutes les colombes blanches des balcons. Aucun commandeur n'usera de son statut pour contrer sa libido. Fogo est loin de Rome et des restrictions papales. Les filles des îles étincellent, les nuits ont la peau chaude, aucun hiver ne les refroidit…

Les mains du consul ont repris leur voyage incessant et désynchronisé. Elles caressent des corps invisibles lévitant à hauteur de son front. Les convives oublient d'enfourner le morceau de morue en suspens à l'entrée de leur bouche. J'essaie d'attabler la conversation autour de considérations plus concrètes :

— J'ai été averti de son appétit de conquêtes. C'est Arcole, Rivoli, Iéna, Austerlitz tout à la fois. Mais ses visées ne sont pas, semble-t-il, celles d'un petit caporal ; elles ne se limitent pas à emporter des vertus comme des bastions, à se tailler un empire des sens. Son but n'est-il pas de féconder l'île dont le corps social s'assèche et qui perd ses fils par brassées, surtout quand ceux-ci rejoignent à la nage des bateaux pour l'Amérique. C'est l'île qu'il saillit. Il use de l'amour dans une stratégie de développement…

— Ecoute ! m'interrompt le consul Double-Grogue, signifiant qu'il connaît mieux que moi ce que je m'apprête à exposer. Je t'ai dit : cet homme est un rebelle. Tous ses actes tendent à narguer les pouvoirs. A Fogo, le comte ne s'installe pas ici, à São Filipe, parmi ceux de son prétendu rang. Il acquiert des terres à l'autre bout de l'île, là où le vent ne se comporte pas en ennemi de la vie. Il sera exploitant agricole, l'œil rivé sur les cultures, en permanence, et non pas quelques semaines en été comme ses pairs qui laissent des contremaîtres peu scrupuleux gérer leur déclin. Il s'éloigne des regards jaloux ou suspicieux. Il organise son indépendance, sa société idéale dont il est le jeune patriarche adulé. Il génère des liaisons amoureuses mais n'en conclut aucune à l'église. Il sème en plusieurs ventres à la fois des germes d'enfants qu'il reconnaît dès leur éclosion, contrairement aux maîtres des *sobrados* qui distinguent légitime et bâtard. Il gère en fait sa polygamie à l'africaine. Sentiments et pragmatisme. A chaque concubine, sa maison à étage et son exploitation. Il exige de toutes tendresse et travail. Et voilà l'homme sur son cheval parcourant les distances respectables entre les inévitables jalousies. Belle figure n'est-ce pas ?

— La tension demeure aujourd'hui. Chaque descendant m'a affirmé que son aïeule fut la préférée.

Ma phrase s'est perdue. Le consul, dressé d'un bond, a claqué les talons en un impeccable garde-à-vous, les deux mains aux tempes, une pour chacun des musiciens qui passent. Un couple étrange traverse la rue. Un jeune violoniste aveugle et maigre, casqué d'une coiffure afro, est délicatement conduit par un alerte accordéoniste septuagénaire. Le consul lance des vœux de santé à Augustinho et à Mino. Il démontre son affection en embrassant l'air chaud.

— Ecoute ! il lève un doigt comme un diapason. Ecoute, l'accordéon de Mino de Mama ne doit rien à personne. Il a inventé la *foxmorna*, une *morna* juteuse comme la goyave, un bonheur pour les hanches et les fesses. Tu dois voir Mino balancer son accordéon pardessus sa tête et plaquer ses accords derrière la nuque. Il rajeunit à chaque bal ! Ecoute ! répète-t-il en faisant vibrer son index contre la table. Ecoute les violons où que tu sois. Jamais tu ne les entendras caracoler comme ici. Peut-être doit-on cette élégance à M. Armand. Il nous a livré Paris, la mode des révérences et des belles figures de danse.

Le consul tente d'intercepter l'accorte serveuse qui pense plus à desservir qu'à montrer les pas de la contredanse en plein après-midi. Elle trouve refuge derrière un pilier.

— Kikirita ! brame "Tout Va Bien" en tapant dix coups contre la colonne. Jusqu'à l'implantation des réverbères indiscrets, les enfants jouaient la nuit à cache-cache-chasseur selon les règles dictées par *nhô* Erman. Kikirita ! J'arrive ! criait le chasseur, prenez garde mes pintades !

La situation est cocasse. Le consul déambule à pas de loup entre les tables vides. Soudain, il tape du talon :

— Pendant longtemps, une tradition théâtrale s'est perpétuée à Ribeira de Ilhéu. *Nhô* Erman, encore lui, a frappé les premiers trois coups. Et l'escrime ! Le comte de Montrond a inoculé sa passion à ses fils. Attention, on ne croisait pas le fer mais le bâton. Pas question de réintroduire la folie d'honneur des duels. Il voulait plutôt flatter le goût du jeu, l'esprit de combativité. Il a encouragé la lutte, gréco-romaine ou sénégambienne, peu importe la source, ses fils avaient l'ivresse. On dit que Miguel et Pitchitou étaient capables de courir de l'autre côté de l'île si un prétentieux doutait de leur suprématie. Des rebelles, je te dis. Intellectuel dans un pays peu intellectuel alors, Armand de Montrond intriguait ; remuant personnage dans une île assoupie, il détonnait.

Un jour, raconte le consul en se rasseyant, lors d'un retour de France, le comte déchargea tant de fusils que la population crut à une attaque, à une volonté de s'emparer de l'île. "C'est seulement pour armer les gardes-chasse et déclarer la guerre aux pintades", rassura-t-il. Mais quand l'armée envoya à sa maison de Baluarte quatre soldats pour exiger l'incorporation d'un de ses fils, Maximo je crois, Armand les renvoya en se moquant : "Vous n'êtes pas assez nombreux pour l'emmener !" La municipalité doubla les effectifs, mais quand le chef du détachement cria : "Maximo !", tous ses frères marchèrent comme un seul homme, armés et farouches. Les forces de l'ordre détalèrent comme des lapins. Les fusils n'étaient pas réservés aux pintades.

J'ose glisser :

— Est-ce par ce genre d'actes que *nhô* Erman est devenu un héros populaire ? Beaucoup disent qu'il avait des pouvoirs...

— Que prétendent les gens ?

— Qu'il était magicien, prestidigitateur, alchimiste. J'ai tout entendu.

— Entendu quoi ? questionne le consul qui rapproche son visage du mien, presque agressif.

Je bredouille :

— On m'a raconté qu'il avait fait marcher des hommes sur un fil tendu entre les rives de la *volta-volta*, la route qu'il a construite et signée...

— Foutaise !

— Qu'il avait fait pondre des œufs à un homme prétentieux pour lui rabattre le caquet.

— Sans doute l'avait-il mouché publiquement, regardez ce que la langue populaire engrange dans la mémoire ! Quoi encore ?

— Qu'il avait changé des pièces d'or en vulgaires cailloux dans les poches d'un créancier.

— On ne prête qu'aux riches. La vérité est que les gens aimaient l'admirer. Ses capacités étaient d'un autre intérêt. Il soignait hommes et bêtes. Il avait approché le secret des plantes, il parcourait la montagne et faisait des décoctions. Il prescrivait des remèdes à la portée de tous. Nous ne confondons pas sorcier et homme de savoir. Il était respecté pour sa science, mais très certainement il devait profiter de ses talents pour faire croire à des pouvoirs occultes et ainsi asseoir son autorité.

Le consul plante ses yeux inondés dans les miens. Je crains une nouvelle mise en scène inspirée par le mot occulte. En fait, il cherche un souvenir. Je remplis nos verres. Une rasade vide sa mémoire :

— Un homme riche était atteint de tuberculose. Il avait beaucoup de biens, des vaches en nombre. Il en avait promis une, en cas de guérison, à une femme déterminée à le soigner. La femme alla trouver M. Armand, toujours bienveillant. Ce dernier lui dicta une recette. La prescription comprenait une poule à manger avant l'absorption du liquide de cuisson de haricots noirs mélangés à du tabac. L'homme vomit tous ses vers de l'intérieur, comme on disait à l'époque, et guérit. La femme eut sa vache.

Le consul rit, applaudit, se lisse dix fois les cheveux avant de m'accuser du doigt avec sévérité :

— Ecoute ! Ne confonds pas ! Il était sourcier et non sorcier. Muni de baguettes, il dénichait l'eau en ses secrets souterrains. Il fit creuser des puits, construire des ponts, poser des canalisations, courir des chemins privés entre ses domaines qu'il payait de ses deniers, ou des routes d'utilité publique dont il dirigeait les travaux à l'économie pour le plus grand profit des pouvoirs locaux. Ce qu'il a bâti dure encore. Il a réalisé des prouesses techniques que ses contemporains jugeaient impossibles.

Depuis un bon moment, des enfants se pressent sur le seuil de la pension. De beaux spectateurs blonds et crépus, à la peau cuivrée et aux yeux verts. Le consul se dresse alors, les deux poings sur la table pour soutenir son effort, et harangue l'assistance des gamins qui pouffent, le dos de la main contre la bouche :

— Quelle reconnaissance, mesdames et messieurs, je vous le demande, pour un bienfaiteur de l'île ? A une époque où les puissants payaient encore volontiers les services à coups de bâton, nul n'a jamais rapporté qu'il ait rudoyé quiconque. Il était ferme, exigeant, il fustigeait la paresse, mais négligeait la violence.

On dirait le consul entré en campagne électorale. Les enfants rient de plus belle car ils ne comprennent rien au français voltigeant de l'orateur.

— Ecoute ! Il profita d'un voyage en France pour charrier une cargaison de café. Il la vendit, acheta des vêtements et les distribua aux gens d'ici à son retour.

Plus rien ne retient le laudateur. Je pressens qu'il va chanter.

— C'est à lui que nous devons l'introduction du haricot noir, le *feijão kongo* qui résiste à la sécheresse et sauve des vies. Il a planté des orangers, des caféiers, des arbres fruitiers et de nouveaux plants de vigne venus de France.

Il chante, c'était prévu, les mains sur le cœur, s'adressant à ma bouteille enflée de *vinho verde* :

— *Moi je vais à la caldeira.*
Je viens pour me faire du bien
boire du vin Montrond
boire du vin manécon.
Vive le raisin doux
et le vin savoureux !
Et la pomme et la grenade
n'ont rien à dire...

Je murmure pour le calmer :

— Je dois partir, prendre l'avion.

— Il disait qu'un jour des avions voleraient, des voitures rouleraient, le courrier traverserait l'air. Ecoute ! En son temps, Fogo se contentait de voguer et de cavaler, n'entrevoyait pas le futur. Alors, il décrivait l'avenir devant les gens ébahis qui lui attribuaient des dons de voyance. Il lisait, il pensait.

Il pensait…

En effet, le portrait qu'on m'a confié pour l'offrir à mon client Montrond de Montrond-les-Bains, Loire, France, le représente ainsi, en penseur. J'extrais la photo de mes dossiers. Le consul, grave soudain, a une réaction imprévue. Il prend la pose qu'affectionnait M. Armand, la tête penchée, soutenue par sa main droite, le regard fixé sur des rivages qui mugissent en son for intérieur. Il est beau, c'est indéniable, l'âge ne réduit pas sa séduction. Il est élégant, le haut de sa redingote et son col empesé montrent du raffinement. La calvitie dégage son front, mais sa barbe est longue. Aucune futilité ne transparaît de ses traits extrêmement fins. Il a l'air d'un savant absorbé par le devenir du monde.

Le consul s'est figé dans cette attitude bien connue du comte.

— Certes, il n'avait pas besoin de s'installer ici, c'est Dieu qui a favorisé cela.

La phrase d'un de ses petits-fils me revient. Il l'avait dite en contemplant la photo. J'ai le sentiment de la répéter à haute voix.

— Il était mort depuis longtemps quand je suis né en 1922…

J'entends des rires d'enfants. Ils sont douze au moins autour de ma table à picorer des grains de maïs dans mon assiette pour voir si ça peut me réveiller. La photo de *nhô* Erman circule entre leurs mains.

— Le consul ! je crie. Tout Va Bien-Double Grogue !

— Le Consul ! Ils répètent avec vingt-quatre rires. Tout Va Bien-Double Grogue !

Le patron goguenard me tend l'addition.

— Et les *grogues* de M. Tout Va Bien, vous ne les comptez pas ?

— Quels *grogues* ? Monsieur n'a bu que du *vinho verde* au déjeuner, peut-être beaucoup de *vinho verde*. Mais c'est normal, il fait tellement chaud en début d'après-midi à São Filipe. Alors comme ça vous partez ? Enfin, si vous y parvenez bien sûr ! On s'éprend de Fogo, n'est-ce pas ? c'est dur de la quitter.

BRAVA

— Parviendrons-nous bientôt à embarquer ? La réponse est toujours "peut-être". Un jour, la mer renforce les fermetures de l'île par les éclairs de ses vagues. Le lendemain, le bateau débouté par la tempête file desservir le cap opposé. Se lève un matin pourtant où le *Sotavento* entre au port et jette l'ancre à bonne distance du quai. Fogo ne se laisse pas accoster. 12 novembre.

— Arriverons-nous demain à Brava ? demandait Eugénio Tavares, le poète, anxieux de retrouver son île natale.

C'était en 1907, selon les sources de Leuk.

— Demain ou dans quatre jours, grogna un ouvrier du port habitué aux sautes d'humeur de la mer et à l'état d'esprit de la compagnie dont dépendait la rapidité de chargement du bateau.

Pouvait-il se douter, le grand écrivain, que quelques décennies plus tard, à l'endroit où il exprimait son impatience, un cargo portant son nom mordrait les rochers à cause de l'agressivité de la mer, et que les voyageurs poseraient toujours la même question inquiète. Il attendait, nous attendons.

Carlos, le chenal entre Fogo et Brava est le couloir du désir. Le délai pour traverser ces vingt kilomètres tyranniques entame notre réserve de temps. Le tour du Cap-Vert en quatre-vingts jours reste notre objectif. Il nous faudra combler le retard. A Santa Luzia sans doute, l'île déserte, où une halte de huit jours est peu envisageable ; mais pourra-t-on seulement l'aborder ?

La chaloupe est posée par grue sur le dos d'une vague nerveuse qui la chahute d'emblée. Les dockers font subir aux corps passagers le même régime qu'aux bananes ; ils les balancent dans la barque au moment précis où elle passe devant l'échelle métallique du quai après un va-et-vient incontrôlé. Le transfert à bord du ferry exige une dextérité de jongleurs, les voyageurs restant cantonnés dans les rôles de ballots. Enfin le *Sotavento* s'éloigne avec sa cargaison de voitures, d'œufs, de matelas, de chèvres, de porcs, de bananes et d'humains.

Vue de loin, Brava évoque un cachalot qui folâtre. Est-ce par mimétisme ? L'île a contribué à l'épopée de la chasse à la baleine, payant au XIXe siècle un lourd tribut de fils perdus : rameurs écrasés comme des mouches par l'effroyable queue de l'animal traqué, harponneurs attirés dans les abysses bouillonnants, marins tout simplement fatigués et débarqués pour toujours sur un quai de la Nouvelle-Angleterre après des campagnes de trois voire quatre années.

Leuk sort ses notes préparatoires comme chaque fois que nous sommes en vue de nouvelles côtes.

— Ils fuyaient pour troquer leur faim contre une banquette et une maigre pitance à bord des bagnes flottants américains qui venaient relâcher à Brava.

Elle lorgne l'île à travers son appareil photo comme le capitaine Achab espérait surprendre Moby Dick au bout de sa longue-vue. Melville confirme que les îles fournissaient des équipiers dociles et travailleurs.

Carlos, est-ce le lien précoce avec l'Amérique que tu as voulu illustrer par ta gravure ? Un fier trois-mâts claque des voiles. Aux angles de la carte, tu as disposé des fleurs d'hibiscus, deux blanches et deux noires. Tu expliquais :

“C'est de Brava que mon grand-père a embarqué pour les Etats-Unis. Jusque-là il vivait de commerce en cabotant. Un jour, il arriva alors qu'un bateau était en partance. Il a aussitôt vendu ses marchandises pour payer la traversée. Trente jours et trente nuits. On ne comptait pas les mois de ceux qui attendaient au pays le premier signe de vie.”

Brava, île des départs et des hibiscus.

Le second du *Sotavento*, *Badiu* au sourire aussi large que l'horizon, nous conseille de ne jamais se fier aux horaires. Le bateau est parti avec deux heures d'avance sur l'annonce. Il a pris la mer par surprise. Elle dort encore, létale.

— Imaginez-la quand elle bougeait et soulevait les goélettes surchargées qui assuraient les liaisons entre les îles, il y a seulement vingt ans. Les grognements, criaillements des bêtes mêlés aux hurlements des enfants et aux lamentations des femmes généraient un concert atroce qu'amplifiait le mugissement des rafales. Le vent sans respect dispersait les *Ave Maria*. L'espoir ne revenait qu'au dernier moment, en vue du port. Les femmes arrangeaient leurs cheveux, renouaient les foulards, les filles séchaient leurs larmes, et parées des meilleurs atours, débarquaient fraîches et aimables, abandonnant derrière elles les relents de leurs peurs.

Il ajoute en commençant les manœuvres :

— Nous entrons dans la baie de Furna. Au début du siècle, il n'était pas rare de la voir encombrée de vieux baleiniers et de schooners à deux mâts qui assuraient les liaisons régulières avec la Nouvelle-Angleterre et charriaient marchandises, courriers et émigrés. La ligne était dénommée Brava Packet Trade. Aujourd'hui, quel vide !

Un seul bateau relâche, une de ces usines flottantes étrangères qui razzient les fonds poissonneux. La baie est protégée d'un côté par une tête d'éléphant, roche pachydermique que prolonge une jetée naturelle en forme de trompe. Des grottes creusent les oreilles du mammifère. Furna, logée au fond d'un cirque sévère, évoque un port de Crète de la côte sud : façades blanches sur mer bleu nuit. Un immense plan incliné précipite les eaux de pluie dans une citerne municipale. L'église isolée sur un promontoire arbitre la vie du port.

Nous arrivons à l'heure où les couteaux éventrent les thons. Le sang teinte les bras, les chiens lèchent les galets. Les revendeuses accaparent les taxis pour porter le poisson à Vila. La ville est nichée dans la montagne, blottie dans un cratère, éteint celui-ci. Nous rapetissons pour trouver place entre les bassines de maquereaux, dorades et thons. Le plateau de la camionnette luit d'une eau gluante. Avec nous, s'agrippe un médecin allemand haletant qui cherche à travers l'archipel le refuge idéal pour rédiger un mémoire sur l'asthme. Les poissons, bouches bées, approuvent le discours savant du docteur. Le rire secoue les épaules des revendeuses, le soleil rebondit sur leur peau noire.

Brava a la réputation d'avoir été le terminus sur la ligne des fuites. Proscrits, rescapés d'épidémies ou de famines ont trouvé ici un abri avenant. On dit à Fogo que l'insupportable caractère du volcan fut la cause des premiers transferts de propriétaires blancs de l'île qui fume à celle qui tremble, au début du XVIIIe siècle. Des esclaves les avaient précédés, Vendredis marrons retournés à la vie naturelle, débarrassés de l'autorité des Robinsons.

— Pas pour longtemps !

Leuk hoquette, secouée par les trépidations du taxi collectif sur les pavés inégaux.

— Un curé soucieux de leurs âmes s'est précipité pour annoncer que le Jugement dernier leur réservait une surprise : ils ressusciteraient tous blancs ! En échange d'une nouvelle aussi enchanteresse, les "bons sauvages" chargèrent de victuailles l'embarcation du prédicateur. Ce qui l'encouragea à revenir chaque année prêcher par gourmandise. Toutefois ce zèle éveilla la méfiance de ses ouailles, braves mais pas stupides. Le curé finit enfermé dans une grotte par la chute d'un rideau de pierres abrégeant la messe. Longtemps, on entendit des appels et des plaintes. Furna signifie caverne.

Leuk puise dans *Quatre Années de voyages* du capitaine G. Roberts, manuscrit rare de 1726, dégoté après moult démêlés, des tableaux jouissifs qui nous transportent dans des ambiances dignes du Stevenson de *L'Ile au trésor*.

— Brava allait bien vite changer de couleur. Son air clément, sa végétation gracieuse, ses sources opportunes et son sol rentable déclenchèrent une “ruée vers l'ouest”. Bien que nommée “Sauvage”, l'île aura bientôt la réputation d'être la plus blanche et la plus dense de l'archipel.

Une impressionnante barque en béton surmontée d'une croix de conquistador signale l'entrée de la ville. Quel déluge ancien l'a fait échouer sur le rivage des nuages ? Vila de Nova Cintra flotte dans la nacelle d'un cratère à quelque sept cents mètres au-dessus des écumes. Les revendeuses s'égaillent dans les rues au pas de course en criant : “Poissons ! Poissons !” Les portes s'ouvrent sur leur passage.

Hormis la place carrée et son kiosque à musique désert, le plan de Nova Cintra est soumis aux divagations des champs de maïs. L'unique avenue disciplinée et les ruelles dissipées cherchent à rejoindre des maisons posées sur l'arc du cratère et détenues en leur jardin. Les Portugais retrouvaient là le charme de Cintra, la station de plaisance au nord de Lisbonne, et confièrent son nom à ce site frais, idéal pour les cures d'été des gouverneurs et évêques de Praia. Comme à Fogo, l'abandon des *sobrados* et l'édification de maisons “américaines” attestent la transformation sociale. Mais ici, les nouvelles bâtisses ne cèdent pas à la prétention, au contraire, il faut toute la truculence des bougainvilliers, des frangipaniers, des hibiscus et des lobélies pour émoustiller la rigidité blanche

doigts captait mieux que les yeux la finesse de la gravure. Il s'attarde sur les dessins d'hibiscus puis déclame :

Si le retour est joyeux
Le départ est toujours pénible
Mais sans départ,
Il n'est point de retour possible.

— Ces vers d'Eugénio Tavares résument le drame de l'îlien, commente-t-il. La mer qui emprisonne est aussi la seule avenue de liberté. Elle donne accès à un monde de richesses qu'il faudra conquérir pour revenir soulager le fardeau de ceux qui sont restés. Celui qui ne part pas pleure le destin qui l'enchaîne à une terre ingrate. Celui qui s'en va pleure l'impossibilité de survivre sur sa terre natale. Le Cap-Verdien passe ainsi sa vie à gémir, l'âme tiraillée, tout en chantant la volupté de cette douleur. Voilà pour moi le sens de ces hibiscus, noirs et blancs comme nos sentiments qui passent en un instant de l'ombre à la lumière, comme les *mornas* déchirantes d'Eugénio Tavares.

Il s'interrompt, soudain inquiet de notre éventuelle ignorance :

— Connaissez-vous au moins Eugénio Tavares ?

— Peu.

Cet aveu déclenche une réaction inattendue. Paulo, les yeux droits dans les miens, se met à fredonner en pleine salle à manger *La Morna du départ* d'Eugénio Tavares alors que la génoise explose sous les couteaux avides des convives.

Heure du départ, heure de douleur. Puisse l'aube ne jamais arriver.
Chaque fois que je m'en souviens, je veux m'étendre et mourir…

Laisse-moi pleurer la destinée de l'homme,
cette douleur qui n'a pas de nom...
Je préfère souffrir auprès de toi que mourir au loin,
seul et lové dans la tristesse...

— Il fut notre grand poète romantique, poursuit Paulo heureux de captiver un auditoire. Il avait beaucoup d'amoureuses et chantait des *mornas* pour émoustiller ses conquêtes. Quand il se rendait au bal, il avait toujours dans ses poches des graines du fruit *lima* qu'il distribuait à ses cavalières préférées. Mais ce qui le comblait, c'était s'asseoir au milieu d'un chœur féminin et l'écouter interpréter la *morna* qu'il venait de composer.

Leuk enregistre. Je note fébrilement en prévision de la nouvelle. Paulo s'enflamme :

— Rendez-vous compte. A quinze ans, Eugénio publie déjà dans l'*Almanach luso-brésilien*, ses talents sont applaudis, alors qu'il possède juste les bases de l'éducation primaire. Quand il naît en 1867, Brava ne compte aucun collège. Il bénéficie cependant de la bibliothèque de son oncle adoptif et des lumières de précepteurs... Ah j'y pense, s'exclame Paulo en croisant les mains, un de ses maîtres mérite votre attention. Djedji Porteiro. Il vivait dans une grotte, rendait la justice comme un oracle, écrivait avec les deux pieds. Vous devriez visiter son ermitage. Il se situe de l'autre côté de l'île, dans une anse bien connue des pirates et des baleiniers. Peut-être cela vous inspirera-t-il ?

Le voyage à Insuão, roman d'un jour.

Personnage principal : Pépé. Il travaille à la pension. Paulo l'a débauché pour nous ouvrir le chemin. Il a vingt-trois ans, les cheveux bouclés de l'antique pâtre grec et la peau cuivrée du Latin métissé. Il a la maigreur noueuse du marathonien et se présente comme le récent vainqueur de la course du demi-tour de l'île. Bonne référence !

Premier décor du matin : un magasin pour les provisions et le plaisir. Les boutiques, *lojas*, de Nova Cintra conservent une beauté et une dignité que n'auront plus jamais nos commerces vulgaires. On y entre par de grandes portes à double battant. Le long mur du fond est entièrement occupé par des vitrines aux boiseries sombres, élégantes comme celles d'une bibliothèque. Un comptoir massif court sur la même longueur. Deux balances chromées et leur grande aiguille pendulaire y règnent parmi une cour de bocaux qui respectent les besoins du consommateur dans ses moindres détails. Les *lojas* de Nova Cintra appartiennent aux riches familles, mais surtout au patrimoine de l'île.

Brava est petite et ronde, mais son diamètre traverse toutes les turbulences d'un relief volcanique. Nous échappons au cratère par les gradins champêtres de la ville. A près de mille mètres d'altitude, le brouillard nous écharpe et justifie la luxuriance des cultures. Il estompe les pins. Une savane occupe la cuvette sommitale ; on s'attend à croiser les antilopes et girafes d'une réserve d'Afrique de l'Est, divaguant entre de vieux figuiers. Dès que nous basculons sur le versant méridional, le soleil perce le brouillard.

— Ces terres occupaient des travailleurs par dizaines, mais depuis des années, la sécheresse punit ce côté de l'île comme s'il avait péché, déplore Pépé.

Les terrasses et murets dessinent sur un plateau reclus un paysage agricole paralysé par l'attente. Le village de Cachaço et son église blanche ressemble à un camp minier de western surpris par la récession. Pépé salue une tante que l'âge condamne à la retraite dans une cahute cernée par les éboulis. Une fillette la ravitaille en eau. La vieille pleure une vitalité gaspillée à descendre et remonter ces chemins de misère, du poisson sur la tête. Chaque journée attelée à la précédente. Travail de forçats condamnés à déverser la mer à la ville. Les embrassades à Brava ont le goût du sel et le définitif des adieux. Mais Pépé chante déjà comme si sa gaieté pouvait élargir les ravins qui drainent nos pas vers la mer. Il gueule des *mornas*.

— Ces espaces oubliés sont le paradis des chèvres sauvages. Des jeunes gagnent leur vie à tenter de les attraper au lasso. Ils les revendent aux propriétaires de troupeaux qui espèrent améliorer leur cheptel en inséminant la vigueur de ces éléments gavés de liberté.

Chaque pas vers Insuão éveille la crainte de la remontée. De mille mètres à la baie, la chute et la chaleur sont agressives. L'anse est incarcérée. Les murs d'enceinte si raides. L'austère splendeur du lieu inspire le malaise. Une roche de plus de cent mètres de haut, ronde comme le crâne d'un génie submergé, écrase la présence des homoncules entrés par effraction dans l'antre d'ogres ou de pirates ricanants. Il est facile d'imaginer une flotte à tête de mort en ce lieu immuable. Leuk commente :

— Le capitaine Roberts, qui doit aux pirates tous ses malheurs, arraisonnement, dérive, rapporte la crédulité des gens de Brava persuadés en 1722 que ces brigands formaient une nation nommée *os Piratas*. Lesquels s'étaient d'ailleurs montrés courtois envers eux, rétribuant largement chacune de leurs faveurs.

La plage dispose de deux arbustes et de quelques abris de pêcheurs. Un puits garantit la survie. La caverne de Djedji Porteiro creuse une orbite dans la falaise. Des pêcheurs cuisent du poisson dans leur hutte de pierres disjointes. La chaleur pilonne le repos. La pêche se déroule la nuit. Le matin, des femmes prennent livraison du poisson.

— Entrez, invitent-ils, prenez une pierre, asseyez-vous.

Une visite les rafraîchit. L'arrivant doit boire "l'eau de l'ermite". Elle est douceâtre et bonne pour la santé. Et tandis que nous savourons du *garupa* bouilli, nos filets s'emplissent de contes fabuleux concernant le juriste des cavernes.

Reconstitution de la vie de Djedji Porteiro prise dans les mailles des croyances populaires.

Sans doute appartenait-il à la classe dominante blanche. Il détenait une quantité de livres impressionnante pour la fin du siècle dernier et exerçait une influence considérable, car il avait acquis par lui-même la connaissance des lois. Quand il demeurait encore à Nova Cintra, dans le calme délectable des orangers du Pied de la Roche, les gens venaient le consulter avant d'engager une action en justice. Il avait réponse à tout, qu'il s'agisse de problèmes de couple, de clôtures, de pâturages ou d'héritage. Il ne demandait rien en échange, le sentiment de justice le dédommageait. Des juristes s'irritèrent de sa renommée comme des médecins agacés par le succès d'un guérisseur. On dit que des docteurs en droit de Praia, animés de sournoises intentions, voulurent le rencontrer pour l'humilier, mais une intuition lui fit répondre qu'il n'accordait d'audience que sur rendez-vous et il les débouta. En définitive, les autorités reconnurent que ses interprétations alternatives des lois démontraient un grand bon sens et les qualités d'un homme exceptionnel. On vint de Lisbonne quérir son diagnostic sur une affaire particulière.

Mais, alors qu'il était déjà vieillissant, sa femme mourut. Il décida de se retirer du monde. Il fit transporter ses livres dans la grotte d'Insuão, devint ermite. Absent, il se mit à hanter l'imaginaire de ses congénères, nourri par les récits des consultants ou les nouvelles des pêcheurs. A Insuão, Djedji Porteiro se consacra à la lecture et très vite sombra dans une ascèse dont la rigueur excita les fantasmes. Il prit figure de Christ renonçant. Bientôt les oiseaux se posèrent sur ses épaules ; on le vit marcher sur l'eau et un autre jour, remplir miraculeusement les filets de pêcheurs rentrés bredouilles. Certains disaient : "Il reçoit les plaideurs derrière un rideau." Et d'autres : "Il pense en remuant les pieds." La rumeur traduisit : "Il rédige ses conseils des deux pieds."

A l'approche de sa mort, les vagues se soulevèrent, selon les dires d'un enfant qui se serait trouvé auprès de lui. Djedji lui aurait alors demandé de peindre en blanc la barque qui devait emporter son cadavre à Furna. Les pêcheurs le découvrirent inanimé sur le sable noir de la plage et le ramenèrent à la ville en soufflant dans des conques les plaintes du grand deuil.

L'abri de Djedji Porteiro, sous l'auvent d'un énorme bloc, domine la plage. Nous avons marché une journée pour cet instant : imaginer la bibliothèque troglodyte d'un ermite savant, aimé des humains et des oiseaux.

La chaleur nous fait payer ce plaisir avec usure dans les gorges où ont défilé des générations de revendeuses de poissons. A Cachaço, il n'y a que du *grogue* pour étancher notre soif et les violons des oncles de Pépé pour calmer nos brûlures. Un soleil de générique de fin se couche sur ce village cinématographique dont aucun véhicule ne part.

La nuit. Un demi-tour de l'île à accomplir à pied. Une route de corniche déserte : ni humain, ni esprit. Pépé entonne les chants de la fête des Rois. L'arrivée des mages début janvier met la ville en liesse. Pépé danse sur la piste de pavés noirs. Il mime la première ligne de violons et la foule qui les accompagne. Il chante toutes les voix. Il valse sous les étoiles. Il est à lui seul la bande de garçons de son quartier qui paradent comme des coqs, gonflés d'audace à l'idée d'investir le bal des filles d'une autre section. La nuit marine scintille. Pépé prend la lune dans ses bras pour une *morna*. Et de nouveau parade au nom des siens, car après chaque couple d'heures, la bande honore un autre bal avant de rejoindre à l'aube sa salle d'ancrage et les filles du voisinage. Pépé violone encore sous les premiers réverbères de la ville. Un autre *grogue* dans la dernière épicerie ouverte.

15 novembre

Dany Ioti est jeune, pharmacien, assistant juridique, défenseur du patrimoine, anglophone. Il est noir et fier d'appartenir à la nouvelle vague de cadres qui peuvent rester au pays pour faire avancer idées et projets. Ses parents ont engagé leur vie dans les plantations de São Tomé pour que leurs enfants puissent étudier. Tous ont réussi. Dany Ioti est un homme pressé dans une île languide. Néanmoins, il nous a promis un conte de fées américain, la fin de l'histoire de Djedji Porteiro et des pages oubliées d'Eugénio Tavares. Nous roulons vers Cova do Joana, un village élevé sur les flancs du cratère.

— Et pourquoi des pages oubliées d'Eugénio Tavares ? insiste Leuk.

— Eugénio Tavares en vérité était un enquiquineur. On présente volontiers le séducteur à la légendaire finesse, de traits et de caractère, mais derrière le masque du doux compositeur de *mornas* se cachait un agitateur passionné qui ne trempait plus sa plume dans les larmes mais dans une encre bouillante dès qu'il s'agissait de dénoncer l'incurie coloniale, la corruption généralisée ou encore l'image dégradante colportée à l'étranger d'un Cap-Vert peuplé de mendiants déguenillés. Il clama haut et fort son adhésion aux valeurs républicaines alors qu'il était fonctionnaire de la monarchie. Il écrivait des articles sous le pseudonyme de Polichinelle, mais ce n'était un secret pour personne. En 1900, une canonnière quitta Santiago pour Brava afin de l'arrêter. Les militaires en furent pour leurs frais ; Eugénio avait mis les voiles, déguisé en femme avec châle et bonnet. Le pouvoir s'acharna. On l'accusa de mauvaise gestion. On voulut lui couper les ailes, le mettre en cage. Il préféra l'exil provisoire en Amérique pour conserver sa liberté de vitupérer. Eugénio Tavares journaliste sera un des premiers à clamer : "L'Afrique aux Africains !"

Lisez les pages oubliées d'Eugénio Tavares, incite Dany Ioti en tapant sur son volant avec un numéro de *Raizes* de 1981. *Racines* est une revue culturelle ambitieuse malheureusement assoupie, lisez, je l'ai apportée pour vous.

Leuk lit, ballottée dans les virages, la profession de foi d'un Zola créole en 1899 :

— "La vérité au prix de la paix de mon foyer, au prix du bien-être de ceux que j'aime, au prix de mon propre bonheur… La vérité pure comme le baiser d'une mère, vivifiante comme un rayon de soleil, sainte comme la colère d'un esclave, forte comme la volonté d'un peuple libre… Pas la vérité créée en laboratoire comme la lumière électrique, mais la vérité produite dans le ciel comme l'aurore… La vérité-fouet qui expulse les marchands du temple, la vérité-justice qui arrache Dreyfus des enfers, la vérité-rage qui arrase les Bastilles, la vérité-philosophie qui écrit les droits de l'homme…"

Leuk feuillette.

— Ou encore, cette harangue au peuple cap-verdien, transposable presque partout aujourd'hui : "Ta classe dominante n'est pas un élément d'action politique, c'est un facteur de dissolution morale. Ce n'est pas un engrenage du progrès, c'est une des faces les plus ridicules de l'égoïsme."

Dans ce même numéro, nous trouverons la page qu'Eugénio Tavares consacra en 1924 à la mort de son maître Aleixo Rodriguès, dit Djedji Porteiro. Le disciple écrit : "Ce matin-là, Brava se vêtit de deuil et pleura tout le jour, toute la nuit suivante, comme une mère qui pleure sur le cercueil d'un fils chéri ; il commença à pleuvoir le matin, il plut le jour entier, il plut toute la nuit. Quand le cercueil fut emporté au cimetière, les torrents dans les pentes mugissaient tristement et s'abattaient dans la mer. Les nuages se changeaient en eau. Brava pleurait son philosophe, son poète, son fils aimé."

Dany range son pick-up le long d'une allée de bananiers, de cannes à sucre et de manioc. Une coquette maison "américaine" se protège derrière le rideau végétal. Un rocking-chair devant la porte ajoute un air de Louisiane.

— Peu de départs pour l'Amérique ont été aussi heureux que celui d'Eduardo Lopes, prévient Dany. Son histoire augmente d'un chapitre original le volume des relations entre Brava et la Nouvelle-Angleterre.

Eduardo Lopes est un homme réservé. On entre avec précaution dans son monde. Ses vastes canapés ont traversé l'Atlantique ; mais notre attention est attirée par une grosse pendule à quartz en forme de violoncelle et par un article de l'*Evening Times*, encadré et accroché au mur. Eduardo Lopes suit notre regard, un sourire imperceptible aux lèvres. Ce calme septuagénaire manie plus facilement la gouge que le verbe. Il rabote pourtant sa gorge pour satisfaire notre curiosité.

Histoire d'une vie.

— J'ai quinze ans, je travaille le bois avec mon père. Comme la plupart des enfants noirs, je ne connais pas l'école. Quand je ne suis pas charpentier ou menuisier, je cours aider aux champs. Mon père est aussi métayer. On ne sait pourquoi, mais parfois le propriétaire ne nous rend pas notre part. Avec un simple couteau, je creuse un jour ma première guitare, un instrument grossier qui m'est sorti naturellement des mains. Je l'offre. Je recommence et chaque fois, je distribue mes essais. Mes amis décident de vendre pour moi mes instruments qui partent en Angola, au Portugal, dans les autres îles. Ma réputation grandit. Pourtant, je ne dispose que du bois de construction, du pin. Je joue aussi du violon. Les bals augmentent mes revenus. Mais je réserve ma passion pour la création. Souvent Ivo me regarde faire. Ivo est un jeune musicien doué d'une oreille remarquable. A force de m'observer, il apprend. Mais le courant de l'émigration l'emporte à son tour. Il connaît l'usine en Amérique jusqu'au jour où il offre ses services à Boston Strings Instruments, une maison qui a la confiance des orchestres philharmoniques de la côte est. Ivo se fait remarquer. "Mais comment un Africain d'une petite île atlantique peut-il avoir autant de talent ?" se demande Melvin Peabody le directeur. "Oh moi, ce n'est rien, lui confie Ivo avec modestie. Mon maître au Cap-Vert est bien meilleur que moi !" Cette phrase lui suffit, Melvin Peabody prend d'assaut l'intransigeant service de l'émigration. Il s'acharne deux ans. Et en 1981, muni d'un contrat professionnel et des pleins droits pour ma famille et pour moi, je débarque à Boston sans un mot d'anglais dans ma valise. J'ai cinquante-sept ans. Les Américains sont ainsi ; ils vous accueillent et d'emblée vous réservent l'épreuve majeure : un violon à réparer. Rien n'est plus dur. Fabriquer est simple à côté !

L'article encadré révèle qu'Eduardo Lopes répare tous les instruments à cordes. Un jour, un violoniste du Newton Symphony lui apporta un violon de 1783 d'une valeur inestimable mais en pièces. Lopes le rendit à la musique. Yo-Yo Ma, star mondiale du violoncelle, confiait à lui seul la préparation de son instrument avant ses concerts au Symphony Hall de Boston.

— Je suis resté dix ans aux USA et ma vie s'est éclairée. Ici personne n'a jamais rien fait pour moi. A Boston, j'ai créé des contrebasses, des guitares flamencos, des guitares portugaises à douze cordes. J'ai inventé le ukulélé électrique. J'ai enfin connu l'érable, le peuplier, l'ébène et le bois de rose, les bois précieux ou vieillis qui magnifient les sons. Ce que mes doigts savent, ils le tiennent de Dieu. J'ai pu réaliser le rêve de ma vie : avoir une maison à moi.

Ils ne sont que deux grands luthiers au Cap-Vert : Batista, le père du subtil guitariste et violoniste Bau de Mindelo, et lui. Leuk espère compléter sa galerie de portraits des figures musicales de l'archipel. Le lendemain, Eduardo Lopes, consentant, réveille tous ses instruments, les extrait des ombres de l'établi. Duo de guitares électrique et acoustique, le fameux *cavaquinho* électrique, premier du genre, une famille de violons. Les longs doigts du luthier posés sur les cordes. Un sourire si léger exprime son rayonnement intérieur.

— Les fils de propriétaires ont presque tous émigré ; ils ont fait leur vie aux Etats-Unis tout en tirant bénéfice des terres et des boutiques d'ici. Rien n'a beaucoup changé, sauf quand un émigré pauvre réussit.

Il est la preuve de la bonne fortune.

Eduardo Lopes nous retient. Ce serait dommage de partir sans saluer son voisin et de ne pas le photographier. Raul de Pina est un violoniste qui a enivré le Cap-Vert ; son archet a caressé les cordes sensibles du siècle. Il a quatre-vingt-quatorze ans. Nous n'osions pas le déranger. Ce en quoi nous avons tort. Raul de Pina, droit sur le pas de sa porte en costume marine, chemise à fleurs et chapeau blanc, décline son âge comme une garantie de sérieux. Peut-on parler de vieillesse ? Les deux hommes, le nonagénaire et son cadet, portent en eux la fougue de tous les airs qui voguent en leur mémoire, font frissonner leurs doigts. La musique les transfigure. Aucune parole ne fait allusion à un ralentissement de rythme, si ce n'est celui de la *morna*. Il n'est question que d'elle, la *morna*, et de sa jouvence à Brava.

— Quand la *morna* passa de Boa Vista à Brava, elle fut prise de langueur. Peut-être est-ce notre climat, les brumes, nos fleurs qui apaisent notre sang ? Puis en gagnant São Vicente, elle s'est réduite à un balancement, à une danse presque immobile, propice aux baisers et aux chuchotements sensuels.

Alors le grand violoniste se lève d'un bond, enlace une cavalière imaginaire et tourne dans le salon suivant le mode de chaque île. Son énergie amoureuse se moque des ans. Il a eu trente-huit enfants, vingt-neuf vivent encore.

— Eugénio Tavares fut le plus grand sentimental qu'ait connu l'île. C'est lui qui a instillé la suave mélancolie dans la *morna*. Il fut le premier véritable compositeur à écrire des vers, à les taper à la machine, à imposer la vertu poétique du créole, à transcrire les notes et à travailler les harmonies avec des musiciens professionnels.

Sans ralentir, Raul de Pina fouille dans une commode et brandit l'édition originale du livre de Tavares, *Mornas, cantigas crioulas*, publié en 1930 l'année de sa mort. Un exemplaire usé qu'il lit sans lunettes :

— Brava, explique l'auteur, est la terre où les hommes se marient avec la mer, le plus doux séjour de la nostalgie. Grâce à la vie tragique et aventureuse de son peuple, la *morna* a gardé les yeux fixés sur l'océan et l'espace azuré ; ainsi elle a acquis cette ligne sentimentale, cette douceur harmonieuse qui caractérisent les chansons de l'île. Elle s'élève du rire aux pleurs pour finir amoureusement au diapason de la *saudade* portugaise.

— La plus vieille *morna* de Brava, confirment les deux musiciens, *Brada Maria*, est le cri lancinant de désolation d'une jeune fille trompée qui ne peut s'écouter sans larmes.

— Et les épreuves des traversées, les disparitions de bateaux ont-elles inspiré des chansons ?

— Oh oui, répond Raul de Pina le visage soudain fermé, il y a la célèbre *Valse du Mathilde*, mais mon violon a toujours refusé de la jouer. Quatre de mes cousins sont morts dans le naufrage du *Mathilde*. Toutes les familles ont perdu un parent. Dès les premières notes, l'assistance se met à pleurer. Aussi cette valse n'a-t-elle jamais été enregistrée. Si vous descendez à Faja d'Agua, les gens vous en diront plus. Le bateau est parti de là.

Leuk photographie le sémillant violoniste jouant contre le mur ocre et blanc de sa maison à étage.

— Votre attention donne de la considération à notre âge, souffle-t-il au dernier instant.

Les adieux sont accordés sur le même ton que la *morna*. Nous tournons le dos, voûtés par l'émotion. O Brava, île d'amour.

Carlos, on a du mal à se contenter de huit jours à Brava. Cure de calme, de fleurs et de joliesse. On s'entiche des rues étroites, herbeuses et tortueuses de Nova Cintra. La course d'un gamin résonne. La barbarie d'un moteur profane. Le dimanche, les enfants en velours et dentelles, chaussettes blanches et souliers vernis, défilent jusqu'à l'église comme des modèles de magazines de couture. Tous les lieux de cultes, catholique, protestant, nazaréen, adventiste rivalisent de mélodies ferventes. Les émigrants n'ont pas rapporté que des biens de consommation ; ils ont élargi le champ religieux. En 1909, le premier temple protestant du Cap-Vert était établi à Nova Cintra. L'après-midi, le *grogue* et le foot précèdent le bal et le *grogue*, sauf pour les sectaires les plus fervents.

Mais ce n'est pas tout. L'île est tellement plissée qu'il y a toujours un étranglement à explorer par les zigzags de chemins que montent ou dévalent des enfants et leurs ânes chargés d'outres d'eau. Des sentiers d'équilibristes rejoignent la vie qu'un ancien est allé planter sur un piton au mépris du vide et de la solitude. Eugénio Tavares résidait à Aguada, une oasis que l'on atteint haletants, comme l'intrigue d'un roman, après les cent détours et rebondissements du relief.

Faja d'Agua est une des quatre issues océanes. Il faut, hors du nid de Nova Cintra, plonger à nouveau dans la pente caractérielle jusqu'à la mer. La route récente a tranché tous les obstacles et forcé l'accès à l'aéroport dont la piste est posée sur une plateforme exiguë à quelques coudées des flots. La baie de Faja d'Agua est exquise et luxuriante. Un torrent de cocotiers, de cannes, de bananiers dévale des gorges et adoucit la verticalité des murailles. De pimpantes maisons endormies attendent les vieux jours de retraités d'Amérique. Toutefois, ce front de mer luxueux renvoie les jeunes oisifs à la précarité de leur vie, à la dépendance du mandat, attise un rêve de départ. Il y a aussi une pension idyllique et le restaurant caché de Maria qui reçoit dans la cour de sa maison à la façon des "maquis" africains.

— Aujourd'hui, s'excuse-t-elle, je n'ai que des langoustes.

Un mémorial et une chapelle blanche avertissent que le port n'oubliera jamais les cinquante-deux victimes du *Mathilde*, disparues en 1943. Deux sous-verres rassemblent noms et photos des passagers, portraits de mulâtres endimanchés, cris de douleur en anglais de parents inconsolables. Personne ne veut nous répondre ; c'est la doyenne qui doit parler. Les hommes, sortis de leurs rêveries par nos questions, nous escortent du bar jusqu'à elle, une belle personne aux yeux bleus mouillés par le guet et le regret. Elle porte un fichu blanc et une jupe en jean. Une nuée d'enfants s'amuse sous la ramure de ses quatre-vingt-treize ans. Elle prend la main de Leuk et ne la lâchera plus.

— J'ai pilé le maïs plusieurs jours pour les besoins de la traversée…

Quand il a disparu derrière l'écran des roches, les parents pressentaient que le *Mathilde* naviguerait dans leurs cauchemars. Humberto, un enfant de douze ans, avait sauté par-dessus bord et nagé trente minutes pour rejoindre la côte, moins effrayé par les lames et les brisants que par le bateau qui déjà prenait l'eau, dira-t-il. Il faut comprendre. La famine régnait dans l'île et la guerre ravageait le monde. Les passagers du *Mathilde*, émigrés en visite, étaient anxieux de retrouver la sécurité d'outre-Atlantique par tous les moyens. La guerre ayant interrompu le trafic régulier du Brava Packet Trade, ils affrétèrent un petit voilier et payèrent les réparations. Peut-être le climat de nervosité a-t-il précipité les préparatifs aux dépens de la prudence ? Le *Mathilde* était-il trop chargé ? Pourtant, malgré la menace des sous-marins allemands, il quitta Faja d'Agua le 21 août 1943. Jamais il ne reparut. La nouvelle de la tragédie se répandit par les ondes. L'île se voila de deuil. Puis une rumeur annonça le voilier aux Bahamas. On dansa de joie. C'était en fait un ouragan qui avait touché les Bahamas et qui balaya les faux espoirs. Une saute d'optimisme signala le *Mathilde* au Portugal. La radio éteignit aussitôt ces brandons. Les parents consultèrent les voyants qui confirmèrent l'arrivée des naufragés dans le jardin des âmes : "Ils sont quelque part, heureux..." Il fallut se résigner.

Partem os filhos de Brava
dignos irmãos dos outrora...
Velas ao vento navio ao largo
*que triste amargo momento**...

La vieille a murmuré plus que chanté le début de la *Valse du Mathilde*. Mais les refrains ramènent les larmes.

— Autrefois Faja d'Agua était un endroit isolé, très beau, dit-elle pour divertir, si calme

* "Ils partent les fils de Brava
Dignes frères de jadis
Les voiles au vent, le navire au large
Quel moment triste et amer..."

qu'à la nuit on voyait des sirènes avec des cheveux qui descendaient jusqu'au bas des fesses. Et à l'aube, on entendait des meuglements de vaches en provenance de la mer.

Les hommes confirment la croyance en riant.

— Chaque année, on aperçoit des baleines, disent-ils, à défaut de vaches marines...

— 1942 fut la dernière année de la chasse, précise la vieille.

Elle a vu les fils de paysans s'embarquer à bord des baleiniers. Les équipages étaient composés d'une majorité de Noirs. Ils payaient leur choix par des années de labeur mal récompensé. Mais elle a aussi connu l'arrivée des bateaux rachetés par des émigrés, l'ascension des premiers capitaines cap-verdiens qui avaient franchi toutes les passerelles pour accéder au pont de commandement. Le capitaine José Lima qui traversa l'Atlantique en 1935 sur le *32 foot sloop Nettie* en cinquante-sept jours, les capitaines John Sousa, John Costa, Anthony et Francky Coutinho. Et bien d'autres. Les Américains ironisaient sur ces *floating shipwrecks*, bateaux rapiécés arrachés à la retraite. Mais le *John Manta*, le *Yukon*, le *Valkyria*, le *Coriolanus*, l'*Augusta Hilton*, le *Lucy Evelyn*, le *Madalan*, l'*Ernestina*, tous ces voiliers, dont les noms dérivent dans sa mémoire, accordaient une chance de retour à celui qui misait sur un destin lointain. Les années favorables, dix voyages au moins reliaient l'Atlantique nord au Cap-Vert.

A l'extrémité de la baie, des rochers découpés comme les personnages d'un théâtre d'ombres avancent dans la mer en procession sous la houlette d'un pasteur à la noire soutane. Ponta do Padre. Celui qui avait compté les angoissantes journées de traversée se laissait alors bénir par l'apparition et pleurait.

… Et si je retourne
à la misère de chez nous
Tel que je suis parti,
humble et sans richesse
Ne pleurez pas non plus pour moi
N'ayez pas pitié de moi
Mais si jamais je reviens avec cet air de félicité
Qui brûle dans la flamme
de gros cigares
Qui brûle dans les anneaux ornés
de pierres précieuses
Qui s'annonce par des rires gaillards
Et se garantit dans l'abondance
des chiffres bancaires
Alors pleurez pour moi
Ayez pitié de moi.
Car la petite valise d'émigrant
que je fus
Avec mes poèmes, mes rêves
A été oubliée comme quantité négligeable
Comme poids inutile
Je ne sais où quelque part dans le monde.

Leuk a dû lâcher la main de la vieille si belle. Un soir, l'avion nous cueille sur la plateforme dérisoire de l'aéroport, en surcharge d'émotivité. Rien à déclarer sinon des poèmes sur l'insularité. Jorge Barbosa n'était pas de Brava, mais sa complainte *Emigrante*, que je t'envoie Carlos, s'adresse à l'archipel depuis 1936 et ses derniers vers se gonflent d'actualité. Nous volons vers Maio. La nouvelle te parlera forcément de voilier, de retour et de *morna*.

MARIA QUI CRIE

Brada Maria. Crie Maria crie. Jusqu'à déchirer l'ombre comme il a décousu ton corps. Jusqu'à bousculer l'ordre des heures et précipiter l'aube. Tu es une étoile déjà éteinte. Il a dérobé ta lumière. En un baiser, il a humé ta vie et t'a laissée exsangue dans la poussière du chemin. Il a ouvert la volière où chantaient tes joies enfantines, pour t'abandonner en proie aux rapaces nocturnes. La douleur a des ailes infinies. Tu connais à présent l'envergure du désespoir. Crie ! Maria, crie ! Ton avenir se noie dans les larmes perdues de ton honneur. Il te reste à l'attendre pour ne pas faire le choix de mourir.

Maria court à travers les bananiers fous. La nuit est peuplée de chasseurs sans âme. Le sacristain est un saint vieillard qui habite près de Dieu. Elle se jette dans ses bras. Ensemble, ils pleurent les avanies que les mâles infligent à la tendresse. A l'aube, sa mère lui ouvre son cœur : avec son père, il n'en fut pas autrement. Elle n'avait jamais osé lui avouer. Mais cette vérité soudaine peut-elle consoler Maria ? Elle avait toujours imaginé son père naufragé, mais héroïque. Qu'inventera-t-elle pour répondre aux questions de l'enfant si cette nuit la féconde ?

Voilà ce que Maria a dit à son fils qui n'a pas manqué de naître :

— Le bateau s'appelait *Sunbeam*. Le maître d'équipage beuglait des ordres alors que la chaloupe descendait le long des flancs du vaisseau mère : "Quand la baleine longera notre bord, ne vous jetez pas à l'eau de l'autre côté, même si la peur vous anime, ne faites surtout pas ça, restez à vos postes !" Bien sûr il s'adressait à ceux qui partaient en campagne pour la première fois et qui ne savaient pas encore à quel point la terreur avait une forme.

Non, on ne peut pas imaginer un cachalot avant de l'avoir vu cracher et plonger pour mieux défoncer la barque, répétait Maria à son fils comme si elle avait vécu ce moment crucial. António se tenait à l'avant de la barque. Il lançait le harpon et criait : *"Fasto !"*

António, ton père.

La lutte était engagée, et la bête piquée cruellement multipliait les attaques. Pauvres hommes, ils ramaient en bredouillant des prières à un Dieu qui n'avait pu créer une telle abomination. La queue phénoménale ne cessait de frapper l'endroit que la chaloupe venait à peine de quitter. Les rameurs ne savaient plus du ciel et de la mer quel était l'endroit ou l'envers. La baleine entraînait l'embarcation à folle vitesse à des milles du bateau mère. Le maître hurlait d'arroser la corde pour que le frottement n'enflamme pas le bois. Un homme se tenait prêt à la couper avec une hache. Quand le monstre ralentissait, António portait le coup fatal, celui-là même qui déclenche la rage de l'agonie. "Arrière toute !" Il fallait craindre le dernier face à face. La gueule contre la proue.

Maria rassurait son fils Toninho :

— António ne ratait jamais sa mise à mort. Il perçait les poumons, l'eau devenait rouge. Tito admirait ton père. Tito que les requins ont renvoyé à terre. Tito le manchot.

Ma mère m'a raconté dix fois les mêmes scènes que Tito lui avait décrites bien plus souvent encore. Mon père, harponneur, n'avait jamais écrit. Et le mutisme de ma mère augmentait à chaque passage de baleinier dont il ne descendait pas. Pour elle, le *Sunbeam* croisait au large de la Tasmanie. Elle ignorait tout de ce pays, mais l'excuse d'une terre extrême lui faisait encore pardonner l'abandon et rabâcher son espoir.

Brada Maria. Maria crie. Dieu n'est-il pas sensible aux gémissements d'une femme au pied de la croix ?

Toninho, ton fils, est parti lui aussi, il s'est embarqué. Depuis le temps que tu agitais les mers devant lui, à poursuivre le *Sunbeam* de tes rêves insensés. Toninho savait bien que son père ne dérivait pas vers la Tasmanie. S'il n'était pas mort, il avait refait sa vie dans une ferme américaine comme tous les marins encore capables de trimer, en laissant le harpon pour la hache, la rame pour la pioche, les vagues pour les sillons, en troquant Brava pour la Nouvelle-Angleterre. Pourquoi n'avait-il jamais fait porter de lettre ?

Moi, Toninho, j'ai été docker et cueilleur d'airelles, ouvrier en usine textile et encore docker pour mieux surveiller les quais. Les dimanches, j'étais homme en costume. Les cols blancs aiment les peaux sombres. La photo de moi en canotier a dû rendre fière ma mère. Et les meubles, et la radio, et les mandats. Je les voyais embellir la pauvre maison de Baleia, là-bas à Brava, sous les roches amères. Mon fils, Toni, a grandi dans le souvenir de mon enfance. Mais je n'ai pas tenu mes promesses, je me suis marié, je ne suis pas rentré. Depuis tout ce temps, je cherchais le *Sunbeam*. Son épave vient d'être mise aux enchères. Je l'ai rachetée. Je la ferai réparer. Je n'ai encore trouvé personne pour renflouer le souvenir de mon père.

On l'appelle Brada Maria. Le nom lui est resté. Il fut un temps où, jeune fille, elle pleurait. Aujourd'hui, c'est une femme qui chante. Chaque matin, devant sa porte, elle baise la photo d'un enfant, la porte au ciel à bout de bras puis la berce en fredonnant. Elle interprète pour son petit-fils américain une *morna* d'Eugénio Tavares, *Força de crêtcheu* : "Pour un instant d'amour, une vie entière de douleur !" Elle dit à qui veut l'entendre que le grand compositeur lui rendait visite parfois, ému par sa détresse. Il restait là simplement à l'écouter. Sa compassion fut le seul cadeau qu'un homme lui fit, de toute sa vie. Pour lui, elle chantait :

Si vous aviez vu, chasseurs sans âme,
que l'abandonnée est comme une orpheline
Jamais plus vous n'attaqueriez les petits oiseaux
pour les jeter à la boue des chemins.

Elle pensait lui avoir inspiré quelques *mornas* et ressassait cette fierté en berçant la photo d'un enfant né loin d'ici.

Mon grand-père António fut un grand harponneur à ce qu'il paraît. Mon père Toninho n'a jamais pu repérer son sillage. Il a racheté et renfloué le *Sunbeam*, le baleinier sur lequel il avait servi, mais les journaux de bord ne mentionnaient pas de héros du nom d'António. Mon père a confié le bateau à un capitaine originaire de Brava et s'est mis à vieillir prématurément comme si la perte de son rêve avait gâté son sang. Le *Sunbeam* traîna sa coque en Atlantique tant que les voiles flottèrent comme des drapeaux de liberté entre le Cap-Vert et le Nouveau Monde. Moi Toni, de Long Island, New Jersey, je suis né citoyen américain, de grand-père disparu et de grand-mère folle d'amour.

Au port de Furna, guitares et violons accompagnaient autrefois les partants pour l'Amérique. *Pau e corda*, bois et cordes. La musique est comme une mère anxieuse qui, jusqu'au dernier moment, complète vos bagages, rajoute des résonances contre l'oubli. Ces notes, que mon père a emportées à son départ, chantent à présent dans ma tête, moi qui arrive à Furna et découvre Brava.

Une vieille femme noire, forte et belle, porte deux thons à bout de bras. L'intensité de ses yeux bleus arrête mes pas. "Je sais de qui tu es le fruit. Pourquoi viens-tu si tard ?" Je n'ai préparé aucune excuse, une vague mouille mes chaussures. Elle me conseille de ne pas passer par la ville. C'est en lenteur que le pays doit me monter au cœur. Elle pose ses poissons pour me bénir. "Le chemin est escarpé, dit-elle, mais il le faut."

C'est un sentier qui tournaille. Titina me précède. Elle habite à Baleia où je vais. Elle a troqué le lait de la montagne contre un peu de poisson, et retourne, comme chaque jour, dans son village perché. L'incertitude de mes pas l'amuse. Son rire cabriole au-dessus de méchantes vagues qui aboient, narguées par ce papillon de gaieté inaccessible. La falaise ne prête pourtant pas à rire. "Aujourd'hui, c'est la fête de Santa Nina. Avais-tu prévu d'arriver un jour aussi beau ?"

Je n'ai rien prévu. Mon père, enfant, dévalait ces pentes. J'ai attendu l'âge d'homme pour les remonter. Je croise un gamin qui pousse une roue de fauteuil roulant comme un cerceau. Le paysage est paralysé. Les fours à chaux sont abandonnés, les terrasses asséchées, les canaux d'irrigation ensablés. Les versants s'écartent, un val s'ouvre, des manguiers désavouent la sécheresse, des palmiers bruissent. "C'est là que les gens bien venaient pique-niquer", décrivait mon père. J'imaginais des robes blanches dans l'herbe verte. Les maisons à étage agonisent sans maître ni fenêtre. Les balcons et la charpente ont cédé sous le poids du ciel. Titina désigne la pièce d'où sortaient les sons du piano. "Ils jouaient aux cartes et s'amusaient. Mais les arbres ont vieilli, le vent chaud a soufflé et un jour, les réserves n'ont plus suffi."

L'eau de la source a le goût du vinaigre. Fonte Vinagre. La meilleure eau de l'île. Mon père venait la puiser. Des ânes sont garés les uns derrière les autres, les petits conducteurs règlent les priorités d'accès à la fontaine. La citerne a cent deux ans et des airs de thermes romains. Un cube rose au revêtement labouré par l'usure. La ramure d'un acacia double le toit. Aux quatre angles supérieurs, une tête d'homme ouvre la bouche. “C’est Fonseca, le tailleur de pierre. Il avait toujours soif. Il s’est représenté ainsi, pressé de boire.” Titina ruisselle de sueur mais plus encore de joie. Je bois l’eau de vinaigre dans ses mains. “Allons ! dit-elle. La fête n’est plus loin.”

Une foule est rassemblée à leur arrivée. Un orateur adresse une harangue. Des cris l’approuvent et le couvrent. Toni s’approche pour profiter du discours. C’est en fait un poste de radio qui jacasse, posé sur une estrade, et que les gens applaudissent. Titina l’a quitté pour s’apprêter ; il n’a plus personne pour expliquer. Il est entouré de capitaines déboussolés, de policiers débraillés, de docteurs hilares, d’infirmières pressantes et de marins qui chaloupent. Tous habillés de blanc et galonnés. On boit aux belles paroles des hommes politiques avant de leur clouer le bec et d’éteindre la radio. Les tambours du peuple battent plus fort. Le cortège embarque Toni. Les bannières s’agitent, les porteurs tanguent, les images pieuses se contorsionnent sur les drapeaux. Meilleur est le *grogue*, mieux les saints dansent. “O sainte Nina, réjouissez-vous et protégez les marins ! Ecartez le malheur !” Personne ne lui a encore demandé qui il était. La fête a besoin d’un personnage : l’étranger. On lui fait jouer son propre rôle.

En montagne, les barques sont construites en béton. La mer clignote au soleil, ironique et lointaine. Un portail de feuilles d’agaves restreint l’entrée du port. Toni doit payer pour passer ; autrement, à quoi serviraient les policiers ? La foule trépigne autour du bateau. Les tambours battent l’allumage du moteur et sa montée à plein régime. Une fumée sort des soutes. Le capitaine et son équipage hissent mâts et voiles. Les grandes manœuvres commencent. L'officier gesticule. Si Toni veut embarquer, il doit prouver sa bonne santé. Le corps médical l'assaille, le palpe, l'ausculte. L'ordonnance est longue : *grogue* matin, midi et soir. Les infirmières touchent les honoraires. Toni lâche des dollars. L'étranger a tous les torts.

Il n'embarque pas, on le kidnappe pour mieux le rançonner. Dans la cale, Toni jouit du spectacle depuis la coulisse. Les compagnes des matelots font la cuisine. Un accessoiriste produit la fumée pour la cheminée. Les tambours accélèrent la vitesse de croisière. Un intendant écope le *grogue*. L'assistance garde la bouche ouverte comme une compagnie de mouettes dans le sillage d'un thonier. L'étranger prisonnier est bien nourri. Depuis trois jours, les donneurs de la fête préparent les repas.

Au matin, il chante en créole ; toute la nuit, il a entendu des murmures de femmes. Mais plus il saisit d'épaules, serre de hanches, respire de nuques, plus le corps dansant de Titina s'efforce d'effacer de sa chair chaque sensation qui émanerait d'une autre qu'elle. Elle le tient, le force, l'étrille, l'érode. Son ventre brûle, une marée furieuse bat ses tempes, il voudrait se rendre. "Sais-tu où est ma maison ?" lui demande-t-il enfin. Elle l'abandonne devant des volets clos.

La clé est sur la porte. Ses bagages posés sur le seuil. Il n'a pas eu besoin de dire son nom. Le capitaine de la nuit savait tout de son voyage ; les faux policiers se moquaient éperdument de ses papiers ; les femmes d'ici le berçaient depuis toujours ; les médecins de la fête lisaient dans sa mémoire. Il a l'impression que Titina l'attendait. La clé est sur la porte.

Dans la maison de Maria, l'odeur est celle du chagrin. L'obscurité a gardé la froidure des désillusions. Il frissonne et s'imagine ouvrir le tombeau inviolé d'une jeune reine surprise par la mort en plein amour. La frénésie de la nuit perturbe encore sa conscience. Il a toujours perçu sa grand-mère insensible au temps qui passe, figée dans l'espérance. L'ouverture d'un volet rétablit les rides de la pièce. La lumière crache sa vérité.

Les murs sont verts. Une peinture de clinique. John Fitzgerald Kennedy en tapisserie sourit à Martin Luther King qui, tissé en vis-à-vis, brode l'éternel discours de la paix. Il retrouve le poster de Bob Marley qu'il avait lui-même envoyé. Toutes ces marques américaines lui paraissent soudain futiles et dévoyées. Le poste de radio, le frigo, leurs fils pendent, il n'y a pas de prise, l'électricité n'atteint pas Baleia. Dans le réfrigérateur, Maria a conservé les lettres, les siennes, celles de son père. Il s'étonne de l'absence des photos qui d'habitude garnissent les murs ou le plateau des commodes. Derrière la vitre du buffet, des douzaines de boîtes de conserve sont alignées, fruits au sirop, haricots rouges, *made in, product of*... Elle ne les ouvrait pas, les exposait. Il cherche parmi les lettres celle où il lui annonçait ses débuts de luthier dans une compagnie reconnue, ses aspirations, ses projets...

— C'est moi qui les lui lisais.

Il sursaute. Il n'a pas entendu revenir Titina.

— Quand elle a compris que tes rêves ne te porteraient pas ici, que tu te précipitais dans ta vie sans l'envie de la connaître, elle a cessé de résister, elle a dérivé vers son dernier récif. Tu as raison de penser que l'âge ne l'atteignait pas. Jusqu'alors, l'attente lui concédait la grâce de l'éternelle amoureuse. A la longue, on ne savait plus de quel amant elle espérait le retour : son homme, son fils ou son petit-enfant.

Il y a un drap blanc qui recouvre le mur entre les deux fenêtres comme un linceul. Toni ne l'aurait pas touché. Titina va l'arracher.

— Le dernier mandat qu'elle a reçu de ton père ou de toi, elle l'a entièrement donné à *nhô* Rocha, un artiste qui pendant quelques années s'est installé à Brava pour peindre des paysages de la Nouvelle-Angleterre sur les murs des riches maisons d'émigrés. Assieds-toi à présent. Ne reste pas debout !

Elle le pousse vers un rocking-chair.

Sur la peinture aussi, il est assis dans le rocking-chair. Mais il est vieux. Le peintre l'a représenté miné, usé. Il tient une guitare dans ses bras comme un joueur de blues abreuvé de chagrins alcooliques. Derrière lui, une main posée sur chacune de ses épaules, son père au mitan de sa vie, vêtu comme un digne propriétaire de bateau, et son grand-père, harponneur et séducteur, irrésistible adolescent fringant.

Titina derrière lui, pose une main sur son épaule :

— Pourquoi as-tu tant tardé ? elle n'a pas supporté.

Il pourrait prendre ses mains pour y enfouir son visage. Il pourrait profaner le sanctuaire du souvenir en la forçant sur le lit américain. Mais Titina chante :

J'ai crié dans l'ombre mon amour perdu
J'ai senti saigner mon cœur de douleur
Et comme une voix en pleurs s'élevait, j'ai su que c'était une étoile morte qui gémissait.

— C'est le début d'une *morna* qu'une voix anonyme a consacré à la fidélité de ta grand-mère. *Brada Maria.* Crie ! Maria, crie ! Toute l'île la porte en elle, Brava compatit à son abandon depuis des générations.

— Mais toi qui viens d'Amérique, que connais-tu de la *morna* ? l'interroge Titina.

— Elle est née à Boa Vista, récite Toni.

— Moi aussi, je suis née à Boa Vista, lui révèle-t-elle.

— Elle a vogué jusqu'à Brava, récite-t-il.

— Mes parents ont naufragé, j'ai été recueillie à Brava, élevée par Brada Maria, lui apprend-elle.

— Elle s'est alanguie à Brava, l'âme éperdue et fiévreuse, récite-t-il.

— Je t'ai attendu, éperdue et fiévreuse, lui confie-t-elle.

— Elle a caboté jusqu'à São Vicente ; dans le port de Mindelo, elle a mêlé sa passion à des ardeurs étrangères, récite-t-il.

— Emmène-moi à Mindelo, supplie-t-elle, c'est là que je veux mêler ma passion à ton ardeur, j'ouvrirai mon corps à tes influences, je ralentirai mon cœur pour paisiblement poser ma tête sur tes épaules, je blottirai l'envie de mes cuisses contre le mât de tes désirs. Je ne m'appellerai plus Titina, mais pour toi à jamais Beleza*.

* *Beleza* signifie "beauté" et désigne aussi le surnom du plus célèbre compositeur de *mornas* de Mindelo : B. Léza.

MAIO

Cher Carlos, ce lundi 20 novembre, nous volons vers Maio. Ou plutôt, nous sautons par-dessus le bras de mer qui la sépare de Santiago. Vingt-cinq kilomètres à peine. Tu disais : “J'empruntais les jumelles, grimpais sur la terrasse au-dessus de la chambre de mes parents et, par temps clair, je percevais les dunes de Maio, île de fromage et de sel. Un bon fromage de forme conique. Mon père en vendait. Dans sa boutique, le sel aussi provenait de Maio.”

Un soir de mai, avant la pluie, ton père prenait du sel pour prédire l'année agricole. Il alignait douze cristaux sur une planche, dans l'ordre des mois à venir. Avec la nuit, ils se liquéfiaient. Au matin, les dépôts humides autour des cristaux révélaient non seulement les mois pluvieux mais aussi les régions bénéficiaires de l'île. Il suffisait de lire les auréoles en fonction des points cardinaux. Tu avouais : “Bien sûr, mon père choisissait les bons cristaux pour qu'ils annoncent les résultats espérés de juillet à octobre. Le test du sel, *salitro*, avait surtout valeur de réconfort. Et quand il décevait, on cherchait à forcer la chance avec le test de l'œuf. Un autre soir, mon père cassait un œuf dans un verre d'eau. Le lendemain, on interprétait les formes. De beaux drapés signifiaient «voiles»,

et l'on distinguait voiles de mariage ou voiles de bateau, noces ou départ. Bref, mon père croisait les prédictions pour rassurer sa famille. Il répétait qu'à Santiago, il faisait malgré tout bon vivre, tandis qu'à Maio…"

Ta gravure de Maio, Carlos, ne nous rassure pas.

Un arbre à tronc penché forme une voûte au-dessus d'une route déserte ; sa ramure échevelée, battue par un vent opiniâtre, semble vouloir lui échapper, comme un parapluie révulsé par la tempête. Leuk qui a consulté "La flore de l'archipel" (1935) d'Auguste Chevalier, le grand professeur du Muséum d'histoire naturelle, sait pertinemment que les *Faidherbia albida* et les *Acacias scorpiodes* sont sujets à ce type de déportements. Ces arbres détroussés marquent le paysage du Cap-Vert comme autant d'étendards d'un pays flagellé, sous l'emprise de vents contraires.

A chaque angle de la carte, tu as planté une éolienne, instrument de capture du vent et de revanche de l'homme.

Passer en un éclair de Brava à Maio, en vertu d'une correspondance favorable, provoque quelques turbulences au niveau des sensations. L'équivalent par exemple d'un transfert subit de Corse en Gambie. Nous chutons d'un rocher fleuri à une pénéplaine aride. La densité de la population baisse d'un coup. La chaleur s'élève. Les flammes du soleil lèchent sans retard les façades peintes de la petite ville, construite en terrasses au-dessus du port. A deux, nous occupons un camion-taxi et remontons fièrement la "promenade des Anglais", parallèle à la plage. Vila do Maio fut durant des siècles appelée Porto Inglês quand une centaine de bateaux, surtout britanniques, venaient chaque année s'approvisionner en sel. Des plans pavés inclinés relient les étages du bourg. L'église de 1872 dresse sa découpe baroque au sommet d'un imposant escalier. Nous débarquons dans la famille Spencer qui a inauguré la formule "chambres d'hôtes" au temps de la pénurie d'hébergement. Un appartement de plain-pied dans la vie nous permet d'échapper aux deux tours qui, au nom du tourisme et de la plage de sable suprême, enlaidissent la ville basse. Quel dommage, Carlos, que le développement en cours de l'hôtellerie au Cap-Vert ne croise presque jamais l'urgence de sauvegarde du patrimoine. Des blocs de béton croissent tandis que d'admirables *sobrados* s'affaissent. Le déficit se creuse sur les deux tableaux. Le visiteur grimace à la vue de la modernité désuète et déplacée de ces cages à touristes, et déplore l'effacement de l'architecture historique qu'il recherche. La restauration souffre d'un semblable manque d'imagination. Appréciation péremptoire que l'on ose, après avoir heureusement fréquenté la cuisine familiale, même la plus simple ; cuisine qui sait tirer parti de la gamme des produits disponibles, réquisitionne fèves et légumes, varie les accommodements des viandes et poissons. Les restaurants, eux, proposent à longueur de cartes fort courtes une interprétation quasi unanime du *bife* de vache ou de thon sur un tapis de riz blanc couronné de patates frites. Ce qui, avouons-le, ne confère pas à la gastronomie locale un éclat symphonique.

Nha Bia fait exception.

Sa pension n'a pas d'enseigne, son restaurant encore moins. C'est une maison ordinaire. Sur les murs du corridor sont associés une tapisserie de la Ka'ba, un diplôme de la fête des Mères décerné par l'Eglise nazaréenne et la photo du cargo qui retient l'homme au loin avec, en surimpression, les épousés en médaillon. Mais la *cachupa* de *nha* Bia est digne de l'appellation : l'œuf plaisamment grillé repose sur une dune de maïs également flatté par la graisse. Le café complète la partition. Une journée qui commence par une authentique *cachupa* ne peut mentir. Salut Maio ! L'île a beau traîner une ambiance d'éternelle arrière-saison, nous sommes sûrs, Carlos, d'y réveiller une histoire à te confier.

Mais par où commencer ? Par la saline forcément puisqu'elle fut la principale raison d'une installation humaine sur cette terre disgraciée, certes l'aînée des îles de l'archipel mais de ce fait réduite au dernier stade de l'érosion.

Il faut longer la plage d'eau turquoise et de sable blond, la saline la prolonge. Des gamins joyeux plongent leur tête noire et mouillée dans le sable pour se masquer de blanc comme au carnaval. La saline a la taille d'un lac et les marins d'autrefois ne tarissaient pas d'étonnements devant ce phénoménal gisement. Leuk a bien sûr répertorié leurs commentaires :

"Le sel est disponible pour tous comme les eaux de la mer... Il y en a assez pour remplir mille vaisseaux !" écrit un Portugais en 1535.

"En 1578, Drake le pirate compare la saline à des coulées de neige. Le travail conjugué de la mer et du soleil y est si efficace que son épuisement lui paraît inenvisageable."

La saline ressemble pourtant aujourd'hui à la scène d'un théâtre vide. Une piste traverse le décor jusqu'à la toile de l'horizon. Les acteurs font relâche depuis le milieu de ce siècle. L'accessoiriste a abandonné des centaines de milliers de sacs entassés. Murailles qui crèvent. Des cours effondrés, un contrat rompu avec la Côte-d'Ivoire, et l'ultime cargaison n'a pu être livrée. Seul le vent fréquente ce désert scintillant et sculpte dans la croûte du sol des carcasses d'espèces disparues. Parfois, la Coccinelle rouge vif de l'auto-école s'égare entre les marais comme un de ces vieux véhicules que les metteurs en scène aiment faire circuler dans leur création.

Mais la tendance de la pièce est plutôt à la tragédie.

Comme Boa Vista, Maio, découverte en mai 1460, sert d'abord de pâturage à des caprins lâchés sans surveillance, épuisant une végétation saharienne déjà dégradée. Le salage de la viande et la préparation des peaux inspirent bientôt aux ayants droit la déportation de misérables esclaves condamnés à survivre seuls sur ce satellite de Santiago, dans la peur d'être rançonnés par les pirates ou enlevés par des trafiquants. Le sel étant laissé à la libre disposition, les navigateurs de tout cap affluent. La maigre population de l'île est recrutée d'office. Les hommes extraient, les ânes transportent et, dès le XVIIe siècle, une barque à fond plat est mise au point pour transférer le sel de la plage aux navires sans risque de le mouiller, tant la cacophonie des vagues est grande. Les marins se vantent d'obtenir ici le sel le meilleur marché du monde en refilant aux habitants pour tout salaire des habits européens usés et quelques nourritures indispensables à leur survie. Il est facile d'imaginer l'attente angoissée d'une voile synonyme de victuailles. De ce fait, la population restera majoritairement noire et, en 1936, un officiel anglais décrira l'île en des termes quasiment semblables à ceux employés par les chroniqueurs des siècles précédents.

— Voilà ce que les livres nous content, déclare Leuk revigorée par le soir qui rosit les pyramides de sel. Maintenant il nous faut de la matière vivante !

Rien de tel qu'une épicerie-comptoir pour dénicher ce genre de denrées. Généralement, les clients du crépuscule sont les meilleurs fournisseurs de paroles quand le *grogue* anesthésie les ennuis du jour et dilue les soucis du lendemain. Nous élisons une boutique tenue par un petit homme rond et chauve dont la tête dépasse de peu le portillon de son comptoir. Les jeunes filles caressent son crâne sans irrespect, par affection. Très vite, nous sommes interpellés par les consommateurs. Le but de notre voyage enchante et déclenche une jolie succession de tournées. Nous apprenons que la fête de Santa Cruz, le 3 mai, commémore toujours la fin de l'esclavage. Elle donne lieu à des nuits préparatoires de pilage du maïs, de tambours, de danses et de *grogue* ; et le jour même, une procession draine une foule en liesse jusqu'à la croix de la saline. Cette fête de la liberté se prolonge le lendemain par un jour de farces au cours duquel chacun s'efforce de dérober à l'autre une chemise, une montre, une paire de lunettes ou de chaussures. Le rapt commis, le voleur dépose les effets à la boutique et commande à boire. La victime n'a plus qu'à payer la note si elle tient à récupérer son bien.

Un pensionnaire du bar use de la théâtralité de l'ivresse pour déclamer l'étrange disparition d'un saint au cours d'un pèlerinage. Transportée d'une chapelle du nord à l'église de Porto Inglês, la statue regagna la nuit son lieu d'origine sans que personne ne sache comment. C'était le 3 février 1933. La précision mérite un toast. Dix verres trinquent à Maio. Un jeune chauffeur promet de nous conduire auprès d'un vieux qui sait tout : João de Franco. L'évocation de ce nom illumine ses yeux.

21 novembre. La ville tourne le dos au désert. Une route pavée continue quelques kilomètres, une piste la relaie à travers des étendues vides. Nous marchons dégagés de l'embarras du choix ; aucun transport collectif ne circule sur l'anneau qui permet de faire le tour de l'île, grande comme Jersey. Par hasard, le camion de l'adduction d'eau nous ramasse. Nous chevauchons des tuyaux, secoués comme sur le dos d'un bronco de rodéo. Après les jardins irrigués de Figueira da Horta, le camion nous lâche parmi des collines nues dans la direction de Ribeira João, un des premiers sites d'implantation. Le paysage n'est que creux et bosses, le vent siffle et la mer râle. Il n'y a rien à voir ; c'est ce vide qui nous fascine à force d'imaginer les gardiens des siècles passés en ces pâturages pierreux. Un ouvrier nous rattrape, il a peur qu'on ne s'égare. Un grand jeune homme beau comme Belafonte dans l'*Orfeu Negro* de Camus. Sa vêture trouée me rappelle les haillons que les cueilleurs de sel recevaient pour salaire.

— Il a commencé à pleuvoir sur Maio mais la pluie est allée se déverser sur Santiago.

Le garçon voudrait excuser la désolation. Il pointe les taches vertes et improvise un cours de botanique. *Silveiro* pousse après la pluie mais ne donne rien. *Natalina* ou *panaxu* fournit ses aigrettes pour bourrer les oreillers.

— Et celle-ci sert à faire peur !

Il désigne une plante à feuilles larges, rondes et fermes.

— *Bombardeiro !*

Je reconnais cet arbuste aux allures de sémaphore. Au Sahara, les Touaregs l'appellent *tobra* et les savants, *Calotropis*.

Leuk précise :

— Auguste Chevalier le cite en exemple de l'influence africaine sur la flore du Cap-Vert, et il s'interroge sur le mode de transport des graines primordiales : vol d'oiseau ou fantaisie du vent ?

— Les Touaregs conseillent de ne pas le toucher, sa sève peut rendre aveugle.

— Ici, sa silhouette affole le promeneur nocturne. Sous l'effet de la brise, ses feuilles frémissent et, de loin, on a l'illusion d'un homme tapi dans l'attente d'un mauvais coup. Combien de gens ont-ils serré leur poignard ou brandi la chicotte, paniqués par un *bombardeiro* sous la lune ?

— Et ce paysage inspire-t-il de la crainte ?

— Non, excepté monte Penoso.

Monte Penoso, rocher culminant de l'île, quatre cent trente-six mètres.

— C'est un mont que nous respectons comme l'image de notre terre. Son sommet a la largeur d'une couronne de cent maisons. Si une personne manque de respect à une autre, refuse de la payer, le lésé peut alors prononcer ces mots : *Se vôcé não me paga, monte Penoso toma contra de vôcê !* Aussitôt, la montagne s'en prend au malhonnête, lui envoie le malheur. A cause de cela, tout le monde la craint. L'évoquer suffit à inspirer la peur.

Que Dieu vous garde ! conclut notre guide rassuré sur notre orientation.

Ribeira João est une rue dans le désert. Une ceinture de palmiers, la présence d'un puits induisent l'idée d'oasis. Drake le pirate, arpentant l'île en 1578, s'étonnait déjà des tentatives de colonisation dans des creux perdus ; il découvrit de la vigne et goûta d'agréables grappes. On éprouve un sentiment de distance avec le reste du monde. La mer laisse entendre ses ruées. Une église se bâtit à l'entrée de la rue. Il n'y a pas de pavés. La chaux embellit les façades. Notre irruption provoque la surprise des enfants. Une interpellation nous ramène sur terre :

— Asseyez-vous ! commande *nhô* José Silva. Partout où j'ai débarqué, j'ai été bien reçu. Il est normal que je vous accueille en retour.

J'aime ce décalage, Carlos. Nous croyons dériver en un lieu de vie impensable hormis en littérature quand, soudain, un marin infirme égrène ses escales : Japon, Argentine, Canada, Paris... Une maladie l'a forcé à virer de bord sans dédommagement. Lui qui a travaillé dur pour l'éducation de ses enfants – "pour qu'ils ne restent pas des ânes", répète-t-il – se trouve aujourd'hui à la merci d'un mandat.

— Il n'y a plus que l'émigration pour nous sauver. L'agriculture est ruinée. Le lait suffit à peine à la consommation locale. *Mar é morada de saudade*, fredonne-t-il, la mer est hantée par la nostalgie. Une *morna* de Bana.

Son désir de fraternité le pousse à chanter pour nous l'air qui se répétait en cachette pendant la guerre quand le cœur des Cap-Verdiens battait pour la France en dépit du soutien accordé aux nazis par le régime salazariste : "Les Français sont sur le champ de bataille, Hitler ne peut gagner la guerre !"

Le café, les gâteaux, sa maison sont offerts.

Sa mère, une belle vieille de quatre-vingt-quinze ans, voilée de blanc, n'a jamais quitté le village. Il veut qu'on l'interroge. Une vie entière à Ribeira João mais peu de faits saillants. Un marin mort de fièvre à bord d'un bateau charbonnier et débarqué sur la plage tout près. Nous posons des questions d'ethnologues, par réflexe. Est-ce l'évocation de la peur ce matin sur le chemin qui me fait penser aux mauvais esprits ?

La vieille se signe. Il ne faut pas parler de ça. Elle refuse de se rendre auprès d'un possédé. Les esprits mauvais pénètrent la nuit dans les corps des gens faibles, des femmes surtout, et prêchent des mensonges par leurs bouches. L'assistance les prend pour des vérités. Les malheureuses victimes donnent coups de pied et coups de poing. Les guérisseurs interviennent, *curandeiros*, mais leurs protections coûtent cher. La jolie vieille en combinaison de nylon préfère parler de la *tabanka*.

— J'ai été reine de *tabanka* et je me suis bien amusée. Le roi et la reine du groupe sortaient pour la Saint-Jean, coiffés de grands chapeaux de paille ornés de plumes de coq. J'étais vêtue d'une robe longue, et tous les acteurs paradaient en habits multicolores. Surtout le farceur qui dérobait des habits et exigeait des rançons. Mais la famine a eu raison de la fête et de la solidarité. Trop de morts, trop d'émigrés.

A Vila, vit une spécialiste, *nha* Chepa, qui tente d'entretenir la tradition des anciennes communautés noires. Nous irons la voir de sa part.

Promesses et accolades. Détresse et tendresse. Nous regagnons le désert. Le village existe-t-il dans notre dos ?

A Figueira da Horta, un homme nous poursuit dans les rues aux volets clos pour nous inviter. Il nous a vus passer ; lui aussi veut rendre les bontés qu'on lui a dispensées à l'étranger. C'est un autre marin qui a achevé son parcours. Le salaire de ses bourlingues lui a valu une maison neuve. Il l'ouvre pour nous. Boissons fraîches, *grogue*, repas : quels sont nos désirs ? Derrière les vitres du buffet, une galerie de sujets en porcelaine recompose la vie du Petit Trianon : bergères et marquis, pâtres et courtisanes, Mozart à son clavecin, plus une ménagerie de perroquets, bassets et éléphants... En revanche, au mur, des *hell's angels* sur leurs montures infernales servent de modèles à une broderie sur canevas. Tapisseries et statuettes installent l'idée de confort dans un foyer. Le *grogue* célèbre l'hospitalité de Maio à toute heure.

Un soir, alors que l'électricité s'évapore d'un coup et que la ville se dissout dans le noir, Ed raconte ses projets de savant éclairé par les étoiles. Ed est grand, maigre, septuagénaire et assis sur le trottoir devant "notre maison". Il est notre commensal à la pension *Bia*. Il vient de Tucson, capitale du désertique Arizona, et s'intéresse à l'eau. Il était chef d'une entreprise de câbles ; il l'a vendue et réclame une retraite active qui l'éloigne du couple bourbon-télé. Toute sa vie en Arizona, Ed a rêvé de combats loyaux à mener contre l'eau sauvage des orages qui fuit indomptée, gaspillée. Il a établi des projets simples de récupération. A Tucson, on lui a vite fait comprendre que ses idées alternatives, parfaitement censées, irritaient les tenants du monopole de la distribution de l'eau. Alors, il s'est mis en quête d'un lieu dans le monde pour se livrer à ses expériences, et a trouvé Maio. Ici, personne ne l'encourage, mais nul ne le censure. Son entreprise est purement privée. Son désir : faire entrer sous terre les eaux folles qui cavalent vers la mer.

— La captation d'un seul orage sur les quatre annuels sauverait l'île pour un an. Aujourd'hui, éoliennes et plaques solaires facilitent la remontée de l'eau mais activent la baisse et la salinisation des nappes. Le drame de l'épuisement de l'eau se précise, prédit-il.

Alors Ed est devenu propriétaire d'un hectare de l'île de Maio pour y établir son laboratoire en plein air. Il a cherché patiemment le terrain qui réunisse les qualités topographiques requises. Il l'a trouvé au pied du monte Batalha (294 mètres) et depuis, fidèle à l'esprit pionnier de ses ancêtres, a commencé à livrer bataille aux éléments. Seul.

Il a dégagé le passage d'une piste. Son pick-up traverse la forêt d'acacias *americanus* plantés le long de la côte ouest. Des arbres amples, à la ramure débordante comme une fontaine. Parfois l'un d'eux prend la forme d'un émeu ou d'une poule de Guinée monstrueuse prête à picorer un véhicule égaré. Quatre pierres blanches cernent deux collines et une vallée aisément endigable : le laboratoire. Ed nous montre un *windmill power refrigeration*, moulin à vent pour provoquer la condensation de l'eau. Ed est un don Quichotte coiffé d'un chapeau texan. Deux panneaux métalliques suspendus par des câbles barrent le cours de l'étroite *ribeira*. Ces volets flexibles alourdis par des pierres sont censés ralentir les ruissellements, les obliger à piaffer et à creuser leur chemin sous terre. Ed court sur la colline. Il a disposé des arcs de pierres autour d'une douzaine de petits orifices par lesquels l'eau s'infiltre un peu. Il veut accentuer la tendance. Il prévoit des tranchées pour dévier les eaux vers la *ribeira* obstruée. Impossible, inutile ? Il désigne au loin un mur infini au pied du monte Batalha, trait tiré par les Portugais en temps de crise pour soustraire des affamés à la misère en les payant à monter une défense vaine.

Bientôt Ed construira sa maison cachée par les acacias. Il surveillera ses installations en feuilletant des exemplaires du *National Geographic* ; il suivra le cours de son destin qu'aucun barrage ne retient.

Carlos, la nouvelle de Maio se dessine : une histoire de lutte contre la soif, inspirée par la gravure d'un arbre et les illusions d'un homme.

La route vers Calheta, droite et pavée, borde la saline. Le chauffeur de la *câmara municipal* fonce sans contradicteur ; des vaches en liberté s'écartent. Les acacias en armée disciplinée ont conquis l'Ouest sous la houlette du monte Batalha. Un club de vacances s'est isolé dans les dunes ; un Français a conclu l'alliance inattendue de l'art gothique et de la case soudanaise. Pierres de taille et vitraux s'accordent avec la structure ronde et la couverture de paille. Le campement des Tortues, ceint de murs, dessine sur l'horizon un village mandingue fortifié repoussant l'assaut des vagues. Les tortues, *atlantic ridley* et la plupart des espèces connues, viennent encore courageusement pondre sur les plages où elles furent décimées, sacrifiées aux besoins en viande salée des équipages et des esclaves. Au XVe siècle, on disait leur chair bonne pour soigner la lèpre. Louis XI, se sentant menacé par la maladie, dépêcha une expédition au Cap-Vert qui rentra trop tard pour lui administrer le traitement.

Calheta dispose de quatre rues curieusement perpendiculaires au rivage et séparées par quelques arpents d'acacias. Quartiers de pêcheurs ou d'émigrés, maisons ouvertes ou fermées, peintes ou en espoir de couleurs, toutes collées les unes aux autres. Calheta est un village hollandais, de marins bruns, de globe-trotters, de femmes qui attendent. Les enclos des bêtes, tours de guet tronquées, ferment les rues et gardent la plaine. Le chauffeur pile.

— *Bom dia senhor João !*

João de Franco arrive du fond de la cour, altière silhouette d'octogénaire étique qui passe tout juste sous le plafond du corridor et dont les bords du sombrero effleurent les murs. D'évidence, nous avons affaire à une grande figure de l'île. Une femme noire et douce le suit, souriante et curieuse. S'il s'agit de parler, alors qu'on prenne place dans la salle à manger ! Louée soit cette distraction inattendue. Qu'on vienne de si loin pour l'écouter le comble. Il s'assoit près de sa photo prise à l'âge de trente-huit ans en costume chic et cravate, charmeur et entreprenant. Sa séduction a résisté au temps, mais il passe une main sur son visage maigre comme pour effacer ses traits altérés.

— Ce portrait date du temps de mes activités commerciales entre les îles. L'évolution de cette maison suit celle de ma vie, déclare-t-il en montrant les tuiles du toit qu'aucun plafond ne dissimule, comme souvent au Cap-Vert. Les tuiles ont remplacé le chaume au terme d'un labeur acharné.

Récit d'une vie.

— Je suis né en 1910, année de l'avènement de la république au Portugal et de la liberté pour tous. A l'époque, un seul propriétaire accaparait l'île. Situation unique dans l'archipel. Maio appartenait à la famille Evora. Des gens très avancés, civilisés. António Evora détenait le quasi-monopole du sel, de la viande, et disposait des bateaux nécessaires à l'écoulement de ses marchandises. L'ascension des Evora s'est faite en trois générations. Le grand-père a d'abord fui Boa Vista pour éviter la conscription et se fixa à Maio avec ses vingt ans pour seuls bagages. Son fils conquit le territoire en travaillant la terre âprement. António, le petit-fils, apporta la fortune amassée aux Etats-Unis et rafla l'île. C'est que la terre était bonne et généreuse en temps de pluie – *nhô* João pince le lobe de son oreille pour confirmer son assertion –, tout poussait, maïs et fèves en quantité, pois, manioc, choux, melons… Et jusqu'à la naissance de la république, les esclaves ne manquaient pas, c'était ainsi.

Je suis descendant de cette famille, même si mon père ne porte pas le nom d'Evora. A la mort de ma mère, je suis venu à neuf ans vivre ici à Calheta chez ma grand-mère. Cette maison était une case et j'allais en guenilles. Comme tout le monde, j'ai travaillé à la saline. J'exploitais sept carrés de marais dont j'avais hérité ou que j'avais achetés. Les hommes maniaient le râteau, les femmes excellaient à la pique de fer. Les ânes portaient deux *buxas* par voyage, soit quatre-vingts kilos. Les femmes chargeaient les sacs sur leur tête. Il fallait faire au moins quatorze aller retour par jour pour gagner douze escudos. Je ris du peu d'argent et de l'énormité des quantités exigées.

Un Français a installé des rails, de la saline au port. Les hommes poussaient les wagonnets. Le transfert des sacs dans les bateaux à l'aide de filets et de perches coûtait encore beaucoup d'efforts, et toutes ces manœuvres ne suffisaient pas à assurer un revenu. Mais c'était un apport garanti. Les fonctionnaires filaient à la saline après le service pour compléter leur salaire, et nous, les ramasseurs permanents, on rentrait s'occuper des bêtes, faire le fromage, découper les lamelles de viande de chèvre séchée, *tchassina*, dont les Anglais raffolaient. Ils échangeaient des outils et des objets décoratifs contre la viande salée.

Le cheptel constituait la seconde richesse de l'île même s'il appauvrissait le sol. C'est au nom des chèvres que le grand rendez-vous avec l'aviation internationale n'a pas eu lieu. Les Français avaient construit en 1935 une piste pour gros porteurs, des réservoirs et un service télégraphique. Maio aurait pu devenir la plaque tournante de l'archipel. Mais António Evora, alors gouverneur, a estimé que le raffut des avions allait nuire à la santé des troupeaux et il a rendu impossible l'exploitation du terrain.

En 1941, j'ai voulu fonder une famille, élever cette maison. Je suis devenu commerçant ambulant, j'ai caboté à bord de *faluchos* à un mât ou de *palhabotes* à deux mâts. Dieu m'a gardé des mers hostiles et des dockers négligents ; je n'ai jamais rien perdu, ni bête ni stock. Quand je naviguais vers São Vicente, je vendais une partie du bétail à Sal, mais arrivé à Mindelo, je n'avais même pas le temps de descendre à quai. La pénurie était telle que le négoce se faisait sur le pont. Viande, sel, fromage, beurre, tout disparaissait en un clin d'œil. J'achetais alors des denrées importées, introuvables à Maio : peintures, cahiers, crayons, cuillers, verres. Du bois aussi. Mais mon plus gros bénéfice, je le réalisais avec le *grogue* que je ramenais en baril de cent litres.

J'ai vu jouer B. Léza, le plus grand compositeur de *mornas* de São Vicente, cloué par la maladie sur son fauteuil roulant. Et aussi les filles de Brava, si belles, si blanches. En 1951, je longeais les côtes de Fogo alors que les laves du volcan coulaient dans les flots.

J'ai rompu avec la mer en 1956 pour courir ma terre, j'ai été chef de courrier pendant seize ans à raison de quatre cents escudos par mois. J'ai atteint l'âge de la retraite et tout ce labeur ne m'a rien valu. Pas un sou vaillant de pension. Je suis réduit à attendre les mandats de mes fils marins ou émigrés en Hollande. Notre pain dépend d'eux. Cette maison témoigne de mon travail. En 1961, j'ai vendu trente-cinq moutons pour acheter les huit cents tuiles du toit.

J'ai été sept ans chef de village de Calheta. Quand survenait la famine, c'est moi qui recensais les besoins et organisais l'assistance. Je distribuais du travail, on pavait les routes, montait des digues, forait des puits. Les femmes gagnaient deux escudos et demi, un piocheur trois et demi, et moi cinq escudos par jour.

A nouveau, João de Franco se gausse du dérisoire de l'existence.

— Il y avait quatre malheureux gardes montés qui assuraient la sécurité de l'île, quatre pauvres bougres, noirs comme moi, arrachés à Santiago. Eux et leurs mules résumaient l'autorité portugaise. Des soldats de la métropole, je n'en ai jamais vu. En revanche, les jeunes de l'île étaient recrutés pour aller subir l'instruction militaire et remplir les casernes de Praia et de Mindelo. Rares furent les gouverneurs venus de l'extérieur. Il fallait que le pouvoir veuille se débarrasser d'un gêneur pour l'envoyer chez nous. Ce fut sans doute le cas pour le meilleur d'entre eux, Adaleberto Nobre de Oliveira, de Santo Antão, qui profita de son exil de 1958 pour faire creuser des puits, ouvrir un hospice, réparer la pharmacie, aménager les rues. Il parcourait l'île à cheval dès cinq heures du matin et buvait le café chez les habitants. Il n'est pas resté suffisamment longtemps.

Trois jours durant, Carlos, nous reviendrons à Calheta pour écouter le grand homme. Des voisins aussi pousseront la porte pour pénétrer discrètement dans la légende de l'île. A chaque fois, nous attraperons de justesse le dernier camion de bois qui rentre en ville en tirant le crépuscule derrière lui. Pour nous, la taille respectable et la verve de *nhô* João confèrent à l'île plate un relief indiscutable.

— João de Franco n'est pas mon vrai nom.

Le vieil homme déchire une page de cahier et calligraphie son identité avec les pleins, les déliés et le tremblement de l'émotion. Il n'est jamais allé à l'école, mais lit pour apprendre le monde et ses éclats. Trop de gens ici ne s'intéressent à rien. Il déplore. Il a récupéré des manuels scolaires pour comprendre l'agitation des volcans et la formation des montagnes. Nous feuilletons ensemble l'univers.

— La Chine compte un milliard et demi d'habitants et l'Inde bientôt un milliard…

Effaré, il répète à sa femme cette information sur la démesure de l'Asie qui a mis quatre-vingt-cinq ans à lui parvenir.

— Et nous ici au Cap-Vert enfermés dans un petit enclos pour dix chèvres !

Il déclare soudain, alarmé par la lumière qui décroît :

— Des visiteurs sont passés dans ma vie pour m'interroger, venant parfois de l'étranger. Souvent la nuit je ne dors pas, je pense à ces rencontres. Je ne vous oublierai pas…

Bien sûr, on se souhaite des jours prometteurs et beaucoup d'allégresse.

Nous n'avons pas encore réussi à faire le tour de l'île.

Un après-midi, alors que la chaleur intimide même la mer, nous guettons à la porte de la ville le camion régulier qui dessert la pointe nord. Il y a là-bas à cette extrémité un campement de pêcheurs, au-delà de la forêt, après un lac salé, au fond d'une baie. Les distances sont courtes à Maio mais les difficultés d'accès rendent le déplacement aussi incertain qu'une traversée de toundra pour rejoindre un refuge de trappeurs. Le camion de la collecte du poisson erre à travers le labyrinthe des acacias. Des os blanchis de vaches et d'ânes signent un égarement et l'œuvre de la soif. Le village de Cascabulho n'a qu'une rue, deux lignes de façades peintes.

— *Em Cascabulho, têm baleia, têm baleia !* chante le conducteur.

Une Vierge en plastique montée sur ressort se balance contre le pare-brise.

— Comment ça des baleines, s'insurge Leuk, en plein désert ?

— Non, rit le chauffeur, en 1961, une baleine s'est échouée sur la plage où nous allons. Les habitants ont rappliqué avec des haches et des couteaux. Le monstre était si haut qu'on ne voyait pas découper le rang d'en face. La récolte de viande et d'huile a profité aux femmes dont l'embonpoint est devenu légendaire, si bien qu'aujourd'hui, on ne sait plus si la chanson célèbre la baleine providentielle ou les rondeurs prisées des dames de Cascabulho.

Porto Caixa n'est pas un port mais un repaire de pêcheurs et plongeurs, jeunes, qui se sont appropriés un blockhaus coincé sur une langue de terre entre la saline et une baie vaste et quiète. En face, on aperçoit la côte est de Santiago. Les murs du bunker sont couverts de graffiti et de peintures : sirènes désirables, poissons démesurés, cartes outrées, voiliers naïfs, portrait de Bob Marley… Les marins rastas campent dans des cellules sinistrées. On pense avoir pénétré dans une communauté machiste de lutteurs aux corps luisants qui fendent la mer au couteau et se jouent de ses réactions mortelles pour quelques billets par jour. Le gros camionneur trie les espèces, sépare les langoustes et les poulpes, pèse les dorades sur sa balance crochet, paie et transborde. Règne une ambiance de trafic. Une brutalité rebelle. Le mât d'un bateau de plaisance échoué dépasse d'une dune. Le camion roule à nouveau sur la croûte blanche du chott, chargé de bassines odorantes.

Toujours pas d'opportunité pour le tour de l'île, nous traînons dans les bars de Porto Inglês.

Au bar *Manu*, on boit sous une voûte en paille ; une confrérie de bouteilles de whisky soutient le plafond. La pièce attenante fait office de salon de télé avec son mobilier de plastique blanc et un mur en parpaings ajouré qui rapproche plus qu'il ne sépare les consommateurs de la basse-cour. Le patron est encore un marin rejeté par la mer, retraité et nerveux, vociférant un anglais aromatisé au *grogue*. J'ai le malheur de demander où habite *nha* Chepa, la spécialiste de la *tabanka*.

— Je n'aime pas la *tabanka*, tempête l'ex-navigateur noir, c'est africain, tambours et tintamarre. On laisse ça aux vingt-cinq pour cent de primitifs qui apprécient.

— Bon ! Et ces belles maisons murées à moitié écroulées en face du bar ?

— Elles appartenaient à la famille Bento. Vous connaissez António Bento ?

— Non pas spécialement.

— Celui qui a reçu une médaille du Portugal, insiste-t-il.

Le tenancier agite une bouteille de *grogue* comme un conférencier userait d'un micro. Des étudiants l'écoutent. Suit une fable à la manière de *Perrette et le pot au lait*, mais qui tourne bien.

António Bento était originaire de Pedro Vaz, un village au nord de l'île ; c'était un homme qui n'avait aucun bien hormis sa tête et son courage. Il se mit à faire le tour des fermes à pied pour acheter poules, œufs et fromages qu'il revendit aux marchands à bord des vapeurs. Bientôt il put ouvrir une épicerie à Vila, puis acquit une barque pour transporter le sel. Lors d'un premier voyage en Gambie, il constata que les pierres de construction faisaient défaut dans ce pays. Il réunit une grosse cargaison et partit les écouler sur le continent. De transports de pierres à Dakar en échanges d'oignons et d'olives avec le Portugal, il accumula tant de profits que sa flotte augmenta. Il posséda jusqu'à quarante-cinq *faluchos* ou *palhabotes*, encore appelés *lambotes*, de l'anglais *longboats*, bateaux de vingt-cinq à trente tonnes prévus pour le cabotage et qui se construisaient à Boa Vista. Il s'offrit même le luxueux *Madalan*, un ancien yacht en acier et bois de tek, fabriqué en Italie, pourvu à l'origine de quatre cabines doubles, de salons et d'une bibliothèque. On ne vit jamais plus beau bâtiment sur la ligne du Cape Verde Packet Trade. Son confort le rendit populaire dans tout l'archipel. Il quittait le Cap-Vert en juillet, pour Boston, avant la campagne de ramassage des airelles en Nouvelle-Angleterre et ramenait, à l'automne, les cueilleurs saisonniers. Un enclos avait été aménagé sous le château avant pour abriter volailles, ovins, porcins, et garantir de la viande fraîche aux passagers.

— En quelle année Bento a-t-il racheté le *Madalan* à Tountoun de Fogo ? gueule le patron à sa femme. Eh *senhora*, en quelle année ?

La dame sort de la douche.

— En 1955, répond-elle en entrant dans la salle en peignoir et bonnet de bain.

— Ah c'était un homme simple, vêtu comme un pauvre, mais il aimait trop le travail. A la fin de sa vie, il ouvrit une boulangerie à Praia et d'autres magasins. Il transféra ses biens et mourut dans un *sobrado* à la capitale. Voilà pourquoi ses maisons ici sont éteintes.

— Ce qu'il oublie de dire à propos du *Madalan*, souffle Leuk en sortant, c'est sa fin peu glorieuse. Le bateau, ancré dans l'anse de Praia, rompit ses amarres et se déchira contre des rochers. Le *Providence Journal* rapporta en 1957 qu'António Bento refusa de dépenser un escudo pour colmater les brèches et réparer le mât. Ainsi gît le fleuron de la flotte cap-verdienne sous les eaux du port de Praia.

— Fiche documentaire n° 249, appendice *b* ?

— Non, souvenir de lecture de *Cape Verdeans in America : Our Story*, le beau manuscrit de Michaël Platzer et Deirdre Meintel.

— Tu ne sais pas la page par hasard ?

Leuk hausse les épaules. Un des étudiants du bar nous rejoint, juste pour nous confier :

— Je ne participe pas personnellement à la *tabanka*, mais je tiens à dire que nos rythmes actuels ont évolué à partir d'elle. Rien que pour cela, nous lui sommes redevables.

Et il nous montre la maison de *nha* Chepa.

Le dernier jour, nous fermons enfin la boucle de l'île, en quelques tours de roues avec Eugénio Barros, délégué du gouvernement à l'Agriculture. Eugénio Barros est un *Badiu* amoureux de la petite sœur de son île natale. Il veille aussi à la mise en service de l'alimentation générale en eau potable de tous les villages. Une grande première dans l'archipel. Le sous-sol de Maio retient mieux qu'ailleurs les nappes. Les pompes solaires et les éoliennes fonctionnent. Le ministre est annoncé, l'inauguration du réseau imminente. L'observation des niveaux et un contrôle strict de la consommation protégeront les réserves. Bien sûr, la pluie devra se montrer complice.

Le soleil se précipite entre les rangs d'acacias comme une boule folle dans un couloir de bowling. La dorsale montagneuse du nord-est, vue de la savane arbustive, impose le respect. Le monte Penoso déploie sa toge rocheuse de juge et patriarche. Le village septentrional de Pedro Vaz cultive la solitude et des jardins irrigués au goutte à goutte. Eugénio Barros est un suractif qui saute hors du véhicule, escalade les échelles des réservoirs, relève les débits et redémarre. Dans chaque bourgade, les rondeurs d'une case africaine surprennent.

— Ce sont les coopératives d'achat. L'idée vient d'un technicien éduqué en Angola qui voulait à tout prix revaloriser les matériaux locaux, pierres et chaux. L'intention était bonne, mais la population tourne le dos à son africanité et n'accepte pas ce parti pris architectural.

— Et pourquoi de partout cette utilisation du parpaing quand l'île entière est une mine à ciel ouvert de blocs de calcaire superbes et gratuits ?

— Ah le désir de copier l'Europe ! soupire Eugénio. Il faut incriminer à la fois ceux qui se projettent dans des modèles inadaptés et les affairistes qui profitent de ce complexe de modernité en aggravant notre dépendance économique.

Eugénio Barros est un homme de culture qui a fouillé le passé de l'île, adressé des articles à la presse nationale. Lui qui vient d'ailleurs loue les traditions de Maio, se passionne pour la *tabanka*. Il suspend un moment sa tournée pour nous offrir un frisson archéologique que peu ont partagé. Dans une steppe oubliée du Nord-Est, entre la mer sans sollicitude et la pyramide hautaine du monte Penoso, gisent les ruines de l'antique village de Penoso.

— Il a peut-être été détruit par Cassard le corsaire français en 1712 pour venger le meurtre de son cuisinier ; on dit que les habitants affamés seraient montés à bord pour dérober des vivres et l'auraient tué.

Le périmètre des maisons est peu visible, nous le décelons avec peine ; mais, tout autour, luisent des éclats de céramique, des tessons de terre brute, des fragments de vie intouchés depuis deux siècles, éparpillés parmi les ramifications ligneuses des *palha-de-formiga*, plantes des littoraux. Un paradis vierge pour les fouilleurs.

De la côte est, je retiens l'image de la rue unique et vide du village de Pilão Cão, qu'une femme balaie méticuleusement jusqu'à ronger le sol. Et les vagues infinies des collines pierreuses, laissées à la libre dégustation de bêtes habituées aux menus austères.

Quand nous entrons à Vila, le port est en effervescence. Le ferry bimensuel se balance dans la rade et de solides barques approchent avec prudence du quai. La manœuvre s'avère délicate et la foule retient son souffle comme au spectacle. Des vagues irritées se dressent par-dessus la jetée comme des najas royaux aux pavillons déployés. Les gros canots vont et viennent, montent et descendent. Les dockers en déséquilibre se lancent des boîtes d'œufs, des bananes, des valises ; des bras agrippent un parent de retour. Une grue happe les caisses. Le débarquement épique dure des heures.

Nous prenons l'avion demain. Délais obligent. Il reste cinq îles au vent et au nord à découvrir, et moins de quarante jours pour te les raconter, Carlos. 27 novembre, nous accusons un léger retard.

Nous avons bien sûr rencontré chez elle *nha* Chepa, protectrice de la *tabanka*. Elle serait pour ainsi dire entrée tambours battants dans la nouvelle que je t'enverrai en même temps que cette lettre.

LE DÉFI DU FARCEUR

Sur la première photo, elle arbore une robe à carreaux, des manches ballon, un fichu blanc, elle joue du tambour. Le journaliste feuillette son album. C'est la première fois qu'il pose les pieds à Maio. Il est originaire de São Vicente, et comme tous les gens de Mindelo, il ne connaît pas grand-chose à la *tabanka*, s'en méfierait presque. C'est lui bien sûr que le rédacteur en chef a choisi pour écrire le portrait de la semaine : *nha* Chepa, mentor de *tabanka*. Cinq colonnes à sortir sur une fête qui est à marée basse, selon les propres termes de l'interviewée.

Une chèvre vadrouille dans le couloir. *Nha* Chepa protège la rescapée de son troupeau qui a compté vingt-trois têtes, lui dit-elle, au temps où : "la mer pénétrait dans la saline", "le sel était pur et blanc", "on avait de quoi acheter dans les magasins". Il note. Elle a soixante ans, un fils en Hollande, un autre aux Etats-Unis. Une photo montre un couple devant un mur de briques rouges. Les pantalons à pattes d'éléphant trahissent les années soixante-dix. "Depuis dix-huit ans, je ne les ai pas vus." Elle implore la protection de Dieu sur leurs vies qui soutiennent la sienne.

Le journaliste tourne la page.

Radio France Internationale beugle des nouvelles en français dans une maison qui n'entend que le créole. Série d'attentats au Pâkistân, en Egypte, en Corse. Les Etats-Unis découvrent le terrorisme interne. Le monde n'en finit pas de s'irriter. Elle explique :

— Le roi et la reine sont élus ; ils doivent être des gens sûrs.

Il voit sur la photo un couple presque âgé, vêtu exclusivement de noir et de blanc. Elle, porte une couronne sur la tête, lui, un chapeau très officiel qui lui tombe sur le front.

— Nous avons un ministre, un juge, un percepteur, un docteur, des infirmiers et des soldats pour faire appliquer les décisions du gouvernement.

Il griffonne : “Comportement d'un groupe de gens plutôt défavorisés à la recherche d'une société imaginaire faute de pouvoir agir sur le réel.”

— Moi, je suis chef des cérémonies, se définit *nha* Chepa, celle qui insuffle l'énergie, qui maintient la *tabanka* en vie, malgré le coût des dépenses et la faiblesse de nos ressources.

Sur un autre cliché, *nha* Chepa joue de la conque, instrument d'allégresse ou d'alerte. Elle éparpille des phrases comme “les eaux sont fragiles”, “nous sommes seuls au milieu de l'océan”, “il n'y a pas de vie ni de joie sans jeunesse”, “la *tabanka* risque de mourir de pauvreté et d'égoïsme”. Elle ne peut s'empêcher de rendre aussi responsables le football et les feuilletons brésiliens qui ligotent le cerveau des jeunes.

“Le cerveau des jeunes au Cap-Vert est une éponge qui se gonfle d'influences extérieures et essuie inconsidérément la table des valeurs qui l'a nourri.” C'est le journaliste qui rajoute ça, pour lui, sur sa copie.

Une autre image.

Un groupe de femmes dansent devant les tambours, derrière le porteur de croix. On reconnaît en fond la saline.

— Nous chantons des critiques, nous dénonçons des comportements pour que la vie soit plus claire. Le groupe est solidaire d'un membre qui a des problèmes.

Il voudrait un exemple d'infortune et de solidarité. Un cas de deuil ? Un problème de scolarisation ? Une hospitalisation ?

— Les cotisations servent à organiser la fête, acheter de la nourriture ou payer les transports, ou à secourir une détresse.

Il interprète dans son langage : "de la fiction d'une société idéale issue d'un désir démocratique au pragmatisme de l'entraide". Il s'inquiète pour son article ; on ne lui demande pas un exposé sociologique. Comme si elle avait deviné sa pensée, elle pointe la photo d'un énergumène aux habits bariolés qui brandit une veste de costume de la même façon qu'un pêcheur exhibe une belle prise. Son sourire feint un appétit rapace que ses yeux démentent.

— C'est Aurélio le Faucon, celui qui joue le rôle du farceur, dérobeur d'habits et rançonneur. Un jour, il est tombé malade. Pas malade à se coucher, à frapper au dispensaire, à convoquer l'assemblée des prières. Non c'était un mal qui pousse à fuir le monde, une douleur trop grande qui dilate les yeux et donne par intervalle des accès de gestes contre le vide monstrueux.

Elle l'interroge du regard. Cette histoire peut-elle l'intéresser ? Il acquiesce vivement.

— Un matin, Rosa dos Anjos s'est précipitée chez moi et, moitié en larmes, moitié en sueur, m'a lancé d'un seul cri : "Aurélio est devenu fou, il s'est empli la bouche de cailloux et gueule à un arbre qu'il veut découdre les nuages."

Ce n'était pas n'importe quel arbre ni un quelconque matin.

La nuit durant, la pluie que l'on avait suppliée en caressant les pieds des saints à l'église, en allumant des lampions au-dessous des statues, en priant avec nos mots limités, eh bien ! la pluie est arrivée avec tous les archanges déchus de l'enfer. L'orage a vociféré, a matraqué les toits en tôle. Au matin, les jardins, préparés, ensemencés, prêts à l'arrosage du ciel, n'étaient plus que ravines et désolation. La terre était passée par-dessus bord, naufragée, éjectée des champs. Pardonnez-moi de parler comme ça mais l'île gisait comme une femme violée, blessée à mort, abandonnée perdant son sang. De notre piété, le ciel n'avait peut-être entendu que l'expression d'une cupidité cachée.

Aurélio le "farceur" n'avait pas attendu que l'aide lui tombe d'une enveloppe hollandaise ou américaine ; il avait défriché des terres sous le monte Batalha, un grand morceau de bonne réputation mais négligé parce que trop éloigné et exigeant à surveiller. Il allait sur ses vingt-quatre ans et n'envisageait pas de passer sa vie sur le banc de touche, comme disent les enfants du football.

Ce matin-là, alors que les eaux inutiles lessivaient les jardins et déposaient une boue amère dans les regards résignés, Aurélio est sorti de sa mesure ; sa colère l'a emporté, son esprit était en crue. Pourquoi a-t-il mis des cailloux dans sa bouche ? Peut-être pour faire barrage à ses mots, de crainte que la montagne n'entende son invective et ne comprenne son reproche. Il faut savoir que nos rochers même usés restent à nos yeux des puissances redoutées. Après avoir pensé comme les autres à un accès de folie, Rosa dos Anjos a dit : "Non, ce n'est pas cela !" Et elle a expliqué que les cailloux servaient de filtre pour que l'arbre comprenne la voix de l'homme et saisisse la portée de sa douleur. Je fais confiance à l'intuition de Rosa, car l'amour, s'il n'est pas aveugle, développe des sens que la raison infirme ne connaît pas. Aurélio ne prenait pas seulement l'arbre à témoin, il écoutait ses confidences. L'acacia bafoué par le vent, au tronc courbé comme le dos d'un esclave, avait à lui transmettre l'expérience de décennies d'humiliation et de résistance.

Au soir, Aurélio n'est pas rentré à Vila.

L'inquiétude de Rosa nous a réveillés. Mais elle seule a réagi. Chacun pensait à son propre devenir et, après la catastrophe, se nourrissait d'interrogations insolubles. Aurélio n'était pas sorti en mer, que l'on sache, et quel garçon n'a pas fugué une nuit pour des motifs inavouables aux filles amoureuses ?

Aurélio était sous l'emprise d'une passion, Rosa l'imaginait bien, mais pas celle dont sourient les mâles : il arrachait les pierres de la montagne. C'était absurde comme un pêcheur qui se serait mis en tête de puiser l'eau de mer avec son filet. Cependant, il s'acharnait sur un espace limité de manière à le mettre à nu, à faire un accroc dans la robe du monte Batalha. Avait-il l'intention de la blesser, d'imprimer une vengeance ? C'est ce que j'ai d'abord cru. Rosa l'a retrouvé, mais il l'a chassée sans ménagement ni explication. J'ai prévenu le roi. Aurélio appartenait à la *tabanka*, il en était le Faucon. S'il dépouillait la montagne de ses pierres, n'allait-elle pas nous faire payer une rançon qui alourdirait encore notre dette ? Comprenez, l'acte de prendre les pierres en lui-même est insignifiant ; ici à Maio, elles sont notre bien le plus commun. Je m'effrayais plutôt des intentions qui poussaient Aurélio à agresser notre terre. Le ministre et le juge de notre groupe sont allés en délégation lui faire entendre raison. Ils le trouvèrent en train de barrer la vallée par laquelle le désastre était arrivé. Il empilait les pierres dérobées. Il répondit seulement : "Je veux les rendre utiles !"

"Ce n'est pas une œuvre humaine", se sont contentés de juger les deux délégués.

Rosa lui apportait ses repas, mais ne restait pas. Il ne l'invitait d'ailleurs pas. "Le visage d'Aurélio a perdu son enfance, m'a confié Rosa, il faudra que mon amour change." Je sentais poindre derrière le défi un trait de jalousie. Rosa en voulait à ces pierres d'accaparer les bras de son amant. Le souvenir de la pression de ses mains sur ses reins quand la danse soudait leurs corps la brûlait. Elle se sentait exclue du bal qu'Aurélio animait, seul. Et puis, un à un les membres de notre groupe ont rejoint le "farceur" mué en dompteur d'orage. Le premier à vouloir l'aider a quitté le quartier à l'aube, presque à la sauvette. Puis Rosa m'a entraînée, et le lendemain, toutes les femmes du cortège, les frappeuses de *batuque*, sont venues. Et les chants ont suivi. Aurélio n'élevait pas seulement un mur de pierres, il réveillait l'esprit de la *tabanka*, le goût du *junta mon*, de l'effort en commun qui permet de soulever des montagnes, de défier l'orage, de fertiliser le désert. O combien Rosa chantait ! Son visage avait perdu sa part d'enfance. J'ai surpris les regards qu'Aurélio lui portait ; son amour pour elle changeait. Le barrage avait la forme arquée d'une vague, pour mieux distraire la force des flots ; son épaisseur était amplifiée par le nombre de bras qui augmentait chaque jour. Nous avons aménagé des trouées à sa base pour que les dépôts de terre traversent le mur et s'évacuent. Mais le barrage ne suffisait pas, Aurélio établit un programme de digues pour contrarier les écarts futurs de l'eau, si la pluie revenait sorcière plutôt que bon génie.

Il a fallu des semaines avant de satisfaire l'exigence du "farceur".

Un jour, il a accepté de poser la dernière pierre.

A la ville, ceux qui nous sont hostiles n'ont pas cherché à savoir pourquoi la *tabanka* donnait de la voix en dehors du 3 mai ou de la Saint-Jean, et se réjouissait alors qu'on la disait mourante.

L'année suivante, l'orage a récidivé comme un malfaiteur, sans repentir. Bien sûr, le barrage a rempli son office, et les diguettes ont atténué les dommages. Mais la fureur du courant a fini par emporter les ouvrages. Le ciel impose toujours sa volonté. Alors Aurélio a pris le premier bateau pour Santiago. N'allez pas écrire que le découragement l'a chassé, que le vent de la lâcheté gonflait son maigre bagage. Rosa vous dira qu'il va revenir. Elle prépare chaque jour son retour. Elle a été embauchée à la poterie de Morro. Un vieil Américain de passage lui a expliqué qu'en des contrées sèches, on enterre des jarres jusqu'au col, on les emplit d'eau et on sème tout autour. Les racines des plantes profitent de l'humidité que la cruche diffuse grâce à la porosité de ses parois. Pas besoin d'arroser, la quantité d'eau employée se limite à la capacité de la jarre qui l'écoule lentement. Rosa en est convaincue. Elle pétrit, s'acharne à trouver la bonne composition avant qu'Aurélio ne revienne. Rosa veut lui offrir un jardin.

Le journaliste contemple le portrait d'une jeune femme touchée par la grâce d'un rayon de soleil dans un atelier sombre. Rosa dos Anjos. Ses mains créent une forme haute, renflée et pure. Beauté sombre au regard un peu triste mais tellement volontaire. Quel est l'homme qui a modelé tant d'amour sur ce visage de femme ? Le journaliste en est troublé. Une *morna* d'Eugénio Tavares le parcourt comme un frisson :

Oh jolie paysanne aux yeux gentils à tuer
Montre-moi le sentier fleuri qui conduit à ta tendresse
Conduis-moi par la main dans la quiétude
Emmène-moi loin de la ville qui m'attriste et m'effraie…

Nha Chepa sent bien que le journaliste ne l'écoute plus ; elle force son attention :

— Aurélio est juste allé chercher de l'aide. Il trouvera. Il veut maintenir les pierres avec des grillages par une méthode qu'il a repérée dans un magazine, et recommencer le barrage. Il reviendra quand il aura obtenu les moyens. Il a répété à Rosa dos Anjos que leur enfant aimera cette terre et ne pleurera plus jamais de la voir ridée comme une vieille, rudoyée par le vent malfaisant.

Le journaliste pense aux mots qu'il a l'habitude d'aligner, sans affection particulière, juste pour assurer ses revenus et sa place en ville. Aujourd'hui, il ressent les mots comme des cailloux solidaires. Il se voit écrire des mots solidaires dans des phrases soudain fortes. Il lui semble n'avoir jamais réfléchi auparavant à l'importance de sa pratique journalière. Si ses mots sont comme des pierres soudées, alors ses phrases deviendront des digues contre tout débordement d'intolérance, ses articles, des barrages contre la compromission. Il se rêve courageux, entreprenant, investi d'une mission culturelle, prêt à en découdre avec la sécheresse des ambitions comme Aurélio avec les nuages. Son avion décolle. Le saut de vingt-cinq kilomètres entre Maio et Santiago ne lui permettra pas de s'élever à l'altitude des nuages. Il le sait. Il voudrait pourtant conserver ses résolutions en atterrissant tout à l'heure dans la grande ville où tout se dilue si vite. Il se prend à crier en lui-même : "Rosa dos Anjos !", et l'appel déclenche un grand tapage dans le silence de ses pensées. Si seulement le regard intense de la jeune amoureuse aperçue dans un album de photos l'aidait à maintenir longtemps sa détermination ! Le sang bat contre ses tempes à un rythme accéléré.

Une femme noire joue du tambour sur la photo en page huit de l'édition nationale ; elle arbore une robe à carreaux, des manches ballon, un fichu blanc. Le journaliste raconte sur cinq colonnes son regret d'assister à l'affaiblissement de la *tabanka*, regroupement populaire qui suscitait la joie de vivre et favorisait l'entraide. Il a trouvé les mots justes qui expliquent et émeuvent, des mots solidaires. Jamais il n'a été aussi heureux de signer un article.

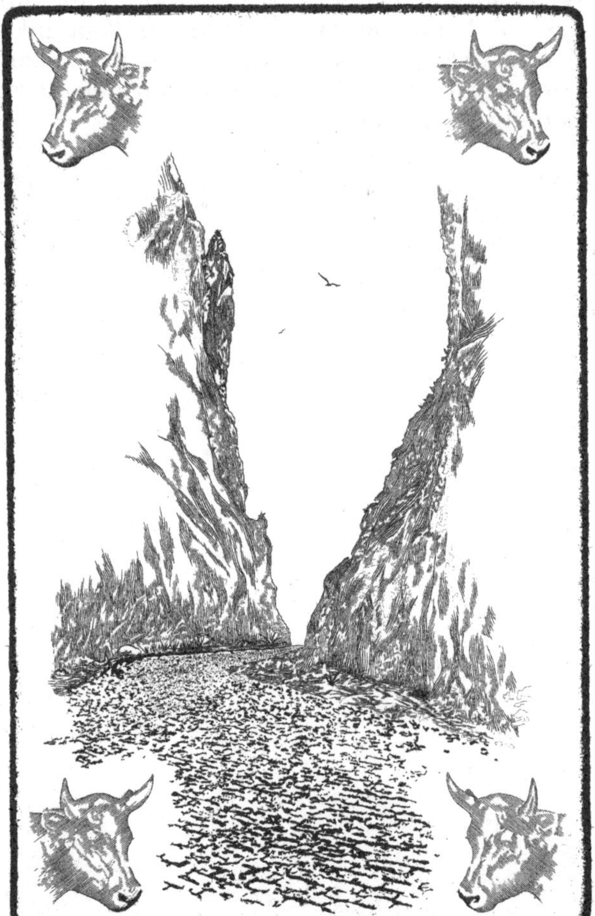

SANTO ANTÃO

Cher Carlos, je cultive l'innocente habitude de lire en voyage les récits qui me paraissent en connivence avec la réalité du moment. Je citerai pour seul exemple la volupté de parcourir la Crète avec Zorba le Grec, compagnon buveur et philosophe idéal pour une tonitruante approche du pays. Ce matin du 28 novembre, Leuk dénonce mon choix de texte.

Nous sommes à bord du ferry *Ribeira de Paul*, dans le port de Mindelo, et attendons l'appareillage. Depuis une heure, les dockers se lancent du quai au pont des bonbonnes vides de *grogue* emmaillotées dans des langes de plastique tressé. Une a échappé des mains expertes et a éclaté contre le bastingage. Peu importe, il y en a des centaines qui retournent s'emplir le ventre à Santo Antão, l'île des meilleurs crus d'alcool de canne. Des bicyclettes, des montants de lit, un réfrigérateur, plus un minibus rutilant patientent : dans le sens São Vicente-Santo Antão, les bateaux chargent les biens manufacturés en provenance de l'étranger. De Santo Antão, île agricole, ils rapportent les produits maraîchers et les fruits qui nourrissent Mindelo, la capitale des îles au vent, riche en vies mais pauvre en jardins. Un œil égaré sur ces trafics, je lis *Les Gais Lurons* de

R. L. Stevenson, une histoire de récifs et de naufrages en des îles que le Créateur a larguées dans les brumes de l'Ecosse pour les oublier aussitôt. Les épaves, c'est bien connu, comblent les îliens de richesses inespérées et de récits où la mort des uns facilite la vie des autres. Les Cap-Verdiens désignaient par *móia* la récupération des cargaisons échouées. Cependant, les tempêtes peuplent aussi les eaux de locataires malheureux qui mêlent leurs gémissements d'âmes errantes aux voix trompeuses du vent. Cette présence insidieuse des amers disparus est au centre des *Gais Lurons* et Leuk juge déplacée ma lecture au moment de s'engager dans un chenal livré aux agissements cruels d'une mer marâtre.

— Le bras de onze milles entre les deux îles voisines est mal famé, explique-t-elle, l'océan y a trop joué au chat et à la souris avec les bateaux de fortune qui chargeaient les passagers par-dessus le fret. Tantôt le vent coupait les vivres, et l'embarcation aux voiles pendouillantes dérivait pendant des jours à faible distance des rivages ; tantôt les flots perfides persécutaient les terriens condamnés à voir rouler leur cœur sur les planches de la cale ou du pont, sous l'œil des rats et sans la moindre commodité sanitaire.

Le réquisitoire de Leuk a valeur d'exorcisme. Née dans le Valais suisse, elle craint plus les sournoiseries des masses fluides que les roulis abusifs des minibus en montagne. Un retraité malicieux et replet a intercepté son bulletin d'inquiétude et claironne avec une ironique bonhomie :

— Vous n'avez pas pris le meilleur ferry. Le *Ribeira de Paul* fut acquis d'occasion aux lendemains de l'indépendance. Il ne s'est jamais arrêté de fonctionner depuis vingt ans : un surmenage préoccupant du fait de notre ignorance de ses vies antérieures. Il y a quelques mois, son moteur s'est arrêté au beau milieu du chenal ; il a dérivé longtemps avant l'arrivée des remorqueurs. Aujourd'hui, rassurez-vous, la mer est sous anesthésie, mais ça n'empêche pas le *Ribeira de Paul* de balancer rudement car il a été conçu pour la navigation fluviale…

Leuk, blême, s'accroche à ses notes comme à une bouée. Le vieil émigré s'amuse de son appréhension ; un sourire radieux fleurit à l'ombre de son chapeau bavarois en velours.

Nous ne sommes pas sortis de la baie de Mindelo qu'une jeune fille vomit, mais au lieu de se libérer par-dessus la rambarde, elle souille l'escalier intérieur. Un passager irrité vitupère pareille désinvolture. Une polémique embrase l'assistance ; pendant trente minutes, critères de bonne éducation et fragilité de constitution s'affrontent. L'indignation gagne les aigus, mais au moins la dispute maintient-elle le cœur de la malade hors des vagues. Car, dès la proclamation de l'armistice, la malheureuse chavire de plus belle, son mal-être se propage à une rangée entière, par contagion.

— Il en a toujours été ainsi, minimise notre voisin de banquette : le Cap-Verdien est un terrien qui se déplace contre son gré sur les voies d'eau. Il s'attend à tout en mer, surtout au pire…

Et le vieux de nous raconter pour exemple les mésaventures de l'*Apolo*, un antique *falucho* voué au transport de bananes et de cages à poules qui, en panne de compas, se retrouva une fois sur les côtes du Brésil, et fut une autre fois le théâtre d'un accouchement prématuré.

— "Va-t'en démon, pied de poulet !" proféra le capitaine de l'*Apolo* en brandissant son rosaire pour écarter le mauvais œil du nouveau-né et libérer la mère d'un risque de possession par les esprits malins. "Va danser la Saint-Jean au fin fond de la mer Rouge ! Fils d'Inicia la Noire ! Crotte de poule couveuse ! Lucifer ! Amen !"

Ces temps-là ne sont pas si anciens, admet le narrateur.

Toutefois, un siècle s'est écoulé en quelques années d'indépendance. A l'aube, nous avons sauté dans un avion, Praia-São Vicente en une heure, traversé Mindelo en trombe, enlevé deux billets à l'agence maritime, foncé au port, enjambé la passerelle du ferry. Nous voguons. Santo Antão, seconde île par la taille après Santiago, seconde pour l'altitude après Fogo, écrase l'horizon de sa massive émergence. Un désert brun, plissé, taché de plaques blondes de pouzzolane, escalade le flanc sud jusqu'aux crêtes dentées à plus de mille mètres. Seules les installations de Porto Novo signalent une activité humaine sur cette face élégante et dénudée.

— Drôle d'endroit pour débarquer, commente l'homme au chapeau de velours, mais il fallait bien finir par ouvrir une porte. Santo Antão était si difficile d'accès qu'en 1869 l'île donna l'impression au ministre portugais des Colonies en visite d'avoir été découverte les mois précédents. Tarrafal, le meilleur mouillage sur la façade occidentale, languissait à des jours de marches difficiles des vallées agricoles du nord et de l'est, dépourvues de débouché favorable sur la mer. L'aménagement de Porto Novo ne date que de 1960. Le site était fréquenté par les pêcheurs et hanté par les déportés. C'était une zone pénale. Et avant, quand seule une chapelle en rondins et en paille marquait l'endroit, vivait là une ermite. Pas une vieille sorcière, non, une jeune femme accorte et de fort tempérament que tous, pêcheurs et paysans, nommaient Mamaya. Sans doute participait-elle aux échanges entre les communautés du maïs et du poisson.

Merveilleux pouvoir du conte : un groupe de jeunes auditeurs s'est naturellement formé autour du vieux.

— "Faites attention, prévenait-elle les pêcheurs, ce lieu n'est pas à vous, c'est le port de Mamaya !" Elle fut sans doute amoureuse de certains, car sa descendance est nombreuse, mais elle exigeait le respect et imposait ses décisions. Même saint Jean Baptiste s'exécutait quand Mamaya le sommait. On raconte qu'un jour la jeune femme, à court d'huile, se précipita dans la chapelle et sans vergogne réclama au saint une tortue pour manger et s'éclairer. Le ton de la prière excluait toute contestation, une tortue sortit aussitôt des eaux, prête à l'immolation. Ainsi fit l'ermite à chaque rupture de ses réserves et le saint subjugué répétait le miracle.

Beau personnage féminin, Carlos, que je m'empresse de coucher dans mon cahier en prévision de la nouvelle. Leuk extrait de ton jeu de gravures la carte de Santo Antão montrant une route pavée, taillée dans l'obstacle d'une crête, béance extravagante, digne d'un treizième travail d'Hercule. Cette brèche est encadrée par quatre têtes de bœuf. Notre informateur la considère attentivement puis rend son diagnostic :

— La construction de la route qui relie Porto Novo à Ribeira Grande a débuté en 1960 sur le tracé d'un chemin ouvert grâce à la peine des esclaves et à la hardiesse d'arrivants de Madère. A Santo Antão, la moindre liaison abreuve une légende. Nos héros sont des casseurs de cailloux anonymes. Pensez, quand vous roulerez avec aisance, qu'il a fallu treize années pour arracher ces trente-six kilomètres à un relief forgé à une époque où la création de l'homme n'était pas encore au programme.

— Et les bœufs à votre avis ? s'enquiert Leuk.

— Il existe chez nous des chants qui font pleurer les bœufs, affirme très sérieusement l'homme qui lève une main pour balayer les objections. Que les incrédules viennent voir les larmes couler comme des gouttes de pluie quand les bêtes communient avec les voix pathétiques des broyeurs de cannes à sucre. Les chants du pressoir ravagent les sentiments. Ne manquez pas le spectacle des bœufs qui tournent, du moulin huilé, des cannes déchiquetées et du jus gris qui emplit la panse des tonneaux.

La trompe l'interrompt.

— Bienvenue à Santo Antão ! clame-t-il en agitant son chapeau.

Leuk remise ses craintes hauturières. Les minibus pour Ribeira Grande piaffent à quai, impatients de ramasser des clients.

S'il existait un recensement des routes les plus spectaculaires, assurément l'axe Porto Novo-Ribeira Grande figurerait dans la liste. Un premier tronçon se joue des sillons de laves, enlace les cônes adventifs, force les éboulis. Un bataillon de femmes et d'hommes profite d'une couverture de brouillard pour planter des arbres comme autant de banderilles sur le corps de la sécheresse. O patience humaine ! La victoire est au sommet. Une forêt de pins et d'eucalyptus couvre l'épaule des monts d'un habit de lumière. Le contraste est si net ; il suffit d'un col pour prétendre à la face cachée de la lune. L'action des brumes régulières éteint ici l'ardeur du Sahel. La cheminée de la maison forestière l'atteste. Des gardes circulent en veste, des enfants en anorak. Des champs irrigués dessinent une réjouissante marelle au fond du cratère de Cova. Le taxi collectif musarde pour ménager l'effet de la plongée à pic sur le nord, comme le wagonnet du grand 8 ralentit avant la chute. Soudain nous voyons un dédale de ravins se précipiter vers la mer ; le paysage a été sabré avec une violence inouïe. Ces fractures viennent buter en amont contre le massif central de l'île et s'achèvent en de gigantesques culs-de-sac – *regatas*, précise Leuk. Le long de falaises hautes de huit cents mètres, les cascades saisonnières laissent l'empreinte d'une langue noire et gluante. La route, nommée *corda*, circule entre deux abîmes sur des crêtes affûtées comme un scalpel. Le véhicule frôle le vide à chaque virage. Je marmonne des associations de circonstance : ravines des Antilles, cordillère des Andes, *barrancos* des Canaries. Plus une notation poétique :

— Muraille de Chine, gardienne de barbares précipices…

Leuk tranche avec l'assurance du géologue et l'affectation savante dont elle aime enrubanner ses citations :

— Nous assistons aux conséquences d'une suractivité de l'érosion durant la période pluviale intempestive du quaternaire sur une structure essentiellement pliocène, incisant parfois jusqu'à la base des matériaux inégalement tendres et creusant ces farouches *ribeiras* si caractéristiques du relief de Santo Antão.

Dans chaque tournant ou pli, quand le relief ménage un berceau, la terre est plantée de maïs, manioc, pois ou patates, et une cabane de pierres et de chaume garde ce recoin d'espoir harassant. Ici une famille survit.

Résolution est prise de traquer la mémoire de ces pavés tant les routes illustrent le combat inégal que l'homme a livré ici pour inscrire sa place dans un univers de titans. Ta gravure, Carlos, invite à infiltrer ce réseau des voies empierrées, ouvrages modernes et raccourcis acrobatiques que le pouvoir colonial s'ingéniait à tracer dans des contrées perdues, aujourd'hui délaissées du fait des contournements carrossables. Santo Antão est un sanctuaire pour les marcheurs.

Povação, la ville, est prisonnière d'un étranglement où confluent deux vallées altières, Ribeira Grande et Ribeira da Torre. Leurs parois intraitables, sombres et cabossées, semblent se rapprocher chaque nuit comme les murs dans *L'Ecume des jours*. Afin d'échapper aux crues subites, les rues quadrillées se rangent à distance des berges ravagées, escaladent des contreforts. Une cathédrale, imposante comme un paquebot, s'engouffre dans le goulet de l'estuaire. Sa masse disproportionnée ajoute à l'ambiance d'écrasement. La ville, fondée en 1732 dans cette fosse, noue les relations entre les lieux de production. Les *ribeiras* adjacentes sont fertiles et le port primitif de Ponta do Sol est distant de cinq kilomètres. De grandes maisons de commerce ont encore pignon sur rue.

— A propos d'échange, me renseigne Leuk, Santo Antão faillit devenir anglaise en 1724. Le marquis volage, João de Mascarenhas, qui gouvernait l'île depuis les salons mondains de Londres, la céda à la couronne britannique pour régler la facture de ses fredaines. Praia envoya bateau et détachement pour signifier son attachement à la plus occidentale des terres africaines en Atlantique, et nomma un autre gouverneur.

Les falaises de Povação instillent un sentiment de claustration et le front de mer n'accorde pas d'évasion. Les vagues y jacassent avec un fort accent de galets noirs. Les limites d'extension de la ville condamnent la plage à accueillir les porcs dont les baraques alignées remplacent les cabines de bain. Les digues éventrées sous l'assaut des torrents ajoutent au malaise. Nous préférons installer nos quartiers à Ponta do Sol qui, à l'inverse, offre un visage radieux comme son nom. Cette presqu'île en pente douce garde ses distances avec les reliefs, et le soleil y joue tout au long de sa course. Ponta do Sol est un vrai port avec ses barques rouges, coques en l'air, ses entrepôts délabrés depuis la fin de l'âge d'or, son front de maisons vertes et bleues, son paisible chantier naval, ses *sobrados* alertes ou fermés, et surtout ses épiceries-comptoirs. Fatima, de retour de France, a ouvert un bistrot. Il suffit de quatre tabourets, de deux tables et d'une étagère pour quelques bouteilles sentinelles au ventre bourré de *grogue*, d'écorces de citron et de rameaux aromatiques. Une écumoire recouvre l'assiette de maquereaux grillés. Du poisson et un verre de rhum : un rude plaisir que nous répétons.

Ponta do Sol renaît après l'éclipse. Première ville à connaître l'électricité, elle fut le centre administratif des îles au vent ; Mindelo lui ravit la fonction en 1935. Elle était le port principal de Santo Antão, Porto Novo l'a détrônée après 1960. Justification : ce matin, un cargo au mouillage livre du ciment. Course de chaloupes et ballet de corps féminins sur la jetée pour hisser les sacs. Tout bouge. Les vagues glapissent, en érection comme des geysers. C'est en vain que la digue protège un bassin de déchargement, la mer y glisse ses lames, sème la frénésie. Longtemps, les marchands se sont contentés de cette insécurité pour exporter café, cuirs et bananes. La famille Cohen dirigeait le plus gros comptoir de Barlavento, un véritable supermarché. Les pages tournent, aujourd'hui le Luxembourg envisage d'aider la reconversion du grand magasin en hôtel afin d'en sauver la superbe structure.

Nous sommes penchés sur des plans de restauration dans l'immense bureau du président du conseil. Jorge Santos est un dirigeant jeune qui voit dans la préservation du patrimoine l'avenir de l'économie touristique au Cap-Vert.

— Plus question de laisser tomber le passé, il entraînerait dans sa chute des pans précieux de notre identité.

Il a déjà ressuscité l'ancienne pharmacie où travailla Agostinho Neto, futur président d'Angola alors en exil, et la *câmara municipal*, énorme bâtisse à trois corps, au frontispice marqué par l'œil cyclopéen d'une horloge.

— Nous n'aurions jamais dû en disposer ; l'horloge était prévue au départ de Lisbonne pour une autre Ponta do Sol aux Açores, mais les erreurs des convoyeurs ont joué en notre faveur.

Jorge Santos souhaite des visiteurs exigeants, des randonneurs en accord avec la nature de l'île et l'hospitalité des habitants. Pour les inconditionnels de la mer, il prévoit de réhabiliter la léproserie, forteresse vide fichée sur un éperon au-dessus d'une crique. Un lieu d'une gravité symphonique où la montagne et les eaux s'accordent pour interpréter l'ouverture du *Vaisseau fantôme* de Wagner.

— L'endroit s'appelle Sinagoga. Des Juifs marocains s'installèrent à Santo Antão au siècle dernier et trouvèrent à l'abri de ces rochers l'isolement propice à leur culte. Ils contribuèrent activement au dynamisme de l'île.

Sinagoga devrait plaire aux amateurs de sensations fortes. C'est une des anses qui servaient de ports agités aux pirates. Il est difficile d'imaginer comment ils lançaient leurs raids vers l'intérieur tant la muraille de la côte orientale est abrupte. Toutefois, beaucoup d'entre eux capitulèrent, jetant à l'eau leur tête de mort à cause d'un frais minois. Les filles de l'île étaient belles à déserter ; elles accrochèrent des cœurs de toutes nationalités. Malgré la réprobation officielle, la population de Santo Antão profita de ce nouveau métissage ; sa tradition se gava d'influences, souvent françaises, de contredanses et de tournures de langage qui marquent sa singularité jusqu'à présent.

Au mur du bureau, est suspendu l'étonnant portrait d'un officier noir posant à la manière d'un libérateur haïtien, Toussaint-Louverture ou Dessalines. A l'arrière-plan, l'horizon lugubre avale un navire.

— Ah voici un héros qui peut inspirer votre projet de nouvelle, estime le maire. Simão Salvador, pauvre émigré noir, fils de Santo Antão, sauva treize vies lors d'un naufrage près des côtes du Brésil en 1878. La ville de Rio de Janeiro nous a fait don du tableau. Simão fut décoré par le roi du Portugal en personne à une époque où de nombreux Noirs souffraient encore de l'esclavage.

L'histoire de Simon le sauveur tient en une page du *Bulletin municipal* du 10 septembre 1878, rongée par l'humidité derrière la vitre qui la protège. Nous recopions l'épique aventure qui perd ses mots.

— Saviez-vous que le savant Roberto Duarte Silva, qui réalisa la synthèse de la glycérine à l'école de chimie de Paris, était originaire de Santo Antão ?

Nous apprenons de même que le général Gomes de Fonseca, né en 1820 dans une riche famille juive, fut l'unique officier africain de ce rang au sein de l'armée portugaise. Député d'Outremer, il organisa la lutte contre la famine et s'ingénia à dégager le Cap-Vert de la chape de l'oubli. Le maire cite enfin Januar Leite, poète lyrique comparable à Eugénio Tavares, qui prôna les vertus de la république et milita pour avancer l'heure de son avènement au Portugal. Il fut un temps au Cap-Vert où la poésie menait en prison.

Il est 7 h 30 quand nous attaquons la face nord de Santo Antão. Le cimetière juif à la lisière de la ville repose encore dans l'ombre. *Nhô* Francisco Neves marche devant nous ; il rentre chez lui dans les falaises après son service à l'aéroport. Comme tout montagnard, il se moque des aller retour sur les pentes. Vu de haut, Ponta do Sol ressemble à un porte-avions ;

sa piste grise barre d'un trait le plateau et plonge dans l'océan. La route carrossable stoppe au bout de quatre kilomètres, à Fontainhas. Nous entrons dans le vif du relief. Fontainhas est un village posé sur un piton au beau milieu d'un cirque gigantesque, fermé cinq ou six cents mètres plus bas par la serrure d'une plage que la mer s'évertue à forcer. Le village domine l'amphithéâtre des cultures. On ne parle plus de terrasses, mais de gradins : une ligne de bananiers, un rang de cannes, une file de manioc. L'allée ménagée entre les maisons permet le croisement de deux piétons, et mène droit au gouffre. Les façades de couleurs pastel fleurissent l'austérité des roches et affichent l'apport de l'émigration. Les femmes restées au pays descendent inlassablement à la fontaine par un escalier raide et remontent un bidon jaune sur la tête. Leuk cherche les meilleurs angles, la lumière se joue du photographe, le soleil hésite à se pencher au-dessus de la margelle du puits. Francisco Neves continue jusqu'à Corvo, une vallée parallèle. En dessous du col, le maïs a séché sur pied.

— *Falta de chuva !* répète *nhô* Neves comme des centaines d'autres bouches. Manque de pluie. Les jeunes préfèrent remplir des sacs de gravier que de travailler des terres ingrates qui fournissent juste de la paille pour les animaux.

Corvo semble résulter d'un coup de dague assené depuis la mer.

— Qui connaît seulement la bouche de Corvo ignore la vallée !

Proverbe local que Toni Costa, employé à la *câmara municipal*, nous lance comme une invitation à visiter les coulisses profondes de cette fissure habitée. Nous le rencontrons alors qu'il dévale les lacets du chemin en hélant un bateau de pêcheurs. Il gueule qu'il veut rentrer en stop à la ville. Mais la distance brouille le message. Toni est un jeune métis exubérant. La vivacité de ses yeux verts, son élocution hachée comme le relief, ses gestes sans repos, tout en lui chante le florilège de son existence.

— Le cheval qui court selon son envie ne se fatigue jamais, relance Toni qui aime parler par proverbes.

Sur les photos, ses fillettes conjuguent un soupçon d'Afrique et la blondeur des Flandres. Il passe un tel courant de sympathie que le dimanche suivant nous reviendrons à Corvo.

Dimanche anticipé à Corvo.

Toni a tout prévu pour nous être agréable. Il nous introduit dans un sanctuaire du *grogue*. Une paire de bœufs tourne sur l'aire de broyage et foule les déchets de canne. Une chaîne relie le joug à un balancier noueux dont la rotation actionne le pas d'une énorme vis qui entraîne les trois cylindres d'acier du moulin. Le metteur de cannes enfile les tiges entre les rouleaux verticaux. Le distillateur recueille le jus, veille au niveau des tonneaux. Le conducteur de bœufs encourage ses bêtes dans leur interminable circum-ambulation. L'espace des opérations, l'entrepôt d'alcool, de miel et de sucre, les cases de fermentation, le four et l'alambic, l'ensemble s'appelle *curral de trapiche*. Flotte une odeur doucereuse de mélasse. Un assistant précipite les tiges exsangues dans la gueule du four. Le distillateur verse de l'alcool brut d'une cuiller en calebasse dans une autre, comme pour l'oxygéner.

Nous testons la saveur de cette eau-de-vie délurée. Il faut la comparer avec celle des *grogues* accomplis dans la sombre cabane aux tonneaux. Je retrouve la fierté du producteur qui soulève sa casquette et s'éponge le front en attendant l'appréciation. La montagne broie l'espace vital ; sous l'effet du *grogue*, le ciel s'élargit. Soudain, un chant monte comme une plainte du ventre du bouvier. Nous l'espérions sans trop y croire. Le cantique semble empreint de compassion, un lamento que le sort des bêtes inspirerait. Je guette leurs larmes en vain. Avant, l'homme chantait la journée entière. Il fut un temps aussi où l'esclave lui-même tournait en poussant la barre du pressoir. Reste la nostalgie de l'épreuve amère. Toni prétend que les airs de *trapiche* ne se réduisent pas à la tristesse. Il existait des improvisations joyeuses et des "chansons de santé" adressées surtout aux maîtres qui devaient, en échange des vœux, offrir poissons, lard ou alcool.

— L'époque du moulin s'étale de novembre "aux eaux", les premières pluies d'été. Autrefois, chacun trouvait de l'embauche, les femmes portaient la canne, les jeunes aidaient à distiller, à chauffer les bassines ou à couper dans les champs. Les travailleurs jouissaient de nourritures solides et grossissaient. La fin des opérations était saluée par des chants d'adieux et des flots de souhaits. On parlait de l'arrêt du moulin comme de la "descente de l'autel". Et quand l'autel descendait, tous maigrissaient.

Les bêtes tournent, bœuf du dedans et bœuf du dehors, l'un contre l'autre, d'où le nom des chants de stimulation : *colâ-boi*, "collés-bœufs".

— De là est née l'appellation *colâ São João* pour une danse où cavaliers et cavalières collent leur ventre en sautant au son des tambours. Une vraie stimulation érotique ! commente Toni l'œil enflammé.

Le fond de la vallée s'étrécit. L'espace d'un passage secret. Nous nous y engageons. L'eau court. Musique rare au Cap-Vert. On a l'impression de remonter un de ces couloirs chers aux fictions qui mêlent les époques ; va-t-on déboucher sur le rivage des ptérodactyles ou dans une forêt de mégalithes ? Déjà ignames et bananiers sont atteints de gigantisme ; les ramures des arbres à pain et manguiers plafonnent le tunnel. Nous progressons en file indienne sur des dalles régulières comme dans une serre habitée par l'esprit du zen. Des kilomètres d'une spéléologie tropicale jusqu'au cul-de-sac : une corde de rappel contre la muraille, sur la trace d'une cascade, pend comme une invitation à poursuivre. Dans cet imbroglio végétal, la famille de Toni dispose de parcelles délimitées par des bornes invisibles. Des heures sous une pluie de mangues.

La maison de Toni pourrait être celle d'un veilleur. Stevenson l'aurait choisie pour y installer la vigie du village. Cinq cents mètres à pic la protègent de la mer. Une montagne à trogne d'ogre la talonne. Trois chambres et un enclos sont vissés sur une maigre plateforme. Sur le balcon on se sent en croisière dans les airs. Une planche à laver et des bancs en ciment sont incrustés dans la rambarde. On s'effraie à imaginer un déchaînement atmosphérique qu'on aimerait pourtant vivre à bord de cette arche de pierres. Le village en contrebas tourne le dos au large, blotti dans une niche hors de vue des maraudeurs des mers. La vie moderne rattrape ces lieux à pas très lents. Le père de Toni se servait encore des grottes comme enclos et exploitait des terres au-delà de pentes qu'il fallait gravir à genoux. L'armée des neuf garçons et deux filles est née ici. Les parents ont harassé des champs qu'aucune autre génération ne sollicitera plus, mais tous leurs enfants ont réussi à être employés, en bonne position sur l'échelle sociale. Toni a convoqué sa domestique depuis Ponta do Sol pour que le *caldo de peixe*, la soupe de poissons, l'assortiment de manioc, ignames, patates douces, bananes vertes, et l'assiette du pêcheur, s'accordent à l'altitude de son nid d'aigle.

Il ne reste plus qu'un village après Corvo, de guingois sur la muraille, puis la présence humaine s'efface. Le promeneur solitaire chemine avec ses fantômes. Les pluies, le vent, la mer comme des vautours ont déchiqueté la carcasse des masses basaltiques abandonnant des sculptures d'idoles, des figures de monarques païens, des faces de lutteurs impavides ou de dieux grimaçants selon Goya. Une ambiance d'Atlantide après le cataclysme. La corniche pavée grimpe et vire, se perd dans des défilés au niveau des sables, remonte caracoler près de la cime de pyramides dont les vagues sapent la base. Un hameau déserté dans une vallée brûlée, Aragna, renforce la toile de la mélancolie. Nous repérons le port de Cruzinhas après des heures d'irréalité capiteuse.

Un octogénaire nous hèle, avide de parler. Il s'excuse :

— Pardonnez-moi, je n'ai pas de rafraîchissements. J'ai travaillé toute ma vie comme charpentier de l'aube au soir dans tous les coins de l'île, mais je n'ai droit à rien et rien à offrir sinon deux verres d'eau de source, meilleure que celle des bouteilles portugaises.

Il ressemble à un paysan d'Alentejo échoué aux confins de la terre.

— Entrez dans ma maison de pauvre, c'est celle de mon père, elle est faite de pierres et couverte de chaume, mais je n'échangerai pas son confort contre une baraque en béton.

Sa femme est ridée, sombre et perdue. Ensemble, ils élèvent un petit-fils né en Italie, un gamin lumineux de dix ans qui étale sur nos genoux ses cahiers d'école remplis de miniatures, et tient une conférence sur les partis politiques à quelques jours du dénouement de la campagne des législatives.

— Le meilleur parti pour moi, c'est ma femme, dit le vieux, rire et émotion confondus.

La chaleur du dehors a fondu.

On entre à Chã de Igreja, notre objectif, par le cimetière, poste avancé du village sur un plateau de lave éventré. Des tombes bleues, d'autres chaulées et en arrière-plan un massif ocre. Les roches cousinent avec les aiguilles et dentelles du Hoggar. La verdure d'une oasis éclate. Une église et des maisons blanches glissent une fugitive impression d'Europe. De riches exploitations se camouflent derrière des murets, des écrans de bananiers, des rideaux de cannes fleuries, des vergers de citronniers. L'eau octroyée court les jardins par roulement. Pas d'hôtel mais des chambres d'hôte chez Augustinha, maîtresse femme au "franc-parler" (en français dans le texte).

Augustinha a quarante-huit ans et ressemble à la grande chanteuse haïtienne, feu Toto Bissainthe. Elle parle d'ailleurs le français avec la préciosité des Créoles de Port-au-Prince, multipliant les "mon cher" et usant d'un vocabulaire désuet dans l'hexagone. Elle est née à Cruzinhas dans une famille que la terre ne nourrissait pas. Augustinha refusait l'idée de survivre en cassant des cailloux. Elle préférait encore être servante à Mindelo. Et comme le monde ne l'effrayait pas, elle accepta un contrat à Londres, suivi d'un autre à Paris.

— Quand je suis arrivée d'Angleterre, j'ai demandé en anglais à un agent parisien la direction du 16e arrondissement. Il me répondit : "Ma petite dame, ici on est en France, vous devez parler français." J'ai répliqué : "Monsieur, le français, il va entrer dans ma tête comme on boit un verre d'eau ; en attendant vous êtes au service des gens, c'est à vous de parler anglais !" Il n'a rien voulu admettre. Il était raciste et malheureux, car le raciste est ignorant. Nous ici au Cap-Vert, nous avons la misère accueillante.

Augustinha met en scène ses tribulations dans la grande bourgeoisie de l'avenue Victor-Hugo avec un art de la théâtralité et un sens aigu de l'observation.

"Comment, vous ne parlez pas français ?"

"Ah madame, ce n'est pas la langue qui va travailler, ce sont les mains !"

La suite de la chronique réjouirait un auteur de pièces de boulevard : manies et vilenies d'une classe sociale prétentieuse vues par un œil extérieur, mais pas étranger car, après seize ans à Paris, Augustinha a obtenu la nationalité française. A chaque consultation, l'ambassade de France à Praia sollicite son vote. Augustinha a épousé au pays *nhô* António, fils de famille portugaise, parti naviguer à travers les océans sur des bateaux hollandais afin de consacrer sa retraite à sa passion terrienne. Il a reconstitué l'exploitation familiale, acheté des machines pour le *grogue*, fait construire une maison à deux étages. Aujourd'hui Augustinha est une grande dame du village.

Crêpes à la papaye, *cachupa*, cabri aux haricots, ragoût de poissons aux légumes, frites de fruit à pain, couscous de maïs sucré à la cannelle... Notre hôtesse récite ses recettes comme une poésie.

Deux jours ainsi à vaguer par les canaux d'irrigation sous les plumeaux des cannes fleuries. Dans des caves anciennes, les enquêteurs jouissent de la subtilité de *grogues* vieillis en fût de chêne et analysent les saveurs de caramel et d'agrumes des punchs. Intermède.

Le chemin de Mocho zigzague jusqu'aux nuages. On nous dit : “Il y a encore des enfants qui naissent là-haut.” Des maisons éparpillées comme des étoiles voisinent avec le ciel, et des montagnes aux allures de saintes déploient leur voile pour protéger l'enclave de bonnes terres. Autrefois, le chemin muletier pour Ribeira Grande desservait Mocho, aujourd'hui la route le jette à l'oubli. Le village porte un nom d'oiseau parce que des paysans obstinés ont nidifié à l'étage des éperviers.

— C'est beau ? Vous trouvez ? Nous, on aime le pays quand il a plu.

Manuel José Lopes nous sert des histoires, puisque nous sommes assoiffés après la montée. Augustinha a propagé l'annonce de notre quête. Nous passons et ramassons des souvenirs.

— J'ai soixante-dix-neuf ans. Je me souviens d'anciens vêtus de sacs à maïs par temps de famine. Les plus riches préparaient de la nourriture dans des cuves à *grogue*, mais ça ne faisait que retarder l'échéance.

— Même les plus aisés mouraient ! Sa femme, menue, vive et avide d'intervenir, le coupe. Ceux qui pouvaient employaient un pauvre pour enterrer les leurs en échange d'un vase de couscous. Mais une fois, une famille s'est précipitée et le mort au bord de la fosse a protesté : “Je meurs de faim, mais ne suis pas encore raide !” Et pour le démontrer, le défunt rassembla ses dernières forces, ramassa du petit bois et rentra chez lui. Le fossoyeur garda le couscous…

— Pendant les années quarante, la pénurie força les gens de Santo Antão à tirer profit de tout ce qui poussait encore, même de la *fedagosa*, une herbe amère et toxique qu'ils battirent dans le mortier pour récupérer les graines. Une *morna* célèbre naquit à la suite d'une série d'empoisonnements : “O *fedagosa*, tu es méchante, tu as tué ma maman, tu as tué mon père, tu as emporté toute ma famille…” fredonne *nhô* Manuel.

Aujourd'hui, continue-t-il, ce n'est plus la famine qui rogne nos vies, mais le mille-pattes qui ronge nos racines. La plaie s'est abattue sur Santo Antão et compromet le développement des cultures vivrières. Il n'existe aucun remède au mal. Les producteurs préfèrent planter de la canne que les infâmes scolopendres n'attaquent pas. Mais on ne peut pas vivre que d'alcool !

Nhô Manuel est un paysan d'origine portugaise longiligne. Sa silhouette est marquée par les restrictions. La malice nourrit son sourire à défaut de remplir ses joues. Le couple empressé veut nous offrir du *grogue* à neuf heures du matin, des œufs, du maïs, comme à des pèlerins.

— Si on boit on meurt, si on ne boit pas on meurt, alors autant boire un peu, on mourra heureux.

Par la magie du *grogue*, émerge l'histoire d'António Martins Velho. Carlos, tu te souviens de ce personnage fantasque, flibustier et administrateur de génie qui mit Boa Vista et pratiquement l'archipel sous sa coupe au début du XIXe siècle. Il fut le premier à établir des liaisons régulières entre les îles pour une meilleure circulation des produits et l'accroissement de son profit. Rien d'étonnant à le retrouver à Santo Antão. Mais la peinture que *nhô* Manuel fait de lui éclaire la formidable capacité de l'oralité à transformer un être original en mythe. Le vieux nous relate des extravagances comme s'il rapportait un fait divers. Martins Velho, assure-t-il, avait le don de changer de couleur de peau selon l'environnement ou les gens qu'il fréquentait. Comme le Zelig de Woody Allen, il était blanc parmi les Blancs, fonçait au contact des Noirs. Est-ce la traduction d'un remarquable sens de la diplomatie ? Privé de bateau, il en faisait surgir un en jetant des plumes de poule dans la mer. Ligoté et enfermé, il s'évadait insolemment de n'importe quelle cellule. Il fit apparaître un moulin à *grogue* du jour au lendemain sur la plage de Vila de Paúl, et cet exploit est incrusté dans la mémoire.

— Il y est encore ! insiste *nhô* Manuel pour authentifier le miracle.

— C'était un sorcier aux mains propres, précise sa femme, de la catégorie de ceux qui se dépensent pour le bien des autres. Ne le confondez pas avec un jeteur de sort.

Nous nous gardons bien de confondre. Armand de Montrond à Fogo, autre précurseur, était taxé de semblables pouvoirs magiques par les gens ébahis.

Le lundi 4 décembre, l'île se réveille ébahie. La pluie a profité de la nuit pour tout chambarder. La montagne bourdonne, l'eau sourd de chaque incision, les torrents se vautrent sur les routes. "Une telle pluie en décembre !" s'exclame chaque bouche. Les communications sont bloquées, mais on sent que tout le monde a envie de danser. "Trop tard pour le maïs, mais c'est bon pour les haricots, les arbres et les sources !" "Il paraît qu'il a plu à Sal." La radio répand l'ampleur de l'arrosage inattendu après la saison officielle des eaux. On croirait l'annonce du débarquement des alliés dans la guerre contre le totalitarisme de la sécheresse.

Ce matin, nous traversons l'estuaire de Ribeira Grande sur les épaules d'un passeur, saint Christophe improvisé. Les intempéries créent des métiers. Le temps nous presse, l'île est trop vaste pour les huit jours impartis. Nous tentons de distraire de la campagne électorale l'ingénieur Spencer. Tous le considèrent comme "l'esprit des routes" ; lui seul peut disserter sur les chantiers accomplis. Sur la côte est, il a dirigé un creusement de falaise sur six kilomètres entre Paúl et Janela : une réalisation menée grâce à la coopération italienne, qui se visite comme un monument historique.

— En 1972, nous confiera l'ingénieur Spencer, le plus riche propriétaire de Janela possédait une voiture pour la fierté de parcourir les six cents mètres carrossables entre le débarcadère et sa maison. Il clamait haut et fort que la route de Janela ne serait jamais construite : "Même mon petit-fils ne la verra pas." Elle a été inaugurée en 1989. Il a revendu son auto car il n'avait pas le permis et n'entendait pas le passer.

La falaise ne désempare pas, de Povação à Paúl puis à Janela. Des hameaux de pêcheurs se calent dans des trouées. Le ciel rogue ensauvage cette galerie de roches à têtes de dogues, à forme de sphinx. Les vagues rugissent au pied de la ménagerie de basalte. Dans leur boulimie, elles ont dévoré une paroi et découpé la silhouette d'un personnage de Magritte en costume et chapeau melon traversé par la mer. Nous marchons vers Janela. Des ramasseurs de sable saluent de loin :

— Comment ça va ?

— Plus ou moins.

— Et le corps est bon ?

— Le corps est faible et réclame.

Les mines sont grises et les sourires rentrés. On nous regarde passer comme nulle part ailleurs au Cap-Vert, avec une pointe de suspicion. Nous reproche-t-on de marcher sur une route qui fut si difficile à ouvrir aux véhicules ? Sommes-nous conditionnés par la réputation persistante de l'endroit ? Janela, terre de sorcellerie. Je vérifie les boutonnières de ma chemise, elles sont en ordre. Le contraire pourrait, dans les conventions locales, clouer sur place un sorcier contre son gré et provoquer sa colère.

Augustinha nous a instruits. Une belle *morna* conforte ces superstitions : *Nha Fernandinho, nha primer'amor.* Une histoire triste à briser les cordes d'un violon.

Fernandinho était un jeune homme d'humeur joyeuse et d'esprit vif que tous appréciaient. Il était commis à la perception des impôts. En ce temps-là, vivait à l'écart un modeste propriétaire dont la laideur engendrait l'antipathie. Le rejet des villageois l'avait incité à préférer la compagnie des cochons à celle des humains. Il n'en faut pas davantage pour exciter la rumeur : *nhô* António José passait pour un redoutable sorcier. Il ne sortait qu'une fois l'an de chez lui pour payer à contrecœur les taxes sur la terre. Fernandinho et ses acolytes de la perception, avec la légèreté de leur âge, s'accordèrent pour lui jouer une farce. Ils dérangèrent l'ordre de leurs boutons et le reçurent ainsi. Le vieux bougon, conscient du stratagème, proféra de sourdes menaces à l'encontre des jeunes écervelés qui, sans égard pour ses disgrâces, le livraient en pâture à la moquerie publique. L'affaire aurait pu en rester là, mais Fernandinho était amoureux, et le chemin qui le menait auprès de sa belle, Nacinha Paris, passait sans détour possible devant la maison de *nhô* José. Le jeune homme, pris de remords, voulut s'excuser, plaidant une inoffensive plaisanterie. Mais le vieux était meurtri, déterminé à se venger : "Au moins la société tiendra-t-elle une bonne raison pour me haïr !" Au début, le garçon prit l'avertissement à la légère, n'en parlant qu'à son amoureuse sous le sceau du secret. Mais par une nuit claire, rentrant de ses galants devoirs, Fernandinho fut attaqué par une truie et ses petits qui, avec un entêtement irréductible, cherchèrent à passer entre ses jambes.

— Il n'aurait jamais dû écarter les jambes, il signait sa perte ! s'enflamma Augustinha au cours du récit.

La truie força le passage, partit d'un rire sardonique et parla avec la voix du sorcier. L'esprit de Fernandinho chancela. Miné par la culpabilité et le mauvais sort, il dépérit et trépassa. Nacinha Paris, sa promise, se fana à son tour et, malgré les suppliques de son père l'exhortant à ouvrir les yeux sur la vie, elle préféra mourir en murmurant : "Papa Joaquim Paris, laisse-moi pleurer Fernandinho, ô mon premier amour."

— Ce sont ses mots que les guitares recueillirent pour répliquer au deuil par une apaisante *morna.* Finalement, les employés de la perception établirent le lien entre la mort du garçon et la malédiction de *nhô* José, conclut Augustinha. La société conçut un tel dégoût pour le présumé sorcier qu'à sa mort les autorités durent contraindre des habitants à l'enterrer.

Janela ne se contente pas d'un mystère. Des gamins nous conduisent près d'un impressionnant monolithe de trois mètres cinquante de haut sur quatre de large dont la face tournée vers la mer porte des inscriptions restées indéchiffrées à ce jour. Nous avons remonté la *ribeira* sur un kilomètre environ.

Leuk a forcément une idée sur le sujet :

— Auguste Chevalier, le professeur émérite, croit en 1935 à l'ancienneté de ces écritures en vertu des lichens qui recouvrent les rainures gravées dans la pierre. Les caractères ne se rapprochent ni du phénicien, ni du berbère. Certains avancent une parenté avec les inscriptions guanches des Canaries. Une croix sur un piédestal, vraisemblablement portugaise, a recouvert des signes antérieurs. Nous sommes en présence d'un site préhistorique ausculté par des lignées de paléontologues, linguistes, anthropologues anxieux de faire parler la pierre sur ses relations avec des peuples marins avant l'arrivée des Portugais. Pour le moment, un silence profond leur répond.

Au-delà de Janela, sur un tranchant de la côte, se dresse la tour d'un phare, cierge omniprésent dans le paysage. Un sentier empierré tournicote et surplombe une mer en transe. Un enfant dépenaillé nous suit berçant une bouteille vide. Il n'y a plus âme qui vive sur la côte jusqu'à Porto Novo. Le phare António Maria de Fontes Pereira de Mello, achevé en 1886, fut le premier du Cap-Vert à fonctionner au pétrole. Le système résiste encore, mais une alimentation par panneaux solaires le supplée désormais. Le phare était le point de référence au milieu de l'Atlantique sur la route vers le Brésil. Les ruines des opulentes bâtisses des gardes prouvent le prestige du lieu. L'enfant continue vers nulle part. L'isolement est soudain oppressant.

Au retour, nous nous rabattons sur l'auberge de Paúl, délicieuse bourgade posée dans les champs de cannes à l'embouchure de la *ribeira* la plus séduisante de l'île : une des rares vallées où l'eau coule en permanence, où les cultures cascadent de terrasse en terrasse. Elle se termine en cul-de-sac comme il se doit, par une barrière qui culmine à mille mètres et forme la cloison orientale du cratère de Cova.

— Une légende prétend que des Français au XVIIIe siècle, s'étant aventurés au centre de l'île, furent pourchassés. Arrivés sur la crête du cratère, ils prirent la mer de nuages pour le rivage et se laissèrent glisser dans le vide croyant rejoindre leurs navires.

Leuk lit l'anecdote tirée d'Auguste Chevalier. Une voix s'élève, de la table voisine :

— Auguste Chevalier, je l'ai rencontré en 1930. Il s'est saisi d'une plante, l'a examinée et, comme je vous vois, il a annoncé la désertification du Cap-Vert d'ici quarante ans. Il pleuvait à cette époque, on ramassait des crevettes à la main dans les rivières, on prenait des poissons d'eau douce, et la prophétie ne fit pas beaucoup réagir.

Un vieil homme maigre parle un français distingué. Il se nomme Dick Ferro. Il est d'évidence un des représentants de l'ancienne classe dominante portugaise qui se partagent encore les excellentes terres de Paúl. La plupart des propriétaires vivaient autrefois à Lisbonne ou à Mindelo et venaient une fois l'an toucher les dividendes de leur exploitation. La tentative de réforme agraire dans les années quatre-vingt s'est heurtée à la résistance conjuguée des maîtres et fermiers, jaloux de leurs relations ancestrales. La logique de répartition des terres après l'indépendance se fit conspuer à Santo Antão ; le gouvernement de l'époque y gagna une réputation de communisme qui perdure.

Notre commensal a passé d'heureuses années en Angola avant que la guerre ne l'oblige à rentrer sur sa terre natale.

— Mon grand-père exportait du café qui rivalisait avec celui de Fogo. La crise des cours mondiaux a ruiné les plantations. La canne a pris toute la place. Le rhum n'est-il pas un pousse-café ?

Les problèmes ozoniques ! éclate-t-il soudain, retournant à ses préoccupations écologiques. Les pays européens dérangent l'atmosphère et les pays pauvres en pâtissent.

Il pointe le ciel à la façon de l'astrologue annonçant le châtiment ultime dans *Tintin et l'Etoile mystérieuse*. Comme seule réponse immédiatement possible au terrorisme industriel depuis Vila de Paul, nous choquons nos verres dans le salon de sa demeure au style colonial, délicieusement blottie dans un jardin de cannes ; nous dégustons un *grogue* de dix ans d'âge vieilli en fût de chêne et déclamons des poèmes de Januar Leite.

Chercheur de paroles est un métier éprouvant au Cap-Vert si l'on recense les décilitres d'aguardiente que la convivialité oblige à absorber. Nous voici de nouveau attablés devant une assiette de pâtes de fruits et des verres généreux chez Lala Martins, descendant de Martins Velho le "magicien". L'intérêt que des voyageurs lointains portent à son ancêtre amuse la famille. La maîtresse de maison orchestre la préparation de confitures renommées au-delà des rivages de l'île. Dans la cour fermée, sous une voûte d'arbres fruitiers, un fourneau ronfle et des servantes noires s'agitent et brassent la pâte de goyaves dans d'énormes chaudrons.

La vie de Martins Velho s'éclaire, le merveilleux s'étiole. Il vivait bien à Boa Vista, exploitait les salines de Sal et détenait à Santo Antão la quasi-totalité de la *ribeira* de Paúl. A un filleul qu'il voulait combler, il offrit la région occidentale de l'île, Tarrafal de Monte Trigo, connue pour l'abondance de ses sources et l'excellence de ses pâturages. Ce qui rend le personnage intéressant, c'est son côté forban. Il attaquait les bateaux négriers et revendait ses prises en Amérique du Sud. Par deux fois, les autorités portugaises l'arrêtèrent. Deux fois, sa femme obtint le pardon du roi, d'où la légende de ses évasions rocambolesques. Il fit bel et bien "apparaître" un moulin à *grogue* sur la plage de Paúl, car il en ordonna le débarquement et le montage de nuit. Au matin, le moulin – un modèle révolutionnaire importé du Brésil – tournait devant le peuple stupéfait. Ce type de démonstration servait ses plans : ses serviteurs impressionnés par de tels pouvoirs craignaient de le voir surgir à tout moment sous une forme ou une autre, pour surveiller leur travail et punir. Martins Velho propageait de nouvelles techniques industrielles pour imposer une image de sorcier blanc.

Le moulin trône toujours dans la cour de la première maison de Martins près de la mer, gardée par de hauts murs. Des bœufs dételés paissent. Des jeunes filles noires fument en riant sous la haute véranda de l'antique demeure. Le propriétaire actuel croque des amandes nichées dans la chair d'un fruit pareil à la goyave. L'appareil a belle allure. Leuk le photographie comme une œuvre d'art conceptuel.

— Le bois d'origine du cadre était en acajou, précise le propriétaire. On raconte que le vent sifflait de si étrange façon à travers les cylindres qu'un gamin s'enfuit terrorisé en hurlant aux francs-maçons comme on crie au père Fouettard. En ce temps, tout ce qui paraissait occulte était assimilé à la maçonnerie, très influente à São Vicente.

Nous apprécions cette fois les charmes d'un *grogue* parfumé à l'orange sous un amandier, dans un espace imprégné par le siècle passé.

— En fait, Martins a débarqué et monté le moulin la nuit pour ne pas avoir à payer les taxes de douane !

Les plus belles légendes coulent souvent d'une source prosaïque.

De nuit, à l'extrême limite de notre séjour de dix jours à Santo Antão, nous bénéficions d'un cours particulier sur le réseau routier de l'île. L'ingénieur Spencer détient une autorité naturelle dont l'intensité transfigure une physionomie juvénile. Le combat des législatives le harasse, néanmoins il distrait le temps nécessaire à un exposé complet des enjeux techniques et humains de tels travaux. Nous lui devons l'inspiration de la nouvelle qui, j'espère, répondra à l'évocation de ta gravure, Carlos, et à ton attente.

VÉVÉ LE ROI DES PAVÉS

Vévé le roi des pavés
Soixante tournants jusqu'à Corda
Le moteur a bien démarré.

Les fillettes claquent des mains, chantent à tue-tête.

Cent tournants jusqu'au sommet
Là-haut, la pluie promet
Les essuie-glaces ont bien marché.

Les garçons défilent devant les filles, accrochés l'un à l'autre, les mains posées sur les épaules.

Cent quatre-vingts tournants jusqu'à l'océan
Porto Novo, tout le monde descend
Les freins sont résistants.

Le premier de la ligne tourne un volant imaginaire et les passagers derrière postillonnent un bruit de moteur.

Attention Vévé va passer
Vévé le roi des pavés.

Les enfants de Corda jouent à Vévé. Ça leur prend des heures. Ils inventent tout le temps de nouveaux couplets. Mais si vous demandez à maman Cachupa de vous raconter la véritable histoire de Vévé, la pauvre femme se met à pleurer. Vous la trouverez au bord de la route à la sortie de Corda, en direction du col. Elle propose aux voyageurs des taxis collectifs qui filent vers Porto Novo les meilleurs haricots, les patates les plus moelleuses, le maïs idéal pour la *cachupa*. Quand vous verrez s'agiter une petite personne qui parle fort, plaisante, pèse ses légumes, crie vers une maison cachée dans le paysage qu'on lui ramène de la marchandise, et vite ! vous saurez que c'est elle, maman Cachupa. Achetez-lui quelques escudos de *feijan* pour la satisfaire et, au moment de payer, glissez simplement :

— C'est bien ici que Vévé passait vers 11 h 50 ?

Elle vous regardera soudain méfiante, remisant sa gaieté et la menue monnaie.

— C'est pour vous amuser que vous demandez ça ?

— Non maman Cachupa, on m'a dit que vous l'aimiez bien et que personne ne l'a compris autant que vous.

Il vous faudra attendre qu'elle brasse ses sacs et paniers de façon à ranger son émotion et ordonner ses idées. Puis vous la suivrez par un raidillon qui se faufile entre les eucalyptus jusqu'à la maison cachée.

— Les gens qui pensent encore à lui sont aussi rares que les jours de pluie.

Acceptez ce qu'elle vous offrira. Maman Cachupa aime les auditeurs contents. Elle dit que le *grogue* agrandit les yeux et qu'un ventre plein libère l'attention. Ne vous étonnez pas, elle commencera sans prévenir en criant :

— C'est le bon Dieu qui a créé le basalte noir et les mains noires aussi qui taillent les pavés. Mais c'est pas lui j'espère qui fixe le prix du travail ! Autrement à quoi bon attendre une justice là-haut.

Le père de Vévé regardait ses mains comme un miroir reflétant sa colère. La mère se signait comme à chaque fois qu'il provoquait le ciel. Elle aurait voulu tirer une couverture de brouillard entre les blasphèmes de son homme et les oreilles du Seigneur.

Le père avait dû vendre ses parcelles, la terre refusait de donner et le commerçant de prêter. Les salaires n'arrivaient toujours pas. Toute son enfance, Vévé a entendu son père dire : "Le carré de basalte est solide, mais si dur à façonner." Le chantier de la route entre Porto Novo et Ribeira Grande durait depuis dix ans. Il n'y avait pas les engins d'aujourd'hui. Pour ouvrir le passage, on surchauffait les roches avant de les soumettre à l'eau froide ; elles éclataient. On faisait aussi usage de poudre. La mère, comme toutes les femmes, chargeait sur sa tête le sable et la pierre. Vévé a vu suer et maigrir ses parents et, malgré leur peine, il ne mangeait pas à sa faim. Pour lui, grandir, c'était apprendre à refuser.

Quand à son tour, il a été recruté pour le percement de la corniche vers Janela, il a accepté.

Il a foré, creusé, déblayé la montagne avec la rage de celui qui se sent investi d'une mission. C'était en 1985. L'indépendance avait impulsé l'idéal d'une longue marche vers les êtres : le désenclavement des villages par les routes. "Chacun de ces foutus pavés, grognait-il, devient un trait d'union bien plus visible qu'une nappe de goudron qu'un camion défèque. On peut les compter, c'est une armée de têtes noires qui fait avancer le monde. Les têtes noires comme celles de mes parents, on les a écrasées, c'est sur leurs grimaces de douleur que la grosse machine du progrès a roulé. Mais aujourd'hui, rien n'est pareil. Le progrès, c'est moi qui le domine, je commande à la machine."

Ses capacités physiques et sa dextérité lui avaient valu d'être engagé comme piqueur suspendu, il manipulait le marteau encordé, on le descendait le long de la falaise et il travaillait au-dessus du vide. Il clamait à qui voulait l'entendre, mais en fait c'était surtout moi qui l'écoutais :

— Je fais de la montagne ce que je veux, je l'éventre, je la perce, je la fouis, je la pénètre.

Les premiers temps, il hurlait tandis qu'il enfonçait sa vrille dans la paroi. Il jouissait de défier les éléments à tête et mains nues, il se moquait de la mer et du soleil. Il a fallu que l'ingénieur le menace de renvoi pour qu'il accepte un combat moins glorieux, protégé. Cette lutte était devenue la sienne, il rêvait en termes de bataille, lui qui haïssait les armes. Il s'agissait d'autre chose. Il creusait une veine pour que le sang de l'île puisse s'écouler, ses productions circuler.

Vous comprendrez que Vévé n'ait pas supporté l'arrêt du chantier, la fin du transport triomphal des travailleurs dans la benne du gros Volvo blanc, le retour à Corda où la seule compensation était d'aller planter des arbustes, un acte bien petit pour lui. Il avait rendu son marteau comme un soldat qui capitule. Il n'admettait pas le renvoi du héros, car c'est ainsi qu'il se considérait, inclus dans la liste des enfants de l'île connus pour leur bravoure. Simão Salvador fut le premier, un nègre de basalte comme lui que le roi du Portugal avait embrassé et décoré.

Vévé disparut.

Moi-même, je ne peux dire où il se réfugia pendant plus d'une semaine.

Un matin pourtant, il était là, planté devant une pompe à essence de la station de Povação. Il ne bougeait pas, ne répondait pas aux salutations. Son accoutrement parut plus étrange encore. Une casquette marquée de deux lettres noires : VW. Des lunettes teintées au mercure. Un maillot blanc avec, brodé en rouge, le mot *aluguer*, à louer. Ses gants de travailleur. Une montre-chronomètre au poignet. Un short rouge tout neuf, des chaussures de tennis immaculées. Et dans le dos, accroché par des sangles, un porte-bagages trafiqué à partir d'un caddie comme on en trouve dans quelques magasins de Mindelo. Il restait muet, insensible à la pression des questions. Et puis soudain, il fit les gestes très nets de claquer une portière, de régler un rétroviseur, de tourner la clé de contact et de démarrer en prenant soin de tendre le bras gauche. Il fit trois fois le tour de la station au pas de course, en alternant le bruit du moteur et les appels aux clients : "Porto Novo ! Porto Novo !" comme font les taxis, et sans attendre de réponse, il s'engagea dans l'avenue du Luxembourg, longea le grand hôpital et attaqua l'ascension du col, tel un marathonien. Personne n'a ri. Vévé n'était pas homme à lessiver sa cervelle au *grogue* à la moindre tache de la vie. Sa crise ne ressemblait à aucune folie repérée.

Quand le premier minibus le rattrapa, il était déjà haut dans la pente. Il n'avait pas ralenti son allure. Le chauffeur eut le malheur de lui proposer de monter ; il s'entendit répondre vertement : "Dépêche-toi de me dépasser, ne reste pas en double file !"

Il ne plaisantait pas, il s'était changé en homme-voiture.

Je l'ai vu arriver vers moi en courant, pas même essoufflé. Je vous ai dit qu'il était doté d'une belle constitution. Il a tendu le bras droit, s'est garé près de mes sacs de patates, a fait mine d'ouvrir une portière et a sauté comme on sort d'une voiture. Il a posé son porte-bagages. J'ai ri de bon cœur parce que je ne l'avais pas vu depuis huit jours.

— 11 h 50 marraine, le transport VW service vers Porto Novo, et 15 h 40 un jour sur deux vers Ribeira Grande. Marraine si vous avez quoi que ce soit à faire porter, je m'en charge.

La première fois, j'avoue, je n'ai pas compris qu'il parlait sérieusement. J'ai applaudi l'idée et lui ai dit de venir manger. Mais quand au retour je l'ai revu faire son manège, se glisser dans un véhicule imaginaire, le mettre en marche et filer à toute allure, mimant l'accélération et le passage des vitesses, j'ai conçu une angoisse qui m'a dévorée toute la nuit. Vévé mon filleul est comme mon fils.

Le lendemain, les chauffeurs de taxi répandirent la nouvelle de son exploit. Il avait parcouru les trente-six kilomètres sans faiblir, passé la nuit sur le quai à attendre l'arrivée du bateau de Mindelo comme tout transport officiel, et après avoir convaincu un cousin émigré de lui confier sa radiocassette, il était reparti à grandes enjambées vers les lacets de la route où avaient souffert ses parents.

Pendant des mois, Vévé ne relâcha pas son effort. Il respectait une trêve le dimanche mais, dès le lundi, galopait de plus belle. Eh bien !

croyez-moi, rares étaient ceux qui se moquaient. Au contraire, Vévé devenait un sujet de fierté. La rumeur pronostiquait une victoire olympique ; Vévé serait engagé et il gagnerait comme le petit facteur grec qui, à ce qu'on disait, remporta le premier marathon. Santo Antão ne parlait plus que de compétition. Le drapeau du Cap-Vert flottait déjà dans un grand stade. Vévé avait mis l'île, non pas dans sa poche, mais sur son porte-bagages. On s'arrachait ses services. Il transportait une poule, un goret, des bananes, des courges, du courrier, un enfant qui peinait sur le chemin de l'école, une pièce de rechange.

Moi, je le nourrissais à 11 h 50 à l'aller et à 15 h 40 au retour. Vévé mon filleul me remerciait en m'appelant tendrement sa petite maman Cachupa.

Parfois, il sortait de l'axe principal pour un service particulier à Paúl ou à Ribeira da Cruz, mais jamais il ne s'aventurait sur des voies non pavées. "A cause de mes pneus", expliquait-il sérieusement. A la nuit venue, il s'éclipsait. Nul ne savait où il dormait. Il prévenait : "Je rentre au garage." Le lendemain, il démarrait selon un horaire immuable, sa tenue toujours impeccable.

Mais les gens se lassent vite des incongruités. J'ai dit que personne ne considérait Vévé comme un malade. Chacun l'admirait et lui renvoyait l'image qu'il cherchait à reconquérir : celle du héros. Mais, à sa façon, Vévé était un moralisateur. Il ne supportait pas chez les autres la négligence ou le fatalisme. A moi seule, il se confiait, et je sentais bien qu'il ne délirait pas, même si ses pensées couraient sur un nuage au-dessus du monde. Il me parlait de ses voyages. Il aimait les collines cultivées de Corda qu'il appelait “ses petites demoiselles aux jupes plissées”. Les montagnes tourmentées, échancrées, il les traitait de “vieilles barbares à la peau flétrie qui ne portent pas d'enfants”. Les arbres lui appartenaient. Il considérait le vent d'est comme son compagnon. Il méprisait les humains qui ont perdu la mémoire. “Le vent d'est les fait gémir, mais c'est lui qui a rendu leurs pères héroïques.” Il disait que le vent d'est lui avait confié les hauts faits de Santo Antão et la mission de les répéter. Il s'était mis cela en tête et, assuré du respect qui l'entourait, décida de devenir, en plus de taxi-camionnette, livreur de contes.

De ce jour, les ennuis commencèrent.

A 19 h 15 précises, l'heure à laquelle la vie s'éteint parce que les télévisions s'allument, Vévé entrait dans une maison de son choix, coupait le son du poste et se plantait devant l'écran. Il déclarait :

— Ce poste est à moi !

Au début, les spectateurs conciliants répondirent :

— Mais oui Vévé, nous le savons, mais tu veux bien nous le prêter n'est-ce pas ? Laisse-nous regarder, on va rater l'épisode.

— Je vous le rendrai à 19 h 45.

Et pendant cette demi-heure, Vévé racontait la vie des héros de l'île, à la manière des anciens colporteurs d'histoires, devant une assistance éberluée par son audace. Dans son dos, s'agitaient les pantins rendus muets d'un feuilleton brésilien. Vévé concevait une haine farouche pour ces débilités importées qu'il jugeait toxiques pour le cerveau comme le *grogue* frelaté. Alors il brodait sur la légende de Mamaya, la belle ermite de Porto Novo. Il dévoilait les secrets de Martins Velho le "magicien" qui cachait les fruits de ses rapines dans des grottes marines. Il mettait en scène le naufrage du voilier *Pernambouco* survenu le 8 octobre 1833, au cours duquel le pauvre Noir Simão devint Salvador en arrachant treize vies aux lames d'une mer carnassière. Son talent de narrateur et l'effet de surprise sauvèrent ses premières séances. Mais très vite, les téléspectateurs frustrés réagirent :

"De quoi se mêle Vévé !"

"Je veux juste leur montrer que des requins féroces choisissent à leur place ce qu'ils décrètent bon pour eux, se plaignait à moi Vévé. Ils en oublient le goût du rêve. Ils se gavent de bonbons chimiques sous un manguier croulant de fruits mûrs. Ils ne cultivent plus leur propre jardin, ils attendent l'ouverture d'un supermarché comme partout dans le monde."

Les portes des maisons se fermèrent à clé à 19 h 15.

Vévé en perdit la force de courir. Son moteur était usé.

Un matin, le chauffeur d'un camion trouva sur la partie haute de la route qui longe les précipices des pierres disposées sur la chaussée pour signaler une panne ou un accident. Il y avait à quelques mètres en avant, éparpillés sur les pavés, des chaussures de tennis trouées, un short rouge déchiré, des lunettes brisées, un caddie déglingué, un gant mutilé et un maillot taché. Dans la casquette, était posée une auto miniature, "pour maman Cachupa".

Vévé, on ne l'a jamais retrouvé.

SÃO VICENTE

Depuis huit jours nous dérivons dans la douceur suave de Mindelo. La ville maîtresse de São Vicente attire les qualificatifs flatteurs comme une courtisane collectionne les parures. Ses admirateurs ne cessent de lui adresser des poèmes, d'encenser ses charmes. La coquetterie d'une ville se lit dans les yeux de ses amants. Nous en avons rencontré beaucoup.

Mindelo
Tu es la ville de Porto Grande
la ville des eaux calmes
qui un jour deviendront sauvages
Tu es la ville qui dort
sans tenir compte du temps
mais un jour tu participeras
au destin du monde
Tu es la ville des vaisseaux fantômes
des bateaux qui sortent
des navires qui entrent
dans le calme qui précède
les grands râles.
...
Tu es la ville de Porto Grande
la ville de mon amour
de ma lutte
*de mon espérance**.

* Poème d'Ovidio Martins.

La septième gravure que tu nous as confiée, Carlos, représente Mindelo comme une mulâtresse sans sourire, consciente de sa beauté, entourée de quatre cœurs, un noir, un blanc et deux plus nuancés. “Mindelo, terre d'amours !” as-tu ironisé, ajoutant que tu comptais sur nous pour t'éprendre d'elle. Jusque-là, comme tout natif de Santiago, tu ne cachais pas la méfiance que t'inspirait la fierté des habitants de São Vicente, toisant à distance le rustique *Badiu*.

Alors quels contours donner à la dame de cœur de ta carte pour qu'elle te séduise enfin ? Ceux de la petite miss du port qui parfume son corps pour ravir les sens du marin de passage ? Ceux de la femme désirée, étoile de l'aube que le compositeur de *mornas* passe des nuits à guetter ? Ou ceux de la muse créole, personnification d'une culture rayonnante qui éclaire Mindelo depuis l'avènement dans les années trente d'une littérature véritablement capverdienne ? C'est la superposition des trois contours qui sans doute dessine le mieux Mindelo.

Pour avoir fréquenté durant ce séjour les pages des écrivains et les toiles des peintres, je souhaite te raconter notre approche de Mindelo à leur manière, par touches légères. Les écrivains ont souvent élu pour s'exprimer le “conte de petite facture”, ce qu'António Aurélio Gonçalves, l'auteur de *Nuit de vent*, appelait *noveleta*, petite nouvelle. Des peintres nous ont fait l'amitié d'une visite de la ville à travers leur intime vision ; eux aussi aiment la reconstituer par fragments. Manuel Figueira va jusqu'à coudre des morceaux de toiles, *retalhos*, afin d'assembler les pièces de sa mémoire vive et les éclats de ses humeurs présentes. Nous t'emmènerons dans leurs ateliers, Carlos. L'histoire de l'art plastique au Cap-Vert a commencé avec eux au premier jour de l'indépendance. Tu en fais partie désormais. Dans combien de pays peut-on se flatter d'être contemporain d'une telle émergence ? Mais tout d'abord revenons quelques jours en arrière au moment où nous quittons Santo Antão pour retraverser le chenal redouté. Mindelo ne s'aborde dignement que par la mer.

Il faut savoir que la première barque à moteur de huit chevaux n'est apparue ici qu'aux alentours de 1957.

Un passager raconte. Confidences de bastingage.

Auparavant, le vent était la jambe du cotre ; s'il désertait, la traversée pouvait durer trois jours. Pire que la tempête, l'ennemi du marin était la bonace, la mer abêtie. Dans ce cas, le capitaine de la felouque ordonnait à l'équipage de planter un clou dans le mât en mémoire du Christ en croix, et de prier Jésus de donner du vent. Mais un jour, un marin téméraire planta deux clous. Le vent se leva en rage, rudoyant l'embarcation. Le capitaine eut des doutes : "Ce n'est pas le vent d'un clou, mais de deux !" Le marin avoua. "Pourquoi as-tu fait cela ?" "Parce qu'il n'y a plus d'eau à bord, plus rien à manger, et que je suis pressé d'arriver à Mindelo. J'ai mis deux clous pour accélérer !"

Nous entrons dans la baie. Des esprits emphatiques n'hésitent pas à comparer sa beauté à celle de Rio. Longtemps, elle fut la place centrale de la ville, le nombril du monde, le chaudron des espoirs, la salle des vies perdues et des destins retrouvés. Elle jouit de monuments naturels qui rehaussent sa périphérie, servent de mémoriaux aux héros anonymes de ses activités défuntes, accrochent les songes populaires.

Tel l'îlot aux Oiseaux.

Imagine Carlos un pouce gigantesque émergeant des entrailles marines à l'entrée du port. Les humains sont allés y planter un phare. Les escaliers qui dégringolent depuis la cime jusqu'aux vagues amères me font l'effet d'écailles sur le dos noir d'un mammifère préhistorique. Des oiseaux blancs tournoient et se posent sur ses flancs escarpés comme des pique-bœufs. La mer pleure à ses pieds, contaminée par la tristesse d'un gardien venu expier en ce lieu de désolation l'inconséquence de ses actes. Les bateaux s'écartent par prudence. On dit que l'homme a voulu troquer son bonheur simple de pêcheur amoureux contre le mirage de la réussite au Brésil. Sa femme n'a pas survécu à la perspective d'abandon. Le phare vide aujourd'hui est habité par un fantôme qui se penche au-dessus des marches pour écouter les chagrins de la nuit et nourrir son regret.

Au couchant une montagne dort.

C'est le monte Cara, le mont Visage, une roche de quatre cent quatre-vingts mètres qui, nez au ciel, présente un profil d'invétéré rêveur. Il est, si j'ose dire, la première personne que l'émigré cherche des yeux pour se persuader de la réalité de son retour. Il représente la sagesse immuable détachée de la fureur futile des humains, tel un sachem au regard braqué sur les plaines du ciel ou une figure bouddhique en méditation. Alors quand Manuel d'Novas, compositeur contemporain de *mornas* au style cinglant, dénonce dans *Cumpade Ciznone* des comportements qui font bégayer le monte Cara, tout le monde comprend la gravité des abus. Le monte Cara est la puissance tutélaire de la ville. Leuk développe une fascination photographique pour lui ; son énorme portrait se retrouve sur chacun de ses clichés. Quelle est en définitive l'identité de ce géant endormi ?

La baie elle-même est assoupie.

Idéalement située à l'abri des vents ardents de l'est, ses eaux ne remuent guère. Mais sa léthargie vient surtout d'une quarantaine qui se prolonge. Les navires marchands suivent désormais d'autres routes, attirés par des ports plus commodes.

"A quoi donc pourraient servir les ports si ce n'était à recevoir les vapeurs ?" s'insurge Jul'Antone, un concubin de la misère dans la nouvelle de Manuel Lopes, *Le coq a chanté dans la baie*. Sa colère date de 1936 : "De Porto Grande, on ne peut plus rien tirer. Un bananier qui a déjà produit son régime." En effet, les chalands de charbon inutiles mordent l'écume, et le ventre historique de la baie ressemble aujourd'hui à un garage d'épaves rouillées, tragiquement belles dans la lumière du soir, mais tristes témoins d'un déclin. Cette part de Mindelo appartiendrait plutôt aux navigateurs de papier : Corto Maltese aurait pu y être lâché par Hugo Pratt dans un dédale d'amours créoles, à la recherche de contacts maçonniques. Je vois encore Abdul Bashur, le seigneur nomade échappé de la plume colombienne d'Alvaro Mutis, flanqué de son éternel complice Magroll el Gaviero, rôdant entre les carcasses dans sa quête folle du bateau idéal, peut-être encalminé là…

"Il fut un temps où ceux qui habitaient le long de la baie ne manquaient pas d'argent", se révolte toujours Jul'Antone. La nouvelle de

Manuel Lopes, un des fondateurs de *Claridade*, le premier grand mouvement littéraire au Cap-Vert, est admirable. Unité de lieu : la baie, unité de temps : une nuit. Un douanier profite d'une absence de sommeil pour pêcher les rimes d'une *morna* à la clarté de la lune. Au même moment en plein chenal, des contrebandiers, torturés par l'absence de vent, se remémorent la lente agonie du port qui les condamne à de piètres trafics. Des complices attendent, Jul'Antone dans sa barque, Guida et sa mère près du bâtiment des câbles sous-marins de la Western Telegraph. Tous espèrent retirer quelques grains de maïs contre l'angoisse de l'illégalité. Malheureusement, un coq chante *dans* la baie. Cette incongruité inspire un vers inespéré au douanier poète qui cherche à renouveler l'image de l'aube, *jâ cantâ galo na baia*, mais réveille aussi son instinct répressif : qui dit coq *dans* la baie, dit bateau qui approche clandestinement. "Si on devait écouter les pleurs, la prison serait vide et la rue pleine de voyous", se rassure le policier compositeur écrasant un remords. Sa *morna* sera bientôt célèbre, elle commence ainsi : "Son visage est le soleil de ma pauvreté."

Notre ferry se range contre un quai du port moderne.

Mindelo est une ville lumineuse inscrite dans un cirque de montagnes sanguines. Le monte Verde, forteresse culminante de l'île, bataille avec de lourds nuages. Les légions de sisals sur son faîte ont dû suriner le ciel car il pleut sur São Vicente. *8 décembre*.

A Mindelo, le soleil ne saurait sortir de scène sans ostentation. Il prend le large, remorqué par une escorte de nuages qui amplifie son triomphe. Le spectacle coupe la parole ; depuis des heures, nous remontons le cours de l'art au Cap-Vert avec les peintres Manuel Figueira et Luisa Queirós. La véranda de la maison Figueira est assurément la loge la plus appropriée pour applaudir les effets audacieux du crépuscule ; elle domine la rue de Praia et la baie. Un bateau incliné se charge d'encre, le monte Cara se voile de crêpe. Au premier plan, nous tournant le dos, Diogo Afonso, le découvreur de l'île en manteau de bronze, contemple le chemin des âmes ; il est bien connu dans le monde que les ancêtres affectionnent le couchant. Une meute de barques dociles est rangée au pied de la statue de l'ancien maître. Les joueurs de cartes sous les kiosques de la plage ignorent que le jour est abattu ; chômeurs aujourd'hui, ils ne vont pas risquer un gros pari sur la donne du lendemain. A la nuit complète, nous quittons le balcon et rejoignons l'atelier. Manuel et Luisa rangent fils, couleurs, tissus, pinceaux, ciseaux ; ils ont rendez-vous avec la ville. A cette heure, les plaies qu'infligent certains architectes insensibles ou incultes au corps glorieux de Mindelo insultent moins la vue, et les ombres des souvenirs heureux daignent sortir.

La maison Figueira serait comme la proue de la ville. Abritant un couple d'artistes, elle en devient l'avant-garde. Cette solide bâtisse carrée existait déjà en 1870. Le balcon en fer forgé, les fines colonnes de la véranda lui conservent un style colonial. Deux lucarnes fichées dans la pente du toit permettaient au grand-père de Manuel de guetter l'arrivée des vapeurs étrangers. Manuel voue un culte à son grand-père shipchandler, fondateur en 1915 de la compagnie

Figueira qui approvisionnait les navires en vivres et en eau. Au début de ce siècle, plus de mille cinq cents bateaux s'arrêtaient encore au port chaque année. Mindelo brillait en Atlantique. C'est en 1838 qu'un Anglais y installa le premier dépôt de charbon. En 1850, la Royal Mail Steam Packet Company construisit des jetées et augmenta la capacité de stockage du charbon. Ainsi commença l'aventure de Mindelo, hameau de quelques huttes devenu en l'espace de trois décennies un relais avantageux sur la ligne Europe-Brésil. Pourtant São Vicente était nue, aucune rivière n'y coulait, les jardins ont rarement enchanté l'île. Or c'était précisément des provisions de bouche que réclamaient les intendants de bord. Les esprits entreprenants créèrent alors des liaisons maritimes entre Santo Antão la pourvoyeuse et São Vicente l'entremetteuse. Le prix de l'eau, ramenée des sources de Tarrafal à l'ouest de Santo Antão, était forcément excessif.

Dans les magasins du rez-de-chaussée, la compagnie Figueira entreposait les bananes, les légumes. Un groupe de femmes lavait le linge des équipages. Dans l'arrière-cour, ruminait le bétail qu'un employé abattait au gré des contrats. Quand un signal s'élevait sur l'îlot aux Oiseaux, un frisson parcourait les quartiers : "Vapeur du nord !" ou "Vapeur du sud !". Une cloche confirmait une entrée au port. La bataille s'engageait entre les fournisseurs, les chaloupes s'adonnaient à une redoutable compétition, car les affaires se traitaient à bord. Les shipchandlers s'accordaient cependant sur une "répartition linguistique" des pavillons et respectaient en ce domaine les compétences de chacun : il y avait ainsi des spécialistes du grec ou du norvégien. Quoi qu'il en soit, la réussite en ce métier dépendait de la rapidité d'intervention de jour comme de nuit. Aussi le grand-père de Manuel, toujours sur le qui-vive, avait-il installé un lit au grenier. Longtemps, une puissante longue-vue lui donna l'avantage sur ses concurrents.

"C'était le bon temps !" soupirent les héros des nouvelles littéraires, regrettant d'évoluer dans des histoires inventées après le début de la crise. Le bon temps, ce n'était pas beaucoup d'argent, mais du mouvement : les femmes poussaient les wagonnets, les façades suaient la suie, les barques pullulaient et les hommes changeaient d'activité comme de comptoirs à *grogue*. Charger des sacs, récupérer du charbon au fond de l'eau, le voler sur les chalands anglais, le glaner à la lisière des plages, conduire les étrangers jusqu'aux maisons de plaisir, leur vendre des babioles typiques ou du faux porto, enfumer le marché de cigarettes américaines à la barbe des douaniers portugais, réparer des serrures, en forcer d'autres ou garder des entrepôts, tout cela était bon et faisait tomber des grains de maïs dans la marmite. Assurément, les vrais bénéfices ne séjournaient pas longtemps à São Vicente. Le charbon avait beau passer entre les mains des femmes, les investisseurs anglais empochaient le profit du transit du *Cardiff* ou du *Newcastle*. Les autorités portugaises récupéraient autant de taxes qu'elles pouvaient ; le petit peuple ramassait les miettes. Mais cet espoir de *cachupa* quotidienne suffisait à pousser vers Mindelo un grand nombre de lassés de la terre, qui lâchaient la houe pour louer leur corps, oubliaient les jardins ingrats des autres îles pour devenir gens de rues. S'est ainsi constitué un peuple de la Baie, ni marin ni terrien, mais “fluide”, selon la définition de Germano Almeida dans son désopilant roman *Le Testament de M. Napumoceno da Silva Araújo*. L’homme de São Vicente est devenu “léger”, privé de “la verticalité salutaire et de la fermeté de celui qui est natif de Santo Antão et de Santiago” ; sa culture régionale s’est évaporée sur le fourneau d’une cuisine d’idées cosmopolites. Il a subi l’Anglais, son architecture et sa rigide influence. Sa carte génétique s’est modifiée sur la couche des “petites gentilles” que la pauvreté faisait voyager au contact d’haleines européennes, dans des bras asiatiques, sous des corps américains.

Le pouvoir colonial a attendu 1937 pour brider son appétit de taxes et reconnaître la faiblesse des infrastructures. Depuis belle lurette, les vapeurs s’étaient déroutés au profit des Canaries et de Dakar. Les quais se sont mis à pourrir comme tout ce qui ne sert plus. Les cloches des appontements restèrent muettes. Les ventres crièrent plus souvent famine.

Mãos erguidas
Em força, duras, erguidas
Pés marcando a revolta
O povo marcha na rua.
Vai na frente o Ambrozio
Mulato Ambrozio guiando
*Leva nas mãos a bandeira**.

Sur la misère des années trente, flotte la bannière noire du *capitão* Ambrozio, l’homme qui

* Poème de Gabriel Mariano.
“Bras levés / Forts, tendus, brandis / Pieds scandant la révolte / Le peuple en marche dans la rue / A sa tête Ambrozio le guide / Dans ses mains, le drapeau.”

osa transformer une sourde colère en révolte. “Peuple de Mindelo, avez-vous mangé aujourd’hui ?” “Non !” cria la foule le 4 juin 1934. “Allons nous-mêmes chercher de quoi manger. Envahissons les magasins et servons-nous !” Le rebelle fut déporté en Angola. Manuel Figueira l’a représenté en porte-étendard bondissant ; tous les muscles bandés dessinent sur son corps un manteau d’Arlequin.

Manuel n’a pas étudié les beaux-arts à Lisbonne au temps de la dictature salazariste pour tremper son pinceau dans une huile fade. Son pinceau sera scalpel. Une autre toile des années d’initiation s’intitule : *Emeute*. Le Portugal n’avait guère encouragé les vocations artistiques. Manuel fut le premier Cap-Verdien à suivre une formation dans une école de peinture à l’étranger. L’indépendance n’était pas encore prononcée que Luisa et lui débarquaient à Mindelo pour contribuer au développement d’un pays neuf. Jusqu’alors le combat pour la reconnaissance d’une expression cap-verdienne singulière était passé par la littérature. Les bénéficiaires d’études supérieures n’abondaient pas – le premier lycée de tout l’archipel s’ouvrit en 1917 à São Vicente – mais certains privilégiés profitèrent de leurs acquis pour porter au regard du monde l’exemplaire dignité du Cap-Vert dans ses épreuves. Désormais, ils écriraient “les pieds obstinément enfoncés dans la terre du pays”, comme Baltasar Lopes le professe dans *Chiquinho*, son célèbre roman. Ainsi à partir de 1936, brilla sur le port un autre phare, celui du mouvement *Claridade* ; Mindelo affichait son ambition de capitale intellectuelle. Les fils poètes du Cap-Vert entamaient la rupture avec le patriarche colonial et proclamaient la cap-verdianité.

Mais les arts plastiques étaient terre inculte. Pire encore, à l'arrivée de Manuel et de Luisa, perdurait un préjugé selon lequel le pays manquait de la sensibilité nécessaire à l'éclosion de la peinture. Tout était à faire. Vaste chantier. Il fallait d'emblée rappeler aux esprits oublieux l'excellence des pagnes traditionnels. Leur style géométrique, le rythme des motifs, l'alliance élégante du blanc et de l'indigo, la qualité d'exécution les désignaient comme les fondements du patrimoine artistique, même si leur beauté originelle dérangeait parce qu'on la devait à des esclaves. Luisa et Manuel luttèrent pour qu'un pays récemment engagé sur les rails de la liberté ne laisse pas négligemment sur le quai de la modernité les bagages les plus précieux de son passé. Ils cherchèrent dans l'archipel les derniers tisserands, assimilèrent eux-mêmes la virtuosité de la technique, fondèrent une coopérative de résistance pour le maintien des cultures populaires. Manuel dirigea durant onze ans le Centre national d'artisanat où création et tradition mêlaient leurs fils. De cette époque, tous deux ont gardé l'usage de la couture en peinture, l'envie d'inclure des textiles dans les toiles, de coller jute et fibres de coco, de mettre bout à bout des scènes de la vie quotidienne. Pour créer, il leur suffit d'ouvrir la fenêtre du balcon et de laisser monter la rumeur de la plage des pêcheurs, les éclats des joueurs de cartes en plein air, les apostrophes du marché aux poissons, installé dans l'ancienne capitainerie, réplique de la célèbre tour de Belém de Lisbonne.

Manuel est un fougueux mesuré, un calme passionné. Son art lui correspond, géométrique et spontané, tour à tour narratif et abstrait, cadré et explosif, couleurs de feu ou de froid sarcasme. Il est épris de cette ville, mais son pinceau refuse la complaisance. Manuel ironise ou dénonce. Il se moque affectueusement des travers du petit peuple qui gesticule au pied de la tour de Belém, pisse sans vergogne ou s'enivre d'étoiles, mais il épingle sans détours le ridicule du Narcisse créole. Le parvenu infatué est sa cible favorite : ego long comme un capot phallique, bourses gonflées du taureau abruti, regards rendus stupides par le passage de la vanité. Dans ses périodes réalistes, Manuel Figueira se souvient de Daumier, déforme les gueules, dessine les sentiments à coups d'angle droit et d'accent aigu, abuse du dialogue des bruns et du noir par fidélité aux tons de la sécheresse. Il traite en revanche du corps de la ville en termes admiratifs. Il la peint avec urgence même si une composition lui prend un an. Il veut devancer les inévitables outrages des promoteurs immobiliers aussi barbares ici qu'ailleurs. Il retient de ses déambulations des trésors d'architectures qu'il juxtapose dans un même tableau ; des décors du tissu urbain, balustres, palmiers, grilles, qu'il confronte à des motifs de pagnes, à des déchirures textiles. Il règne une ambiance bleue d'intimité nocturne percée de fenêtres brillamment éclairées. Une autre toile toute en force rouge rend hommage à l'horloge du Télégraphe qui, il y a quarante ans, distribuait le temps comme une source fournit l'eau. Le peuple qui hante les œuvres de Manuel Figueira est issu de la légende des trottoirs, de la mythologie des *mornas*. Un couple de mendiants décomplexés par le dénuement fait l'amour en public. Les sorcières enlacent les génies de la baie ; la fougue de leur étreinte convoque toutes les couleurs. Sabbat sur canevas. "L'homme au chapeau de Panamá" mène le bal. Ce nain grotesque avait coutume de hanter les aubes, de traquer le noceur solitaire, de lui imposer une valse frénétique et de l'abandonner hors d'haleine et d'esprit : image de la névrose ou de l'ivresse ? "L'homme au nez de coton" rappliquait pour effrayer les enfants et les contraindre à l'obéissance. Tous ces personnages sont locataires des toiles de Manuel. Il se hâte de recenser l'imaginaire de São Vicente pour devancer les inévitables dommages que les programmes télévisés, aussi barbares ici qu'ailleurs, infligent à la capacité de rêver.

Au bas de l'escalier en bois de la maison Figueira, la marchande de fleurs en plastique remise ses bouquets. Les nuits de décembre sont tièdes et douces. "Mindelo se prête à l'amour", rabâchent les *mornas*. Nulle inquiétude à avancer avec les heures à travers les ruelles assagies du centre qui a rompu avec ses activités portuaires interlopes. Les entrepôts ont disparu, la douane sert de club nautique, les rails ont été arrachés et le ponton foule la baie de ses jambes squelettiques. Les cafés ferment trop tôt. Comme tout arrivant, nous trimballons un désir de bar à peine éclairé d'où sortiraient quasi religieusement la mélancolie d'une guitare et les accords consolateurs du *cavaquinho*. On boirait la poésie et le *grogue* d'un même trait, spectateurs avides de cette conversation spontanée entre musiciens réunis par hasard, guettant l'improvisation d'un chanteur, l'élan de danseurs. Nous cherchons en vain. Cette image se trouve sans doute dans les articles de presse occidentaux décrivant l'ascension fulgurante de Cesaria Evora et insistant sur des troquets révolus où la diva "chantait devant des marins pour quelques escudos". Depuis Paris, la *morna* n'est-elle pas paresseusement assimilée à "une sorte de blues créole" ? Certes ont existé à Mindelo des chemins de pêcheurs ou de charbonniers qui prenaient bien trois heures, de la barque ou de l'entrepôt jusqu'à la maison ; la musique et le *grogue* y coulaient tout au long. Mais une culture populaire a besoin de membres actifs pour se maintenir. L'ambiance des épiceries-comptoirs a subi elle aussi l'effet du chômage.

La *morna*, de toute façon, préfère les bals, les fêtes organisées. Elle réclame de longues nuits et l'attention des danseurs. Pour que les sensations s'infiltrent jusqu'au tréfonds des âmes, les couples suspendent presque leurs mouvements, les têtes se joignent, les corps serrés entrent en prière. Le musicien aime opérer dans le calme et la concentration. Les danseurs sont avant tout des auditeurs. Le chanteur double le pathétique de sa voix d'une gestuelle renforçant le cœur à cœur.

La rue fut autrefois le théâtre de "sérénades", aubades offertes à des heures indues par des musiciens se rassemblant devant la porte d'un ami. L'autorité coloniale combattit vigoureusement cette démonstration tapageuse. Aujourd'hui, la *morna* doit s'accommoder des "nuits capverdiennes" qui s'imposent, selon les termes du compositeur Vasco Martins, comme un "folklore officiel". Les groupes se produisent dans des clubs et des restaurants devant une assistance bruyante. Les musiciens haussent alors le ton et la tendresse de la mélodie se dilue dans la dissipation générale.

Avec le succès mondial de Cesaria Evora, la *morna* ne connaît plus de frontières. Un public hétérogène se laisse charmer par une interprète hors du commun qui dispense les affres de l'exil et les attentes de l'amour à des milliers de spectateurs avec la même simplicité que devant les tables du *Night and Day*, un club autrefois prisé.

Nôte di Mindelo é sabe e silenciosa.

Le matin, Carlos, nous déjeunons d'une *cachupa* aux œufs frits, agrémentée de saucisses grillées dans le célèbre *Café royal* de la rue de Lisbonne. C'est un rituel, une salutation à la ville. La télé a beau jacasser de bonne heure, nous lui tournons le dos, fascinés par le décor : comptoir massif, réclames anciennes au mur, pyramides de bouteilles de scotch, vitrines bourrées de vieux appareils de photo comme dans une accumulation d'Arman. La vie entre et sort avec désinvolture de l'immense pièce carrelée, vantaux grands ouverts, les cireurs rastas emportent les chaussures des clients pour les traiter dehors. La rue de Lisbonne – de son vrai nom rue des Libérateurs de l'Afrique – est l'épine dorsale de la ville. Elle glisse du palais rose du gouverneur jusqu'à la plage, évitant de justesse le monument des Aviateurs, un aigle impérial posé sur un lourd support de fausse rocaille pour commémorer l'escale de l'hydravion *Lusitania* lors de sa traversée de l'Atlantique en 1922. Toutes les voies parallèles à la baie se greffent sur cette artère pourvue d'architectures coloniales : quadrillage de rues étroites bordées de maisons de commerce, d'épiceries, d'immeubles anciens à deux étages, de petits restaurants discrets. Un régal piétonnier. Il y a toujours deux angles harmonieux pour cadrer une vue du monte Cara, le ballet des cocotiers et la figuration colorée des barques. Le promeneur est ravi de marcher si lentement ; il va de l'esplanade de l'Etoile qui fut un jour saline puis terrain de cricket, à la place Amilcar-Cabral où les filles déambulent à la tombée du jour pour affoler les regards. Les demoiselles créoles se servent de l'espace public comme d'une piste de défilé. Elles s'emparent des audaces de la mode internationale et y rajoutent leur piment. Mindelo ne ménage pas les sens du mâle. Un spécialiste de la musique cap-verdienne nous offre un soir les paroles d'une *morna* dédiée à la grâce féminine de cette ville à laquelle, Carlos, tu n'as pas manqué de souscrire par ta gravure.

Les voici qui passent souriantes, les gentilles Créoles, plus fraîches que l'aube, plus tendres que les tourterelles. Charmantes filles de la mer, elles rappellent la sirène et la langueur caressante de l'onde quand elles se cambrent... Elles chantent l'amour au clair de lune, le plaisir brille en leurs yeux, leurs seins potelés palpitent comme la mer parmi les écueils. Créoles au point du jour, vous avez le rire et la lumière, mais je ne sais quelle profonde peine votre chant traduit. Comme un fleuve d'amertume, par tout un peuple pleurées, vos mornas *rappellent un chœur d'âmes en peine... Créoles, chantez, chantez, car votre chant dolent est enfant de votre terroir, fidèle écho inconscient. Chantez car aussi mon âme, par tant de peine blessée, rêve avec vous en écoutant la* morna *belle et touchante.*

11 décembre au matin. Tchalê Figueira remonte la rue du Mozambique sur son Flying Pigeon.

Tchalê, frère cadet de Manuel Figueira, peintre, poète, percussionniste, pédale sur un vélo chinois. Début de la seconde étape picturale.

L'atelier de Tchalê occupe le rez-de-chaussée d'une ancienne maison à étage à deux encablures de la rua da Praia. On ouvre les volets comme dans une boutique, la lumière réveille une galerie de portraits grotesques. La couleur saute aux yeux, la pièce se met à tanguer comme si une école de samba venait d'y faire irruption. Les personnages prennent toute la place dans les tableaux ; ils ont des pieds de scaphandriers, une tête petite parfois renversée, les traits dissimulés par un masque ovale, les membres disproportionnés, des mains de débardeurs. Les rares éléments de décor, une barque, un chien, la maison Figueira... sont contraints de se garer dans les coins. Les corps taillés en un accès de gestes fiévreux parlent de force physique, les têtes semblent fragiles. Les Cap-Verdiens de Tchalê sortent des champs de Santo Antão, draguent au port de Mindelo, prennent la vie de travers avec bon sens, luttent avec les jours. Ce ne sont pas des intellectuels ; ils marchent avec des pieds de plomb, enracinés dans un paysage avare en couleurs. Alors Tchalê balance toute la palette du carnaval, fait remonter la part joyeuse de l'humain que la misère refoule dès l'extinction des festivités. Avec lui, c'est fête à toutes les toiles, couleurs au quotidien. Tchalê, en M. Loyal, invite ses créatures à entrer en piste : évêque, diable bleu, faux roi, vrai fou, femme au "ventre gonflé par le fœtus de la morale", plongeur handicapé, pêcheurs obstinés, marchandes de poissons, aimables prostituées... Et enfin voici Q'mê Deus, l'homme qui proclame être Dieu parce qu'il a mangé Dieu avec du riz. C'est un démiurge qui dessine et écrit à l'envers, brandit un crucifix, accroche à ses loques des étoiles de David, des éventails, des éoliennes en boîtes de conserve. Ceux qui pensent que la folie embellit la ville donnent à manger à ce créateur qui bénit les trottoirs.

Sur un mur de la tour de Belém, Tchalê a peint les nouveaux emblèmes de Mindelo, une fresque dédiée au peuple de la plage. Q'mê Deus frotte le crucifix contre son bas-ventre, une vendeuse de poissons coiffée d'une barque porte dans sa matrice un futur pêcheur, un homme lui rend hommage par le don d'un thon, et le dormeur du monte Cara rêve d'un monde marin projeté sur l'écran du ciel. Un chat assaille une chatte devant un chien effaré. Il suffit de passer la porte du marché aux poissons et la peinture s'anime. Dans l'enceinte de la vieille capitainerie, c'est la cour des miracles. Des hommes débitent des thons, le sang rejoint la mer, les vendeuses attendent en fumant, une armée de chats contrôle les déchets, les mouches se délectent de l'odeur crispante. Les ordres fusent sur la rythmique d'un racleur d'écailles.

Tchalê nous conduit d'un marché à l'autre. La halle moderne n'est pas encore inaugurée, mais le chantier pactise avec l'art. Quatre œuvres de Luisa, Manuel, Tchalê et Bela Duarte donnent sens au mur du sud. Tchalê a fixé un couple de pêcheurs bleus sur des carreaux de faïence dans le style des azulejos ; et pour que la mer soit féconde, un narval couvre une sirène, des chiens forniquent. L'artiste étale son programme pour l'élection de la vitalité. Il jouit d'une carrure qui lui permet d'embrasser la ville, il la boit souvent jusqu'à l'aube, jusqu'au terme de lignes sensuelles.

La saison de l'amour arrive,
le soleil est plus chaud
dans notre chambre.
L'odeur de sexe
nous entraîne vers le plus archaïque
des sentiments.
Goutte de sueur
tombant de ton visage,
première goutte de pluie
après une longue espérance.

Tchalê promène un physique eurasien qui témoigne des beaux accostages orientaux de jadis ; il semble avoir bourlingué à travers mille pages de romans d'aventure comme un héros insensible au temps. Dans la rue, rares sont les passants qui ne le saluent pas. Pourtant, il était jeune quand il a émigré en Europe. Le petit-fils du shipchandler Figueira a couru les mers avant d'atterrir à Bâle en Suisse, port fluvial où le Cap-Vert l'a rattrapé. Marin professionnel, il s'est changé en peintre autodidacte. Son retour au pays est récent : "Rentrer au Cap-Vert pour fuir le climat névrotique d'Europe et retrouver mes racines à quarante ans", déclare-t-il immergé parmi ses modèles pêcheurs au comptoir du *Boca dos Tubarões*, la "Bouche des Requins".

Je détaille les vitrines : œufs durs, tranches de chorizo, parts de fromage, sandwiches à la mortadelle. Sur les étagères : des bouteilles de *grogue* bien disciplinées, des casiers de cigarettes à l'unité, un échafaudage de blondes américaines, des bidons de vin en plastique. Au mur, des affiches de Samantha Fox, une chanteuse de rock révélée par son tour de poitrine plus que par son tour de chant. Et des posters d'équipes de foot collés au réfrigérateur. Les plongeurs pêcheurs de langoustes et de conques, causent avec des sourires sauvages, fendus comme des balafres. Les dernières bières et les premiers *grogues* allument des réverbères dans les regards. La nuit vient de tomber. Tchalê s'enflamme et clame :

— La ville dérive, les intellectuels sont partis, ceux qui restent tournent en rond, les temples nocturnes sont éteints, la prostitution a perdu son exubérance. Les prostituées sont devenues nomades, les bordels où les étudiants découvraient la mythologie du sexe ont disparu...

Place de la Saline autrefois, sous les ombrelles des cocotiers, les filles attendaient dans l'obscurité complice le murmure d'un client. Dans une jolie page de *Chiquinho*, le roman de Baltasar Lopes, les lycéens se font rembarrer par les petites professionnelles lassées du tarif réduit des leçons particulières.

D'une fenêtre ouverte, Cesaria chante *Miss Perfumado*, hymne écrit par son oncle B. Léza en souvenir des douceurs que prodiguaient les sirènes du port.

Laisse-moi mourir en rêvant
A l'ombre du regard chagriné
D'une petite gentille
Au corps parfumé.

Vinho verde et crustacés au restaurant du Chinois. Seuls, nous n'aurions jamais trouvé l'adresse. On se faufile dans une impasse ; une lumière solitaire y brille. Le riz aux lambis est une spécialité de la maison. La cuisinière remplace les bouteilles vides, remporte les compliments. L'histoire de l'établissement commence avec un marin chinois qui resta en rade à l'hôpital, largué par son bateau. Il guérit et s'éprit d'une fille du début du siècle. La photo de son fils décore le mur, portrait en noir et blanc d'un métis à la douceur engendrée par trois continents. C'est ce dernier qui a ouvert l'*estanco* pour sa femme ; il raccolait au port tous les Asiatiques de passage pour activer les fourneaux.

Il est passablement tard quand nous réalisons avec euphorie que le Cap-Vert brille au centre du monde. Tchalê écrit alors d'un trait au dos de l'addition :

L'univers est si vaste qu'il tient dans le pollen d'une fleur.
Une fleur est si petite qu'elle tient dans l'imaginaire de tous les poètes.

Il existe un envers au décor, Carlos, ou une ombre au tableau. Notre traversée de Mindelo de toiles en fresques, sur une mer d'huile, sous un ciel pastel, semble une équipée insouciante. Une incertitude pourtant nous tracasse : trouverons-nous le moyen de rallier Santa Luzia, l'île déserte ? La saison des alizés favorise la migration des voiliers européens vers les Antilles et leur passage par l'archipel. Nous cherchons désespérément à en détourner un vers notre prochain objectif. A l'heure où je t'écris, nous avons dépensé des réserves de patience à draguer au port, à guetter les pavillons, à régaler des barreurs, à soudoyer des skippers. Je te résumerai l'affaire quel qu'en soit le dénouement. J'espère que le chapitre suivant pourra s'intituler Santa Luzia. Le temps file, nous sommes déjà le 14 décembre.

Il est légitime de privilégier la peinture à Mindelo. La municipalité elle-même offre des murs à de jeunes artistes comme Manu Cabral, António

Conceição pour y plaquer des échos de la vie. Se développe ainsi un *poema mindelense* qui court les rues et célèbre dans un langage simple les usages populaires : paysan à la houe, charpentier à la scie, femmes au pilon, revendeuses pressées, joueurs d'*ouril*, consommateurs de *grogue*, pêcheurs de retour du large, danseurs bondissants de *colâ São João*... Les campagnes de prévention recrutent les mêmes créateurs pour sensibiliser l'opinion publique aux vertus de l'hygiène et aux dangers du choléra ou du sida.

Amor ?
Claro ! Mas amor seguro.

Une jeune femme agite un préservatif sous le nez d'un partenaire ahuri et darde sur lui un regard intransigeant. Manière de rappeler que le mot "responsabilité" est bien du genre féminin.

Luisa Queirós a passé des toiles entières à tendre cette idée. Dernière étape en art plastique. Retour à la maison Figueira.

"Quand j'avais dix ans, raconte Luisa, nous vivions dans un quartier pauvre de Lisbonne, un appartement sans lumière doté d'une seule fenêtre donnant directement sur la chaussée. Je restais des heures à dessiner des personnages fantastiques à la demande des gamins qui jouaient devant la maison. Mes premières œuvres, je les ai jetées par la fenêtre ! Je me souviens aussi du manteau de ma grand-mère pendu dans l'étroit corridor et dont les manches cherchaient à m'agripper au passage..."

Justification d'une expression artistique ancrée dans l'affabulation féconde de l'enfance.

"Aujourd'hui, le mythe des sirènes me permet de parler allégoriquement de la condition des femmes."

Les femmes exposées par Luisa sont souvent enceintes. Elles couvent l'avenir. Il faudra qu'il change. Elles vont s'y employer.

Luisa a connu une enfance métropolitaine marquée par le despotisme de Salazar. Elle ne profita pas de l'éclosion des libertés au Portugal, se jeta corps et âme dans la culture du pays qu'elle avait épousé : le Cap-Vert.

"Les femmes préparent leur gâteau de maïs, font leurs tournées, achètent et revendent des sucreries... et tout cela pour pas grand-chose ; plutôt histoire de dire qu'on ne reste pas sans rien faire..." Dans les nouvelles d'António Aurélio Gonçalves, les femmes luttent pour remédier à la misère et s'affranchir de la tutelle des hommes. Dans les tableaux narratifs de Luisa Queirós, elles adoptent la même attitude et, en plus, elles ont le courage de tisser des rêves sur le dos des baleines.

"Laisse tomber cette idée de l'homme. Tu as bien vu que tu n'as pas de chance. Ce sont des vauriens. Ils ne sont bons qu'à détourner les filles de leur maison. Au début, tout beau tout nouveau, beaucoup de promesses, beaucoup de considérations et, à la fin, on ne les voit plus. Oublie-les. Ton homme, c'est ton travail. Appuie-toi sur lui, sans autres pensées..." Dans *Nuit de vent*, Aurélio Gonçalves ne prime pas la sexualité mâle. Papillons virevoltants comme vent d'est égrillard, toujours prêts à soulever les jupes comme le courant d'air pressé, les conquérants machistes, après quelques aubes, abandonnent leurs proies, l'esprit plein de phrases amères et le ventre d'enfants sans père. Luisa

Queirós, résolument optimiste, peint des accords amoureux, mais entre humains et créatures aquatiques. En cela, elle ne fait qu'illustrer la croyance populaire dans les sirènes. Des contes et des témoins vivants donnent encore crédit à une vie cachée de la Baie. Mais le propos de Luisa va au-delà ; ses toiles agencées à la manière de bandes dessinées ou parfois de jeux de l'oie conduisent, case après case, à la solution d'un métissage épanoui. En effet, Luisa la Portugaise avait découvert en débarquant au Cap-Vert le mal des îles créoles : la couleur de la peau conditionne toujours l'estime ou le rejet de l'autre.

Quand je t'ai questionné sur São Vicente, Carlos, tu as fini par reconnaître que les *Badius* y étaient mal acceptés, au point que des adultes, du temps de ton père, incitaient des gamins à suivre les arrivants noirs de Santiago en tapant sur des boîtes de conserve pour les mettre mal à l'aise et les dissuader de revenir. Mindelo, encouragée par le maître colonial, postulait pour une reconnaissance européenne, même de seconde classe, et repoussait le *Badiu* vers une Afrique désapprouvée.

Consciente de la déchirure, Luisa invite des femmes noires dans ses images et signe sa profession de foi : *Mulheres brancas, filhos negros – mulheres negras, filhos brancos.* Elle trace à l'encre une carte de vœux : une femme blanche porte en son ventre un fils noir face à une femme noire prête à enfanter un fils blanc. Leurs corps sont allègrement déformés ; elles ont été engrossées par l'espoir.

L'univers de Luisa Queirós est ainsi baigné par la douceur. Ses couleurs sont aimantes et sa figuration onirique, mais son avertissement est ferme dans le titre d'un tableau de 1994 où l'amour s'oppose à l'indifférence : *Les uns chaque fois plus uns, les autres chaque fois plus autres, et les poètes de toutes les couleurs chaque fois moins nombreux*. L'art peut-il agir par magie sympathique ? L'expression est utilisée pour comprendre les intentions des chasseurs préhistoriques qui peignaient des traques victorieuses sur les parois des grottes en priant les esprits surnaturels de rendre la scène réelle face à l'animal. Luisa peint avec l'idée qu'une œuvre peut aider la tolérance à se répandre par contagion. De même, elle s'évertue à faire danser des enfants devant la figure du monte Cara pour forcer le génie tutélaire de la ville à se souvenir de ses devoirs et à ramener la pluie sur ses terres oubliées. L'artiste est bien le dernier garant de la communication chamanique.

Mindelo
Tu es la ville où il ne pleut jamais
Tu es la ville où il pleuvra.
...
Tu es la ville de Porto Grande
la ville de mon amour
de ma lutte
de mon espérance.

FORCE D'AMOUR

Toni avait une telle façon d'interpréter *Força de crêtcheu*, la célèbre *morna* d'Eugénio Tavares, que ses amis étaient persuadés qu'un jour il réussirait à faire pleurer le ciel.

Toni était originaire de Brava, mais chacun pensait de lui : "Cet homme n'a pas qu'un petit caillou dans la poche, il vient de loin." Mais, de sa vie d'avant, il ne parlait pas. Il dissimulait un accent qui ne s'attrape que sur les océans. Cependant, qu'y a-t-il de plus commun pour un Cap-Verdien que d'être ou d'avoir été marin ?

Titina était arrivée avec lui. Ils occupaient depuis cinq ans une maison modeste qu'ils louaient cher dans le quartier de Ribeira Bote, car elle comprenait deux pièces ; l'une servait d'habitation, l'autre d'atelier. Toni était luthier. Un sacrément bon luthier. Les gens disaient de ses guitares : "Elles sont comme de beaux voiliers, elles ont l'expérience du monde." Toni prenait le compliment avec modestie et remerciait Dieu en tendant les mains au ciel. Très vite, son atelier était devenu une chapelle où l'on célébrait la *morna*. A la tombée du jour, tout ce que Mindelo comptait de musiciens rappliquait pour se gorger de mélodies comme les phalènes s'abouchent à une source de lumière. Ils ne restaient pas forcément longtemps, mais ne savaient plus entamer une nuit sans ce préambule. Ils se mettaient à l'unisson ; les idées circulaient, les échos du port, les derniers coups bas de la misère, les rumeurs de passions en cours ou de liaisons défaites, toutes les nouvelles trouvaient aussitôt des cordes tendues pour s'accrocher comme des oiseaux sur des fils ; elles se changeaient en chansons. Ce fut une grande époque de création.

Titina avait dans les yeux un jardin d'amour. Aucune rupture de saison n'interrompait sa floraison. Elle ne marchait pas dans la rue, elle coulait comme une rivière, elle drainait dans son courant une gentillesse, des mots attentifs pour chacun, un parfum de gaieté dont le souvenir marquait le destinataire bien après son passage. Dans les regards des hommes perlait une émotion, une larme qu'ils ne prenaient pas la peine d'effacer. Ce n'était pas l'expression d'un désir ou une ondée de dépit ; Titina n'inspirait aucune pensée chiffonnée par la vulgarité. Non, les hommes étaient émus devant la simplicité de sa beauté. La grâce de Titina s'entendait dans la musique de Toni et tout le voisinage en profitait. Les habitants de Ribeira Bote, dont l'humeur dépendait d'embauches sans sécurité, se levaient le matin plus paisibles, sans traiter le vent de vaurien et la baie de champ stérile. Les incendies de colère, que l'amertume allume dans les foyers malmenés par l'attente d'une activité et que le *grogue* attise, se faisaient plus rares, moins intenses. Toni, en chantant *Força de crêtcheu*, avouait humblement sa félicité, et contaminait le quartier : la "force d'amour" existait, les gens en avaient la preuve, et ce constat leur donnait du courage. Une chose pourtant les tracassait ; après plusieurs années d'un amour si bien partagé, aucun enfant ne gambadait dans la cour du luthier. Ce signe définitif de la bénédiction de Dieu les aurait rassurés. Toni semblait se contenter d'enfanter des chansons et de créer des guitares – plus qu'il n'en vendait d'ailleurs car elles étaient précieuses et chères. Titina était obligée de travailler pour compenser la rareté des clients ou les paiements toujours retardés. Elle tenait un étal au grand marché couvert du centre-ville pour le compte d'un riche commerçant qui appréciait son allant au point de lui confier parfois des missions d'approvisionnement à Santo Antão. Elle s'absentait alors quatre à cinq jours, selon les dispositions de la mer. Quand les amis musiciens apprenaient que Titina partait en voyage d'affaires, ils accouraient à l'atelier ; ils faisaient front commun contre la mélancolie qui s'emparait de Toni. Privé de Titina, son inspiration s'étiolait. Ses doigts perdaient leur précision et l'envie d'assembler les pièces des instruments ; seule la musique les ranimait. Luis apportait sa clarinette, Frank son *cavaquinho*, António un violon, Manuel la guitare. Ces nuits-là, Mindelo arrangeait le monde à sa manière, la tradition s'entichait des airs à la mode au Brésil, se laissait séduire par la nonchalance des sons cubains, un vent influent soufflait de toutes les directions, la *morna* se parait d'habits neufs. Mais avant de se quitter, les compagnons de Toni le pressaient de chanter encore une fois la rengaine de Brava, *Força de crêtcheu* ; ils juraient qu'en l'entendant, le ciel sombre s'attendrissait au point de verser des larmes d'étoiles filantes.

Il n'y a rien en cette vie plus grand que l'amour
Si Dieu n'a pas de mesure, le mien est encore plus grand
Plus grand que la mer, que le ciel
Mais parmi les autres amours, le mien est encore plus grand...

— Belle *morna* n'est-ce pas, *Força de crêtcheu* ? Croyez-vous en l'amour ?

La question me surprend, vu que j'investis toute mon attention dans la dégustation d'un riz aux crustacés au *Pic a Pau*, bistrot du port, et que la voix a surgi dans mon dos. A vrai dire j'ai à peine noté la garniture sonore de la radio. Les fruits de mer sont délectables, *lapas, buzios* ; des dizaines de lettres de touristes reconnaissants décorent les murs mieux que des lés de papier peint et congratulent le chef. Est-ce que je crois à l'amour ?

La voix ne tient pas compte de mon temps de réflexion. Elle fredonne en suivant l'interprétation de Celina Pereira :

La plus agréable bien-aimée est la mienne
Elle est la clé qui m'a ouvert le ciel
Bien-aimée la plus agréable est celle qui m'aime
Ah si je la perds, que la mort vienne !

— Et la mort est venue !

L'homme interrompt son chant pour m'asséner la tragique vérité, les bras tendus sur le dossier de la chaise vide en face de moi, forçant mon regard. Il a le visage allongé d'un Africain à la peau claire. Sa taille est impressionnante et, malgré son grand âge, il conserve des épaules de lutteur.

— On m'appelle *nhô* Fula, le Peul, car personne ne sait, à commencer par moi, si je suis né en Guinée ou à Mindelo. Mais la baie m'a toujours bercé et je l'ai vénérée comme une mère. Nul n'a fréquenté comme moi les dessous de son drap d'eau dormante. Je fus un plongeur renommé, chasseur de langoustes et sauveteur de naufragés. Plusieurs fois, le hasard m'a placé sur la déroute d'un cotre, alerté par les cris déchirants des victimes. Accrochés à la coque renversée, les futurs noyés griffaient la robe fluide de la Mort cynique qui jouissait du combat désespéré et en différait l'issue fatale. Alors je me jetais à l'eau et dérangeais le tragique scénario.

A force de traverser la cloison entre deux mondes, la terre et la mer, je pressens des réalités insoupçonnées par le commun des êtres. Je sais que la Mort m'en a voulu de lui avoir trop souvent ravi des clients dont elle avait si bien préparé la fin. Elle m'a fait payer cher mes rapines dans son verger, mes ratures dans son livre de comptes. En définitive, elle m'a convoqué pour assister à un naufrage dont elle avait soigné la mise en scène et la distribution ; et elle m'a condamné à l'impuissance.

Etes-vous prêt à écouter ou désirez-vous un dessert ? Je vous conseille le pudding au fromage. J'aime autant vous prévenir, ces souvenirs cherchent désormais une page pour se poser comme un oiseau migrateur un perchoir après un long vol. Je les ai trop longtemps portés en secret. Aujourd'hui j'invoque la péremption de la douleur et affirme la préséance de l'amour. Croyez-vous en l'amour ?

Mais *nhô* Fula ne m'entend pas acquiescer. Il chante la troisième strophe de *Força de crêtcheu*. Je suis prêt à écrire.

Force d'amour
Ouvre-moi mon âme en fleur
Laisse-moi atteindre le ciel
Pour que j'aille demander au Seigneur
Pour que j'aille demander des graines
D'amour comme le mien
Pour que j'aille les donner à tous les gens
Pour que tous connaissent le ciel.

Titina était partie depuis trois jours à Santo Antão. La chaleur agaçait. Le mois d'août, douanier tatillon des saisons, refusait son visa à la pluie. Chaque jour, une cargaison de nuages s'amoncelait, mais le vent la dispersait le soir venu, et les nuits s'adonnaient à la plus insolente des contrebandes : les étoiles paraient de diamants obscènes la nudité décharnée de São Vicente.

Toni passa trois jours à rêvasser, assis dans un fauteuil à bascule, une guitare posée à plat sur ses genoux. Il se contentait de caresser les cordes, mais on sentait bien que ses doigts imprimaient une musique. Il gardait un sourire aux lèvres, mais l'ami attentif pouvait voir qu'elles remuaient et répétaient des mots bientôt prêts à devenir chanson. Il avait disposé son fauteuil de façon à surveiller la rue jusqu'à son débouché. Il aimait ce couloir étroit gardé par deux longues façades jumelles dont chaque porte, chaque fenêtre, chaque compartiment, chaque vie, avait son correspondant, son écho. Il guettait l'instant où la rue serait transformée par l'apparition de Titina. La jouissance de cette seconde valait bien le prix de journées de patience.

Le troisième soir, il émit l'idée d'aller donner une sérénade à la mer. La pureté de la nuit méritait un acte d'exception. Toni frappa plusieurs fois dans ses mains pour en mesurer la qualité acoustique : elles ne résonnaient pas comme les autres. Toni dit seulement : “Allons sur le ponton !” Son visage exprimait la détermination joyeuse de celui qui s’apprête à faire une révélation. Mindelo vit passer un cortège de musiciens, instruments en mains, et ceux qui les croisaient se demandaient quel culte ils voulaient célébrer, à cette heure et à cette saison.

— Vénus est sortie des eaux, messagère nue de la fête des sens. Gloire au Créateur qui a séparé les sexes en souhaitant leur union ! L’amour est une prière.

Toni insista : “L’amour est une prière.” Le ton était donné.

Le quai avançait franchement dans la baie. Des rails couraient jusqu’à son extrémité et traçaient sur les planches les lignes d’une portée. Aucun souffle ne dispersait la musique. Rien ne laissait supposer qu’un miracle puisse se produire cette nuit-là, si languide. Violons et guitares berçaient les barques.

Toni chanta une *morna* inconnue.

“Belle à déclencher une tempête de frissons sur la peau d’un saint.” Ce furent les termes employés par un témoin. “Forte au point de réveiller le monte Cara”, affirma un laudateur à court de superlatifs.

Il faut bien les croire.

Le chant de Toni dut mettre les nerfs de la nuit à vif. Un coup de gueule du vent emporta la torpeur. Par un claquement des vagues, la mer manifesta son attention. Un rideau de nuages tomba soudain, aussitôt déchiré par la lame incisive de la poésie : une pluie chaude déversa sa douceur, trop spontanée, trop immédiate pour croire à une banale coïncidence. La pluie était à l'évidence la congratulation du ciel, l'hommage du monde surnaturel au talent d'un humain, la preuve que la sensibilité était une disposition partagée entre les différents étages de l'univers.

Depuis des semaines, l'île assoiffée attendait d'être abreuvée ; les compagnons du luthier parlaient déjà de la *morna* qui avait le pouvoir de convoquer la pluie.

Nhô Fula me versa une tasse de café et prisa pour se donner du courage. Il respira longuement comme avant de plonger en apnée :

— J'attendais l'aube au phare de São Pedro. La bâtisse blanche évoque une chapelle ; elle est plantée comme une corne d'ivoire sur le groin d'un monstrueux rocher, au sud de l'île. Un escalier vertigineux permet d'accéder au niveau de l'eau. Là, j'aimais plonger. Personne ne me disputait la place. Le relief, sculpté avec sauvagerie, frappait les imaginations vulnérables, et la mer, rarement amène, dissolvait les audaces. J'étais donc seul à profiter de la générosité des fonds.

Cette nuit-là, je fus surpris par le cantique de la pluie et le soupir des vagues : un discours d'une belle teneur, sans acrimonie, qui pénètre par les pores de la terre jusqu'aux nappes vitales. Aux premiers soubresauts du jour, la pluie tombait encore, complaisante. Mais, quand je descendis respirer le bonheur d'un matin humide, les vagues se mirent à bondir à mon approche comme des chiens versatiles ; le temps changea en un éclair. Je m'en souviens, j'eus le sentiment que la mer avait attendu mon réveil pour libérer les forces de l'orage, et que son agressivité m'était destinée. Mes sens exacerbés m'ont toujours averti des dangers. Ma vieille cavalière la Mort, cette pieuvre à l'encre venimeuse, battait l'océan de ses tentacules furieux. Je sentais sa présence, j'ai vite compris ses intentions : une felouque prise dans le tintamarre de la tempête, percutée par les flots, tremblait comme une possédée en transe. Je vous l'ai déjà dit : la Mort profitait de ma présence à la pointe la plus inhospitalière de l'île pour m'offrir ce spectacle et se venger de mes sauvetages. Pris dans des mouvements contradictoires, le bateau *Apolo* approcha suffisamment de la côte pour que je distingue sans risque d'erreur l'identité des passagers, puis le courant imprévisible le rejeta au large. Aujourd'hui encore, la terreur des voyageurs lève en moi des cauchemars dès que le sommeil veut me délivrer du souvenir. Je ne pouvais rien pour eux. Parmi les malheureux qui imploraient, il y avait Titina. Elle seule ne hurlait pas.

"Si tu me rapportes une preuve de la disparition de la felouque, cette guitare sera à toi."

Toni me répétait :

"Cette guitare sera à toi car, dans ce cas, plus jamais elle ne chantera. Mais, en l'absence de toute conviction, je vais l'obliger à résonner, à gémir et à rire. La lumière ne doit-elle pas briller dans une maison qui attend ?"

Toutes les nuits, une lampe brûlait dans la chambre de Toni. La fenêtre et la porte restaient ouvertes. Toni ne travaillait plus. Il se laissait vieillir, il s'offrait en pâture à la rage des semaines. Il se balançait sur son fauteuil, guettant, des jours durant, l'embouchure de la rue. Mangeait-il seulement ce que ses amis déposaient discrètement sur son établi ? Aux premières faiblesses du soleil, il prenait sa guitare et partait offrir des chansons aux consommateurs d'un bar ou aux clients d'une épicerie, parfois à des particuliers devant leur porte. Il ne demandait en échange qu'un peu de pétrole, la mesure nécessaire pour une nuit de lumière.

Il chantait : "Si j'avais su que les jeunes gens pouvaient mourir, jamais je n'aurais aimé." Les auditeurs comprenaient l'allusion à sa peine, même si cette *morna* relatait un autre drame, survenu à Mindelo quelques années auparavant, une affaire passionnelle. Un jour, deux amoureux jouèrent avec un pistolet. Pour quelle raison ? L'histoire ne le dit pas, mais se souvient que le pistolet était chargé, qu'une balle partit et atteint la jeune fille en plein cœur. Sur son lit de mort, elle pardonna à son amant assassin. Son âme s'en alla, une *morna* resta : "Si j'avais su que les jeunes gens pouvaient mourir, jamais je n'aurais aimé."

Jamais plus Toni ne joua la *morna* qui avait engendré la pluie.

Nhô Fula s'arrête, il cherche à reprendre son calme, le sel de l'amertume corrode ses traits. Sa main masque furtivement ses yeux, puis il contemple longuement l'extrémité de ses doigts.

— Pendant quatre semaines, j'ai plongé le long de la côte sud, prêt à me brûler les yeux dans l'obscurité des eaux. Je nageais jusqu'aux limites de la douleur. La Mort ne rendait rien ; elle avait ravi corps et âmes. Sa vengeance était complète. Je ne pouvais m'empêcher de relier la disparition de l'*Apolo* aux rapports houleux entre

Elle et moi. Toni, lui, se reprochait son orgueil : "Parfois, murmurait-il, les pulsions de la création dépassent l'entendement du monde." Pour lui, sa *morna* avait dérangé l'ordre naturel et irrité les éléments.

Nous nous trompions tous les deux, égarés par une culpabilité sournoise.

J'avais compté quarante-cinq jours depuis l'orage, poursuit *nhô* Fula.

Toni, dans son fauteuil, enseignait la musique à un enfant. On avait l'impression qu'il déchargeait son cœur en transmettant un savoir trop lourd désormais. Il plantait des graines d'avenir dans un jardin d'enfance.

Ah mon bien, si je ne t'aime pas
Que je sois un être sans bonheur

L'enfant répétait les paroles d'Eugénio Tavares et la mélodie créée à Mindelo au début du siècle.

Que les ondes de la mer furieuse
soient ma sépulture...

Force des mots peut-être, une corde soudain cassa. Toni regarda le ciel blanc de chaleur pour y lire un signe. Une clameur montait de la ville basse. Il écouta. Il se remémorait les cris de la foule lors de l'incendie de la rue de Coco. Les habitants excités attisaient les flammes en jetant pêle-mêle dans le foyer exaspération et ironie. La boutique de Chinha Bònca brûlait ; ils l'avaient pillée par nécessité, et ils chantaient :

Chinha Bònca dentro dum lume, dentro dum lume,

"Chinha Bònca dans le feu, Chinha Bònca est dans de beaux draps..."

Un chant approchait. Toni en était sûr à présent. Des rires le précédaient.

“Va voir !” commanda-t-il à l’enfant.

Mais la musique entrait déjà dans la rue. Une ligne de guitaristes barrait le passage. Luis menait l’orchestre.

“*Boas festas !* Joyeuses fêtes !” proclamaient Luis et sa clarinette levée au ciel, triomphante.

Les musiciens endiguaient la foule qui libérait des vivats indisciplinés, joyeux, fous. A la hauteur de Toni, le rideau s’écarta. De la marée humaine, émergea Titina, reine créole dans une robe longue et blanche, coiffée de perles. Vénus sortant des vagues du cortège. Toni, terrassé dans son fauteuil, balbutia dix fois : *“Beleza ! Beleza !”*

Le surnom dont il avait toujours aimé la parer.

Les musiciens entonnèrent *Força de crêtcheu.*

— La mort avait encore perdu une bataille, conclut *nhô* Fula, mais je n’y étais pour rien, la force d’amour avait triomphé. La felouque ne s’était pas échouée. L’*Apolo* était un bateau intrépide et *nhô* Jorge, un capitaine qui ne renonce jamais. Le mât brisé, le gouvernail bloqué, l’*Apolo* avait dérivé à la grâce des courants et de Dieu. Par chance, la cale regorgeait de provisions chargées à Santo Antão. L’eau finit par manquer, mais pas le *grogue*. Les naufragés choisirent l’ivresse plutôt que la déshydratation. La felouque fut arraisonnée par un cargo coréen le long des côtes du Brésil, à quelques milles de Pernambuco. Les autorités brésiliennes prirent d’abord les passagers pour des émigrés clandestins et ajoutèrent aux turbulences de la traversée celles de l’océan bureaucratique. Un matin, pourtant, les victimes de l’*Apolo* atterrissaient à l'aéroport de São Vicente, quarante-cinq jours après leur embarquement à Santo Antão.

— Croyez-vous en l'amour ? me demande une dernière fois *nhô* Fula. A la force d'amour ?

SANTA LUZIA

De tout l'archipel, Santa Luzia est la seule sainte. L'île est serrée de près par ses trois voisins mâles également canonisés ; Santo Antão, São Vicente et São Nicolau. Elle fut habitée parfois, mais jamais peuplée. Elle reste vierge, et l'objet de nos désirs.

En principe, Santa Luzia est inaccessible aux voyageurs. Certes, quelques pêcheurs fréquentent ses eaux ; ils profitent des ruines d'un hameau pour bivouaquer. Mais à quel moment quittent-ils São Vicente ? De quels ports, de Salamansa ou de Calhau ? Pour combien de jours ? Les premiers renseignements pris dès notre arrivée à Mindelo modèrent notre ardeur. Toutefois, nous nous sommes engagés à accomplir le tour complet du Cap-Vert. L'épreuve commence : examen de passage pour Santa Luzia. Je t'en ai promis le récit, Carlos. Voici un chapitre sur l'acharnement.

Quand les réverbères s'éclairent à Mindelo, les plaisanciers mettent pied à terre. Les radios de bord propagent des ralliements à la cause de l'apéritif. Il est environ dix-neuf heures ; nous sommes déjà en poste au Nautic Club. Les compagnons des alizés touchent le rivage

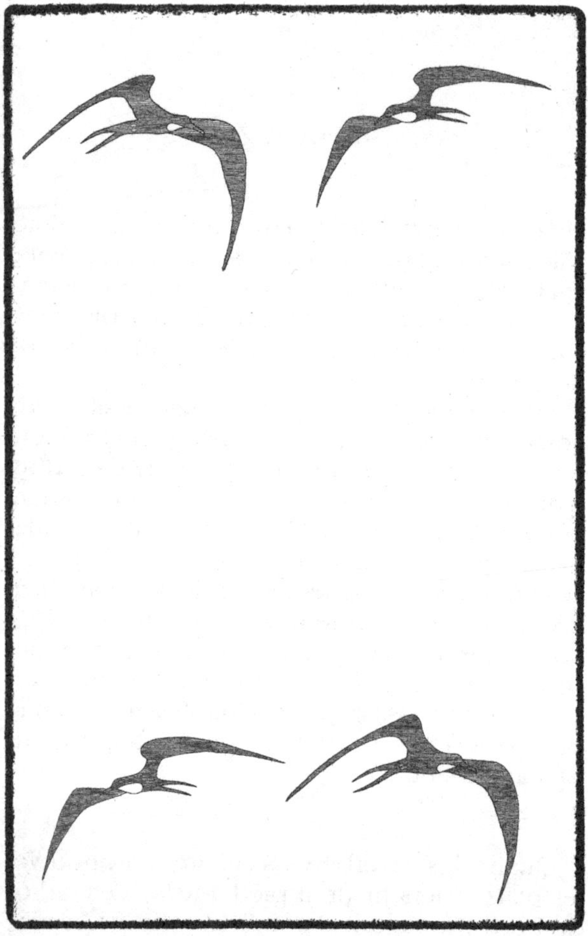

une dernière fois avant de s'élancer vers les Antilles. Nous frayons avec la tribu hauturière que nos recherches antérieures en Himâlaya, aux confins du Sahara, dans la forêt camerounaise ou le long du fleuve Niger, ne nous ont pas habitués à aborder. Le Nautic Club se résume à une baraque et ses canisses, glissées entre les murailles de l'ancienne douane : il y a là un passage étroit, et glauque la nuit, qui traboule, comme on dit à Lyon, du latin *transambulare*, c'est-à-dire qui relie le bord de mer au centre-ville. Et là, par la grâce du punch aux écorces d'orange servi par Maria, la tenancière, se troquent les informations sur les routes à suivre, s'échangent des histoires de vie. Un Japonais manchot répond par un tour du monde en solitaire au coup du sort qui lui a sectionné le bras. Mick a construit un douze mètres en bois avec son grand-père qui, à plus de quatre-vingts ans, traversait encore l'Atlantique. Aujourd'hui, Mick file, seul, livrer des djembés achetés à Dakar et promis à une minorité ethnique malmenée au fin fond d'une île des Antilles. François était pâtissier ; il a claqué la porte du four et embarqué femme et enfants pour une virée dont seules les étoiles connaissent l'issue. Le fanion de la liberté vibre au grand mât, mais les observateurs innocents que nous sommes sont surpris par l'ampleur des atteintes à la sérénité : insécurité de ports en Afrique, risques d'arraisonnement par de faux douaniers-vrais bandits, chantages permanents des gardiens de Zodiac sur les plages peu organisées, fréquences des abordages et pillages nocturnes... On parle beaucoup de fusils posés près de l'oreiller et moins du plaisir à découvrir l'intérieur des terres, expédition toujours soumise à la sécurité de l'ancrage ou à la surveillance de la maison flottante.

Nous évoquons notre désir de rejoindre Santa Luzia et exprimons un besoin de transport. Hélas, notre île déserte n'est inscrite sur aucun plan de route. Ou alors, nous fait-on remarquer, l'écart peut nous coûter cher. Ça se discute. Par ailleurs, les abords de Santa Luzia ne sont pas sans danger ; affronter les déferlantes requiert une expérience qui majore encore le devis d'expédition. Notre exigence littéraire frise le caprice luxueux. Nonobstant, Maria, la gérante du club, prend fait et cause pour notre équipée et se targue de nous fournir la solution.

Ballottés par les avis contradictoires, nous fonçons à Calhau, petit port qui devise à longueur de temps avec la masse bleue de Santa Luzia, à l'extrême est de São Vicente. Par beau temps, une heure suffit à un voilier pour traverser le chenal. Nous sommes déterminés à négocier avec un pêcheur. Mais, ce jour-là, la houle charrue hargneusement le champ des quelques milles qui séparent les deux îles. Théâtralement plantée sur l'ultime dalle de basalte de ce finistère entouré de monts tabulaires et de cônes adventifs, Leuk déclare :

— Non, pas de barques de pêcheurs, je renonce !

Les vagues ricanent à ses pieds. J'ai déjà dit que Leuk n'accordait aucune confiance à la mer. Elle sort de sa poche un argument soigneusement préparé : le journal du capitaine Roberts qui nous a précédés avec deux cent soixante-dix ans d'avance.

— Le chenal entre Santa Luzia et São Vicente, lit-elle, est carrément mauvais, plein de rochers. Il est peu sûr de s'y aventurer, ni recommandé de le traverser à moins d'y être contraint par la nécessité…

— Nous sommes contraints par la nécessité littéraire.

— Nous n'avons pas signé pour relater une dérive jusqu'au Brésil. Dans chaque île, on nous a donné un exemple tragique de barque en panne dont l'épilogue se passait de l'autre côté de l'Atlantique. Je n'ai pas envie de finir comme ce roi du Mali parti avec ses deux mille pirogues explorer l'océan au début du XIVe siècle et que l'on n'a jamais retrouvé.

— Je sais, j'ai déjà lu ça quelque part. Mais dans le livre actuel, il s'agit seulement de traverser quelques milles.

— Pas question !

Leuk extrait d'une autre poche la copie d'un article du *Novo Jornal*, fruit de ses investigations aux Archives nationales de Praia :

— Le 13 novembre 1989, la barque d'une équipe de reporters cap-verdiens chavira vingt minutes après son départ de Calhau sous l'assaut d'une vague perfide. Les passagers durent leur salut à une bouteille de *grogue* qui, brisée, permit de couper la corde retenant le canot de sauvetage.

Retour à la case Nautic.

Le club est encore vide. Un journaliste se délasse en égrenant les accords célestes de *Stairway to Heaven* de Led Zeppelin. Maria exulte :

— Antoine va passer, c'est un jeune Cap-Verdien. Il a un bateau, il arrive de France. Vous allez bien vous entendre avec lui !

Je me méfie des retournements de situation comme Leuk craint ceux des barques. J'ai tort. La nuit qui survient nous fait basculer au-delà des mirages, dans un scénario concocté par de bons génies.

Carlos, imagine Balthazar, le roi noir de la trinité des mages, à l'orée de la quarantaine, solidement bâti, visage fin et noble évoquant quelque ascendance du côté de Saba, terre biblique : voici une ébauche du portrait d'Antoine. Pour renforcer la première vue onirique, sa femme est une blonde dauphinoise et leur enfant, Mathieu, un petit prince métis de huit ans. Toutefois, Antoine, natif de Santo Antão, parle avec un accent poussé dans le terroir de l'est de la France, et une faconde de Méridional. Christiane et lui ont tenu pendant plus de dix ans à Voiron (Isère) un restaurant appelé *Le Câpre-Vert*. Christiane évolue en salle depuis toujours ; Antoine est compagnon du Tour de France en pâtisserie-boulangerie. *Le Câpre-Vert* a connu un vif succès, dû aux vertus de la cuisine et au décor d'aquariums géants dans lesquels ont batifolé tour à tour requins et murènes. Antoine exprimait ainsi, sous l'autorité des Alpes, sa passion pour l'océan. Le restaurant s'ouvrait aux écoles ; les élèves venaient caresser les squales et apprenaient, entre autres curiosités, qu'il est interdit par la loi de subtiliser l'eau de mer et qu'il convient donc de fabriquer chimiquement l'eau salée indispensable à la survie de ce type de pensionnaires.

— Bref, expliquent-ils, une dévotion sans limite à notre métier et plus un seul espace de liberté.

Presque du jour au lendemain, ils troquèrent *Le Câpre-Vert* pour le Cap-Vert, et convertirent un capital d'années de travail en un somptueux voilier, Océanis 440 de quatorze mètres. Elle quittait ses racines, lui retournait à ses sources, mais pas sans projet : développer le cabotage touristique d'île en île, instaurer un service de pilotage des voiliers, proposer une assistance aux bateaux dans le cadre d'une marina à Mindelo. Antoine vient d'accoster, mais pense déjà à l'aménagement de la baie, à la restauration du ponton, au nettoyage des écueils…

— Il faut attirer les candidats à la traversée de l'Atlantique. Dieu sait qu'ils sont nombreux ! Actuellement, l'absence de services les détourne de Mindelo ; c'est une perte énorme pour l'économie locale.

Antoine rêve de rendre au port sa vitalité d'autrefois grâce à la plaisance. Il est certainement un des premiers Cap-Verdiens à hisser le pavillon national dans cette catégorie de navigation. Il veut agir. Et c'est lui que le hasard nous envoie, le jour même de son retour au pays. Connaître Santa Luzia l'intéresse, notre aventure d'écriture aussi. Il considère cette équipée comme un repérage de bon augure pour son programme de croisières touristiques. Il dispose des cartes les plus détaillées, de l'équipement le plus sophistiqué. Leuk est rassurée. Rendez-vous dans cinq jours, le temps pour lui d'aller à Santo Antão saluer sa famille.

Les étoiles complices clignotent ; cette nuit est le berceau de notre chance. Ce n'est pas seulement l'opportunité de la traversée qui nous réjouit, mais la promesse d'un riche récit de vie. Le destin d'Antoine, rapidement esquissé, mérite l'escale d'un chapitre. On s'est promis de jeter l'ancre pour sonder une enfance cap-verdienne et pêcher les mots d'une adolescence lorraine.

Le lendemain, la rumeur des quais nous rattrape et passe à tabac notre euphorie : Antoine et sa famille ont mis les voiles précipitamment en pleine nuit, sous la menace des gardiens de Zodiac. La querelle est simple à comprendre : plus le bateau est beau, plus les tarifs montent haut. Chantage, bagarre. Antoine a mal supporté l'atterrissage au pays ; son origine ne l'a pas favorisé. Les laissés-pour-compte de la plage n'ont plus rien à perdre ; la vie les a intoxiqués. Désormais, chaque billet sert à renforcer l'oubli. Les négociations tournent vite à l'esclandre, la confiscation du Zodiac peut devenir l'arme d'une prise d'otages. "Ils ont filé à Santo Antão, on ne les reverra pas de sitôt !" grimacent les visages sur le ponton.

Cinq jours se passent sur le frêle esquif de l'espoir que les pronostics des uns et des autres cahotent. Un jour de défaitisme, nous gravissons le monte Verde pour contempler de son faîte la forme animale de Santa Luzia, tapie dans son enclos de vagues coupantes. La veille du départ prévu, le *Mouche de Mindelo*, le bel Océanis 440, n'a été signalé nulle part. A l'heure du rendez-vous, le samedi 16 décembre, la dernière illusion s'envole comme les frégates qui nichent sur l'île déshumanisée. Comme les frégates qui volent aux quatre angles de ta huitième gravure, Carlos. A ce moment, je crains que le centre de ta carte ne demeure à jamais dépourvu d'image. Nous n'irons pas à Santa Luzia, et ne te rapporterons pas d'histoire.

Il est plus de huit heures quand la directrice de l'hôtel *Sôdade* nous fait part d'un message téléphonique vieux de la veille et oublié à la réception : Antoine nous attend au port moderne, protégé du racket de la baie. Taxi à la volée, formalités de police, achat de bouteilles d'eau en nombre et de provisions. A onze heures, nous sortons de la bouche de Mindelo. Le couple dauphinois confirme ses mésaventures, que la rumeur a amplifiées. Antoine mesure l'urgence de l'action à mener pour que São Vicente puisse prétendre au rang d'escale recommandable sur la route des alizés. Il vaudrait mieux, estime-t-il, que la baie donne naturellement du travail aux jeunes plutôt que de la laisser en l'état de foire d'empoigne et d'extorsion.

Un énorme cargo jaune stationne en cale sèche. Le chantier naval de Mindelo, Cabenave, répare plus qu'il ne construit. Le dynamisme de son activité dépend de celui du port qui traîne de lourds handicaps face à ses concurrents directs, les Canaries et Dakar.

Du fait de l'hivernage tardif, Santo Antão, à l'ouest, renfile son cache-nez de brume. Les plaques claires de pouzzolane sur ses flancs bruns donnent à penser que la grande île est dépigmentée. Le vent flirte avec le néant ; la bonace contraint à naviguer au moteur. Une congrégation de barques pêche à la palangre. Une carapace de nuages couvre São Vicente. Les terribles falaises zoomorphes de la face sud, comme des mammifères de la savane profitant de la lumière avaricieuse, s'immergent jusqu'à la gueule dans le grand marigot de l'océan. Aucun signe de la présence humaine ne trouble cette ménagerie féroce.

Pas la moindre vague ne vient glapir des insultes contre la coque. Le chenal est aphone et débonnaire. Des dauphins astucieux assurent une plaisante figuration. L'enfant pêche ; il me dit que sa ligne risque de subir une attaque de coryphènes. Mes yeux prennent la rondeur de l'ignorance. L'enfant explique patiemment :

— Mais oui, ces poissons qui ont sauvé quatre fois la vie au nageur Guy Delage lors de sa traversée de l'Atlantique, du Cap-Vert aux Bahamas. Ils ont entouré son corps pour faire masse avec lui et dissuader les requins qui déjà mordaient ses palmes. Il ajoute doctement : Le coryphène change de couleurs durant les étapes de son agonie. L'enfant pêche des informations du grand monde dans le livre ouvert des vagues. Il manœuvre les drisses tel un flibustier et apprend à dessiner des voiliers avec le bout d'une allumette sur sa peau brune, comme l'ont fait avant lui des générations de marins cap-verdiens.

Le jour s'éclaire, nous traversons un chenal de ciel bleu. Un soleil calme et plus sûr de lui s'installe sur le mont Topona (395 mètres), le point culminant de la terre impassible qui grandit devant nous. Le rocher Zinho chapeaute Santa Luzia comme l'accent circonflexe, le mot île. On a beau avoir côtoyé des sociétés aux particularismes troublants, connu des rituels extravagants et des fêtes déconcertantes, il n'empêche que le sentiment éprouvé à l'approche d'une île déserte ébranle sérieusement l'édifice imaginaire élevé en soi depuis l'enfance. Ce moment est magique. La côte est escarpée et accore. On distingue néanmoins un corral abandonné. Nous entrons dans une baie protégée des vents de nord-est. Le *Mouche de Mindelo* s'approche avec précaution, sonde, mouille à trois cents mètres du bord et s'embosse bout au vent. Une longue plage blonde invite à l'abordage. Une croix métallique peinte en blanc sur une butte signale la consécration de l'île et son annexion à un empire lointain. Les maisons d'un hameau se délitent sous sa protection. Les hommes avaient choisi pour s'installer une large trêve entre deux montagnes sévères comme des tours de garde. A l'orée de la vallée : deux volcans mamillaires aux tétons dressés. On s'imagine parcourir le ventre plat de l'île et explorer sa face cachée. La lumière du couchant renforce le noir des érections basaltiques, attise le blanc des sables. Pas d'arbre. Une pluie soudaine rince le crépuscule. Antoine, inspiré par cette aberrante lessive, récite la recette de la "lavandière du Portugal" comme d'autres poètes, appuyés au bastingage, déclameraient *Oceano Nox* : "Préparer deux cents grammes de pâte à brioche dans un saladier ; casser cinq œufs pour la rendre liquide comme une pâte à baba, puis la transvaser dans un moule à pain de mie et laisser cuire une heure et demie dans un four très doux (180 à 200°)."

— C'est une brioche à thé que l'on sert en bûchettes passées au miel, précise-t-il face à l'île où plus rien ne pousse.

Mathieu signale la levée des étoiles.

— Autrefois, les adultes recommandaient aux enfants de ne pas montrer les étoiles du doigt, sinon des verrues allaient pousser sur leurs mains.

Dans le chaudron de la mémoire d'Antoine, les traditions d'une enfance levée sous deux climats opposés font bonne cuisine. Il dépeint sa vie à Sal dans les années soixante avec un talent de conteur confirmé. Ses anecdotes confèrent un relief appréciable à la plus plate des îles au vent, celle par laquelle nous achèverons bientôt notre tour du Cap-Vert. Je note.

L'aube envoie les vagues se fracasser contre le littoral, elles roulent, sautent et hurlent. Les déferlantes gardent l'île comme des chiennes affamées. Il n'est pas encore écrit que nous foulerons le sol de Santa Luzia. Nous pêchons pour plomber notre impatience. Vers neuf heures, les vagues se couchent. Antoine nous débarque sur la terre vide comme des mutins, et s'en retourne. En raison de l'imprévisibilité de la mer, il est convenu de se retrouver sur la plage à midi. Nous mâchons et savourons le mot "seuls" avec une gourmandise enfantine. Nos premiers pas sont timides : vers la croix, vers la chapelle de Sainte-Lucie, pas plus grosse qu'une boîte aux lettres, vers les quelques références humaines. Les abords du hameau sont jonchés d'éclats de verre. Une odeur forte de poissons décomposés flotte au-dessus du camp des pêcheurs. Des déchets de ferraille, des boîtes éventrées, des couvercles contondants, des tessons. Hormis l'acacia squelettique qui garde le puits d'eau réputée saumâtre, pas d'arbuste. Le sol de la vallée qui remonte jusqu'au centre de l'île est couvert de cactées à minuscules boules gorgées d'eau et aux feuilles charnues, vertes ou rouges : un tapis, élastique sous les pas, qu'Antoine appelle, en créole, *fninga*.

La colline au sommet de laquelle passe la ligne de partage des horizons est dénoncée sur les cartes comme Espia, l'Espionne. Nom bien choisi, car elle donne à voir l'île jusqu'à son étrave orientale, Ponta dos Tarrafes. Au-delà d'une plaine sablonneuse qui s'achève en erg, poussait autrefois un grand nombre de *Tamarix senegalensis* ou *tarrafes*, arbustes des dunes mouvantes, des rivages et des estuaires, plantes aux vertus médicinales et au bois précieux pour la cuisine. D'où leur raréfaction. Cette extrémité semble distante de six ou sept kilomètres. Vues de la crête de l'Espionne, les montagnes de Santa Luzia, exposées aux vents du nord-est, ont assagi leurs formes : on dirait des demoiselles mulâtres, des signares de Gorée aux robes bouffantes, portant crinolines et cerceaux. Nous courons à travers dunes avec un désir de nudité primitive. La mer au sud nous repousse sans ménagement ; de deux crochets à la mâchoire, elle nous envoie au tapis. L'heure chaude excite la tendance assassine des vagues. L'îlot Branco saute au soleil comme un cachalot crevant les flots. Le Zodiac qui vient nous chercher fonce de travers dans le décor, se retourne. Antoine et Mathieu disparaissent un moment dans les bouillonnements. A quatre, nous réussissons à rejoindre le voilier. Les déferlantes refusent la sieste ; elles mènent un tintamarre de sorcières, narguant les explorateurs dépités, interdits de séjour. Une barque de pêcheurs qui tente d'accoster recommence six fois la manœuvre pour se présenter dans le bon sens. Pourtant, à cinq heures, mesurant à l'oreille une accalmie, nous sautons tous les cinq dans le canot pneumatique, crevant d'envie de goûter le retrait du jour sous les voiles de basalte de Santa Luzia.

A l'ouest, le long de la plaine côtière, des éboulements ont semé des alignements de mégalithes. Contre quels assauts d'ennemis invisibles le monte Topona lance-t-il de pareils boulets ? Une *ribeira* perce son flanc, aussi étroite qu'une ruelle de médina ; c'est un défilé, la gorge de toutes les traîtrises, l'antre du dragon, le lieu d'élection de Ganelon le félon, le sas qui protège le repaire des Indiens rebelles, la porte du voyage au centre de la terre… On remet à demain le projet d'y pénétrer. A son embouchure, des murets de pierres dessinent le périmètre d'un jardin délaissé. Des dattiers asthéniques courbent la tête, honteux de ne servir que de volières.

Un crâne de chèvre maintient la barrière symbolique contre le mauvais œil et les voleurs. Dans des citernes fissurées, coule le silence. Le soir nous chasse de ce parc à fantômes, l'esprit étourdi de légendes.

De retour au Zodiac, la mer frappe à nouveau de grands coups de cymbales. Au largo de l'atterrissage, succède un mouvement fortissimo. On a beau se dire en son for intérieur que l'extinction du jour teinte la baie d'une lumière sublime, que nous vivons un instant d'une exceptionnelle intensité, et que le Zodiac finira bien par crever l'écran, les vagues n'en mesurent pas moins deux mètres de haut. Nous comptons : la septième de chaque série est une vague de traîne, usée, amollie. Il faudra chevaucher celle-ci. Leuk trône seule dans le baquet du canot comme un planteur colonial sur sa chaise à porteurs. Elle brandit son appareil photo au-dessus de sa tête, dans un sac étanche, et semble opposer le saint sacrement au mauvais diable qui tourmente l'océan. Elle serre les mâchoires comme un exorciste prêt à cracher des imprécations. La sixième vague vient de s'aplatir. Antoine crie un ordre, nous soulevons le Zodiac, courons, plongeons dans l'embarcation. Pas le temps de saisir les pagaies. Notre énergie est prodigieusement dérisoire. La déferlante n° 7 a dû changer de dossard ; elle cogne et nous sort du ring, nous colle le nez au sable, nous assaisonne d'algues frisées, nous renvoie à la grâce de sainte Lucie. Seule Leuk n'a pas été renversée ; les bras en l'air, de l'eau jusqu'à la poitrine, elle maintient son appareil hors de la baignoire qu'est devenu le canot.

Le moteur est noyé, ensablé. Le jour compromis, les corps transis. La mer applaudit ses excès. Le *Mouche de Mindelo* se balance, impassible, à trois cents mètres du bord. Une seconde tentative est vouée à l'échec. Leuk et Christiane sont tétanisées comme devant une hydre polycéphale.

Le piège se referme.

A ce moment, seuls les pêcheurs peuvent encore sauver les aventuriers présomptueux en soulevant le canot. Deux femmes ruisselantes courent au hameau. La nuit galope. Les pêcheurs seront-ils assez nombreux ?

Je vois venir de loin deux enfants. Ils piétinent l'écume en courant. Leur rire nous atteint bien avant eux. Le message de la nuit est clair : elle nous retient en otage, l'île sera notre auberge. Les pêcheurs nous envoient chercher.

— Arlindo !

Le garçon se présente. Il doit avoir dix ans. Il claque ses talons nus dans le sable.

— Arlinda !

La fillette, sa jumelle, se met au garde-à-vous. Tous deux s'esclaffent. Nous tirons le Zodiac loin du bord. Antoine frictionne Mathieu dont les cheveux frisés brillent de mille paillettes de sable. Je claque des dents. Les jumeaux n'arrêtent pas de causer, “pour nous réchauffer”, disent-ils. Ils récitent tous les noms de lieux où ils ont l'habitude de jouer :

— Portinho, dit Arlindo.

— Agua Doce, renchérit Arlinda.

Et ainsi de suite : Curral, Praia da Palma Tostão, Prainha Branca…

— Praia de Francisco, crie Arlinda qui a toujours le dernier mot.

— On connaît l'île par cœur, on y vient chaque année le 13 décembre… explique Arlindo.

— Et nous restons ensemble toute la semaine qui suit la fête de Santa Luzia, achève Arlinda.

— Veux-tu te régaler ?

Le garçon me tire vers un rocher que les vagues pourlèchent. Sa sœur éclaire la pierre noire, barbouillée d'algues vertes. Je crois qu'elle tient une lampe de poche ; en fait, elle braque une conque qui émet une vive lumière. Arlindo frappe de petits coquillages avec un galet de manière à les décrocher de la paroi sans les briser. Il les rince et me les tend :

— *Lapas !* Détache la bête de sa coquille…

— Avec le doigt, racle comme ça, et avale ! commande la jumelle.

La membrane crevée libère un jus rose ou brun sombre, selon le sexe, j'imagine. L'aspect me répugne, j'avale pourtant la chair crue et le liquide épais. De plaisir, j'en ingurgite dix.

Arlinda trépigne :

— Et maintenant, viens voir ma tombe !

— Oui, allons ! approuve son frère.

Antoine et Mathieu ne nous suivent pas. Toutefois, je n'éprouve pas d'inquiétude outre mesure. Il y a deux tombes près du hameau : deux tas de pierres, deux croix de bois.

— La plus grande est celle d'un pêcheur qui, sans se méfier, a ramassé une grenade sur la plage…

— L'engin a explosé entre ses mains…

— Ce jour-là, le vent sifflait et huait…

— Aucune barque n'a pu transporter le blessé…

— On l'a enterré là.

— L'autre tombe, c'est la mienne, indique fièrement la fillette.

Arlindo explique :

— Arlinda était beaucoup plus petite que maintenant quand elle nous a quittés, elle devait avoir deux mois…

— C'est comme lui. Arlinda désigne son frère. En réalité, il est beaucoup plus vieux qu'il ne paraît aujourd'hui. Mais tu verras, la semaine du 13 décembre, l'âge n'a guère d'importance.

Arlindo aquiesce :

— J'étais un nouveau-né encore, mais je me souviens que notre mère, accablée, répétait : "Rien n'est plus triste que de pleurer la perte d'un enfant dans un lieu inhabité."

— Mais maintenant, on n'est plus tristes…

— Viens, nous allons te présenter à d'autres habitants de l'île.

Les jumeaux me prennent par la main : l'une est chaude, l'autre glacée.

Un feu brûle devant une maison presque coquette, badigeonnée à la chaux. Je ne l'avais pas remarquée cet après-midi. Antoine, Christiane et Mathieu se réchauffent. J'entends Leuk discourir sur l'Histoire du Cap-Vert, comme elle aime le faire ; ses yeux fourragent les flammes et sa mémoire fouille dans ses lectures :

— En février 1798, Luiz António dos Santos, gouverneur de Santo Antão, demanda au pouvoir royal l'autorisation de coloniser Santa Luzia. Il comptait déplacer des habitants de Santo Antão, trop peuplée par rapport à sa capacité de production. Il réclamait des mesures compensatoires pour réussir cette expérience dont il comptait tirer un bilan positif six ans plus tard. Il y eut jusqu'à vingt-quatre maisons à Santa Luzia, les bases d'une église, et un prêtre pour enseigner la grammaire latine…

— Et la morale, lance de loin Arlinda avec sa manie d'achever les phrases des autres.

Devant la maison blanche, sur un banc de pierre, un homme, une femme, un adolescent sont assis, impassibles, le regard planté dans la nuit chahuteuse. Quand j'arrive à portée de dialogue, l'homme s'anime comme un automate dont on aurait remonté le mécanisme. Après m'avoir souhaité une bonne nuit, il vitupère :

— Ah vous voilà ! Encore un savant qui vient traquer le *Macroscincus coctei*. Des zoologistes, j'en ai vu défiler au temps où je vivais là, et ne vous faites pas d'illusions, il en débarquera après vous. Tous obnubilés par l'iguane, *lagarto, lagarto*, "la pièce rare de la famille des lézards", m'expliquaient-ils, "un spécimen de plus de cinquante centimètres !" s'enflammaient-ils, "une espèce comme il n'en existe que sur les points de suspension de la Création"... Vous ne le trouverez pas plus que les autres, même si vous battez la campagne avec des torches, même si vous soulevez toutes les roches. Cet iguane est un désir et il est bon qu'il le reste.

Arlindo rectifie :

— Il n'est pas zoologiste, mais écrivain...

— Ecrivain naufragé, complète Arlinda.

Je m'interpose :

— Je cherche un homme rare. Je me suis laissé dire qu'un martyr avait vécu dans l'île.

— Oh non, pas un martyr, nie l'homme sur le banc en agitant ses mains, mais une victime de la cupidité imbécile. C'est plutôt Santa Luzia qui a souffert le martyre à cause de cette affaire honteuse. L'île en est morte, à petit feu. Vous comprenez ? Je suis ce berger qu'un propriétaire avide a chassé au moment où la vie avait une chance de se propager ici.

— Assieds-toi, écoute.

Arlindo me pousse à prendre place sur le banc. Arlinda ajoute :

— Tu vas tout comprendre.

— A quatorze ans, j'ai tué un homme qui frappait ma mère.

Le narrateur garde sa main posée sur mon avant-bras ; il me fixe.

— Je me moque de ceux qui disent que j'ai le sang chaud parce que je suis *badiu* de Santiago. Ma mère était étendue sur le sol, sans défense. Des témoins regardaient sans intervenir. Les lâches. J'ai pris une pierre et l'ai jetée au visage de la brute. Le salopard s'est écroulé. Une vie contre une autre : Dieu fera les comptes.

Les jumeaux, de concert, me secouent les genoux.

— Sais-tu comment il s'appelle ?

Ils pouffent et répètent :

— Ah si tu savais comment on le surnomme !

Comment le pourrais-je ? L'homme est noir, mais son âge évolue en fonction du récit, de ses souvenirs. Son visage décharné raconte le sort d'un travailleur de force perpétuellement affamé. Ses membres et son corps trop maigres flottent dans ses vêtements. Cependant, une énergie infaillible anime chacun de ses gestes. A côté de lui, sa femme et son fils ne bougent pas ; on dirait qu'ils attendent d'être cités pour entrer en action.

— J'ai émigré à Santo Antão. La vie le voulait.

L'homme n'a pas utilisé le verbe “fuir”.

— Là-bas, j'ai rencontré Maria Bonifacia.

— Je lui ai donné un fils, intervient la femme au sourire pâle, encore jeune au moment où elle prononce la phrase.

Le fils salue d'une secousse du chef. Il a la maigreur et les traits de son père.

— C'est António Francisco, me souffle Arlindo.

— Alors que son père, c'est Francisco António, susurre Arlinda. Mais tu ne connais toujours pas son surnom ?

Les jumeaux se comportent comme des farfadets, version créole, tout aussi taquins et volubiles. Je les laisse dégoiser, je ne voudrais pas que l'homme s'interrompe.

— Il avait quatre mois, le petit, quand nous sommes partis pour Santa Luzia. Tous les trois dans une barque, plus notre seule richesse : une chèvre borgne.

— C'était le 13 décembre 1860, précise Maria Bonifacia. Nous l'avions voulu ainsi. Arriver dans l'île le jour de la Sainte-Lucie devait éclairer notre avenir.

— L'île était retombée dans la solitude des oiseaux.

L'homme retourne au silence, pour revivre l'arrivée de la barque et la solitude des oiseaux. Alors, les jumeaux comptent sur leurs doigts et récitent tout fort les variétés remarquables de l'île :

— *Cagarra, Calonectris edwardsii*, espèce menacée par les pêcheurs prédateurs qui volent les œufs et les oisillons dans les nids.

L'usage des termes latins m'abasourdit. Ils savourent leur effet.

— Il en est de même pour le *rabo-de-junco*, enchaîne Arlinda. Le *Phaœton æthereus*, un des oiseaux les plus élégants du Cap-Vert, jouit d'une envergure de cent sept centimètres.

— Sans oublier le *guincho, Pandion haliætus*, un rapace qui se nourrit exclusivement de poissons et construit son nid dans les roches escarpées…

— Ne fais pas cette tête, me dit Arlindo, j'accompagnais toujours les ornithologues en visite quand je vivais ici, alors forcément, j'apprenais...

— Et il me racontait tout, quand on se retrouvait le 13 décembre suivant. Tu comprends l'importance de cette date. Tu serais venu une autre semaine, tu ne nous aurais pas rencontrés.

L'homme maigre reprend soudain :

— Sainte Lucie nous a bien aidés. Des gens de Santo Antão nous ont confié du bétail, nous l'avons fait prospérer. Le poisson ne manquait pas. L'île donnait du bois pour cuire et la mer en rejetait pêle-mêle pour construire. Le Nord était un vrai magasin. Pour une vie comme la nôtre, les déchets de bateaux sont précieux. Je n'ai pas beaucoup connu l'argent ; de ce temps, tout s'échangeait, le beurre, le miel, les fruits... Même le loyer pour la pâture, je le réglais en nature. Les seuls papiers que je palpais, étaient les reçus du propriétaire. Santa Luzia appartenait à César Neves et à lui seul. C'était le genre d'homme qui renifle l'odeur du profit depuis Lisbonne et que l'appât du gain fait rentrer daredare au pays par le premier bateau.

Ça s'est passé comme je vous le dis.

Un jour, à São Vicente, j'ai livré une belle quantité de chèvres à deux négociants. L'arrivée des chaloupes pleines n'est pas passée inaperçue. Un douanier, cousin de César Neves, a prévenu son parent des affaires qui se traitaient et de la richesse qu'on pouvait tirer de sa terre.

Ecoutez bien.

Neves a rappliqué de Lisbonne. Il a sauté dans une barque pour Santa Luzia, et voulait s'approprier tout le bétail. J'ai dit : "Non ! Ces chèvres-ci appartiennent aux gens de Sinagoga à Santo Antão, celles-là sont le prix de mon travail. De quoi vous plaignez-vous, je vous ai régulièrement payé le loyer. Voyez, les reçus sont à jour."

Eh bien, profitant de mon absence, il a fait voler les reçus.

Quand il les a eus en sa possession, il m'a intimé l'ordre de débarrasser l'île avant trois jours. Avec autant de chèvres, de vaches, d'ânes et de moutons, c'était impossible. Il le savait bien. J'ai pris une barque, j'ai ramé seul à travers le chenal, j'ai ramené deux chaloupes de São Vicente. J'ai sauvé cinquante bêtes. Le reste, j'ai dû l'abandonner, Neves se l'est approprié. Et croyez-vous que les tribunaux frappent la main du voleur, si sa paume contient de l'argent ?

J'ai fini ma vie à Calhau, à contempler Santa Luzia derrière la barrière des vagues, prisonnier parmi les hommes, alors que j'ai connu la liberté quand je vivais seul.

Des valets m'ont remplacé, des employés à la botte de Neves. L'île a dépéri. Santa Luzia a besoin d'un amant. Vous avez remarqué : il a plu. Cela lui arrive souvent de pleurer la nuit du 13 décembre, au moment de sa fête, et l'hivernage n'a rien à y voir.

L'homme décide de se taire, il semble s'effacer ; alors les jumeaux en profitent.

— Notre grand-père à nous n'était pas du genre amant, juge Arlindo, péremptoire.

— C'était un excentrique ! affirme Arlinda.

— Il s'appelait da Cruz.

— Il a débarqué ici le 10 janvier 1949, à dix heures, avec une jeune femme et deux enfants.

— Il travaillait pour la famille Neves.

— Il gagnait par jour un demi-escudo, tu te rends compte, le prix d'une boîte d'allumettes.

— Et encore, il le gaspillait.

— Il aimait le *grogue*, le vin et les nuits de Mindelo.

— Alors sa femme, Luisa Maria, qui n'est pas notre grand-mère, mais ça n'a pas d'importance…

— Oui, elle avait du caractère…

— Elle pêchait en cachette, vendait du bois en douce, et ainsi payait les études primaires de ses fils.

— Nous, nous sommes nés dans l'île.

— Notre mère, une fille aînée de da Cruz, était venue rejoindre son père.

— Tu nous suis ? s'inquiète Arlinda.

— Bon, embraye aussitôt Arlindo, elle a eu quatre enfants, dont nous deux, de trois pères différents.

— C'est Luisa Maria, notre fausse grand-mère, qui a accouché notre maman.

— Je suis la seule défunte de l'île, signale Arlinda, la seule à demeure ici toute l'année.

— Le 13 décembre, nous venons la visiter, dit Arlindo. Tous ceux qui ont vécu un temps dans l'île ont pris l'habitude de fêter ensemble la Sainte-Lucie.

— Même s'ils ne peuvent pas venir, les vivants rêvent aux morts.

— Les morts s'immiscent dans la pensée des vivants.

— On se rencontre à n'importe quel âge, jubile Arlinda.

— Nous changeons même d'aspect en cours de communication, confirme Arlindo.

— Tu as bien fait de venir la semaine du 13 décembre.

— Oui, nous trouvons que tu rêves bien et ainsi, nous pouvons te confier beaucoup d'informations.

— La prochaine fois, nous te ferons revivre la visite officielle du ministre portugais d'Outre-Mer, le 28 août 1962. C'était un événement.

— Un ministre pour quatre adultes, six enfants et une guitare !

— A bientôt ! chantonnent les jumeaux.

— Attendez !

Je crie, la voix prise dans les filets du réveil.

— Dites-moi encore une chose, juste une…

Je me vois tendre la main. J'entends aussi Antoine déclamer la façon d'accommoder les algues frisées et vanter leurs vertus gastronomiques. Leuk lit à haute voix un article du *Novo Jornal* intitulé "Redescobrir Santa Luzia" du 5 décembre 1992 qu'elle a récupéré par miracle à Praia. Elle dit : "C'est une mine de renseignements !" Je m'entends soupirer :

— Comment s'appelait l'amant de l'île ?

Deux petites voix aiguës murmurent en fuyant :

— Ah oui, il faut que tu le saches, l'homme qui vivait seul dans l'unique île déserte de l'archipel…

— Etait surnommé : Frank Caboverde.

SÃO NICOLAU

Cher Carlos, ce lundi 18 décembre, nous voguons vers São Nicolau. La veille au soir, huit pêcheurs, accourus en renfort, ont littéralement porté le Zodiac à bout de bras par-dessus les déferlantes. Nous avons pagayé comme des damnés en cavale pour faire démarrer le moteur au-delà de la zone de formation des murs d'eau. La barre passée, la nuit était étrangement calme. Un rêve est né des remous de notre fuite ; je t'en envoie la transcription : "La nuit de la Sainte-Lucie." Leuk me signale, dans les nouvelles que je t'adresse, une propension à multiplier les "petits arrangements avec les morts", comme y invite le titre d'un film français récent. Je ne m'en défends pas ; pour moi, le cabotage entre les époques éprouve la vitalité de l'Histoire et instruit le présent. Je soupçonne le *padre* Serafim, l'énergique esprit "rencontré" à Boa Vista, d'effectuer lui aussi un tour de l'archipel, à bord de son voilier en nuage, et de m'inspirer ce libre usage des mondes.

Bref, nous quittons les abords de Santa Luzia. Les bulletins météorologiques annoncent des perturbations ; Antoine préfère se hâter vers un mouillage plus fiable à São Nicolau, mais il se veut rassurant :

— En Lorraine, ma mère a préparé des amulettes placées à l'avant du bateau. Nous sommes protégés.

Les croyances aux forces invisibles ont émigré sans difficulté avec leurs porteurs, ont résisté aux hivers des terres industrielles. Antoine voudrait bien s'éloigner d'un rapport aussi suspicieux à la vie ; il suffit pourtant de l'allusion de Leuk aux petits arrangements avec l'au-delà pour que jaillissent de sa mémoire d'enfance toutes les ruses déployées à Santo Antão afin d'écarter les esprits malveillants et d'aménager les relations entre les vivants et les morts.

— La nuit, si l'on approchait d'un cimetière, on se protégeait en passant les pouces entre index et majeur, puis on proférait : "Reste à gauche, mal qu'on ne voit pas, retire-toi dans ton monde et ne reviens ni dans la vie ni dans la mort !"

Les abords de l'îlot Branco sont criblés de hauts-fonds. Nous longeons avec précaution la falaise dorsale du rocher trop petit pour contenir une seule histoire notable. Antoine, bon œil à la sonde, parle du mauvais œil :

— A Santo Antão, pour se protéger des sorts éventuels, les gens urinaient dans une bouteille, ajoutaient des cheveux et des rognures d'ongles brûlés, laissaient pourrir le tout, car, disaient-ils, "le diable n'aime pas la matière morte, il recherche le vivant". Je me souviens de la puanteur que dégageait cette préparation.

L'îlot Raso émerge de l'eau comme une tortue prête à pondre, cou tendu vers le soleil. Sur cette miette de terre, vit un des oiseaux les plus rares du monde, la *calhandra do ilhéu Raso*, l'alouette *Alauda razae*, propriété exclusive de ces sept kilomètres carrés, décrétés de ce fait réserve naturelle.

— La nuit, poursuit Antoine, nous allions, une sacoche de sel et d'ail au cou. Si nous rencontrions en chemin un marcheur qui ne répondait pas aux salutations, vite, nous lancions une pincée de sel sur son passage pour qu'il trébuche, s'il venait à se retourner…

São Nicolau est en vue.

Un vent inconsistant nous garde de toute précipitation. Nous vivons une approche de l'île à l'ancienne, quand la vigie dans la mâture décrivait la terre nouvelle. Le chroniqueur d'aujourd'hui utiliserait sans doute les mêmes mots : masse montagneuse élevée et sévère à l'horizon. L'enveloppe de roches et de sable a traversé les siècles sans l'estampille du moindre changement. São Nicolau cache son contenu à la vue des arrivants : si leurs intentions sont bonnes, il sera toujours temps de l'apprendre. Les maraudeurs des mers, les prédateurs européens ont tant harcelé le premier site côtier, Porto da Lapa, que la population s'est retirée dès 1653 dans les vallées fertiles de l'intérieur. L'île s'est refermée sur elle-même comme une tortue menacée. Le navigateur n'en perçoit que la carapace. La première défense, côté ouest, s'élève à quatre cent trente-six mètres, à l'aplomb de l'eau, ronde comme une tête. C'est le "fier-à-bras", Ponto do Ferra-Braz, une colline qui se prend pour une sommité. Derrière cette vantarde élévation, une ligne de cimes plus sérieuses propose un répertoire complet des découpes : aiguille, éperon, cône, pyramide, trapèze. Tout un exercice de géométrie en une seule façade que prolonge, doucement incliné vers la mer, le large tablier d'une plaine côtière désertique. Figure dominatrice de cette orgueilleuse famille : le monte Gordo, volcan culminant à mille trois cent quatre mètres. Le plus souvent, il protège son autorité de patriarche derrière les mystères du brouillard. Par temps clair pourtant, le monte Gordo est l'unique sommet, avec le pic de Fogo, d'où l'on peut apercevoir les neuf autres îles de l'archipel.

— Derrière le rempart aride des montagnes, se dissimule un cœur vert. Le marin ne peut le deviner, tout comme le paysan, la vue barrée par le manche de sa houe, oublie la proximité de l'océan. A la page 105 de *Chiquinho*, son célèbre roman, Baltasar Lopes écrit : "Je venais d'une île où le travail de la terre empêche de bien voir la mer."

Leuk, fidèle à son poste, consulte ses notes, comme le capitaine ses livres de bathymétrie, à l'approche des rivages.

— São Nicolau est incontestablement une île agricole. Déjà, en 1689, le *captain* William Dampier goûte le vin du cru *"which tasted much like madeira"*. En 1722, Roberts, le capitaine anglais dont je suis l'itinéraire île par île, décline toute la gamme des cultures vivrières : haricots *feijans*, les meilleurs de l'archipel, bananes, courges, melons, pastèques, citrons, oranges, canne à sucre... En 1780, le premier plant de café du Cap-Vert pousse à São Nicolau.

— Mais, insiste Leuk, la production la plus prestigieuse de l'île sera sans conteste la matière grise. São Nicolau devient le pôle intellectuel de l'archipel quand s'ouvre, en 1866, le premier établissement d'études secondaires, le séminaire-lycée de Ribeira Brava, longtemps considéré comme un des meilleurs d'Afrique de l'Ouest. Ainsi, Baltasar Lopes, enfant du pays, connaîtra-t-il une éducation classique digne de celle dispensée à Lisbonne. São Nicolau s'enorgueillit à juste titre d'avoir servi de berceau à l'illustre auteur du premier roman de la littérature capverdienne.

Débarquer à São Nicolau, c'est, de toute évidence, mettre nos pas dans les traces de Chiquinho, comparer la terre actuelle à celle, défunte forcément, d'un enfant des années vingt, fixée sur le linceul du papier.

Nous glissons vers Tarrafal, le port principal. Les chalutiers au repos sont verts et jaunes, les monts tabulaires, ocre, et le soleil fauve du couchant blesse le ciel de déchirures rouges. Les épiceries aux murs bleus regorgent de consommateurs écarlates ou d'autres qui font grise mine. Les élections législatives, la veille, ont déclenché une tempête dans la rade. La campagne a fini en carnaval. Les pick-up, surchargés de militants braillant des hymnes partisans, ont défilé comme des chars. Les sonos se sont livrées une guerre de décibels : duel disco de propagandes. Aujourd'hui, le *grogue* consensuel noie la joie et l'amertume.

La Casa de dona Alice est un *sobrado* posé sur une boutique verte ; sa façade pistache donne sur le port, à quelques pas de la fabrique de conserves : thon, maquereau, entier, en miettes, en mousse, en boîtes de toute façon. *Dona* Alice reçoit dans son salon immense, restaure les quelques voyageurs égarés qui, sans elle, erreraient dans les rues à angles droits de ce port grandi trop vite et encore peu touristique. Les murs sont couverts de tapisseries démesurées aux sujets religieux, la Cène, ou zoologiques, un lion impérial. Il y a des vitrines, cages à bibelots, et par-dessus, les photos de héros estivaux de la pêche au gros qui se prennent pour Hemingway, un pied sur l'espadon ou le marlin bleu terrassés. La famille de l'hôtesse mange dans le vestibule. Le client est roi. Le poisson fameux. Dernière nuit sur le *Mouche de Mindelo*. Antoine finit de raconter son enfance à Sal qui mériterait une nouvelle à elle seule.

Mardi 19 décembre.

Nous avons trois bonnes raisons d'aller à Ribeira da Prata.

D'abord, l'isolement de cette vallée occidentale lui vaut une réputation de nid de sorcières. Ensuite, elle recèle des inscriptions rupestres qui creusent les fronts savants de profondes rides de perplexité. Enfin, Chiquinho est venu vivre quelques mois dans cette région auprès de son oncle Joca, un homme "saturé d'enfants" et torturé par le remords de n'avoir pas émigré en Amérique au bon moment.

La camionnette qui nous charge est remplie de baquets en plastique, bourrés de maquereaux. Une pétulante marchande s'excite dès la sortie de Tarrafal. La perte de ses dents lui rajoute des années qu'elle n'a sans doute pas. Au premier hameau, elle gueule, dressée contre la ridelle : "*Cavala, cavala !* Maquereaux ! Cinq pour cinquante escudos !" Le plateau du véhicule sert de scène de théâtre. Elle crie à tue-tête et fait s'envoler des pique-bœufs. Elle doit écouler un poisson frais, à l'œil noir sans la moindre tache blanche. Les gens de Patim, sur le seuil des maisons, lancent un nombre, de loin, à travers les éboulis basaltiques. La revendeuse compte et balance dix-huit poissons sur le gravier. Les clients paieront plus tard ; elle frappe sur la carrosserie : “Allez chauffeur !” On n’a pas le temps d’attendre que les villageois viennent ramasser. Ailleurs, elle jette trois maquereaux sur le pavé.

— Et voilà Maria Luz, elle en veut cinq ?

Non, Maria Luz nous rejoint sur le plateau avec un baquet de linge ; elle va laver à Praia Branca où il y a de l’eau. Des gamins armés de cannes à pêche profitent aussi du passage du véhicule. Maria Luz a envie de parler ; la lavandière essore un souvenir en nous le confiant :

— J’étais enfant et j’ai connu une grande tempête. Ce jour-là, sur le quai de Tarrafal, le vent m’a balayée. Des bateaux étaient sortis en mer, car aucun signe ne laissait présager un retournement du temps. Une barque a disparu avec treize personnes à bord, dont un enfant de douze ans, Mario, qui, dès la fin de l’école, s’était précipité pour rejoindre les pêcheurs. On ne les a jamais revus ; la mer n’a rejeté aucun débris. Alors, adultes et enfants, traumatisés, ont pris l’habitude de lire dans les nuages. A leurs formes, nous reconnaissions des marins dans le ciel. “Ah, ce nuage, c’est Manuel, j’en suis sûr, et celui-ci avec le ventre percé, c’est Mario le pauvre !” Puis l’interprétation des nuages s’est étendue aux victimes des accidents de la route. Mais, rassurez-vous, quand j’étais petite, ne circulaient dans l’île que trois ou quatre voitures, pas plus…

La marchande de poissons l’interrompt ; elle soigne son entrée dans Praia Branca, dansant, gesticulant, chantant des slogans à la tribune du camion, car son candidat a gagné les élections.

Praia Branca est un gros bourg niché sous la muraille des roches déchiquetées que nous avons repérées depuis le large. Ses maisons peintes cascadent le long de ruelles en pente raide. La masse ronde d'un cône adventif bouche l'horizon : la "tête de mort", comme l'appellent les habitants qui grimpent sur son crâne les jours de fête pour y pique-niquer. Les pluies inattendues de décembre ont couvert le volcan d'un vert duvet. Le chemin pour Ribeira da Prata continue le long de la côte brutale et capricieuse. Une *morna* ancienne déplore la perte d'un jeune émigré qui courait embrasser sa mère et que les vagues assassines ont happé. Chiquinho la chantait en marchant pour conjurer la peur que le paysage lui inspirait. Au bout de six kilomètres, la piste semble disparaître à son tour dans le vide de l'océan, mais, au dernier moment, un virage nous précipite dans un goulet. On ne s'attend pas à pareille clandestinité. Une vallée tient dans un pli entre deux parois. C'est du moins ce que l'on perçoit de Ribeira da Prata à son embouchure, quand on la contemple par le petit bout de la lorgnette. Les pirates, aguichés par l'ondoiement des cannes à sucre, se précipitaient sur la plage sauvage, "dans un crépitement de fusillade", imaginait Chiquinho ; ils couraient satisfaire leurs sens frustrés après des mois sans escale. Les paysans se cachaient dans les combles de la montagne et protégeaient leurs femmes. La fantaisie populaire retient l'image de forbans gravant des messages sibyllins sur les roches qui surplombent le lit à sec du torrent. La fameuse Rocha-Escrevida. Inventaires de butins ? Messages codés à l'adresse d'autres équipages ? Rien de tout cela. La nature est la seule responsable de cette simulation alphabétique, affirment les récentes analyses. Le meneur de bœufs qui nous montre le lieu lit la déception sur nos visages. Il insiste :

— Autrefois, l'impression était plus nette, mais tout s'efface.

En usant de bonne volonté, on discerne un O, un U, un V, un I, un U dansant sur une couche de tuf, *ouviu*, "il entendit" en portugais. Nous entendons le pas lent des bêtes de somme près du moulin, l'écoulement du jus de canne dans le tonneau, la peine d'une femme qui déplore, après la crue de 1961, la perdition de l'eau et la disparition des crevettes.

Le chemin carrossable stoppe à l'entrée du village, devant la porte d'un temple spirite, bleu et flambant neuf. Commence le circuit des mules. La vie se loge à des étages qu'ailleurs la raison aurait abandonnés aux oiseaux. Ici le bon sens populaire a baptisé la partie haute de la vallée : Fragata, "frégate". La difficulté du transport n'a pas dissuadé les émigrés d'établir de voyants cubes colorés à l'altitude des nids. On repère des sentiers, étroits comme des escaliers et des cols qui mènent au ciel. Tout ce qui n'est pas précipice est cultivé : terrasses de canne à sucre, balcons de maïs, de patates et de pois. On entend le bruit de l'eau. A mi-pente, une vieille nous interpelle pour offrir de l'ombre. Elle ouvre une chambre qui donne sur le vide, nous ordonne le repos. La table est couverte de portées de chats et de chiens en porcelaine. Le buffet est hérissé d'une collection de photos encadrées : les quatre filles émigrées en Espagne, les gendres, les petits-enfants... La vieille puise de l'eau fraîche dans une poterie de Boa Vista et, le temps d'une gorgée, loue la hardiesse des colporteurs d'autrefois qui auraient livré la marchandise jusqu'aux nuages, s'il avait fallu. Des écoliers montent, d'autres descendent ; le trajet vers le savoir est harassant. Nous croisons trois baobabs. Cent lacets mènent au col sous la couronne de dentelles qui enclave la "vallée des sorcières" et la sépare de Praia Branca.

Oncle Joca eut beau assurer que ces histoires de sorcières n'étaient que sornettes, Chiquinho ne voulut jamais chasser le doux frisson causé par la croyance. Même si les seules aiguilles sont celles des cimes, plus protectrices que malveillantes, la réputation demeure. Chiquinho était venu à Praia Branca pour les moissons. Son oncle Joca lui faisait réciter ses leçons et en profitait pour vérifier s'il savait encore lire. Le destin étriqué qu'il avait mené en cette extrémité de l'île, entre parties de manille et maîtresses enceintes, était bien loin de ses espoirs d'élève du séminaire, compagnon assidu de Virgile. "Garde-toi bien d'imiter oncle Joca !" avait-il recommandé à son neveu Chiquinho avant de le laisser retourner à Caleijão, chez sa grand-mère, au cœur de l'île.

C'est là que nous allons.

La route de Tarrafal, le port principal, à Ribeira Brava, la capitale, emprunte mille détours et compte trente-six kilomètres. Elle flâne entre de redoutables canyons, traverse des champs pierreux, rattrape les brumes du monte Gordo, surprend quelques pins, grimpe encore. Le vent réfrigère les paysans, le maïs croît. Au col de Cachaço, on distingue Ribeira Brava en contrebas, on se croit arrivés, mais la ville se love au fond d'un précipice. Alors, la route repart chercher une pente raisonnable. Elle trouve la vallée de Faja, la dernière véritable réserve de dragonniers dans tout l'archipel. Hauts parfois de dix mètres, les dragonniers ressemblent à des chandeliers portant, à bout de branches, des feuilles pointues, serrées, et organisées en rayons d'étoiles. Faja est verte et riante ; des papayers, manguiers, bananiers narguent la sécheresse. Grâce à la coopération française, une galerie horizontale de 2,180 kilomètres a été creusée sous la montagne, en direction des nappes. L'eau signe le miracle. Pas pour longtemps, la route rechute dans le désert du bord de mer, avant de s'engouffrer enfin dans le couloir de Ribeira Brava qu'aucune longue-vue cupide ne pouvait fouiller depuis la côte, aux temps pirates.

Vila de Ribeira Brava au fond d'une cluse. Le lit à sec d'une rivière et, en parallèle, des rues si étroites qu'elles n'autorisent pas le croisement de deux véhicules. Des ruelles, des allées et, au bout, des squares coquets. Des maisons à un étage, aux toits en pente et en tuiles, blotties les unes contre les autres, frileuses malgré la chaleur. Des vitrines de magasins pleines de guirlandes, de jouets clignotants, d'allusions à Noël. Des épiceries qui exhalent une odeur de murène frite. Des ombres matinales qui s'éclaircissent au vin blanc. Des dames patronnesses trottinant sur les pavés. Une église à la façade théâtrale, reconstruite il y a un siècle pour devenir cathédrale du Cap-Vert et de Guinée... Vila de Ribeira Brava est la plus portugaise des villes de l'archipel.

Le maire répond au surnom de Dédeus. Il est volubile, populaire, musicien, avenant. Il a sollicité la présence de *senhor doutor* Juiz pour la rencontre, M. le juge, un homme calme, intérieur. Comme toujours, nous cherchons les personnes susceptibles de nous confier les clés de l'île. Je sors ta neuvième carte, Carlos. Le maire considère la gravure qui représente un superbe spécimen de dragonnier, entouré de quatre petits livres disposés à chaque angle.

— Dragonnier, *Dracæno draco*, énonce le maire, le symbole de São Nicolau. Arbre de la résistance, qui parfois vit un millénaire, et que des hommes peuvent abattre en une heure. Arbre précieux qui pourtant servit aux besoins de constructions communes. Arbre qui donne son "sang", sa sève écarlate, pour fortifier les organismes ou teinter le *grogue* d'ambre chaud. L'extinction des dragonniers alimente notre nostalgie. Savez-vous que les *mornas* de São Nicolau sont particulièrement tristes ? La mort force l'inspiration des poètes. Rappelez-vous la *morna* popularisée par Cesaria Evora : "Je suis allé à Rotcha 'Scribida chercher trois brindilles vertes. En rentrant Man'Bia n'était plus. Oh gens, oh gens, venez voir Man'Bia éteinte en ce monde..." On prétend que la musique de l'île dérive des lamentations *guisas* entonnées lors des décès. La mort a tellement frappé ici que, pour s'en défendre, les habitants l'ont apprivoisée par la musique ; ils cherchent à la rendre meilleure. Les *mornas* de São Nicolau sont semblables à des psaumes.

Pour le maire et le juge, les livres de la gravure représentent les quatre qualités de Baltasar Lopes. Né parmi les pierres de l'île, lycéen au séminaire de São Nicolau, puis étudiant en droit et en lettres à Lisbonne, il est devenu avocat, professeur, écrivain, linguiste. L'auteur de *Chiquinho* ne fait-il pas dire à son héros : "L'école m'attendait toute grande ouverte, qui me concédait la liberté d'un affranchi" ? Si le séminaire a formé de nombreux prêtres, il fut surtout responsable de l'avènement de l'élite intellectuelle qui allait construire l'identité culturelle du Cap-Vert et mener le pays à l'indépendance. Nos interlocuteurs citent António Aurélio Gonçalves, l'écrivain, le Dr João Lopes, Juvenal Cabral, professeur, et père d'Amilcar Cabral, héros de la lutte contre le colonialisme.

São Nicolau doit à la générosité d'un de ses ressortissants le privilège d'avoir abrité cette prestigieuse institution où s'apprenaient les langues, la littérature classique, la philosophie portugaise, l'économie politique, le droit, la physique, la chimie, les mathématiques et la musique... Le Dr Julio José Dias, diplômé de la faculté de médecine de Paris, repoussant un exercice facile de sa science en Europe, rentra au pays et consacra sa vie à soigner les plus démunis, bien souvent à ses frais. Quand la fondation d'un séminaire-lycée fut décrétée par le gouvernement, docteur Julio, comme l'affection populaire le dénomme, fit don de sa grande demeure de Ribeira Brava pour que l'avantage d'un tel établissement n'échappe pas à São Nicolau. Et il se retira dans une petite maison de la montagne.

Un buste sur la place centrale commémore la vie altruiste du Dr Dias.

A la générosité qui présida à l'ouverture du séminaire, correspond le cynisme qui précipita sa fin. En 1931, il est brutalement fermé par décision du régime salazariste et converti en résidence pénitentiaire pour deux cents déportés politiques. Au cours de la mutation, sa bibliothèque, fameuse, fut dispersée, perdue.

Mario Soares, futur président de la République portugaise, fut parmi les proscrits qui connurent São Nicolau comme lieu de "villégiature".

Tandis que le maire et le juge racontent, je me souviens, Carlos, de la phrase de Salazar reproduite dans un manuel scolaire des années trente, et que tu m'avais montrée : "Si vous saviez combien ça me coûte de commander, vous aimeriez obéir toute votre vie."

Les *degredados*, les bannis, ont sans doute appris à lire dans d'autres manuels.

Il est prévu que le séminaire devienne un musée. Le chemin, qui longe sa façade en réfection et passe sous de grandes orgues basaltiques, monte à Caleijão, vers l'enfance de Chiquinho. Où que l'on aille, il faut se hisser hors de Ribeira Brava. La ville, dans son cadre rigide de pentes sombres, résiste grâce à la couleur de ses maisons : vision fugitive d'un damier de Mondrian depuis le col. Sur l'autre versant, le plateau de Caleijão s'écoule au loin vers la mer par une étroite bonde. C'est de nouveau un monde à part, fermé de chaque côté. São Nicolau est ainsi faite de territoires proches les uns des autres, mais séparés par des cloisons de basalte torturées.

Le village de Caleijão, bâti sur les degrés d'un amphithéâtre, subit l'autorité d'un orphelinat haut et sévère, bâtisse de la fin du XIXe siècle aux fenêtres taillées comme des portails. Des cascades de bougainvilliers tombent du toit et leur splendeur rend tragique son abandon. Lieu pour un film. La caméra effleure les bassins vides, les massifs empoussiérés, entre dans les cuisines extérieures, les cases à cochons. La solitude emplit tout. La cloche est muette. *Senhor doutor* Juiz nous accompagne, il ouvre la porte. Un linoléum déchiqueté bâille dans le couloir. Des portemanteaux et leurs numéros pendent en vain. *Au revoir les enfants.* Le cinéma a tant de fois décrit la vie en pensionnat. *Les Désarrois de l'élève Törless.* Des titres que rappellent ici le réfectoire, le cachot, la salle de réception où nous troublons des oiseaux. Dans le dortoir, les voix off des absents, les bruits des pas.

— La mère supérieure s'appelait Mercedes, dit le juge. Cent cinquante enfants occupaient les lieux en 1945. Les fillettes entraient à l'âge de trois ans, victimes de la misère, et quittaient l'orphelinat quinze ans plus tard. Les sœurs leur apprenaient la couture, la broderie, le théâtre, le jardinage…

Clap de fin en 1968.

Au-dessus, dans la pente, des ruines. La résidence de l'évêque, opulente. Dans une salle de bains écroulée, une luxueuse baignoire en pierre s'emplit de ciel. Le juge circule, silencieux, le long des canaux d'irrigation qui chantaient du temps de son enfance, et ameutaient les jardins. La sécheresse a répandu sa cendre. On a l'impression de visiter Pompéi, guidés par un rescapé. Le plateau de Caleijão, où Baltasar Lopes, alias Chiquinho, a appris la résistance au découragement, n'est plus qu'un tableau noir : la calligraphie de l'espoir s'est effacée. Les murets de pierres ne cachent pas la nudité des champs. "De père en fils, disait Chiquinho, se transmettait cet espoir sans cesse renaissant d'une prochaine bonne année agricole… Cette petite lumière qui promettait prospérité pour l'année suivante ne mourait jamais."

Cette attente est révolue. Les mandats des émigrés arrosent le territoire d'une pluie autrement fidèle. La maison de Chiquinho est écroulée. Il est parfois dangereux de se glisser dans les vestiges d'un roman qu'on a aimé. Nous sommes au bout du village, au bord de la mélancolie. Le juge pointe la route qui dessert l'aéroport. Elle va à Preguiça, le port ancien.

— C'est par là qu'arriva en 1931 le régiment "mandingue", débarqué avec voitures et trompettes, suant et cahotant. Plus de cinquante soldats d'un régiment d'Afrique pour surveiller les prisonniers politiques. Imaginez l'effet qu'a produit cet équipage sur la population : gardiens noirs et déportés blancs ! Ils logeaient tous au séminaire. Les premiers temps, il était interdit de traîner près de l'ancien lycée dès 21 heures. Puis, après une période de garde à vue, les exilés furent affectés à des fonctions sociales, dispersés dans la ville mais astreints à signer régulièrement des actes de présence. Ils s'intégrèrent alors à la vie communautaire ; certains ne sont jamais repartis.

Tói Mulato, le meilleur ami de Chiquinho, s'échappait souvent et filait à Preguiça. Il vivait sous l'influence des grands voiliers blancs. Quand il revenait, il décrivait des merveilles à ceux de son âge qui n'avaient jamais rien vu de pareil : il comparait les navires aux étoiles et la Voie lactée formait leur sillage. Les six kilomètres qui séparent Caleijão du port creusaient à l'époque la distance d'une grande aventure. Et c'est vrai : de Preguiça, arrivaient les seules surprises abasourdissantes que réservait le monde à une communauté privée de dégagements. Les harponneurs qui rentraient au pays, après avoir connu des duels avec la baleine, brillaient par leur assurance, les mots d'américain collés au créole, et par les paysages inimaginables que recelaient leurs yeux.

Nous descendons à présent vers Preguiça, flanqués de la chaleur. Les cailloux ont l'exclusivité du paysage. Le village portuaire coule de la cime d'une falaise à sa base, depuis les traces d'une forteresse anéantie aux restes de la douane incendiée. La partie basse, sous la paroi, a connu de beaux jours. La taille de l'entrepôt et l'élégance fanée d'une demeure bourgeoise disent que l'activité a précédé la torpeur, la pénurie des boutiques. Des enfants très doux nous suivent, la bouche pleine du désir de bonbons. Preguiça fut importante, le plus vieux port de l'archipel après Cidade Velha. Le 22 mars 1500, Pedro Alvares Cabral, à la tête de son imposante escadre, passe en vue de Preguiça. Un mois, plus tard, il allait découvrir les terres de la "Vraie Croix", le futur Brésil.

Un quai longe une anse qui offre son eau verte aux couleurs claquantes des barques. Des pêcheurs raclent la peau de murènes. Un homme vient à nous, un retraité bien mis, au sourire timide et généreux. Visiblement, il a envie de vanter à ces deux étrangers de passage l'arpent de planète où le hasard de la naissance l'a déposé. Le maire de Ribeira Brava nous a conseillé de rencontrer *nhô* Humberto José Duarte, ancien responsable des douanes, dont la mémoire supplée les archives qui ont brûlé. Assurément, c'est lui. Il dit, en désignant la douane calcinée :

— Ça fait mal de voir partir en fumée le lieu où l'on a gagné son premier argent.

Manière de se présenter. Il ajoute très vite :

— Jusqu'en 1986, le mouvement ne manquait pas. Des chargements arrivaient du Portugal, et des fruits partaient pour Lisbonne, des bananes pour la confiserie. Ce port a du fond, sept à huit mètres. Il est plus pratique que Tarrafal qui subit l'effet de la marée et s'ensable. Mais les temps vont changer. Preguiça est si près de la ville que son port doit resservir.

Nhô Humberto prêche comme si nous étions les ingénieurs de la route.

— On va réparer le quai pour permettre au ferry d'accoster à nouveau. La douane sera restaurée. Tout dépend de l'achèvement de la route. L'ancienne où vous avez marché a été construite avant l'arrivée des voitures, au temps où les marchandises étaient portées par des ânes bâtés ou sur la tête des femmes.

Il ajoute que les dalles du quai étaient recouvertes de marbre.

— Preguiça va changer, répète pour s'en convaincre l'ancien douanier qui a commencé et fini sa carrière à ce poste. Rendez-vous compte, cette douane employait un officier, un aspirant, deux gardes, un patron de chaloupe et trois marins pour la visite des bateaux. A la fin de l'activité, je me suis retrouvé seul à tout faire.

Les pêcheurs écaillent des poissons écarlates et tachetés ; le mouvement du couteau assure une rythmique à la mélodie des souvenirs. Des enfants lancent des cailloux dans la gueule des vagues et nourrissent leur colère.

— Un jour de 1965, j'ai vu ici sept bateaux alignés, flanc à flanc. L'un débarquait de la chaux de Boa Vista, l'autre du sel de Sal, un troisième chargeait du manioc, des bananes, des patates. Je passais d'un pont à l'autre pour inspecter. Notez leurs noms : *Ildut, Mensageiro, Sal Rei, Ribeira Brava, Maria Teresa, Maria Soni*... Ce dernier traversait l'Atlantique et ramenait les marchandises qu'expédiaient les émigrés d'Amérique. Les baleiniers venaient relâcher. Combien de jeunes d'ici ont-ils manœuvré pour se faire embaucher ? Mon père a embarqué. Il fut rameur, mais jamais ne raconta la vie dure, ni la lutte à mort avec le cachalot, ni les barques renversées. Il esquivait les questions insistantes : "Le marin ne veut pas se rappeler les mauvais moments, il les noie dans le *grogue* et les avale."

C'était pareil avec les déportés portugais, compare *nhô* Humberto, jamais ils n'évoquaient les tempêtes du passé, les luttes politiques et leur bannissement. Ils ravalaient leur ressentiment. Pensez donc : ici, on était au Portugal !

Soudain, le douanier passionné se tait, ravale ses mots. Il nous montre le haut du village et, d'un geste, nous invite à le suivre. Il habite une jolie maison traditionnelle peinte en bleu. Il nous installe près de sa femme malade, et s'absente. Elle nous explique qu'elle a trop porté de charges en ces temps où la tête des femmes servait beaucoup. Elle dit aussi combien cette maison accueillait. Quand les bateaux faisaient escale, ils restaient la journée, repartaient à la nuit. Il y avait toujours à bord une mère et ses enfants fatigués par le voyage ; son mari douanier les conviait pour un café, un repas, un moment de repos. Aujourd'hui encore, des cadeaux arrivent, de loin, après longtemps, pour exprimer une gratitude. Ces instants sont comme de belles étoiles qui brillent encore dans un ciel assombri par la souffrance. *Nhô* Humberto écarte alors le rideau de la porte, comme au théâtre ; il tient dans chaque main la maquette d'un voilier.

— Les bateaux que j'ai vus, alignés, ce jour de 1965, dans le port de Preguiça, ils ont tous naufragé.

Il me tend le *Ribeira Brava*.

— Celui-ci a sombré ici même. J'étais à bord, de retour de São Vicente. A cause d'une tempête, la première ancre a cédé, puis la seconde. Les marins se jetèrent à l'eau. Je m'accrochai à la drisse. Je fus le dernier à lâcher. Une chaloupe m'a récupéré en plein tumulte.

Il exhibe d'autres maquettes.

— Le *Sal Rei* appartenait à David Ben'Oliel. Il a coulé près de Boa Vista. L'*Ildut*, un bateau rapide, a fini au fond du port de Tarrafal. Je ne me résigne pas à leur disparition ; aussi je les reconstitue l'un après l'autre, en miniature. Je veux pouvoir les aligner à nouveau, tous les sept. Peut-être ai-je l'obsession de ce jour de 1965, mais il fut l'un des plus beaux de ma vie.

Boas festas, Carlos ! Nous sommes à la veille de Noël, loin des grisailles du nord de l'hémisphère nord. Les palmiers se balancent sous un ciel de décembre bleu. Les sapins comme les jouets sont en plastique, les guirlandes clignotent, les vitrines déploient les appâts de la consommation, comme ailleurs. Mais, dans les rues de Ribeira Brava, nous avons du mal à croire à l'irruption du solstice d'hiver et de son scénario festif. Aussi le maire nous convie-t-il à l'arbre de Noël du troisième âge. J'aime, au Cap-Vert, la tonicité qui pousse les anciens à réagir aux premières notes de musique. La messe s'achève ; les mains souvent sombres des fidèles caressent l'enfant Jésus, baigneur blond. Le prêtre range le crucifix et le ciboire. Sur la même table qui servait d'autel, les bénévoles alignent boissons, pop-corn et friandises. La sono allumée, la clarinette de Luis Morais attaque une *coladeira* irrésistible. Les vieilles se trémoussent sans retard, bras en l'air, parfaitement complices du rythme. Le maire entraîne ses cavalières octogénaires à travers la salle, corps serrés comme pour les plus torrides passes de séduction. Je suis moi-même secoué par une aïeule qui me fait tourner frénétiquement entre les tables. Soudain, apparaît un ange : un jeune homme noir, beau, au sourire irréel, en salopette de plâtrier, de la peinture blanche sur le visage. Il ne profère aucun mot. Un bras replié sur le cœur, il saisit de l'autre les petites danseuses maigres et joyeuses pour une sautillante mazurka. Quelques tours et disparaît. Laisse une traînée de rire et de sollicitude.

Veillée de Noël

Voici un couple français, seuls étrangers dans une île atlantique et uniques pensionnaires de l'hôtel *Jumbo* à Ribeira Brava. Les rues, vides pour l'heure, sentent le couscous, un gâteau de farine de maïs qui cuit dans tous les foyers au même moment. Chaque famille se replie sur elle-même avant la messe de minuit. La salle du restaurant est sombre, éclairée par la lucarne de la télévision. Leuk et son commensal mangent de la murène frite et boivent du *vinho verde*. La mère du tenancier, aïeule en jupe noire et blouse blanche, coiffée du traditionnel foulard, est rivée au petit écran, le menton appuyé sur sa paume ; elle est fascinée par une vidéo ramenée de Hollande par son fils marin : *Macadam Cow-Boy* avec Dustin Hoffman et Jon

Voight. Elle gobe sans sourciller la violence sexuelle d'une scène onirique. Son petit-fils de onze ans zappe et tombe sur le *Jésus de Nazareth* de Zeffirelli. Réaction vive de la mamie qui rétablit le contact avec la jungle agressive de New York. Le bar scintille, des guirlandes lumineuses serrent le col des bouteilles de scotch. Au sommet d'une pyramide d'alcools, trône un père Noël articulé et éclairé qui n'en finit pas de tendre les bras et de hocher la tête. Toute la journée, des enfants endimanchés et émerveillés ont visité le bar pour voir cet automate, génie descendu d'une autre planète.

La messe de minuit ou *missa do galo*, "messe du coq", ne revêt d'importance qu'en milieu urbain. Les paysans des zones d'habitat dispersé attendront le lendemain, jour de Noël, pour rallier l'église la plus proche. La tradition veut que les familles de la ville se retirent ensuite dans l'intimité, afin de penser aux disparus et aux absents. Le repas de cette nuit diffère de l'ordinaire grâce à la morue, aux "pastels", aux gâteaux.

Nous rentrons de la "messe du coq", chaperonnés par la grand-mère téléphage. Les gérants de la pension *Jumbo* veulent remplacer notre famille. Georgina et son mari marin ont dressé un buffet prodigue : beignets, poisson frit, foie et volailles, couscous et pâtisseries, *à vontade.* Vin et whisky rivalisent, le mousseux portugais s'en mêle. Des musiciens traînent au bar depuis des lustres, désireux de se faire adopter à leur tour. Ils ont gain de cause. C'est donc en formation de sérénade, guitares et *cavaquinho* en tête, que nous approchons des mets. La nuit de Noël vire à la *toccatina*, au récital acoustique. Les guitares boivent, le *cavaquinho* fume, l'enchaînement des chansons ne laisse plus le temps de manger. Au fur et à mesure que la nuit allège les bouteilles, les gestes doublent les paroles poétiques. Le chanteur croise les bras sur le cœur, désigne le ciel, décroche la lune, implore la clémence divine. Dans le chœur, Apolinario chante, une cigarette sèche aux commissures des lèvres, la casquette déjà ivre, visière détournée ; son pouce brandi assure la bonté du monde. Zeca, le menuisier, ne peut s'arrêter d'enfiler chanson sur cigarette sur *grogue* sur *morna* sur punch sur excès d'amour. Un compagnon fait mine de partir, serre les mains ; un accord le rappelle dans la mêlée ; aussitôt, il soude ses épaules aux autres, et régurgite le refrain. De grandes tapes dans le dos louent le soliste. Les petits verres de *grogue*, vastes comme des gouffres, s'entrechoquent. Zeca lance :

— Je trinque à l'amertume de ne pas pouvoir quitter ce pays alors que j'aimerais tant connaître le monde, et je trinque au plaisir de rencontrer l'étranger qui, lui, peut voyager où bon lui semble.

On s'embrasse.

La *morna* l'emporte sur les psaumes. Alors, pour recoller aux circonstances d'une veillée chrétienne, naît le fougueux chant de *racordai*. Tant pis s'il appartient davantage à la tradition du jour de l'an et de la venue des Rois mages. C'est un air de quête que des troupes d'enfants colportent de maison en maison pour prodiguer les meilleurs vœux et annoncer une année exemplaire. Souhaits que les intéressés récompensent par des gâteries, rassemblées, surveillées et partagées par un "ministre des friandises", dénommé Jorge. Parfois, guitares, violons, *cavaquinho*, et même accordéon, accompagnent la marche des gamins. Ceux-ci frappent contre leurs paumes la face lisse de planchettes plantées de trois clous, le long desquels s'agitent des capsules aplaties, *chocalho*. Ainsi marquent-ils le temps. Les paroles des vœux changent d'une vallée à l'autre. Seul Paulino Vieira, le talentueux arrangeur et accompagnateur de Cesaria Evora, lui-même originaire de São Nicolau, a enregistré un chant de *racordai*. Il en a tiré une version *country* digne des studios de Nashville, avec soli de guitares électriques et harmonica. C'est cette version peu orthodoxe que nous beuglons vers cinq heures du matin, à travers les rues assoupies de Ribeira Brava, sous prétexte que nous allons bientôt quitter l'île et que nous n'assisterons pas au sommet des réjouissances, celles de fin d'année. Nos compagnons estiment donc indispensable de faire une démonstration, et de nous enseigner cette tradition destinée à réveiller les dormeurs, car le train des Rois mages arrive, chargé d'une vitalité nouvelle.

Jour de Noël à Morro Bras

Morro Bras est un village éloigné sur la côte nord disgraciée, convulsée, pelée. "Un pays où le bon Dieu a oublié de passer, Chiquinho..." écrivait Baltasar Lopes. Zeca le menuisier, amuseur, fringant danseur, nous promet, là-bas, une fête authentique avec bal et orchestre acoustique. Nous rassemblons l'énergie épargnée après la nuit agitée et sautons dans un taxi tout-terrain, car seuls les véhicules costauds s'engagent sur la piste du nord. C'est à Morro Bras que Chiquinho, revenu diplômé de São Vicente, est expédié pour son premier poste d'instituteur : "Aux mille diables, peste-t-il. "Il n'y avait que quelques maisons. La population scolaire provenait entièrement des villages de Norte-a-Baixo, des kilomètres et des kilomètres à parcourir tous les jours. Là il n'y avait que la mer et les rochers. L'endroit était aride et hérissé de collines. En face se déroulait la plaine battue par les vents de Mar do Norte." Le roman de Baltasar Lopes s'achève à Morro Bras. Fidèle à l'évocation de Chiquinho, notre séjour à São Nicolau cahote vers sa fin au même endroit. La voix de Zeca grelotte à cause des trépidations :

— Morro Bras vient de *morreu Bras*, "où est mort *nhô* Bras". Dans les temps anciens, un homme ainsi nommé venait cueillir le lichen *urzela*, plante tinctoriale. Ce lichen poussait dans les falaises escarpées, exposées aux embruns. *Nhô* Bras fixait une corde au faîte de la paroi et descendait en rappel. Il chantait à tue-tête en ramassant la plante qui le faisait vivre. Toutefois, ce joyeux drille avait un ennemi juré qui le traquait. Un jour, ce dernier l'entendit chanter, repéra sa position et, depuis la cime de la falaise, cria : "Je vais te tuer !" Puis simplement, coupa la corde.

— Beau sujet de nouvelle à la Jorge Luis Borges, insinue Leuk. Quelles raisons a-t-on de tuer un homme gai ?

Depuis une semaine, je cherche le thème d'une histoire qui caractérise São Nicolau, une nouvelle sous le signe du dragonnier et des livres. Parfois la règle de notre jeu me taraude, Carlos. Nous abordons le soixante-douzième jour de voyage. Se profile le chiffre fatidique de quatre-vingts. Il reste juste assez d'espace pour l'ultime découverte, l'île de Sal. Il me faut impérativement écrire la nouvelle avant d'y atterrir.

Chiquinho avait raison : il n'y a ici que la mer et les rochers. La jeep nous dépose à l'orée de la fête. Déception : Morro Bras ne repose plus assez loin, au diable Vauvert, pour échapper aux démons de la sono, des synthétiseurs et des boîtes à rythmes. La mélasse sonore qui nous accueille est à la musique cap-verdienne ce qu'une conserve est au rouget grillé au fenouil, une zizique concoctée dans les studios hollandais selon les normes du disco international. Restent l'accueil et l'ambiance. Là, aucun regret. La place pavée du village accuse une franche déclivité. La scène est montée en contrebas, et les danseurs s'accommodent de la pente pour vibrionner. Le soleil a son entrain du zénith. Les couples ruissellent. Sur le podium, un roi et une reine de Noël stimulent les énergies. Si le roi est sobrement vêtu d'un pantalon noir et d'une chemise bicolore, la reine, belle et jeune mulâtre, se déhanche, gantée de satin blanc et coiffée d'un diadème rehaussé d'une couronne de plumes bleues. Elle porte une lourde robe blanche de mariée. Les participants tendent des billets ; le roi, tel un griot, improvise des louanges inspirées par le montant en escudos. L'argent file dans une caisse d'épargne pour garantir la continuité de la fête, l'an prochain. Afin de remplir l'escarcelle, une vente aux enchères propose des lots de produits agricoles à des prix qui grimpent bien au-delà de leur valeur réelle. Peu importe. C'est un spectacle, un moment de théâtre où la prodigalité se moque de la précarité.

— Et voici une paire de cannes (à sucre) de belle qualité : deux cents escudos au départ !

— Adjugée : sept cent cinquante escudos !

La bonbonne de cinq litres de vins mélangés de la CEE atteint mille deux cents escudos (quatre-vingts francs). Les gâteaux dépassent les mille escudos (soixante-trois francs). Le commissaire priseur brandit et vante les lots ; un joker dans la foule dope les enchères. Les acquéreurs se font enregistrer afin d'étaler le paiement sur l'année, car soixante francs pour une courge représente une excessive flambée des prix. J'obtiens pour cinquante francs un pied de manioc riche de trois tubercules, lié à trois bananes vertes, plus un poisson séché, dont hérite la mère de Zeca, en hommage à son hospitalité. Elle ajoute pour nous deux assiettes à la table familiale et nous partageons la viande au riz, arrosée d'un bouillon de patates, bananes et courgettes. Les proches de l'amical et sémillant menuisier habitent dans ces confins de l'île, Zeca nous mène d'un oncle à un autre. Nous ne comptons plus les verres de *grogue* ; ils irriguent la parole qui rabâche la morgue de la pluie. Un oncle montre des bassins inutiles :

— Ici, vous voyez bien, l'eau a coulé, elle courait toute la journée, des terres étaient arrosées, des bananes poussaient...

Un autre oncle renchérit :

— Avant, nous étions forts, nous avions une nourriture saine et abondante. Aujourd'hui, nous nous contentons d'un peu de maïs, de riz et de poissons séchés.

Un troisième oncle, plus loin :

— Et quand vient le maïs, les punaises des bois, qu'on appelle ici "tortues de brousse", pissent sur l'épi et le pourrissent. On ne peut même pas le donner aux porcs ou aux ânes sous peine de les voir crever.

Sécheresse, famine et vautours, trinité terrible, s'abattent sur les dernières pages de *Chiquinho*.

Le jeune instituteur part avec ses élèves restants planter une croix à l'endroit où le petit chef de classe, seul, épuisé, a trépassé sous un buisson de médicinier. Il y a de cela soixante-dix ans.

De *grogue* en *grogue*, le jour titube. Le bal se réfugie dans la salle des fêtes. Les jeunes villageois répètent à l'envi leur contentement de nous compter parmi eux pour ce Noël. Confidences mouillées de sentimentalisme et de rhum brut, paroles lancées contre le mur invisible de l'insularité qui retourne à l'envoyeur l'écho de son immobilisme forcé. La nuit roule les incertitudes du lendemain vers la mer qui rumine. C'est bientôt le Nouvel An. "La petite lumière de l'espoir ne s'éteint pas", murmure Zeca.

Autour de minuit, un taxi improbable ramasse les noceurs, comme le dernier métro.

Le 26 décembre, Leuk et moi sommes au sommet du monte Gordo (1 304 mètres), seuls et grimaçant de froid. Nous ne percevons pas les autres îles de l'archipel. En descendant, nous recensons les dragonniers de la vallée de Faja.

Le lendemain, nous attendons l'avion, le long de la piste, sur le plateau de Caleijão. Une voiture fonce et s'arrête pile devant la baraque de l'aéroport, juste avant l'embarquement. *Senhor doutor* Juiz vient à nous :

— Je vous avais promis un conte que ma grand-mère me racontait et que j'ai écrit. Je ne voulais pas vous laisser partir sans cette contribution à votre enquête.

Le Miracle du Reissby.

C'était en 1901. Une année que l'on évoque en se signant, pour ne jamais plus en connaître de semblable. La famine avait poussé les gens de l'intérieur vers les bords de mer, où l'on peut toujours faire bouillir un poisson dans de l'eau salée. Encore faut-il que les flots soient conciliants et que la tempête ne brouille pas les fonds. Or, depuis trois jours, l'océan rouspéteur ne donnait ni poisson ni coquillage. Les yeux des affamés trébuchaient sur un horizon instable, en proie aux mirages que provoque l'inanition. C'est alors qu'un vapeur fonça vers la côte. Les pêcheurs crurent d'abord à une hallucination. Il fallut que la proue vienne se ficher dans les rochers pour que s'impose l'idée du naufrage. Un nageur hardi se jeta dans les vagues, c'est lui qui donna le signal : "Miracle ! Le vapeur est bourré de maïs !" La population rappliqua, électrisée par la rumeur, mais elle trouva les gardes du gouverneur postés devant l'épave, interdisant tout prélèvement. Imaginez un peuple privé de tout, tenu en respect, à deux pas de sa dernière chance de survie. *Nhô* Pione était un colosse capable de soulever cent kilos sous chaque bras ; il s'avança vers les sacs sans un regard pour les fusils, en posa deux sur le dos de sa mule et cria : "En avant, peuple de São Nicolau, ceci est le don de Dieu, le miracle de Notre-Seigneur Jésus-Christ !" Les affamés se ruèrent, les gardes s'enfuirent pour sauver leur peau et, cette année-là, la famine épargna un peu l'île grâce au naufrage providentiel du vapeur. On dit que, les temps meilleurs revenus, *nhô* Pione le colosse baptisa sa nouvelle mule *Reissby*.

— Vous lirez, sourit *senhor doutor* Juiz, c'est comme un conte de Noël.

SAINTE VIVACITÉ ET L'ONCLE ANGE

Tia Vivida a eu quarante enfants. Tout le monde lui reconnaît ce nombre. Il signifie : beaucoup d'enfants. Au-delà, personne n'a compté. Un de plus n'aurait rien ajouté à son mérite, elle était déjà canonisée. Pour cela, pas besoin du Vatican. Le prénom Vivida ne figurant pas dans la liste officielle du calendrier, l'usage s'est chargé de l'imposer. Ainsi, la vivacité eut-elle sa sainte, et São Nicolau fut mieux gardée.

La plupart des enfants, elle les a eus quand ils étaient encore petits. *Tia* Vivida a élevé les gosses que misère et malheur procréaient ; ils naissaient une année de pluie et d'espoir qui était rarement suivie par une année d'espoir et de pluie. Quand leurs parents baissaient les bras, *tia* Vivida ouvrait les siens.

Tia Vivida appartenait à une famille aisée. Elle avait appris à lire et à écrire. Généralement, les personnes de sa condition profitent de leur éducation pour agrandir leur vie, se marier confortablement ou partir à l'étranger. Elle avait épousé un émigré prospère qui vivait en Nouvelle-Angleterre ; il était mort au moment de venir la chercher. Elle avait lu la lettre qui annonçait le décès et, au lieu de crier ou de voiler son visage avec ses mains, elle avait pressé son ventre si fort, avec un tel désespoir, qu'elle le rendit jardin sec à jamais.

Elle devint matrone. Mains, amour et savoir dévoués au ventre des autres. Les religieuses de l'orphelinat de Caleijão lui confièrent la science de *mãe-do-corpo*, les secrets de l'utérus. Sans doute les gestes s'apprennent-ils, mais la pratique requiert d'autres qualités : il faut gagner l'amitié des mots.

Les mots qui cajolent la douleur et évincent les craintes pendant l'accouchement. Les mots qui convoquent les complicités invisibles en cas de délivrance difficile. Les mots qui ordonnent le monde végétal : infusions pour faciliter les contractions, décoctions pour éviter les hémorragies, fumigations pour relaxer les muscles. Les mots encore, après la naissance, qui barrent la voie aux complots des sorcières, ces dévoreuses de cervelles, et annulent l'emprise du mauvais œil. Les mots de l'enterrement du placenta, de l'enfouissement du cordon qui obéissent à une géographie minutieuse. Les mots qui président aux bains d'herbes aromatiques. Et ceux enfin, nécessités par la préparation du "thé de la vie" que boit le nouveau-né et dans lequel a bouilli un bout de cordon ombilical…

Tia Vivida, amie des mots, était encore une jeune femme quand elle s'imposa à la communauté avec une autorité de praticienne ménopausée. Elle était reçue avec un respect quasi religieux, de Preguiça à Tarrafal, de Cachaço à Ribeira da Prata. Les gens disaient : "Elle a accouché l'île entière" ou "Les habitants de São Nicolau sont doux parce qu'une caresse exceptionnelle a inauguré leur contact avec le monde".

Tia Vivida ne réclamait rien pour sa peine, elle était à l'abri du besoin, et de toute façon, un tel service n'a pas d'équivalent. Elle devait son talent à un désir de Dieu. Sa tâche accomplie, elle savourait devant la porte le couscous de maïs et le café offerts. En revanche, jamais on ne l'a vue fumer la pipe comme les matrones des milieux populaires. *Tia* Vivida vivait seule dans la longue maison familiale de Ribeira Brava, désertée par ses frères et sœurs partis à l'étranger. Un magasin fermé occupait le rez-de-chaussée. Elle décida alors de peupler de cris d'enfants le grand silence des pièces vides. Par ses voyages dans l'île, elle connaissait les mises à vie difficiles, les destins menacés. Elle s'offrait en recours contre les affres de la faim et les plans désobligeants de la mort. Ses terres irriguées lui garantissaient légumes et fruits ; la reconnaissance des uns et des autres se traduisait par l'arrivée inopinée, mais régulière, d'un peu de viande ou de poissons. Des petits pas se mirent à trottiner sur le vieux plancher. Plutôt que de devenir bonne sœur en raison du sort, elle voulut être "père et mère" d'une tribu de marmots dont elle accompagnait le développement jusqu'à l'envol.

Elle acceptait parfois des pensionnaires qui avaient raté leur envol.

Il y avait dans la grande maison des ombres que les enfants appelaient oncles et qui ne répondaient pas toujours à leurs questions ou à leurs jeux, parce que le *grogue* ou la tristesse avaient usé leur langue.

Un de ces oncles ne parlait plus du tout.

Tio Anjo figurait parmi les deux cents déportés, débarqués à Preguiça en 1931, convoyés entre deux rangs de gardes africains et enfermés au séminaire. Après les mois de résidence surveillée, cet homme de vingt-cinq ans à l'époque dut trouver un logement en ville et un rôle social. On ne savait rien de lui, et pour cause : depuis son exil forcé, il refusait de parler, doublait son enfermement en se cloîtrant au fond de lui-même, exprimant ainsi son mépris obstiné de l'autorité. Les soldats portugais ne perdaient pas une occasion pour se moquer de lui : "Il aurait mieux fait de se taire avant, disaient-ils, en métropole, on l'a jugé beau parleur." Et quand ils prononçaient "beau parleur", les agents du pouvoir avaient une moue de dégoût, signifiant que de sa belle bouche étaient sorties des paroles ingrates, salies par une idéologie dénaturée. "Grande gueule ordurière !" lui postillonna un jour à la face un caporal excédé par son mutisme, en pleine place, devant tout le monde et la cathédrale. L'impassibilité du muet aggrava la colère du militaire qui dégaina son pistolet et appliqua le canon contre la tempe du proscrit : "Dis un mot ou je te flingue !" Ce fut le soldat qui manqua de courage. Il tira en l'air. Les gens de Ribeira Brava aiment à raconter qu'une cloche tinta, touchée par la balle, mais il faut entendre là le son du merveilleux. Le jeune exilé passa son chemin avec une telle indifférence, une grâce surnaturelle que, de ce jour, le surnom d'Anjo lui fut accolé comme une paire d'ailes invisibles à sa silhouette. Il était beau assurément, brun et bouclé comme un héros de conte pastoral, mais si les filles le regardaient avec insistance, aucune ne franchissait la distance que sa grâce irréelle et surtout sa paralysante fermeté imposaient. Les gens admiraient sa détermination, acceptaient sa différence, et Anjo leur prouvait sa reconnaissance d'un pâle sourire, d'une salutation discrète du menton, d'un insistant message de ses yeux vairons, l'un teinté d'ardeur, l'autre de tristesse.

Tia Vivida recueillit le proscrit. Pour lui, elle rouvrit le magasin délaissé. Anjo installa une menuiserie.

Pendant quarante-trois ans, il rabota sans jamais l'aplanir la planche rugueuse du ressentiment. Il attendit en silence que soit tarie la source de ses maux, la dictature fasciste, anse des pirates de l'esprit, prison du monde. Mais quand le levant apporta la nouvelle d'un soleil enfin épuré, quand, des œillets lancés au ciel à Lisbonne, retombèrent quelques pétales jusqu'à São Nicolau du Cap-Vert, il était trop tard, les mots avaient séché et, avec eux, s'était fanée l'envie d'articuler une phrase d'émotion. Le fabuleux laboratoire de la bouche, des lèvres, de la gorge, du palais, de la langue ne pouvait plus produire d'intelligibles signaux. Et puis, Franco, la monstrueuse cravache d'Ibérie, n'était pas mort pour autant. Au Chili, un enfant de la sorcière venait de sortir du chaudron qui bave des principes sanglants. Sur les places publiques d'Amérique du Sud, des femmes dansaient avec les absents. Alors à quoi bon ? Son indignation d'antan n'avait pas pesé plus lourd qu'un copeau. Le monde allait-il mieux entendre aujourd'hui le râle d'un pénitent ?

Il avait fini par se sentir bien ici. Il entendait les pas de l'âme charitable qui l'avait accepté tel qu'il se voulait, volcan en sommeil, fureur refroidie. Et puis, petit à petit, les pas au-dessus de sa tête étaient devenus plus légers, car les décennies avaient fini par attaquer la cadence fiévreuse de cette marcheuse invétérée pour qui aucun accouchement n'était trop loin, aucun secours trop tardif. Elle, la femme aux mille enfants nés de ses mains sans que son ventre ne grossisse jamais ; lui, l'ange déchu, qui s'était recroquevillé au ras de la terre pour mieux communier avec la souffrance de la planète ; tous deux avaient vécu comme sœur et frère, unis dans l'action quotidienne contre les échardes qui écorchent le rire des enfants.

Anjo exerçait l'art du bois. Il excellait dans la confection de tout ce qu'un arbre offre aux humains : un berceau, un lit, une canne, un cercueil. Et aussi de tout ce que l'utilité ne commande pas : il sculptait volontiers la statuette d'un enfant occupé à lire. Combien d'orphelins du premier étage de la maison a-t-il formés aux techniques du menuisier ? Combien de ses apprentis sont-ils partis au loin, héritiers d'un savoir sûr ?

Il fabriquait aussi des coqs portugais, traités de la manière la plus traditionnelle. Il a fallu longtemps avant que quelqu'un ne discerne, parmi les ornements vifs et les fioritures colorées, la présence de deux larmes rouges sous les yeux des coqs : deux gouttes de sang accusateur que l'on ne pouvait plus confondre avec les autres joliesses du décor, une fois perçues. Chaque maison avait son coq, bien disposé au milieu d'une cour d'oiseaux de porcelaine, d'un étal de fruits en plastique ou d'un massif de fleurs en tissu. Des gamins turbulents organisaient en cachette des combats de coqs peints et pariaient sur l'issue des matchs. Les enjeux ne dépassaient pas le prix de quelques *rebuçados*, caramels fabriqués à l'épicerie, mais cet amusement brutal contribua à la destruction peu flatteuse d'un bon nombre de figurines. Le jeu s'arrêta de lui-même quand se répandit la rumeur que les coqs d'Anjo pleuraient. La nouvelle ébranla la ville. C'était comme si le muet avait poussé une tonitruante récrimination sur la place publique. Les gardes portugais voulurent saisir les coqs. Ceux-ci disparurent en un éclair, planqués dans des caches insoupçonnables : ils passèrent à la clandestinité.

En quarante ans, aucun orage n'assombrit le ciel de la grande maison ; aucun signe d'amour ne perça non plus, malgré l'attente d'une ville entière qui espérait une union. Les musiciens fourbissaient leurs instruments, les poètes faisaient réserve de mots gracieux en vue de louer la tendresse des vertueux. Mais *tia* Vivida et l'ange menuisier restèrent fidèles à leurs vœux. Personne ne put dire qu'il fut témoin d'un geste annonciateur d'une inclination. Mais que sait-on des êtres disposés au secret ?

Tia Vivida n'osa qu'une confidence, une seule, et encore tardivement, bien après l'indépendance.

Elle raconta qu'un jour elle fut prise de colère. Juste après l'affaire des larmes de sang. Les mouchards de la Pide* se faisaient insistants, rôdaient, et pour le moindre prétexte, s'imposaient dans les maisons, traînaient leur curiosité vicieuse. Inquiète, Vivida voulut s'assurer que son discret locataire n'accumulait pas, dans quelques recoins du sous-sol, un bataillon de coqs vengeurs dont la découverte aurait instantanément attiré la foudre coloniale. Elle connaissait les ressources en dissimulation qu'offrait sa maison. Elle alla droit au but. Ce qu'elle trouva, dans une cache soigneusement protégée, dépassa ses craintes et son entendement. Anjo, avec une patience maniaque, avait taillé une extravagante collection de croix, sur le modèle de celles que plantaient les navigateurs du roi Henri au temps des conquêtes. Sur chacune, était gravé le nom d'un lieu d'Afrique accaparé, sur les rives du fleuve Zaïre, sur les côtes de Guinée, d'Angola, du Mozambique. Le sculpteur avait mutilé les croix ; c'était le cimetière de l'empire qu'il constituait. Il fallait faire disparaître l'œuvre iconoclaste au plus vite, mais *tia* Vivida pouvait-elle se résoudre à détruire des croix ?

Le matin du 5 juillet 1975, *tia* Vivida fut appelée d'urgence pour un accouchement. Les rues de Ribeira Brava étaient en crue ; le flot de la joie, gonflé par des torrents de fierté, frappait les maisons d'habitude si calmes. La matrone toute menue se hâtait ; une naissance le jour de l'Indépendance rajoutait un symbole d'espérance à la liesse générale. L'enfant naquit avec

* Pide : police politique au temps du salazarisme.

des cheveux, bruns et bouclés. On aurait dit un ange. Il avait les yeux étonnamment ouverts et fixait Vivida. Un étrange malaise s'empara de la sage-femme. Elle ne s'attarda pas.

A la maison, Anjo l'attendait pour s'en aller, pour rompre avec l'exil. Ainsi en avait-il décidé ; le jour de la liberté est le plus beau pour mourir. Une mort qui vient le soir et que le matin n'annonçait pas, comme dans la tradition des chansons de São Nicolau. Le vieil ange était beau avec ses cheveux blancs bouclés et sa maigreur de prophète. Il prit la main de *tia* Vivida. Tous les enfants présents entendirent distinctement : "Je t'aime depuis le premier jour..." Sept mots pour conclure quarante ans de silence. Un orphelin ferma les yeux de *tio* Anjo. Vivida, sans pleurs, se pressait le ventre ; aucune matrone ne l'assistait pour accoucher sa douleur.

Vous comprendrez sans doute, après cette histoire, comment, dans ce pays, naissent les *mornas*.

*

Il existe bien à Ribeira Brava une sage-femme qui ressemble à *tia* Vivida. Sa générosité et son dévouement ont inspiré cette nouvelle. Mais en aucun cas, cette histoire ne raconte sa vie. Je voulais écrire un hommage à la résistance dont le symbole à São Nicolau est le dragonnier.

SAL

Ici le vent ne savoure aucun repos. Il nettoie l'île comme une ménagère maniaque. Et quand il ne brasse pas la poussière locale, il décharge des sables du Sahara. Ou parfois, portés par les courants, s'abattent des vols puissants de sauterelles partis de Mauritanie. L'avion s'immobilise, le vent jamais. La piste d'atterrissage barre une solitude plate et grise. Quelques protubérances volcaniques achèvent de fondre. Leuk soupire :

— La pénéplaine est vraiment l'avant-dernier stade de l'érosion !

Comme elle pourrait dire : “Salut à toi, Sal, nous voici !”

Toi-même, Carlos, tu as utilisé le mot “stupeur” pour décrire ta première vision de Sal, en arrivant de Santiago : “J'avais seize ans et je n'imaginais pas un Cap-Vert aussi désert. Je reportais mon émerveillement sur l'aéroport : une telle installation, dans mon pays ! Mais, par deux fois, je fis la grimace. Au robinet, l'eau était salée. Et au restaurant, on ne servait que les ressortissants d'Afrique du Sud. En 1965, le régime de Pretoria avait réussi à négocier avec le Portugal l'autorisation pour sa compagnie nationale, interdite d'escale partout en Afrique, de se poser à Sal. Résultat, Pretoria imposait

l'apartheid à l'aéroport. Ce Cap-Vert de l'exclusion, je ne le connaissais pas !"

27 décembre

Un taxi roule vers Espargos, capitale et centre de l'île. Deux kilomètres de pavés depuis l'aéroport. Le touriste fraîchement débarqué de ses vertes prairies septentrionales pourrait à juste titre s'alarmer : la terre ne produit qu'une impression de vide calciné à travers lequel hurlent les pierres. Je cherche dans cette brune vastitude l'éventualité d'un golf ; un promoteur dadaïste aurait, paraît-il, tracé un parcours pour des joueurs aussi obstinés que Sisyphe, confondant balles et cailloux, trous et cratères. La commune d'Espargos pousse sous un tertre dominé par de gigantesques antennes, figures d'idoles contemporaines. Espargos signifie qu'à l'irruption des pluies, la zone se couvre d'asperges sauvages, jaunes et appétissantes, mais non comestibles, d'où la furieuse dénomination : *batatas de gongon*, "patates du diable". Encore faut-il qu'il pleuve. Le chauffeur compte onze ans depuis le dernier sérieux arrosage.

L'île la plus sèche, la plus plate, la plus déshéritée, la plus tardivement peuplée. Aujourd'hui, la plus touristique, la plus proche du monde extérieur. Sal est l'île par laquelle le voyageur ou l'émigré arrive et repart. Elle prend le dixième rang dans notre périple, celui de la conclusion ; elle aurait pu se trouver au premier, celui de l'ouverture, si une correspondance favorable ne nous avait pas jetés aussitôt à Boa Vista, le 15 octobre dernier. Sal détient deux richesses qui assurent son décollage économique : l'aéroport international d'abord, des plages internationales ensuite.

Source du paradoxe : le vent.

Lui qui longtemps déroba toute chance de vie durable se met à jouer le bon larron. Sa soufflerie constante et énergique favorise la passion des toreros des vagues, pourfendeurs des flots aux corps lumineux qui tendent leurs voiles sous les naseaux fulminants du taureau céleste, multiplient les passes excentriques dans la grande arène houleuse, jouissent du risque de se faire encorner par les déferlantes et piétiner par les sabots du ressac... Le sud de l'île offre aux fanatiques du *windsurf* des plages et des conditions climatiques qui garantissent à Sal des mentions élogieuses dans les revues spécialisées du monde entier : "L'Hawaï de l'Atlantique", lit-on sur papier glacé. Le village de Santa Maria agonisait. Désormais, son front de mer, ceint d'une couronne d'hôtels de luxe, cache la léthargie des activités traditionnelles. Mais je doute, Carlos, que les ébats de Poséidons machos et de naïades exténuées, trempant onze mois de névrose urbaine dans un bain de sable blond et d'eau turquoise, puissent t'intéresser. Sal reprend de la vigueur grâce au farniente des étrangers, tant mieux, mais la vie oisive de cette Riviera ne vaut pas une chronique, tant elle ressemble à celle de ses rivales, uniformément bardées de l'attirail qui déclenche le sentiment de vacances chez un consommateur occidental : télés via satellites, piano et disco-bars, piscines, stands de tir à l'arc, club de poneys et tracteurs des sables... Passons.

Sal détient un charme discret, mais il est ailleurs : dans son long débat contradictoire avec l'existence, et dans les traces forcément nostalgiques que cette polémique a laissées sur le terrain. Cette île aussi, je me dois de te la raconter, Carlos, car je sais que tes départs hâtifs et tes retours pressés ne t'ont jamais laissé le loisir de risquer quelques pas hors des salles d'embarquement. L'image de Sal que tu as gravée ressemble à une planche de dictionnaire illustré, vantant dans la première partie de ce siècle les progrès techniques. Au centre, un curieux wagonnet chargé de sel file sur des rails, poussé par le vent gonflant une voile ! On dirait un prototype destiné au concours Lépine. Un trimoteur se pose à chaque angle de la carte : hommage flagrant à l'épopée de l'aéronautique. Veux-tu insinuer que Sal serait une île pionnière malgré son démarrage lent ? Il nous reste quatre jours pour le savoir.

Quatre jours et quatre centres d'intérêt répartis exactement aux quatre points cardinaux de l'île dont le contour évoque un hippocampe, haut de vingt-cinq kilomètres du sud au nord. L'affluence des émigrés pour les fêtes de fin d'année nous contraint à rafler les derniers fauteuils disponibles sur le vol du 31 décembre vers Amsterdam, deux jours avant la barre des quatre-vingts impartis pour notre tour de l'archipel. A propos d'épargne des jours, c'est en arrivant au Cap-Vert que les compagnons rescapés de Magellan, bouclant le premier tour du monde, réalisèrent le décalage entre la date annoncée par les autochtones et celle inscrite sur leur journal de bord : "Le long voyage avait emporté l'avantage de vingt-quatre heures comme clairement se voit", précisa le chroniqueur. Ce jour, arraché à l'éternité, fournira à Jules Verne l'idée de la soustraction magique qui permet à Phileas Fogg d'accomplir son tour du monde en quatre-vingt-un jours moins un, et de gagner son pari.

Nous ne nourrissons plus d'inquiétude pour le nôtre. Nous vivons d'ailleurs sereinement à la pension *Paz e Bem* d'Espargos qui fleure bon l'odeur de sainteté d'une gestion religieuse. Espargos, la ville, est issue des baraquements éclos autour du terrain d'aviation, à la fin de la dernière guerre. L'essor du tourisme et du trafic aérien attire des travailleurs d'autres îles ; en conséquence, des banlieues sortent des terres nues du nord, des avenues sont tracées ; des supérettes, des bars, des boutiques ouvrent, la *câmara municipal* affiche des ambitions architecturales.

28 décembre

Au centre-ouest de l'île : Palmeira. Les bateaux de plaisance côtoient les tankers. La centrale électrique ronfle, l'usine de désalinisation carbure. Les cuves de pétrole alignent leur laideur fonctionnelle. Les rues se cherchent encore pour tramer l'ambiance d'un port et contredire la sévérité des entrepôts. Les grands couteaux d'éoliennes faramineuses menacent la lisière du village.

— C'est à Palmeira que commence, puis se complique la relation du capitaine Roberts avec le Cap-Vert !

Nous marchons dans un vide absolu entre Palmeira et un volcan au pied duquel, dit-on, la mer s'acharne à creuser des grottes où l'eau piégée glapit de vieilles légendes. Leuk prêche en ce désert.

— Dans tout bon scénario, les personnages secondaires, sollicités au cours de l'action, doivent trouver une issue à leur rôle. J'ai souvent recouru aux observations de ce cher capitaine Roberts, il est temps d'en finir avec ses aventures.

The Four Years Voyages du capitaine Roberts accumulent tempêtes, coups du sort, traîtrises, détournements et un peu d'humanité. L'exemplaire parisien de l'édition originale de 1726 chez A. Bettesworth, at the Red Lyon, était non seulement tout jauni, mais imprimé en caractères désuets et si maniérés que le sens se dérobait. Impossible, à la bibliothèque du Muséum d'histoire naturelle, d'en faire la moindre photocopie. Nous devons notre salut à la générosité de M. Désiré Bonnaffoux, ancien directeur des salines de Sal, qui nous autorisa l'accès à la version portugaise du texte, traduit de l'anglais par ses soins au cours d'une retraite résolument consacrée à la recherche. Vivant en France désormais, M. Bonnaffoux nous confia, tel un viatique, un dossier de ses articles inédits sur Sal.

Leuk, comme je te l'ai déjà écrit, Carlos, veille jalousement sur nos réserves documentaires, et distille l'information selon la juste circonstance, comme un capitaine pointilleux accorde le rhum à son équipage :

— Fin novembre 1721, George Roberts se rend en Virginie pour prendre le commandement d'un voilier de commerce, recevoir un chargement, et le livrer en Guinée. Il touche pour la première fois Sal à Palmeira. L'île est déserte, mais il note les traces d'un campement laissé par des chasseurs de tortues. L'été suivant, quand il revient à bord du voilier le *Margaret*, il trouve soixante hères à Palmeira occupés à saler la chair des chéloniens. Personne n'est venu les reprendre, expliquent-ils en implorant Roberts de les reconduire à São Nicolau. Il en emmène quelques-uns. Là, le curé de Preguiça, qui est le maître de cette main-d'œuvre corvéable, engage Roberts à retourner chercher ses gens et leur marchandise. Et les ennuis commencent. Le capitaine n'a pas doublé la pointe orientale de São Nicolau qu'il est arrêté par des pirates anglais, malmené, spolié de son chargement, de ses voiles, de ses provisions, et abandonné en haute mer avec un seul matelot et un gamin de huit ans. Le *Margaret*, après avoir enduré ballottements et dérive, finit par échouer à Brava. Là, les habitants accueillent Roberts fraternellement et l'aident à construire une nouvelle embarcation avec laquelle il s'élance deux ans plus tard. Une tempête écrase ses espoirs dans le port de Preguiça, à São Nicolau de nouveau. Il trouve quand même le moyen de se rendre à Praia, d'embarquer sur un navire anglais qui, après une escale forcée à la Barbade, le laisse à Lisbonne où il repère un autre navire qui le dépose enfin à Londres en juillet 1725. Ouf ! A cette époque, on savait quand on partait, mais jamais quand on revenait.

Le volcan pyramidal Morro Leste (263 mètres) fait figure de référence ésotérique dans le paysage. Mont impassible, voire méprisant pour l'agitation émotionnelle de la mer. Celle-ci, dans son intolérante agressivité, sape le rivage basaltique et ménage des puits, *buraconas*, pièges infernaux pour les flâneurs imprudents. Contaminés par l'irréalité du décor, nous brassons en frissonnant l'eau dormante d'une baignoire pour diables géants dont le déversoir subit l'assaut injurieux des vagues. Elles se fracassent comme des dogues rageant de ne pouvoir engloutir d'une bouchée ces deux nageurs nains et impénitents, tournicotant à l'abri dans leur paisible bocal. Site onirique qui m'enchante.

29 décembre. Pedra Lume.

Diamétralement opposé à Palmeira, dort à l'est le port salin de Pedra Lume. Taxi. Six kilomètres à travers pierres. La vision d'une ou deux fermes jetées sur ce sol au chômage déconcerte. Au bout de la course : quel choc pour l'amateur de cinéma ! Le taxi fait demi-tour et nous abandonne. Sommes-nous déjà passés à travers l'écran ? Le bruit du moteur s'éloigne. La voix d'une petite fille déroute le silence :

— Comment tu t'appelles, *você*, madâme ?

Panoramique : deux gamines hilares. Une longue ligne de logements ouvriers. Une chapelle, blanche sur le ciel poussiéreux. Une colline de sel. Une construction en bois, gare démesurée d'un téléférique en panne. Une succession de pylônes, potences sans badauds ni condamnés. Un parc de barges métalliques, hautes sur cales, fortement fantomatiques. La mer. Des quais déserts. Une borne commémorative : Docks Manuel António Martins. Ah Martins Velho ! Encore lui.

Tu te rappelles, Carlos, de Martins Velho, que nous croisons épisodiquement sur notre chemin depuis Boa Vista. Héros civilisateur, entrepreneur, commerçant, gouverneur, qui, entre la fin du XVIIIe siècle et 1845, fit du Cap-Vert son terrain d'aventures et joua à s'enrichir en développant l'archipel. Ses règles du jeu furent contestées, ses méthodes parfois qualifiées d'entourloupes, sa réputation évoluant entre illusionniste et forban. Mais la fin justifiant les moyens, Martins Velho a légué un héritage encore visible aujourd'hui alors que ses détracteurs n'ont laissé que l'écho traînant de protestations passives.

Nous suivons la ligne du téléférique, inattendue en ce désert. Un kilomètre cent exactement. Un câble court toujours. La liaison aérienne file vers un volcan au flanc percé d'un tunnel : les wagonnets traversaient ce boyau de vingt mètres, aujourd'hui hanté par un courant d'air et des enfants noirs qui caressent dans leurs paumes des fleurs de sel. Les gamins nous tirent vers une béance de ciel laiteux, nous conseillent de bien respirer car nous allons être époustouflés. En effet ! Nous débouchons dans un cratère parfait dont le fond, posé au niveau de la mer, est entièrement occupé par un marais salant aux cases harmonieusement ordonnées. Une lagune entoure le damier monochrome. La plongée des poteaux du téléférique, la gare abandonnée, la nuée spectrale des travailleurs disparus emballent l'imagination. Encore un lieu où Leuk et son partenaire se prennent pour des acteurs lâchés dans le silence du suspense par un scénariste fou de westerns. Un harmonica geignard traîne dans la bande-son tandis que nous avisons les restes d'un saloon et avançons sur la digue-diamètre.

— Le cratère pourrait contenir un stade de deux cent mille places ! évaluent les enfants noirs pour qui les seuls dieux envisageables courent en short avec des numéros dans le dos.

A la fin du XVIIIe siècle, Martins Velho voulut exploiter cette mine splendide pour doubler ses activités de marchand de sel, initiées à Boa Vista. Les réserves se comptent en millions de tonnes. Quarante hectares de richesses naturelles. Mais la pente odieuse pour sortir du cratère et la distance du volcan au quai d'embarquement compromirent d'emblée la rentabilité de l'opération. Le magnat comprit vite qu'il allait user une armée d'ânes, mais ne renonça à l'entreprise qu'après avoir fait creuser le tunnel qui lui coûta une fortune et ne résolut rien. Il faudra attendre le rachat en 1919 de Pedra Lume par la société française "Les Salins du Cap-Vert", dont M. Désiré Bonnaffoux sera l'un des directeurs, pour que la saline revive. L'installation du téléférique date de ce transfert. Les wagonnets transportent alors vingt-cinq tonnes de sel par heure, du marais au port. Une modeste ruée vers l'or blanc attire deux cents ouvriers. Le hameau est doté d'un dispensaire, d'une cantine, de réservoirs d'eau potable, d'ateliers de mécanique, d'une centrale électrique, d'une usine pour tamiser et broyer le sel. Equipements onéreux qui exigent, pour garantir la rentabilité, d'exporter des milliers de tonnes par an. En 1936, la production atteint pour la première fois dix mille tonnes. Mais l'effondrement des cours mondiaux et la versatilité des clients auront raison de l'activité de Pedra Lume qui s'endort progressivement. Les wagonnets se couchent sur le flanc ; les barges rouillent sur cale ; le courant ne passe plus ; l'usine s'éteint.

— Comment tu t'appelles, *você*, madâme ?

La voix répète sa question. C'est un jeu de petite fille. Le taxi nous reprend au bord de l'écran, au sortir du rêve.

30 décembre. Santa Maria.

Il est soudain étonnant de rouler sur du goudron. A force d'arpenter les axes pavés de l'archipel, on perd l'habitude du revêtement commun aux routes du monde. Mais les quinze kilomètres qui mènent de l'aéroport à l'aire touristique doivent répondre aux normes internationales. Dunes, baies et un semblant d'oasis décorent le parcours du villégiateur.

En 1830, la pointe sud de l'île est vide. Martins Velho crée alors Santa Maria. En effet, il n'est pas homme à archiver un échec sans réagir. La faillite de Pedra Lume lui ordonne de rebondir. Près de la côte de la "Frégate", existe un terrain salé recouvert d'alluvions. Qu'à cela ne tienne ! L'entrepreneur importe du bois d'Amérique et fonde un village de cahutes, demande une dérogation et obtient des esclaves, fait retirer les alluvions et dessine les marais salants, installe des pompes, *bombas de vento*, pour irriguer les bassins, construit un wharf, arme des felouques, et organise magistralement ses débouchés commerciaux. Ce n'est pas tout. Les salines sont encore loin du port. La plupart du temps, la sécheresse compromet la récolte du fourrage ; la traction animale n'est plus un recours fiable, pas question de retomber dans le piège de Pedra Lume, il faut trouver autre chose. Martins commande alors des rails en Angleterre. Nous nous sommes laissé dire, Carlos, que cette ligne de chemin de fer fut la première du Portugal : la ligne des salines de Santa Maria dans l'île de Sal ! Je ne m'empresse pas de vérifier, l'idée me plaît trop. Je soupçonne l'éducation coloniale d'avoir omis ce détail ferroviaire quand, à l'école, tu ingurgitais et ânonnais les horaires des trains courant sur le réseau métropolitain. Tu as pourtant fini par l'apprendre, car tu as choisi de représenter en gravure un extravagant wagon en bois, à caisse basculante, d'une capacité d'une à deux tonnes, sur lequel sont adaptés un mât et des voiles ! L'ingéniosité est digne de saluts. Le vent empruntant le même parcours que les chariots de sel, il suffisait de les équiper de voiles taillées dans des sacs de jute pour qu'ils roulent, poussés par la force éolienne. Les jours de frénésie, les wagonnets s'emballaient tant que les conducteurs improvisaient des freins avec de gros cordages enroulés sur l'un des essieux. Au retour, les ouvriers poussaient les chariots vides. Un jour, l'arrivée d'une locomotive condamna cette navigation terrestre, mais les pannes de l'engin firent ressortir mâts et voiles, jusqu'aux années cinquante, jusqu'à l'ère des tracteurs, préludant la chute des exportations vers le Brésil, la fin des relations commerciales avec le Congo, l'extinction complète des activités en 1984.

La désinvolture de la station balnéaire aujourd'hui ne doit pas cacher le combat d'hier pour survivre ici même, quand les puits distants de cinq kilomètres ne donnaient qu'une flotte saumâtre. Les gens aisés importaient l'eau de source pour leur consommation, les autres finissaient par contracter scorbut et maladies de peau. Les réserves des citernes détraquaient les intestins. D'un puits éloigné, creusé en bord de mer, coulait une eau conduite par une rigole jusqu'à une aire de mise en tonneaux, transportés ensuite par mer à Santa Maria… Il y a un siècle de cela, l'aventure épique de l'eau.

Dans les années quarante, s'additionnent la guerre, la sécheresse, la faim. Toutefois, par rapport aux autres îles, Sal bénéficie de l'activité des salines, dirigées par des compagnies qui alimentent leurs employés, et de l'aménagement de l'aéroport qui absorbe une bonne quantité de main-d'œuvre. L'île subit alors une crue de passagers clandestins qui sortent des cales des felouques. Désiré Bonnaffoux décrit, un dimanche matin de 1940, l'arrivée au port de Pedra Lume du *palhabote Ildut*, en provenance de São Nicolau. Il devait ramener soixante bras pour racler le sel des marais. Le bateau, bondé, en contenait visiblement bien plus. Le capitaine, feignant l'innocence, déclara la présence de cinquante passagers à bord. Alignés côte à côte le long du quai, ils étaient plus de cent. Le marché du travail étant saturé, les malheureux mendiaient une embauche, quitte à être moins payés que les employés réguliers. Le gouvernement finit par affecter l'essaim des clandestins épuisés à des tâches dépourvues de rentabilité comme le creusement de fosses ou l'élévation de murs dans les terrains découverts, afin de dissuader tout envahisseur potentiel d'atterrir. C'était il y a un demi-siècle, la construction de lignes Maginot dans le désert des Tartares de l'île de Sal.

J'aime vaguer dans les rues parallèles de Santa Maria : une façade bleue, une façade ocre, une porte, deux fenêtres vertes, puis une fenêtre et une porte azur, des toits en pente, des tuiles rouges, un acacia accolé à un mur, son ombre échevelée qui le suit, le passage furtif d'une femme, le balancement d'une jupe noire, un cycliste tressautant sur les pavés, la vieille maison austère à un étage de Martins Velho, une aïeule accoudée pour l'éternité et penchée sur un rire d'enfant. A l'entrée du village, la grande éolienne, dressée comme une horloge, rappelle qu'à Sal les aiguilles du temps se sont toujours arrêtées à l'heure de la soif.

31 décembre. Fiûra.

Une chose est certaine : nous n'irons pas seuls à Fiûra. On ne laisse pas les étrangers rôder sans surveillance auprès de la "Bête Sauvage". C'est Tói Manino qui le dit, et il nous arrangera une escorte. Tói Manino est un retraité de la fonction publique, toujours smart, svelte, souriant, et salué, tant il est connu. Figure de la politique locale, il est aussi l'oncle de Zeca, le menuisier chantant de la nuit de Noël à São Nicolau : d'île en île, nous allons d'invitation en recommandation, de portes ouvertes en facilités. Tói Manino résout tout. Nous avons besoin d'un enregistrement rare de Paulino Vieira ? Il fait fouiller les archives de l'antenne locale de la radio pour le retrouver. Nous voulons saluer la mer à Fiûra pour notre dernier matin ? Nous roulons déjà à travers la plaine du nord, sur le plateau d'un pick-up réquisitionné, et nous verrons bientôt les flots les plus meurtriers de l'archipel, là où ils rugissent comme tigres en cage.

La voiture semble glisser sur une terre molle et plate entre les bosses douces de volcans pour livres de contes. Des vaches paissent sur les pentes reverdies après l'ondée récente d'une seule journée. Au bout de l'absence de piste : un champ de boulets de basalte et une tour noire, le phare du nord, coupé en deux de haut en bas. Flèche mince, fusée délabrée dont le lancement aurait été raté. L'escalier en colimaçon gît, brisé, comme autant d'hélices anéanties.

Une grande maison de trois pièces, aux murs de basalte, se désagrège.

— Je suis venu si souvent ici, regrette Tói. La maison des gardiens servait d'abri pour les pêcheurs de la ville. Et puis des gens sans scrupules ont dérobé les pierres taillées. La toiture est tombée.

Le phare éclairait la route des transatlantiques. Personne ne comprend la raison de son abandon par les autorités portugaises. Depuis 1945, il n'émet plus, et deux yatchs se sont échoués, faute de signaux.

— Devant vous, la Bête Sauvage ! présente Tói. Là, deux fonctionnaires de l'aéroport pêchaient sur un rocher. Soudain, les vagues, obéissant à une intelligence manœuvrière, les ont encerclés, isolés, puis emportés. Leurs compagnons les ont vus s'enlacer afin de mourir ensemble, et disparaître. Depuis, les ramasseurs de coquillages, surtout de couteaux, *percebes*, s'encordent, car la mer peut bondir à tout moment comme un fauve et happer sa proie. Voilà pourquoi nous accompagnons toujours les visiteurs.

Une histoire tragique en appelle une autre.

— Dans les années mille neuf cents, le fils du gardien, un garçon de vingt ans, vigoureux et habile malgré un bras paralysé, pêchait dans les rochers, devant la maison. La mer éructait comme à son habitude. Une vague immense se souleva ; le garçon ne la vit pas. Elle le faucha sans merci. Ses parents assistèrent à la chute. Ils se précipitèrent pour constater leur impuissance. Le jeune homme nageait bien en dépit de son infirmité. Il se débattait, cherchait une zone de moindre remous pour pouvoir s'accrocher aux rochers, mais la mer se jouait de ses efforts. Le père lançait des cordes, les vagues les écartaient. Le garçon nageait toujours ; imaginez la mère et les sœurs le suivant, hurlant leur désespoir sur la crête des rochers. Réalisez le moment où les forces l'abandonnèrent et où il cria adieu à sa famille avant de s'enfoncer dans les bouillonnements ensorcelés…

Une croix rouillée rappelle la petitesse humaine face à la démesure océane.

L'adversité a eu raison de l'acharnement à vivre ici. Et pourtant les gardiens successifs étaient entreprenants. Leurs femmes cultivaient le cratère du monte Grande, à des kilomètres de là. La marque des enclos raconte le déploiement des troupeaux sur les terres salées. Une véritable montagne de coquilles vides témoigne de l'abondance des *lapas* à chair rose, adhérant aux rochers. Il était une fois Fiûra…

Crois-tu, Carlos, que nous allons en rester là pour notre dernière chronique, le jour de la Saint-Sylvestre, et sauter dans l'avion avec, sous les paupières, un champ lugubre de ruines, et dans la bouche, un chant plaintif de deuil ? Le Cap-Vert est tout sauf une lumière qui s'éteint.

Manuel rayonne. Ultime rencontre au retour de l'escapade à Fiûra : un homme jeune au sourire vaste, aux bras écartés, prêts à saisir le monde, aux mots apostoliques pariant sur l'avenir de l'homme, du Cap-Vert, de cette terre de Sal injustement dédaignée. Il est seul dans un jardin, au milieu d'un espace immense cerné de volcans. Boas Terras. Il produit tous les légumes qu'on espère en Eden. “C'est vrai que la terre est fertile si une main l'abreuve.” Manuel a choisi la retenue du goutte à goutte. “Un sol qu'une pluie annuelle de deux heures suffit à féconder.”

Manuel Diaz est originaire de Santo Antão ; il a suivi son père venu à São Vicente cultiver les terres que les urbains de Mindelo délaissaient. Il a appris la menuiserie, puis a émigré à Sal, attiré comme beaucoup de jeunes par l'illusion du mouvement dans l'île. Le travail du bois n'a rien donné ; alors il s'est fait commerçant, résolu à appliquer des prix en rapport avec la condition des couches populaires ; il s'est attiré des ennemis. Le boutiquier est retourné à la terre : "Aucun pays au monde ne peut avancer sans agriculture, et surtout pas le mien." Aujourd'hui, il emploie deux personnes, récolte quotidiennement des kilos de tomates ; les tiges des melons rampent avec exubérance, les carottes ont un goût exquis de sucre, les choux se pavanent. Manuel produit ici ce que les hôtels importent à grand prix : "Ils s'en apercevront bien un jour." Il avance, au goutte à goutte, avec la patience d'un homme de foi, l'acharnement des ancêtres et le réalisme exemplaire des pionniers.

La modernité de Manuel nous servirait d'épilogue.

Mais, auparavant, je t'adresse, Carlos, la dixième nouvelle, consacrée à une enfance dans l'île de Sal, qui s'achève sur la passerelle d'un avion, comme ton adolescence cap-verdienne. Comme notre périple, cette nuit.

31 décembre 1995.

L'ENFANT A.

A Antoine dos Santos.

L'enfant A. n'acceptait pas l'idée de partir. Il pensait qu'une fois monté à bord du bateau, son île de Santo Antão allait s'enfoncer ou alors, des marchands l'emporteraient et, avec elle, la cascade et les bananiers, la vallée des plantes médicinales et la route que sa grand-mère suivait tous les jours pour aller vendre du pain à Povação. Il croyait que l'île s'éloignerait, tirée par des remorqueurs comme les paquebots dans le port de Mindelo ; et lui resterait au milieu de l'océan, impuissant, sans pleurer, avec l'envie de frapper sa tête contre le bastingage.

La mer se fit complice de sa révolte. Le jour de l'embarquement, elle se cabra et rudoya la chaloupe. Le maître de nage criait la cadence : *Raima !* Les matelots poussaient sur la rame. Et puis : *Bot !* Ils relevaient la dame de nage. Au moment de monter dans le bateau, c'était le *Mona Lika*, il tomba à l'eau.

J'ai piqué droit vers le fond. Et tandis que je chutais, je revoyais Grisinia, la source, et au fond de la vallée, les bananiers. Je courais me réfugier sous leurs bras fraternels. Le marin qui ne manquerait pas de plonger ne viendrait pas me chercher sous la ramure de mes souvenirs.

Je me faufilais dans la grotte d'où j'extrayais la glaise pour me fabriquer des jouets. Grand-père me saluait de loin avant de grimper au ciel, cultiver des parcelles au-dessus du vide. Je ne voulais pas être séparé de grand-père.

L'enfant A. garda longtemps le traumatisme de cette noyade et ne fréquenta plus la mer qu'avec une extrême prudence. Le *Mona Lika* se rangea le long du wharf de Santa Maria. Les enfants avaient dormi dans les cabines, les adultes se vautraient sur les ballots, disputaient aux chèvres un espace odorant et poisseux.

A Sal, il irait à la grande école.

L'île était verte à son arrivée. L'enfant A. fouinait dans les champs. Il dit qu'il courait dans un lac d'herbes et qu'il cueillait des tomates sauvages. Sal était belle. Il se souvient de la plaine du nord remplie d'eau et de *nhô* Julio qui cultivait des carottes. Le paysan acharné produisait des légumes toute l'année, mais ne laissait personne épuiser les nappes phréatiques. Les enfants fêtaient la pluie comme une belle voyageuse qui vient rarement mais aime les petits au point de les prendre tous sous sa jupe douce et fraîche. Ils sortaient nus et criaient de plaisir sous le chatouillement des gouttes. Les parents les tançaient, prévenaient que la pluie ne tolérait pas le bruit, qu'elle risquait de repartir. Les enfants n'arrêtaient pas pour autant, mais ils mettaient leurs mains devant la bouche.

Dès que les habitants sentaient approcher la pluie, ils rentraient dans les citernes, les nettoyaient, les repeignaient. L'eau lointaine des puits, les femmes la rapportaient dans des cruches, mais les hommes avaient inventé le tonneau à guidon. Des tonneaux à vin du Portugal, équipés d'un long bras, que l'on poussait, et qui roulaient. Il y avait des guidons spéciaux pour des couples de tonneaux. Parfois, usés, ils éclataient.

Vers onze heures le matin, raconte l'enfant A., le bonhomme ZigZag sortait des mirages. Quand le jour prenait un accès de fièvre, les adultes se mettaient à crier : "Attention le bonhomme ZigZag arrive ! Il accourt !" Et les gamins se serraient contre les jambes des mères qui les portaient au lit sans résistance. Un homme faisait le tour du village en frappant des boîtes en fer, et les enfants, réfugiés dans la barque du sommeil, traversaient l'heure chaude. La nuit venue, un autre comédien grimpait sur les toits en tôle et hurlait comme un beau diable pour faire croire à une invasion de *gongons*. Les diables, comme les loups, ont toujours vécu de contrebande, passant des rêves en fraude à la lisière du sommeil.

Un jour, l'enfant A. eut très peur. Le carnaval courait les rues ; un homme-taureau emplissait la ville de sa fureur, la fête était lâchée. Le minotaure chargeait la foule. Il y avait celles qui tremblaient et ceux qui en profitaient. Le personnage déguisé déchaînait la passion du jeu : volaient les œufs, giclaient des flacons d'urine, se répandait la farine… Mais les blagues n'engendraient ni coups ni haine. Si un dommage survenait, tout le monde réparait, après l'enterrement du coq et son exécution par des frappeurs aveugles : carnaval tué était servi au maire, et la paix revenait couvrir le temps d'une année. "Moi, j'étais déguisé en homme blanc, dit l'enfant A. Quand j'ai vu arriver l'homme-taureau, j'ai baissé mon masque de traviole et j'ai foncé droit dans un mur." Il compense la honte de sa peur par une remarque fière : “Grand-père n’avait pas son pareil pour fabriquer les pétards !”

Depuis que ses grands-parents avaient rejoint la famille, son enfance pouvait à nouveau s’épanouir. Grand-père lui enseignait tout ce que l’école ne livrait pas. Il précise qu’il a grandi entre un père austère, obsédé par le devoir de lutter contre l’indignité coloniale, et un grand-père enjoué, toujours prêt à taquiner la vie. L’injustice et le sentiment d’impuissance rendaient son père atrabilaire ; au contraire, son grand-père prônait l’humour comme arme offensive. A la moindre incartade, l’un frappait, l’autre sifflotait.

C’est grand-père qui m’a guidé vers l’école buissonnière. Il ne supportait pas les punitions corporelles qui sanctionnaient une leçon mal sue. A l’école, le maître n’infligeait jamais la correction ; il faisait distribuer les coups de battoir par l’élève qui avait donné les meilleures réponses. Plus je prenais de coups, plus mon assiduité fléchissait. Grand-père prétendait qu’il m’emmenait à l’école, mais, en fait, nous filions pêcher le poulpe et les crabes. Il m’indiquait les techniques de prise et, en même temps, m’inculquait l’art de ne rien prendre au sérieux. J’étais complice de ses tours pendables. Ma mère commentait avec complaisance cette contamination : “Les bêtises sont une forme d’initiation à la vie…” Et dans le domaine des bêtises, grand-père n’avait pas de rival. A la pêche, quand un de ses copains allait se soulager, il mettait ce temps à profit pour attacher une pierre au bout de sa ligne, et le compagnon revenu, croyant à sa bonne fortune, s’excitait à retirer la fausse prise.

Ou encore.

Il habituait un singe à accepter des bonbons, à déplier le papier et à croquer la friandise. Une fois le geste acquis, il remplaçait le bonbon par un caillou, bien enveloppé, et demandait à un ami de le tendre au singe. Le macaque, abusé et furieux de s'être fait mal aux dents, ne manquait pas de lancer le caillou à la tête du mauvais plaisantin. Mon grand-père avait, par avance, tourné casquette et disparu.

Mon père, lui, faisait tout sérieusement.

Il avait passé des examens à Sal. Une croyance voulait alors que le savoir entrât mieux dans la tête si l'on avait les pieds dans l'eau. La veille des épreuves, les étudiants restaient des heures à réviser, les pieds plantés dans l'effervescence des vagues. Mon père réussit, et personne ne le vit pendant trois jours : il avait promis de faire le tour de l'île à pied en cas de succès. Il tint parole. Mon père dirigeait la boulangerie industrielle qui fournissait l'armée portugaise ; il démontrait une conscience égale, dans son travail comme au sein du mouvement de résistance à la tutelle coloniale. Le contremaître et le clandestin avaient le même visage, façonné par la détermination.

Un jour, le père entra dans une fureur froide, plus terrible qu'une éruption, car sa colère ne devait pas percer à l'extérieur. Toute la matinée, l'enfant A. et ses frères avaient défilé dans la rue en chantant à tue-tête l'air de la réclame pour la bière Kouka : *Kouka, kouka, cerveja Kouka*... Incidemment, le père entendit la rengaine et devint comme fou : les gamins, en braillant le slogan publicitaire, trahissaient son insubordination, criaient sur tous les toits que le boulanger détenait une radio et écoutait les émissions brésiliennes, deux choses que le gouvernement portugais interdisait aux natifs, car des messages étaient adressés aux résistants via les ondes moyennes. Le père possédait bel et bien un poste qu'il cachait sous la table, dans un trou du plancher. Il le sortait en grand secret. Sauf la fois où il ne s'est pas aperçu que ses enfants, planqués sous le lit, l'épiaient à son insu. La fanfaronnade des gosses lui valut d'être arrêté et condamné à une lourde amende. Depuis ce jour, il alla écouter la radio dans une grotte du nord, près du phare de Fiûra, et chaque fois qu'il rentrait, il s'arrangeait pour exhiber des poissons pêchés afin d'égarer les soupçons de la police politique.

La ville des Blancs était en bois ; de coquets bungalows se massaient près des installations de l'aéroport. A Noël, les autorités portugaises décoraient un acacia, le paraient de guirlandes et y accrochaient des cadeaux. Dans la salle militaire, passait un film. Un jour de Noël, l'enfant A. fit la connaissance du cinéma : un western si violent qu'il s'enfuit. Chez lui, il montra à ses parents la petite jeep en plastique, conduite par un soldat casqué. Il était heureux du cadeau de *pai Natal*. Le père le détruisit avec une rage grinçante, prétextant que ce type de jouet empêchait de grandir, entretenait la débilité. En fait, il ne voulait rien accepter des Portugais. Pas même une auto miniature.

Peu de temps après, la soute à munitions explosait. La caserne brûlait. L'armée comptait ses morts. La répression donna sans tarder la réplique. Les camions quadrillèrent l'île. Espargos fut fermé. La famille de l'enfant A. avait pu se replier à Palmeira. Les Portugais confisquèrent les récoltes, organisèrent la famine. L'étau se resserrait. Le père comme d'autres possibles acteurs du complot quittèrent l'île en barque, trouvèrent refuge dans des bateaux relais. Il gagna la France.

Grand-père me racontait la France. L'imaginaire suppléait son ignorance, imprimait en moi des idées farfelues d'autant moins séduisantes qu'il était déjà question de rejoindre le père en Lorraine. Dans la bouche de grand-père, les trains se changeaient en serpents, et le bruit de leurs écailles sur les rails faisait fuir les meilleurs chevaux du monde. Il m'assurait que l'Afrique touchait la France et que des hyènes hantaient les nuits là-bas : marmottant des injures et soufflant leur haleine fétide, elles dévoraient le sommeil des enfants.

Longtemps, j'ai aimé les avions, quand grand-père me les expliquait avec le même sens du merveilleux. Il m'a souvent raconté l'atterrissage historique du premier trimoteur à Sal, le 15 août 1939, un modèle italien Savoia-Marchetti. Il me faisait croire que les avions confondaient avec des graines les pierres blanches, peintes à la chaux pour signaler les pistes, et qu'ils se précipitaient pour se poser et les picorer. Au début, j'ai gobé l'explication. Il m'affirmait aussi que les hydravions de l'Aéropostale qui faisaient escale au Cap-Vert, entre Dakar et Natal, amerrissaient comme les frégates, faisaient réserve de poissons et, ainsi chargés de provisions, pouvaient reprendre leur route.

J'ai aimé les avions jusqu'au jour où l'on m'a poussé de force à l'intérieur.

L'enfant A. n'acceptait pas l'idée de partir. Il pensait qu'une fois monté à bord de l'avion, son île de Sal allait s'envoler comme une feuille sèche de bananier enlevée par le vent. Et lui resterait au milieu des airs, impuissant, avec l'envie de frapper sa tête contre le hublot. Qui a maîtrisé ses jambes et ses bras tant il se débattait ? Le grand-père pleurait, sous la passerelle. L'enfant A. tua sa révolte en répétant pendant le décollage qu'il gagnerait de l'argent en France, pour acheter, tout de suite, une montre et sa chaîne à son grand-père. Le temps pressait : il voulait lui offrir une montre pour qu'il surveille bien l'heure de son retour.

De ce jour, le grand-père, qui ne croyait pas à son retour, se mit à boire.

Il n'y avait pas de hyènes en Lorraine et les trains ne mordaient pas. Je disais : "Bonjour madame ! Bonjour monsieur !" Et les gens riaient, ils nous prenaient dans leurs bras, on avait peur d'étouffer. Ils nous touchaient les cheveux, ils disaient que nous avions la "couleur des naturels". Nous formions la première famille noire complète de la région. Ils nous considéraient comme les enfants des héros qui les avaient libérés, à la fin de la guerre. Les Lorrains reportaient sur nous leur affection pour les Noirs américains, sauveurs qu'ils avaient vus parqués dans des camps, en 1945, pour éviter qu'ils ne se mêlent à la population blanche en liesse.

Nous avions un jardin. Mon père avait fabriqué un mortier et un pilon pour notre mère. Le vent soufflait moins fort qu'à Sal. C'était peut-être le paradis.

Cependant, j'ai cru que le vent d'automne semait une maladie qui épluchait les arbres avant de les tuer. Et que la neige provenait de la négligence de gens riches au point de gaspiller du sucre.

J'ai appris le sanglier et le chevreuil, l'hiver et la forêt.

Au printemps, tout le monde se plaignait de la pluie, moi, je continuais à danser sous l'averse. Je pouvais faire des bouquets à ma maîtresse, et mes arbres guérissaient.

J'ai été jaloux du monsieur qui venait embrasser notre maîtresse. J'ai rayé la carrosserie de sa Renault verte et lui ai lancé de la boue. Comme tous ceux de la classe.

J'ai appris la mécanique. J'ai démonté la mobylette de mon père. J'ai reçu une gifle mémorable pour prix de ma passion.

J'ai choisi d'être boulanger pour me venger. Je me suis placé comme apprenti chez M. Larcher, l'artisan qui disait "aimer ses naturels".

Je rejoignis un jour les compagnons du Tour de France. Premier Africain à entrer en tradition de boulangerie et pâtisserie.

Comme tout compagnon, je ralliai à pied mon premier emploi. Seul. J'avais treize ans et demi. Je dormis dans la forêt, mais je savais qu'en Lorraine, il n'y avait plus de gongons.

L'enfant A. avait enfin accepté l'idée de partir. *Volta di mundo e rabo di Pomba* : la dernière phrase du grand-père, murmurée à son oreille, à la sauvette, comme on glisse quelques escudos supplémentaires pour la route. L'enfant A. retournait les mots dans cette nouvelle langue française qui occupait de plus en plus de place dans sa tête : “Les péripéties de la vie ; et la queue du pigeon n’est pas droite.” Quelque chose comme ça. “Pour faire le tour du monde, la colombe s’adapte aux caprices du vent.” Ou encore : “La paix n’avance pas sans heurt, prise dans les intempéries de l’injustice.”

La route n’est jamais droite, pensait l’enfant A., mais plus beau est le voyage.

REMERCIEMENTS

Le voyage dans l'archipel du Cap-Vert n'aurait pu avoir lieu sans le soutien de la TACV-CABO VERDE AIRLINES.

Ce livre a reçu une aide à l'écriture du Centre national du Livre.

Jean-Yves Loude et Viviane Lièvre remercient :

M. Alfredo Carvalho, directeur général de la TACV et M. José Santos da Silva, directeur de la TACV à Paris ;

Valérie et Alain Derey, directeurs du Centre culturel français de Praia de 1994 à 1996 ;

M. Désiré Bonnaffoux pour les précieux documents qu'il nous a communiqués ;

Mme Auzenda N. da Silva, directrice de l'ICLD, Institut cap-verdien du livre et du disque ;

L'URDLA, Centre international de l'Estampe ;

ainsi que :

José Maria Almeida, Didier Baumlé, Philippe Buetas, Artur Cardoso, Mario Alberto Fonseca, Marie-Hélène Fraïsse, Arnaldo França, David Hopffer Almada, Isabel Lobo, Mario da Silva Matos, Pierre Molimard, Vladimir Monteiro, Moacyr Rodrigues, Fausto Rosario, Eng. Jorge Santos, Christiane et Antoine dos Santos, Jean-Louis Rougé, Manuel Veiga, José Maria Veiga, Francisco Pereira Veiga ;

et particulièrement Maria et Carlos Moreira Gonçalves pour une précieuse amitié et une longue complicité.

BIBLIOGRAPHIE

Principaux ouvrages consultés

Almeida Germano, *A Ilha fantástica*, Ilhéu Editoria, Mindelo, 1994.

Almeida Germano, *Le Testament de M. Napumoceno da Silva Araújo*, ICL-Sépia, Paris, 1995.

Andrade Elisa, *Histoire économique des îles du Cap-Vert*, L'Harmattan, Paris, 1996.

Andrade Mario de, *Amilcar Cabral*, Maspero, Paris, 1980.

Bonnaffoux Désiré, *Musica popular antiga de Cabo Verde*, collecté de 1978 à 1993 (non publié).

Bonnaffoux Désiré, *Palestra sobre a historia da ilha do Sal*, 1989 (non publié).

Bonnaffoux Désiré, *As Viagens entre as ilhas de Cabo Verde no passado*, 1991 (non publié).

Bonnaffoux Désiré et Emma, *Historias e crioulo da ilha da Boa Vista*, 1983 (non publié).

Bowdich T. E., "Excursions in Madeira and Porto Santo during the autumn of 1823" in *Raizes* n° 4 - oct.-déc. 1977.

Cabral Nelson Eurico, *Le Moulin et le pilon, îles du Cap-Vert*, L'Harmattan-ACCT, Paris, 1980.

Carreira António, *Migrações nas ilhas de Cabo Verde*, CEE-ICLD, Praia, 1983.

Chevalier Auguste, "Les îles du Cap-Vert, flore de l'archipel", *Revue de botanique appliquée*, tome XV, Paris, 1935.

Duncan T. Bentley, *Atlantic Islands : Madeira, the Azores and the Cape Verdes in Seventeenth Century Commerce and Navigation*, Univ. of Chicago, 1972.

Enders Armelle, *Histoire de l'Afrique lusophone*, Chandeigne, Paris, 1994.

Fonseca Mario, *La Mer à tous les coups*, Imprimerie nationale, Praia, 1990.

Gonçalves António Aurélio, *Nuit de vent*, ICL-Sépia, Paris,1996.
Kasper Josef E., *Ilha da Boa Vista Cabo Verde*, ICL,1987.
Lesourd Michel, *Les Iles du Cap-Vert, d'un micro-monde au système monde*, Karthala, Paris,1996.
Lopes Baltasar, *A Caderneta – Le Carnet* (bilingue), ICLD-CCF, Mindelo, 1986.
Lopes Baltasar, *Chiquinho*, Actes Sud-Unesco, 1990.
Lopes Filho João, *Cabo Verde, retalhos do quotidiano*, Caminho, Lisboa, 1995.
Martins Vasco, *A Musica tradicional cabo-verdiana I (A morna)*, ICLD, Praia, 1989.
Meintel Deirdre, *Race, Culture, and Portuguese Colonialism in Cabo Verde*, Syracuse University, N. Y., 1984.
Meintel Machado Deirdre and Platzer Michaël K. H., *Cape Verdeans in America : Our Story*, American Committee for Cape Verde, Boston, 1978.
Pina Marie-Paule de, *Les Iles du Cap-Vert*, Karthala, 1987.
Ribeiro Orlando, *Ilha do Fogo e as suas erupções*, Lisboa, 1954.
Roberts Captain George, *The Four Years Voyages*, London, 1726 (traduction portugaise par Désiré Bonnaffoux, 1980, non publiée).
Rocha Agostinho, *Subsidios para a historia de ilha de Santo Antão (1462-1983)*, Imprensa nacional.
Sorgial Pierre, *Les Iles du Cap-Vert d'hier... et d'aujourd'hui*, Paris, 1995.
Tavares Eugénio, *Mornas, cantigas crioulas*, J. Rodrigues & C. Editores, Lisboa, 1932.

Ouvrages collectifs :
Contes et récits de l'archipel du Cap-Vert, recueillis et traduits par Emilio Giusti, Edicef, Paris, 1988.
Récits et nouvelles des îles du Cap-Vert, "Claridade", Chandeigne, Paris,1996.

Revues :
Raizes n° 17/20, janv.-déc. 1981, "Rodriguès Aleixo" por Eugénio Tavares, p. 160.
Claridade n° 7, sept. 1947, "O folclore poetico da ilha de S. Tiago" por Baltasar Lopes.
Notre librairie, "Littératures du Cap-Vert, de Guinée-Bissau, de São Tomé et Principe", Clef, Paris, 1993.
Revue noire, "Cabo Verde", n° 10, sept.-oct.-nov. 1993, Paris.

TABLE

BABEL

Extrait du catalogue

526. FÉDOR DOSTOÏEVSKI
Les Frères Karamazov (vol. I)

527. FÉDOR DOSTOÏEVSKI
Les Frères Karamazov (vol. II)

528. ANNE GUGLIELMETTI
Le Domaine

529. STEFANO BENNI
Bar 2000

530. ALAIN GRESH ET TARIQ RAMADAN
L'Islam en questions

531. YÔKO OGAWA
Hôtel Iris

532. WILLIAM KOTZWINKLE
Le Nageur dans la mer secrète

533. YASMINE CHAMI-KETTANI
Cérémonie

534. SÉBASTIEN LAPAQUE
Georges Bernanos encore une fois

535. HANAN EL-CHEIKH
Le Cimetière des rêves

536. ALAN DUFF
L'Âme des guerriers

Ouvrage réalisé
par l'Atelier graphique Actes Sud
Achevé d'imprimer
en janvier 2016
par Normandie Roto Impression s.a.s
à Lonrai
sur papier fabriqué à partir de bois provenant
de forêts gérées durablement (www.fsc.org)
pour le compte des éditions
ACTES SUD
Le Méjan
Place Nina-Berberova
13200 Arles.

Dépôt légal
1re édition : mai 2002
N° d'impression : 1600235